SWALLOWS AND AMAZONS

燕子谷历险

[英] 亚瑟·兰塞姆 著　朱亚光 译

云南出版集团

云南美术出版社

果麦文化 出品

目录

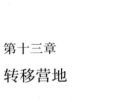

第一章
燕子号和它的船员们

好灵巧的船儿，好敏捷的水手；

真是得心应手呀，伙计们！

好灵巧的船儿，好敏捷的水手；

瞧啊！伙计们，咱们出发啦！

——《水手之歌》

"看见野猫岛啦！"一直在船头放哨的见习水手罗杰喊道。罗杰今年八岁。他挤在桅杆前面，发现一年的时间给自己带来了不小的改变，他现在待的地方，同样放着船锚和缆绳，却不像去年那么宽敞了。

"谁让你现在就把它的名字说出来的呀！"一等水手提提说。她坐在船中央的行李上照看她的鹦鹉，此刻，那只小家伙正乖乖地待在它的笼子里。"你应该说'陆地，陆地！'然后舔舔干裂的嘴唇。等我们再靠近一些，才会知道那到底是什么地方。我们有时候得航行好几个礼拜才能找到那儿呢！"

"可是我们已经知道了呀。"罗杰说，"而且，我们周围全是陆地。马上就能看见船屋了……嘿！就在那儿，还是老地方，不过……（罗杰的声音突然变了个调）弗林特船长忘记把旗子升起来了。"

挂着棕色船帆的燕子号载着它的五名船员——当然还包括那只鹦鹉——离开了霍利豪湾，正抢风行驶在这片广阔的湖面上。湖水伸向南方，穿过树木葱郁的山丘。密林之上，荒野依稀可见；举目远眺，山峦绵延不绝。一年的时光匆匆流逝，又一个八月来临了。沃克一家昨天刚搭火车从南方赶来。当列车徐徐驶入小车站的时候，约翰、苏珊、提提和罗杰带着那只鹦鹉站在窗边，心里想着，他们的老朋友南希和佩吉·布莱克特会不会在站台接他们，说不定还有她们的妈妈，或者弗林特船长——就是那个隐居在船屋上的老海盗。他的本名其实是特纳先生。南希和佩吉叫他吉姆舅舅。可是，站台上一个人也没有。那天上午，妈妈、小布丽奇特和保姆忙着把东西从带来的箱子里取出来，搬进霍利豪湾的旧农舍，他们几个早已溜到停着燕子号的船库里，准备起航去野猫岛。出发之前，他们还派侦察兵爬上坡顶，眺望湖的北边，看看是否有一条和燕子号差不多个头的小船驶出亚马孙河——布莱克特家的小姐妹就住在那里，她们家的房子依河而建，背靠群山，面朝北极。每隔几分钟，他们就会站在霍利豪湾的入口，试图寻找亚马逊号白色船帆的影子，盼望能听见南希船长欢喜地高呼"燕子号和亚马逊号万岁！"而佩吉大副则会把海盗旗升上桅顶。随后，燕子号和亚马逊号便会一同起航，驶向野猫岛。经过船屋的时候，探险家还会朝里面大喊"你好啊！弗林特船长！"一切都和去年一样。然而，那两个伙伴却始终没有出现。到了下午，他们不能再等下去了。妈妈带着布丽奇特去镇上了，打算给他们买一些吃的和用的东西，然后从霍利豪码头用划艇直接送上岛。无论如何，他们必须赶在妈妈到达之前把帐篷扎好，让她看到他们已经为将在岛上度过的第一个夜晚做好了准备。就这样干等着那两个亚马逊海盗也不是办法。说不定，南希和佩吉此刻正在船屋上，和弗林特船长待在一起呢。再不然，更有可能出现的情况是，她俩早已登上了野猫岛，正商量着如何欢迎他们的到来，或者埋伏起来吓他们一大跳。那个南希满脑子都是鬼主意。于是，四个小探险家起航了。他们计划了一年的事情终于拉开了序幕。就这样，他们再次乘着燕子号漂荡在湖面上，躺在床上睡觉的安稳日子就暂且告一段落了。

"我觉得弗林特船长应该升船旗。"瞭望员罗杰说。

"也许他没想到我们会这么快启程吧。"一等水手提提一边说，一边透过架在鸟笼上的望远镜观察远处的船屋。

"等他看见我们的时候就会升船旗了。"苏珊大副说。

四个人当中年纪最大的约翰一言不发，专心地掌舵。此刻，燕子号已经驶离湖湾的避风带，正迎着南风沿"之"字形航线前进。他身体笔直地望着前方，感受风拂过脸颊，他一边操纵缭绳和舵柄，一边听着船头轻拍水面发出的"哗哗"声，真是享受极了。他不时地抬头瞄一眼桅杆顶端飘扬的小三角旗——白旗子上有一只蓝燕子，是一等水手提提剪出来缝在上面的。那面旗子能告诉他哪个方向的风力最大。经验不足的人可没办法仅凭吹在脸上的风来判断航行的情况，而这不过是他们假期以来的首航。有时，他也会回头瞥一眼燕子号留下的尾波，船尾激起的朵朵浪花，如同缎带一般铺在湖面上。此时此刻，至于弗林特船长的船屋上有没有旗子已经不重要了，因为对约翰来说，能再次回到这里，再次在这片湖面上航行，就已经心满意足了。

苏珊大副也同样不在乎那间旧船屋上有没有旗子。昨天，在他们一家人从南方坐火车来的漫长旅途中，除了要操心妈妈、小布丽奇特、保姆和弟弟妹妹们，她还得照看大包小包的行李，真是累得够呛。以往每次坐火车出行，她也总是负责照顾大家，第二天自然疲惫不堪。好在有她的细心照料，大家才不至于落下东西，要不是她，很多东西估计都忘带了。今天早上，她不仅给燕子号的船舱里装载了货物，还列了好几张必备的食物和日用品清单。所以此刻，苏珊正惬意地坐在船上休息，她很高兴自己把该干的活儿都干完了，而且庆幸耳边再也听不到火车站嘈杂的声音，也不必因为担心搭错车而竖起耳朵听车站广播里奇怪的报站声。

就连一等水手提提也不像罗杰那样。因为船屋的矮桅杆上没有旗子而大惊小怪。她一直在想别的事情。有那么一瞬间，她感觉现在还是一年前，大家从未离开过这片湖，而这一年漫长的学业和城里的生活就像没发生过一样。可下一秒钟，那段日子突然又变得真实起来，她简直不敢相信，那个曾经被法语动词搞得一头雾水的提提和此刻的一等水手提提是同一个人。眼下，她以水手的身份坐在燕子号上，旁边摆着她的鹦鹉笼子、几个背包和一些食物。她回头看了一眼达里恩峰，那是她第一次看见野猫岛的地方，然后她又望向前方的小岛，想起自己曾不知不觉，在那本《法语语法》的最后两页空白页画满了野猫岛和岛上那棵高大的灯塔树。这种在不同时间、不同身份中的切换令她有些喘不过气来。

然而，挤在船头老地方的罗杰却始终相信，即使他们的老朋友弗林特船长没有把船屋装饰一番以迎接他们的到来，也必定会把船旗升上桅顶。罗杰一直期待看到他用那面大旗子向他们行点旗礼，而燕子号也降下它的小三角旗以示回应。之后，他们还会看见船屋前甲板上升起一阵浓烟，旋即听到"砰"的一声巨响，那是弗林特船长在点小铜炮向他们致意。可是现在，船屋上连旗子的影子也没有。

"可能他在睡觉吧。"提提说。

"要是南希和佩吉跟他在一起，他是不可能睡觉的。"苏珊说。

"说不定他们去岛上了。我们马上就会知道。"约翰说，"再换一次舷，我们就要开进船屋湾了。准备换舷！"

燕子号迎风偏转，横杆随即摆向另一舷，提提和大副连忙低头躲开，棕色的船帆很快又鼓足风，带着燕子号左转驶向船屋湾。

"船头右舷方向有一艘轮船！"瞭望员罗杰喊道，"不过离我们很远。"

"船尾方向也有一艘，离我们很近，"约翰船长说，"是从里约开过来的。"

他们纷纷回过头去，只见那艘轮船已经驶出里约，正穿行于长岛和陆地之间的航道。他们所说的里约其实是一个繁忙的小港口，外面还散布着一些树木葱郁的群岛，透过群岛，依稀能看见北边开阔的湖面。

这时，一条载着两个土著人的划艇从燕子号旁边经过，其中一人划桨，另一人手握鱼竿。"右手边有渔船。"瞭望员说。

"他们在拖着旋转鱼饵钓狗鱼。"约翰船长说。

"是鲨鱼。"瞭望员纠正道。

燕子号从那艘向南行驶的轮船船头前面横穿了过去，与它保持足够的距离。轮船迅速地掠过湖面，驾驶台上的船长高兴地向他们挥了挥手，燕子号的船员们也挥手回应。燕子号在轮船的尾波中上下颠簸，这让船员们觉得自己仿佛真的在海上行驶。

此刻，他们来到了风平浪静的湖湾入口，那艘蓝色的旧船屋就停在里面，系在一只大浮标上。

"甲板上没人。"瞭望员说。

去年，他们第一次看到这间船屋的时候，提提就觉得弗林特船长是一位隐居的海盗。当时，船员们看见他坐在后甲板上写东西，而他的绿鹦鹉就站在旁边的栏杆上。可是今年，那个海盗却没有露面，而那只绿鹦鹉就更不可能出现了，因为它早已成为另一条船上的成员。瞧！提提正在和它说话呢。

"波利，快看！"提提说，"那是你以前住的船，不过现在你和我们住在一起了。"

"二，二，两倍，两倍，二，二，二……"绿鹦鹉说。

"八个里亚尔，"提提说，"说'八个里亚尔'。别说什么'二的两倍'了，现在不是在学校！"

"提提，把望远镜给我。"大副说。

"我没看到他的划艇。"约翰说，"除非他把划艇拖到船屋左舷上挂起来了，不然肯定会在那儿。"

"船屋是关着的。"举着望远镜观察的苏珊大副说，"所有的窗户都拉上了窗帘。"

约翰船长和苏珊大副相互对视了一眼。虽然他们不像罗杰那样，期待看见弗林特船长向他们行点旗礼和鸣炮致意，但他们始终相信他一定会在船屋里，就像湖上游的高山会永远矗立在那儿一样。

燕子号径直驶入船屋湾，来到船屋的船尾下方，然后，他们掉转船头，轻松地绕过那只大浮标，准备回到开阔的湖面上去。水手们认真地观察那间船屋，船上没有一丝生命的迹象。

"他把大炮盖起来啦！"罗杰气冲冲地说。事实上，船屋的整个前甲板都被一块黑色的油布盖住了，以免受到坏天气的侵袭。

"看来他真的不在。"约翰船长说。燕子号缓缓驶离船屋湾的静水区，即将回到湖面上随着微波漂荡。

"我知道他干什么去了。"提提说，"他肯定和其他人去岛上了，所以才锁了船屋。"

提提口中的其他人可比弗林特船长重要多了，而且，照现在的计划来看，把再次见面的地点定在去年他们相遇的荒岛，而不是吉姆舅舅的船屋，更不是什么火车站，的确很像南希·布莱克特船长的风格。

"野猫岛在左手边！"燕子号刚驶出船屋湾，罗杰便喊道，"鸬鹚岛在正前方……"

此刻，燕子号正横穿湖面，朝着西岸驶去。那里有一座完全由松动的岩石和礁石形成的小岛，岛上有两棵枯树，其中一棵已经变成鸬鹚的栖息地，另一棵很早以前就倒在地上，裸露的树根张牙舞爪地伸向空中。提提和罗杰曾在那里找到了弗林特船长的宝藏。

"那些鸟飞走了！"瞭望员罗杰喊道。当燕子号靠近那座小岛的时候，四只黑色的长脖子大鸟从枯树上腾空而起，掠过水面飞走了。

一等水手提提似乎并不关心鸬鹚岛，而是一直盯着离岛不远的水面出神。在那个漆黑的深夜，她是否真的独自一人乘着别人的船停泊在那里呢？

苏珊大副也没工夫去看鸬鹚岛，因为这次航行即将结束，她得考虑搭帐篷和做饭的事情。她用望远镜观察湖对面那座树木繁茂的大岛。

"奇怪，岛上居然没有烟。"她说。

"他们肯定在那儿，"提提说，"能把望远镜给我看看吗？"

约翰船长回头看了一眼。

"准备换舷！"他喊道。燕子号掉转船头，终于朝着野猫岛的方向驶去。自从去年船员们离开那里以后，他们就一直渴望重返小岛。如果南希和佩吉此刻正在岛上等待他们，那么树丛间没有升起炊烟实在说不过去，因为南希·布莱克特总喜欢把火烧得特别旺。

"而且南希也没把旗子升起来，这太不可思议了。"约翰船长说。

"也许是灯塔树太高，她爬不上去吧。"提提说。

"南希多高都能爬得上去。"约翰船长说。

"快看啊！"罗杰昂着头，望着远处湖岸上的一间白色旧农舍喊道，"那是迪克森农场！迪克森太太在喂鹅呢！你们看看有些白点。"

"也许是母鸡。"苏珊说。

"她养的母鸡都是棕色的，"罗杰说，"不过也有可能是鸭子。"

"你打算从哪里登陆？"苏珊问船长。

"以咱们现在的航向，去小岛的哪一头都行。"

"旧的登陆点离营地更近。"

"哦，咱们还是先检查一下港湾吧。"提提说。

港湾位于野猫岛的最南端，一些巨大的礁石把这里变成了一个避风港，而且岸边有记号指引小船穿过危险的暗礁。另一处登陆点是个有鹅卵石滩的小湖湾，位于野猫岛的东岸，离陆地更近，而且岸边不远处就是他们去年扎营的地方。如果有很多货物要运上岛，在那里停船靠岸要比港湾方便得多。约翰驾着船朝野猫岛的南端驶去。燕子号远远绕开外面的礁石群，从港湾的入口经过。

"亚马逊号没在港湾里。"瞭望员说。

所有人都以为亚马逊号会停在那里，因为如果南希船长笃定他们会把船直接开往登陆点，那么她肯定会把亚马逊号藏在港湾，然后埋伏在岛上，等待他们的到来，这样的话，岛上没有炊烟和旗子也很正常。这是她的老把戏了。

"那是画着白叉的树桩！"提提说，"高一点的记号在那里，那棵分杈的树！那是我看见河鸟的石头。噢！重新回到这里的感觉好极了！"

"他们给低处标记上的叉号重新涂了一遍漆，"约翰船长说，"其实早该这么做了。"

"她们肯定在岛上，"提提说，"其他人才懒得费这个神呢，而且除了我们，没人知道这个记号。"

燕子号经过港湾入口的时候，除了灰色的礁石，他们没有任何发现。不知道的人绝对想不到礁石围着的是个隐蔽的港湾。论其大小，野猫岛的港湾是全世界最好的港湾之一。

约翰向上拉舵，收紧缭绳，小心翼翼地将横杆转向另一舷，然后重新回正舵柄，慢慢松开缭绳。燕子号沿着小岛与陆地之间的航道乘风前行。

"看见登陆点啦！"罗杰一看见便大喊道，"可是，亚马逊号也不在那里。"

约翰继续往前开，而后收紧缭绳，带着燕子号驶向那片平坦的小沙滩。

"现在可以让它自己漂进去了。"他自言自语道。燕子号慢慢漂入越来越平静的水域，船帆也开始在风中悠闲地上下摆动起来。这时，约翰松开了缭绳。小船的速度越来越慢，乃至船头都靠岸了船员们也没有察觉。见习水手罗杰抓着船绳跳上了岸。

"大副，可以降帆啦！"船长说。

苏珊早已爬过货物来到船头。她解开帆绳，双手一下接一下地往上送。船帆开始徐徐降下，一等水手把帆桁从滑环的钩子上取下来，交给船长。约翰收好帆桁和船帆后，将它们一并放入船舱。

第二个上岸的是那只鹦鹉，提提把笼子交给岸上的见习水手，然后也跟着下了船。紧接着，大副和船长也下来了。他们把燕子号拖上岸后，就急匆匆地朝着林子里的空地跑去，那是他们的旧营地。罗杰、提提和绿鹦鹉最先赶到。

营地里空无一人。不过，离去年的石头灶不远处，有一大摞准备用来生火的浮木，木头顶端有一个白色的大信封，上面插着一支绿羽箭。

"一定是那两个亚马逊海盗留下的！"罗杰喊道，"这是她们的箭！"

"波利，这是用你的羽毛做的。"提提把鸟笼放在地上说。一看到箭上的绿羽毛，那只鹦鹉气得狠狠啄了一下笼子，然后发出一声长长的尖叫。

苏珊拔起那支箭。信封上用蓝色铅笔写着："燕子号船员收"。

"快打开看看。"约翰船长说。里面装着一张信纸，纸上的内容是用红色铅笔写的。

亚马逊海盗写给燕子号水手的信：

　　欢迎来到野猫岛！我们会尽快赶到。我们遇到了大麻烦。弗林特船长也被困住了。提提没忘记带绿羽毛吧？这支箭上的是我们最后剩的几根了。燕子号和亚马逊号万岁！

　　　　　　　　　　　　　"海上魔王"南希·布莱克特，亚马逊号船长
　　　　　　　　　　　　　　佩吉·布莱克特，亚马逊号大副

　　另，我们会留意岛上的烟的！

在那两个签名旁边，她们用铅笔画了一个骷髅头标志，还用钢笔描黑了。

"你给她们带羽毛了吗，提提？"约翰船长问。

"当然！"一等水手提提说，"我用信封装起来放在睡袋里了。放心吧，一根都没少。"

第二章

野猫岛

"她们说的大麻烦指的是什么呢？"一等水手提提把那封信仔细读了一遍之后问道。

"这是南希一贯的风格，"苏珊大副说，"她总觉得没有麻烦就没有乐趣，所以才这么说的。"

"但是弗林特船长也这样就太奇怪了。"约翰说。

"也许在我们收拾好营地之前，她们就会出现，"苏珊说，"妈妈和布丽奇特也会来喝茶的。咱们开始干活吧！"

"最好先把火生起来，她们说了会留意炊烟的。"约翰说。

"我们要点燃耀眼的火焰召唤她们，就像通知那些卡莱尔市民一样，"[1]提提说，"当然，烟才是关键，她们只要爬到房子后面的山顶上就能看见了。"

论起生火，谁也比不过苏珊大副。很快，火苗就开始舔舐她抓来的一把干树叶，并且点燃了搭在上面的干芦苇和干树枝。过了一会儿，一根根指向中间的粗树枝也燃烧起来了，发出一阵阵悦耳的噼啪声。火堆中升起的一缕青烟也在树林里弥漫开来。野猫岛又恢复了生活的气息。

1.出自英国著名诗人托马斯·巴宾顿·麦考利的一首叙事诗《无敌战舰》。该诗作于1832年，讲的是1588年，英国普利茅斯港收到消息，有人发现西班牙无敌战舰正向该港驶来，所以英国当局向全国上下发布预警的故事。全诗最后一句是"……斯基多山上耀眼的火光，将卡莱尔市民从睡梦中唤醒。"

"现在去搬东西吧。"苏珊大副站起身说道,她的眼神里透着一丝干练,"见习水手去哪儿了?"她拿出哨子吹了起来。罗杰听见哨音,连忙从小岛北边的瞭望台跑了过去。他刚才一直站在那棵高大的松树底下,那是他最喜欢的地方。

"探险之前必须先把帐篷扎好。"

"动起来吧!伙计们!"一等水手说,"这是南希船长的口头禅。"

"那就抓紧时间吧。"大副说。

"全体水手都去卸货。"约翰船长一声令下。船员们立刻动手从船上把东西搬下来,然后穿过树林,运到他们打算扎营的那片空地上。

卸完货后,约翰船长立刻划船去小岛南边,然后,他改用一支桨在船尾划,始终让岸边的两个记号(画着白叉的树桩和分权的树)保持一前一后,从而避开平水礁和暗礁,把船驶入港湾。随后,他卷起船帆,系好帆绳,把燕子号船头的缆绳系在画着白叉的树桩上,把船尾的缆绳系在一棵长在石缝中的矮树上,这样小船就稳稳当当地漂在水面上了。约翰最后看了一眼小船,一切正常,于是他沿着老路快步朝营地走去。自从去年提提把那条路修剪过之后,它又长出了许多杂草。

营地的石头灶里已经燃起了熊熊的篝火,火上还架着一个从霍利豪农场带来的烧水壶。旁边的空地上放着四捆新帐篷,只需要原地支起来就行了。大副等着船长帮她在两棵树之间拉根绳子,挂一顶储物帐篷。帐篷很快就挂好了,提提和罗杰立刻风风火火地往帐篷底边的口袋里装小石子,把帐篷固定好,然后还在里面铺了一块防潮布。接下来的两分钟里,大副把所有暂时用不到的东西都放了进去。虽然四顶睡觉用的帐篷不需要搭在树与树之间,但在坚硬的石头地面上找到能打帐篷钉的地方并非易事,因为草地上不仅布满青苔,而且到处都是石头。只见船员们把石头东搬西挪,然后在地上打好洞,把帐篷钉敲了进去,动作十分娴熟,不一会儿,四顶帐篷就搭好了,而且住在里面的每个人都能看见门口的篝火。而后,他们系紧防风绳,铺开防潮布和睡袋,还在每顶帐篷里挂了一盏小烛灯。挂烛灯的地方离帐篷壁很远,非常安全。

船员们的全部家当几乎都堆在储物帐篷里,不过罗杰不肯把新得的一根鱼竿和其他东西放在一起,只想把它放在自己的帐篷里。"竖着放占不了多大地方,"他说,"而且我随时都可能会拿它去钓鱼。"提提坚持要把她的笔盒带在身边。当然，约翰也把装着《船员合同》的铁盒留在了自己的帐篷里，而且他还把手表和他在学校获奖得来的小气压计挂在了头顶的挂钩上，这样，他在夜里不用起身就能把它们从钩子上拿下来看了。

"这个营地比去年好多了。"提提看着眼前的几顶帐篷说，放东西的那顶帐篷还是她和苏珊去年住过的，"等亚马逊海盗把她们的帐篷搭在老地方，那就更完美了。咱们把一些湿的东西放进火里吧，这样可以多弄点烟出来，她们老远就能看见。"

"现在不管大家什么时候来都没关系了。"大副说。

提提和约翰抓来一把又一把湿草，扔进火里，不一会儿，一股浓浓的灰色烟柱从火堆里冒了出来，呛得他们几乎透不过气来。

"见习水手又去瞭望台了吗？"大副问。

罗杰正在重温睡帐篷的感觉，为今晚做准备，可刚躺下不久，他就听见大副在叫他，于是他赶紧从帐篷里爬了出来。

"现在可以去探险了吗？"他说，"能把望远镜给我吗？"

"望远镜在船长的帐篷里。"大副说。

"不，我已经拿出来了。"船长边说边把望远镜递给见习水手。罗杰带着望远镜一溜烟地跑到了瞭望台。他趴在地上，躲在一簇石楠花后面，把望远镜伸出去偷偷观察远处湖面上的动静，连里约外面的群岛也看得一清二楚。

在很长的一段时间里，那只绿鹦鹉都很安静，这时它却突然大叫起来："八个里亚尔！八个里亚尔！"

提提打开笼子。

"来吧，波利。出来透透气吧。"

那只鹦鹉立刻摇摇摆摆地从笼子里走了出来。提提向它伸手示意它跳上来，但它完全没有理会。它一直死死地盯着罗杰插在柴火垛旁边的绿羽箭。门一开，它就径直朝那支箭飞了过去。提提知道它的意图后，赶紧把箭从地上拔起来，插在柴火垛顶上它看不见的地方。

"停！不可以！"她说，"我知道你一定会把它咬得稀巴烂的，那这支箭就废了。这么多羽毛可不是一朝一夕能收集起来的,而且这是最后一支绿羽箭了。苏珊,我能喂它吃一块糖吗?"

可是,用一块糖来安慰那只鹦鹉显然不够。它只想从亚马逊海盗的箭上拿回自己的绿羽毛,既然不能如愿,它便回到笼子里继续生闷气去了。

他们不再打扰那只鹦鹉,让它自己消气去。他们把箭拿进储物帐篷,藏在箱子后面,因为正如约翰所说,亚马逊海盗一定会把箭拿回去的,而且提提说的也没错,波利似乎不愿意看到自己不要的羽毛为他人所用。船长、大副和一等水手一起沿着靠近西岸的小路前往港湾,他们要去看燕子号和它的避风港。他们觉得没必要等罗杰,因为霍利豪农场的船可能就快来了,上面载着全世界最好的土著人妈妈和燕子号宝宝布丽奇特,而且说不定弗林特船长也会划着他的大划艇过来,更重要的是,亚马逊号的白帆随时会从里约群岛后面出现。在罗杰眼中,放哨是一件非常有意义的工作,现在他无论如何也不会离开他的哨岗。

港湾的沙滩上有好几处停船留下的痕迹,其中一处无疑是燕子号留下的,而其余的几道痕迹,他们觉得一定是亚马逊号留下的。

"也许她们给导航记号涂漆的时候把船停在了这里。"约翰说。

"而且还堆了那个柴火垛。"苏珊说。

"她们涂得真好,"提提看着树桩上的白色叉号说,这个记号和后面那棵分叉的树能指引水手避开外面的礁石群,把船安全地开进来,"而且去年我们挂导航灯留下的钉子还在。"

"妈妈说过,'以后不准在夜里航行',"约翰说,"而且我答应她了,所以今年我们用不上导航灯。"

"这个好办,咱们可以计划一下白天的活动嘛!"提提说,"'南极'还有好多地方我们没去过呢,而且这片湖另一头的'北极'我们一次也没去过。"

"这些事还是等亚马逊海盗来了再说吧。"约翰说。

"还有弗林特船长。"提提说。

港湾里还有很多地方值得一看。比如提提趴过的那块礁石,她曾经在那里看见一只冲她点头并在水里飞行的河乌，还有她独自留在岛上的那一晚，南希和佩吉提着烛灯上岸时她藏身的那块石头。约翰看着港湾外的细浪拍打礁石，想起南希第一次教他使用港湾标记的情景。苏珊望向远处的湖面，寻找他们去山林里拜访烧炭人那天她在岸边生火的地方。今年，那片林子里已经看不见袅袅炊烟了，霍利豪农场主的妻子杰克逊夫人告诉他们，烧炭人已经不在那里干活了，他们去了湖对面荒野深处的山谷。

三名船员全都踮着脚尖走路，步子轻盈，说话轻声细语，就连自认为应当照顾大家的苏珊大副也不例外。至于约翰，别看他是船长，可他到底还是个孩子，不可能凡事都指望他。重返野猫岛的感觉实在太美妙了，像做梦一样。回去的时候，他们放慢脚步，一边拨开西岸的灌木林从中穿过，一边透过树叶的缝隙眺望他们脚下的那片湖，在夕阳的照耀下，湖面闪闪发光。把岛上逛了个遍之后，他们很想去游泳。突然，从瞭望台传来一阵呐喊声。

"她们来啦！"

他们仨连忙穿过营地，跑到瞭望台的大树下。罗杰趴在陡峭的湖岬边缘。

"在哪里？在哪里？"约翰到处逡巡着亚马逊号的白帆。湖面上有划艇、汽艇、几艘大游艇和一艘轮船，但却没有扬着白帆的小船。

"是妈妈和布丽奇特！"罗杰说。

"把望远镜给我。"大副说。

她看完后把望远镜递给提提，旋即跑回营地。

提提观察了一会儿，只见霍利豪农场的划艇已经驶过船屋湾，妈妈在划船，布丽奇特坐在船尾，身边堆着大包小包的东西。

提提跑回营地去帮苏珊的忙。苏珊说得对，时间紧迫，她们必须赶快烧水和收拾营地。约翰和罗杰则留在瞭望台等待她们的到来。小船在他们的视野里越来越大，到后来，即使不用望远镜也能看见船上的人。终于，那条船近在眼前。布丽奇特挥了挥手，妈妈听见约翰和罗杰的呐喊声也回过头看了一眼。不一会儿，他们低头看着妈妈把船划过小岛的北边。他们跑着穿过营地，来到登陆点和大副、一等水手会合。

他们刚刚赶到登陆点，妈妈就划船靠岸了。

“去年我们碰了鼻子，”妈妈上岸后，提提说，“你记得土著人的规矩吗？”

“我们今年还可以这样呀。”妈妈说完便和提提碰了碰鼻子。当然，燕子号宝宝布丽奇特也学土著人的样子和每个人都碰了一下鼻子。

“茶已经准备好了，”苏珊说，“但我们来的时候没带面包。”

“没事，”妈妈说，“我的单子上都给你们记着呢，别担心。方面包和圆面包我都带了。”

“而且牛奶也归你带。”

“我带的牛奶足够你们今晚喝了。不过明天早上的你们得找迪克森太太拿。她会给你们准备的。我们在霍利豪农场派人捎信给她了。”

大家一起帮忙把东西搬下船。苏珊带着面包和牛奶罐先行离开了。布丽奇特拿了一大包点灯用的蜡烛在后面追她。妈妈留在岸边帮忙把东西搬完，然后和约翰、提提和罗杰一起把它们拿回营地。

“这个营地真不错！”妈妈来到营地后，看了一眼四顶小帐篷和树丛间的储物帐篷说，“这么多柴火都是你们捡的吗？不得不说，你们的动作还真快。”

“那是亚马逊海盗的功劳。”苏珊说。

“什么？”妈妈说，“南希和佩吉来这里找你们了吗？还真被我给猜中了。好极了！你们的老朋友弗林特船长也来了吗？”

“不，我们还没见到她们，”苏珊说，“但她们确实已经来过了，而且给我们留了这堆柴火。”

“还有一封信，上面插着一支箭，是用波利去年的绿羽毛做的。”提提说。

“是要开战吗？”妈妈问。

“当然不是啦。”提提说。

“不过后面就难说了。”约翰说。

“弗林特船长没在他的船屋里，”罗杰说，“他走了。他的大炮也用黑布盖起来了。”

“真的吗？”妈妈说，“那他一定去了贝克福特他姐姐家。你们走了以后，我收到布莱克特太太的信，她说明天下午会和她的弟弟还有特纳小姐去霍利豪。杰克逊太太一听说特纳小姐要来，就立马开始大扫除。"

"我从没听说过还有个特纳小姐。"约翰说。

"她是南希和佩吉的姑奶奶。"妈妈说。

"为什么是姑奶奶？"罗杰问。

"因为她是布莱克特太太和你们的弗林特船长的姑妈，所以当然就是南希和佩吉的姑奶奶啦。布丽奇特去哪儿了？布丽奇特！布丽奇特！"

没人回答。这时，提提扯了扯妈妈的衣袖，然后指着其中一顶帐篷，里面有个人在爬来爬去。

"我都忘了她是燕子号宝宝了，"妈妈说，"苏珊大副，你能吹哨子告诉燕子号宝宝喝茶的时间到了吗？"

苏珊大副吹响哨子。很快，一个头发蓬乱的小脑袋出现在船长的帐篷门口，燕子号宝宝从里面爬了出来。

"很快我也要给布丽奇特做帐篷了。"妈妈说，"明年她肯定也想和你们一起航海。"

"你能给吉布也做一顶帐篷吗？"罗杰说。

"我想它应该不喜欢睡在帐篷里吧！"妈妈说。

尽管吉布和布丽奇特的名字都出现在了《船员合同》上，但由于各种原因，她们还不是真正的水手。布丽奇特年纪太小，只有三岁。虽然她长得很快，而且大家也不再叫她维琪了（她以前长得很像老年的维多利亚女王），但以她现在的年龄和体力还应付不了船上或者荒岛上的各种磨难，所以，她必须和妈妈待在霍利豪农场里。吉布是只猴子，是去年探险结束后弗林特船长送给罗杰的。它活泼好动，身上似乎总有使不完的劲儿。妈妈说如果把它留在农场，它肯定会闯祸。而罗杰自己似乎也不愿意和它住在同一顶帐篷里，因为问到他的时候，他说吉布也应该像他们一样去过个暑假。所以，吉布就被送到了动物园，和它的猴子伙伴们待在一起，度过一个快乐的八月。

来到野猫岛的第一天，探险家把下午茶和晚餐合二为一，因为喝下午茶的时间已经过了，而且他们觉得烧两次开水、洗两次碗似乎又太麻烦。于是，大家刚开始喝茶，苏珊就架起平底锅，开始炒鸡蛋。妈妈给面包抹上黄油。提提不停地往火里添柴。罗杰咬了一大口圆面包垫肚子，然后和船长去湖边装来一锅水，等壶里的水烧开，鸡蛋也炒熟以后，他们便会把锅架在火上。吃过晚餐后，妈妈三下五除二就把餐具洗得一干二净，速度之快令所有人都大吃一惊。

而后，布丽奇特饶有兴致地看着他们把鹦鹉笼子用蓝布罩起来，把波利送进储物帐篷里睡觉，这样等天亮以后它就不会大喊大叫把大家吵醒了。随后，船员们领着两位客人把岛上逛了个遍，就连去年不对外开放的港湾也让她们看了。在瞭望台的时候，他们还让布丽奇特用了一会儿望远镜。可是，布丽奇特睡觉的时间到了，妈妈急着带她回去。

"布丽奇特该休息啦！"妈妈说，"昨晚她在火车上……呃，我是说在船上几乎没怎么睡，连平时的一半时间都不到，都怪船舱里太吵了。"

燕子号船员们哈哈大笑。

"因为昨天是假期的第一天，"约翰说，"至少算是第一个晚上。"

"嗯，"妈妈说，"所以她今晚得补个觉才行。"

四名探险家陪着全世界最好的土著人妈妈和燕子号宝宝布丽奇特来到登陆点，送她们上船。

"我想你们会照顾好自己的，对吗？"妈妈和他们道别时说。

"放心吧，一定会的。"约翰说。

"要记住你们爸爸的话，别乱跑，不然淹死可就成了傻蛋了。对了，如果你们需要什么东西，就在早上去拿牛奶的时候告诉迪克森太太一声。"

"哦，我们会给你写信的。"提提说。

"把船推下水吧，约翰。晚安！别睡得太晚，好好休息！呃，土著语是怎么说来着？格鲁克，对吗？还是嘟噜噜？嘟噜噜！嘟噜噜！"

"管它怎么说呢，"提提说，"过去一年我们不是都在教你英语吗？"

"没错，"妈妈说，"晚安！我澳大利亚的老保姆常说，'夜里睡得沉，白天有精神。'"

"晚安！晚安！晚安，布丽奇特！"

四名探险家再次爬上瞭望台，一来可以在妈妈返航的时候向她挥手告别，二来他们也想看看湖上有没有一条挂着白帆的小船，因为那预示着南希和佩吉即将到来。

"现在太晚了，她们应该不会来了吧？"苏珊说。

"你永远不知道南希会做些什么。"约翰说。

"她们可不觉得在夜里航行是什么了不得的事。"提提说。

"嗯，我们也已经给她们留搭帐篷的地方了。"约翰说。

他们望着霍利豪农场的划艇越漂越远，在他们的视线中渐渐变小，最后消失在达里恩峰的背后。一直盯着那条船的罗杰也"咔嗒"一声合上了望远镜。他打了个哈欠，揉了揉眼睛。

他们返回营地打扫了一下卫生，然后去登陆点把手和脸洗干净，最后还去港湾巡视了一遍，确保燕子号停放稳当了。这时，苏珊大副开始把大家赶去睡觉，她发现不用怎么催，那几个探险家就自觉地钻进新帐篷，躺在新睡袋里了。然而，今天是他们离开这座岛整整一年以后再次回到这里的第一天，谁也不能马上睡着。所有人的脑子里都冒出各种各样的探险计划。约翰偶尔会提出一两个点子，提提有时候也会，当然，罗杰提的点子最多，有时甚至连苏珊也忍不住把她想到的点子讲出来，以免第二天忘记。虽然船长早已下达熄灯令，而且四顶帐篷里的烛灯也都灭了，但他们仍在说个不停。终于，营地里安静下来。罗杰睡着了，苏珊可能也睡着了。提提压低嗓子轻轻地说了一声："约翰船长——"

"怎么了？"

"你觉得南希说的大麻烦到底指的是什么呢？"

"我不知道，快睡吧，要是她们早上来了我们还没醒就不好啦。"

第三章

马蹄湾和亚马逊海盗

尽管昨晚几个探险家都很疲惫，但他们第二天早早地就醒了。湖的东岸，太阳已经升到树木葱郁的山丘之上，阳光透过树叶间的缝隙洒向小岛，在白色的帐篷上留下斑驳的光影。面对如此耀眼的阳光，没人能睡得着。与其盯着帐篷壁上舞动的光点，倒不如看看外面青翠的草木更舒心。

罗杰醒了。他听见树上的叶子沙沙响，还有细浪拍打礁石的声音。第一次从单人帐篷里醒来，一股孤独感袭上心头，罗杰爬了出去，从敞开的帐篷口往里看，大家都在。约翰和苏珊似乎还在睡觉，但提提已经用手支着身体坐了起来，望向外面。

"嗨，罗杰！"当见习水手从提提的帐篷口往里看的时候她说道。

"嗨，提提！"罗杰说。

"我们真的在岛上呢！"提提说，"我从没想过我们还会来这儿。咱们去游泳吧。"

"约翰和苏珊还在睡觉。"罗杰说。

"喂！"约翰说，"昨天夜里亚马逊海盗来了吗？"

"这里只有我和罗杰。"

"再睡会儿吧！"苏珊说。

"我们要去游泳。"罗杰说。

"几点了，约翰？"

“六点半。”

“一个小时以后他们才能去取牛奶。”

“我能把火拨开，再加些柴弄点烟出来吗？”提提问。

“那就麻烦你啦。”大副说。

“反正现在也睡不着了，”船长说，“咱们一起去游泳吧。”

几分钟后，绿鹦鹉离开了它的笼子，在阳光下高兴地大叫着，而登陆点附近的浅滩里也不时溅起巨大的水花，一切迹象表明，燕子号的船员已经做好准备迎接新的一天。

“罗杰，把头沉下去，”大副说，“快点！之后你想怎么游我都不管你了。”

“噗！”罗杰从水里钻出来，喘着气说，“我直接沉到了水底。这里比游泳池好多了。嘿！提提，我们来比赛，看谁一次捡的珍珠更多。”

游完泳后，他们需要生火、烧水。烧水还不急。等火苗刚烧旺，提提和罗杰就从湖边抓来几把湿叶子丢进火里。一股浓烟立刻冒了出来，随风飘向北边。

“如果她们往这边看的话，一定能看见这些烟。”提提说。

“兴许她们还没起床呢。”苏珊说。

“我很高兴我们都起床了。”罗杰说，“现在是不是该去取牛奶啦？”

“我们都去。”苏珊说。

“顺便给妈妈寄封信怎么样？”约翰说。

提提钻进她的帐篷，拿出笔盒里的笔，然后把笔盒垫在下面开始写信。大家在旁边你一言我一语地给她出主意。最后，这封信是这样写的：

我们最亲爱的妈妈：

  早上好！大家都睡得很香。这里一切都好。我们希望您也一切都好。替我们向燕子号宝宝、保姆和杰克逊太太问好。我们刚游完泳。亚马逊海盗还没来。今日刮南风，阳光明媚，万里无云。我们现在要去取牛奶了。

爱你的约翰、苏珊、提提和罗杰
还有波利

她在信封上写下"霍利豪的沃克太太收"，然后在左上角用小字写了"本地邮政"几个字。

在提提写信封之前，水手们还在信纸上签了自己的名字。随后，约翰船长去港湾取燕子号。他划着尾桨把船驶出礁石群，来到登陆点接大家。迪克森农场的小码头离得并不远，即使划过去也不费什么劲，可如果不扬帆航行实在辜负了今天这么好的风，于是，他们扬帆驶过鲨鱼湾，很快抵达迪克森农场的小码头。

"果然是鹅！"当他们爬上陡坡，穿过李子林来到农场的时候，罗杰说，"我就知道！"

迪克森太太走到门口。"对呀，"她说，"是鹅，不过你们不用害怕。"

"我们才不怕呢，"罗杰说，"至少……（这时，一只大公鹅冲着他叫）没那么怕。"

"嘘——嘘——"迪克森太太边说边把那些鹅赶到院子的另一头，"你们只要发'嘘'声，装作要打它们的样子，就能把它们赶跑了。嗯，能再见到你们我真是太高兴了。去年你们带给我的欢乐还历历在目，我还记得那场暴风雨之后我给你们送了一桶粥，你们吃得可香了。不过，最近你们应该见不到露慈小姐、佩吉小姐和她们的吉姆舅舅了。"
（露慈是南希的本名，但她更喜欢南希这个名字。）

"她们会来的。"提提说。

"我想如果老特纳小姐在贝克福特，她们可能出不来，因为特纳小姐从小就是个大门不出、二门不迈的人，她一向不喜欢姑娘家驾着船到处乱跑。嗯，苏珊小姐，你的牛奶罐呢？现在每天早上都能见到你们真好，一切又回到从前了。"

不一会儿，她带着满满一罐牛奶回来了。

"瞧我这记性！"他们刚准备离开，迪克森太太突然说，"我给你们准备的太妃糖忘记拿了。"

说完，迪克森太太便转身进了厨房，在门外等她的探险家听见她在对那些大鹅说："去吧，别害怕，他们都是好孩子。"随后，屋里传来一阵靴子的铁掌摩擦石板地的声音。迪克森先生来到大门口，用手背擦了擦嘴。

"今天的天气真不错。"他说。

"您好吗？"探险家说。

"我很好，"迪克森先生说，"呃，很高兴见到你们。"说完，他便转身进了厨房。

"他可没说客套话！"迪克森太太拎着太妃糖站在门口说，"迪克森一向话不多。"

探险家向她道谢后，穿过田野来到船上，驾着燕子号返回小岛。

吃过早餐、洗完餐具后，船员们一直守在瞭望台上，等待亚马逊号的到来。他们不时抓过一把又一把湿叶子扔进火堆。可等了很久都没看见小白帆的影子。早班的几艘轮船已经驶过小岛，向湖的两头开去。汽艇也渐渐多了起来，在湖面来回穿梭。此外，还有很多渔船在湖岸边漂来漂去，上面有人拿着鱼竿在钓鱼。偶尔还会有几艘扬着帆的大游艇闯入他们的视线。在这晴朗的一天，湖面上一片繁忙的景象，但那两个亚马逊海盗却始终没有出现，那支绿羽箭也在营地里焦急地等待它的主人。

"奇怪，她们怎么还不来？"约翰说。

"我在想，刚才迪克森太太的话到底是什么意思呢？"提提说。

"或许她们要明天才来。"苏珊说。

"咱们开始探险吧，别等她们啦！"罗杰说。

"去哪里探险？"约翰说。

"当然是我们去年离开的地方呀！"提提迫不及待地说，"向马蹄湾出发！那里是个好地方。可惜上次没时间好好看上几眼。不知道那条小溪会通向哪里。要不我们沿着小溪走到源头，然后在咱们的航海图上标记一下吧。"

"马蹄湾确实是个好港湾，"约翰说，"而且在那里还能看见野猫岛。这样等我们走后，就能看见她们有没有来这儿。大副，食物准备好了吗？"

"可是差不多该吃午饭了。"苏珊说。

"我们可以去马蹄湾吃呀。"提提说。

"好主意！"约翰说，"大副，记得带肉糜饼，我们已经有一年没吃了。"

半小时后，野猫岛的营地变得空荡荡的，只剩下绿鹦鹉在它的笼子里站岗。水手们在笼子里放了许多糖，这让它很高兴。火已经被扑灭了，大副不希望没人的时候火还一直烧着，哪怕有鹦鹉看守也不行。他们把一只背包装得满满的放进船舱，背包里有圆面包、苹果、茶叶、糖、巧克力、柑橘酱、迪克森太太给的一袋太妃糖、黑糖、牛肉干、肉糜饼、一瓶牛奶、一把茶匙和几只茶杯。随后，他们把燕子号推离了登陆点。

船长扬帆，大副掌舵，一等水手扶着船上的货物，不让它们晃来晃去地被碰碎或者把什么东西洒出来，见习水手在桅杆前面放哨。他们先乘着顺风去船屋湾兜了一圈，他们想看看弗林特船长是否带着他的外甥女回来了。可是，那间船屋仍和之前一样，前甲板上盖着油布，舷窗里拉着白窗帘。随后，他们抢风驶过野猫岛，朝湖下游的马蹄湾驶去。

马蹄湾因其形似一个马蹄形的小湖湾而得名，它位于野猫岛的西南方向。岸旁的大树一直长到湖边，不过再往南一点就没有树了，而是成片的绿色田野。往湖湾深处走，陡峭的山坡上也长满了大树，山坡之上是一片遍布石楠花和欧洲蕨的荒野。转了三四次航向之后，燕子号来到马蹄湾的入口，大副刚好可以把船从湖西岸的两块石岬之间开进去。

"船头左舷方向有礁石。"燕子号刚驶入马蹄湾，罗杰便大声报告说。

"看起来很危险，"约翰说，"我记得去年好像没见过。"

"现在刮的是南风，所以没什么问题，"大副说，"但还是得当心，我可不想撞上它。"

"去年我们来的时候，头天晚上刚下过暴雨，所以湖面抬得很高。今天的水位一定降了很多。"

他们看着浪花拍打那块从水里冒出来的尖尖的礁石，礁石正对着马蹄湾南边的湖岬。

不一会儿，他们就离开了宽阔的大湖。燕子号的三角旗垂了下来，缭绳也不再绷紧，小船平稳地漂进那个风平浪静的小湖湾，朝着密林下方一片白色的鹅卵石沙滩驶去。

"别去小溪的入口，"约翰说，"那里有一些被水流冲刷出来的小沙洲。南希去年指给我看过。我们最好从这边登陆。没错。这里好极了。罗杰！拿好缆绳！"

"遵命！船长！"船一靠岸，见习水手就拿着缆绳跳了下去。

降下船帆后，苏珊从船尾舀了满满一壶水提到岸上，然后开始寻找一年前她在溪边搭的石头灶，就在离湖湾入口不远的地方。可是，去年冬天的一场洪水把它冲走了，找不到一丝痕迹，不过岸边倒是有很多石头，可以再搭一个。于是，苏珊开始搭新的石头灶，而约翰、提提和罗杰去了湖湾的高水位线附近，准备捡一些好烧的浮木。那里还有很多干树叶，可以用来引火，以及干芦苇，可以搭成尖顶屋的样子盖在树叶上。今年，这片小湖湾还无人踏足，所以地上到处都是那种适合点火烧水的粗木头，等着他去捡。水壶早已装满水，火也烧得很旺了。这时，湖上传来一阵欢快的叫喊声，把船员们吓了一大跳。

"喂！喂！燕子号！喂！"

只见一条刷着清漆、与燕子号差不多大的小帆船从两块石岬之间开了进来。但与燕子号不同的是，那条船挂着白色的帆，桅顶上飘着一面黑色的海盗旗，旗面印着白色的骷髅头标志。船上的船员是两个戴红帽子的小姑娘，其中一个掌舵，另一个一边朝他们挥手，一边身体前倾，准备把稳向板抽出来。

"是她们！"提提喊道，"万岁！咱们现在终于可以去探险啦！"

"嗨！海盗们！"罗杰喊道。

"嗨！南希！嗨！佩吉！"

"嗨！伙计们！"掌舵的女孩喊道，"佩吉，把稳向板抽出来。很好，就是这样……解开帆绳！降帆！"

白色的船帆徐徐降下，那条小船——此刻能清楚地看见船头印着它的名字"亚马逊号"——平稳地漂入湖湾的静水区，紧贴着燕子号靠岸。燕子号的船员们立刻丢开火堆，跑去帮忙。他们把船往岸边拖了一小段路，南希和佩吉从船上跳了下来，热情地与他们握手。

"你们看见我们的烟了吗？"提提问。

"昨晚吉姆舅舅爬到山坡上抽烟的时候看见了，"南希说，"玛利亚姑奶奶不喜欢屋子里有烟味儿。"

"今天快到中午我们才脱身，"佩吉说，"后来经过里约湾的时候，我们看见燕子号的棕色船帆飘到了这里。"

"我们等了好长时间你们都没来，"约翰说，"所以我们决定先来这里，因为如果你们去了岛上，我们在这儿也能看见。"

"其实我们可以躲开你们，偷偷地溜上岛。"南希说，"要是刚才我们把船开进来的时候不喊你们，你们根本就不知道我们来了。"

"我们在忙着生火呢。"苏珊说。

"你们的帐篷呢?"约翰问,"我们把老地方给你们留出来了。我们今年带了四顶新帐篷,还有一顶用来放杂物的旧帐篷。"

"我们的新帐篷可漂亮了!"罗杰说,"我也有一顶属于我自己的帐篷。"

"我的天啊!"南希船长说,"你们不知道吗?我们在柴火垛上留了一封信,告诉你们我们遇到了大麻烦。我们今天能出来就已经是万幸了。我们还得按时赶回去吃饭,还要换上礼服。我们不能露营。对了,一等水手,你带了羽毛吗?那只绿鹦鹉呢?"

"它换的羽毛不多,"提提说,"但我收集了八根非常完整的羽毛。波利在守护小岛。"

"你信里说的大麻烦不是真的吧?"苏珊说。

"当然是真的,而且是天大的麻烦,"南希说,"我们的计划全泡汤了。不能露营,不能挖金子,不能当海盗,只有饭点之外的时间能稍微玩一会儿。更可恶的是,我们每天晚上都必须穿礼服,有时一穿就是半天。简直是糟糕透顶!"

"弗林特船长呢?"提提问。

"他要明天才能来。"佩吉说。

"不是告诉过你们他也被困住了吗?今天是他当值,所以我们才能溜出来。"

"他会去霍利豪农场喝茶,"苏珊说,"这是昨天傍晚妈妈告诉我们的。"

"我们看见他的船屋上没人,"罗杰说,"而且他还把大炮罩起来了。"

"她不让他去船屋上住了,"佩吉说,"他只能睡在家里。"

"可是你们真的不去野猫岛了吗?"

"得等她走了以后才行。"

"等谁走了?"

"当然是我们的姑奶奶啊!"南希船长说,"她是在你们来的前一天到的。"

"可是你们又不用带上她。"提提说。

"如果可以的话,我们倒宁愿把她困在荒岛上,"南希说,"或者把她绑在船锚上,沉到海底喂鲨鱼;或者把她扔在礁石上,让螃蟹吃掉她;或者把她吊在树上喂乌鸦……或者秃鹰,秃鹰更好。我们还希望……总之我们什么都做得出来。你们有什么好点子吗?"

"每天晚上我们睡觉前，南希都会想出一个新花样。昨晚她想的是螃蟹。前天是白蚁。"

"嗯，"南希说，"把她吃得骨头都不剩，就像吃掉斯巴达男孩的狐狸[1]一样。这对她的恶行来说，已经算轻的了。她为什么不在我们上学的时候来呢？那样就不会有这么多麻烦了。"

"你们来岛上和我们一起露营不正好能躲开她吗？"约翰说。

"可是我们来不了啊！"南希说。

"她在监视我们，"佩吉说，"一刻也不放松。"

"我们的姑奶奶不会那样。"罗杰说。

"我们大部分的姑奶奶也不会，"南希说，"其中有几个甚至都不像土著人。我们有个姑奶奶还差点当了海盗呢！可这位姑奶奶偏偏和大家唱反调。我们也拿她没办法。在她走之前，我们成天都得像土著人一样规规矩矩的。真希望她赶紧走。要是只有我们俩，那我们肯定早就逃掉了，可问题是她会拿妈妈和吉姆舅舅当人质要挟我们。他们比我们还要怕她。谁让他们是她一手带大的呢！"

"你们真的来不了吗？"罗杰问。

"我们必须准时回去吃那些难吃得要命的东西。"南希说。

"水要烧开了！"苏珊突然想起她正在做的午餐。虽然探险计划被打乱了，这对水手们来说确实是件糟糕透顶的事，可饭还是要吃的。"你们有杯子吗？"她一边跑向火堆，一边回头问道。

"当然！"佩吉说，"我们的船上还有干粮呢。背包里装着蛋糕和杯子。我们还带了一块肉馅饼。那原本是昨天晚上吃的，但姑奶奶觉得它太咸了。今天早上厨娘让我们带走，不然的话，姑奶奶看见肯定会嚷嚷着扔掉的，所以我们就偷偷带出来了。我们在来的路上用手蘸了里面的汤汁尝了尝，发现一点儿也不咸。"

说完，她爬回亚马逊号上，把背包递了出来，然后小心翼翼地拿着肉馅饼上了岸。

1.希腊的传说，有一个斯巴达男孩偷了一只狐狸，藏在胸前，狐狸在衣服里咬啮他，为了不被人发现，他不动声色，直至被狐狸咬死。

"抱歉我们没带格罗格酒，"南希说，"厨娘忙着招呼姑奶奶，没时间给我们准备。"

"我们有很多牛奶，可以加在茶里喝。"苏珊说。

不多时，四位燕子号水手和两位亚马逊海盗纷纷围坐在苏珊的火堆旁，一边喝茶，一边批评姑奶奶对肉馅饼的错误判断。吃完肉馅饼后，约翰拿出他新得的一把多功能折刀，用上面的开罐器打开了一罐肉糜饼，然后切成六份。眨眼的工夫，他们就把肉糜饼吃了个精光。接着他们还吃了圆面包和柑橘酱，把它们当饭后甜点，然后又吃了蛋糕，最后是苹果和巧克力，直到再也吃不下为止。

"咱们留些巧克力在探险的时候吃吧。"提提说。虽然他们的整体计划被打乱了，但他们今天还是决定去马蹄湾的那条小溪探索一番。任何事情都不能阻止他们。

"你们要去哪里探险？"南希问。

"去小溪的上游。"提提说。

"你们只能走到大马路那里。"佩吉说。

他们很快便发现，如果继续和两个亚马逊海盗聊下去，那今天就甭想去探险了。南希和佩吉一直在滔滔不绝地谈论她们的姑奶奶、学校里的生活和去年圣诞节之后发生的一切。她们已经厌倦了当彼此的听众了，不过约翰和苏珊倒是一脸满足地坐在火堆旁听她们讲，而且只要南希和佩吉愿意讲，他们就愿意听。

提提和罗杰也听了很长一段时间，甚至偶尔还会问一两个问题。但是最后，罗杰终于坐不住了，他开始往空中抛石子玩，一次抛两粒，其中一粒掉进了他的茶杯里。要不是里面还剩了一些茶，那只杯子八成会碎掉。提提想到了航海图上那些空白的地方，她站起身，向罗杰招了招手。

"你们要去哪儿？"苏珊问。

"去探险。"提提说。

"别走太远啦！"苏珊说，"早些回来……呃，佩吉，你刚刚说什么来着？"

于是，一等水手和见习水手钻进了矮树丛，消失在一片浓密的树叶后面。

第四章
探险二人组

一切伟大的成就与重要的发现都离不开互信与互助。

——蒲柏译《荷马史诗》

提提和罗杰拨开灌木丛和小树，沿着溪边继续往前走。起初，他们还能听见其他人的谈话，南希和佩吉的声音听得一清二楚，约翰和苏珊的声音相对要小一些。渐渐地，他们只能听见南希和佩吉的声音了。后来，只剩下南希一个人的声音了，比他们脚下潺潺的溪水声稍大一些。再后来，他们连南希的声音也听不清了，只是偶尔能听见远处飘来她爽朗的笑声，虽然声音不大，但肯定是她发出来的。之后，他们什么也听不到了，耳边只有溪水从六英寸高的地方倾泻下来，顺着卵石滩流淌的哗哗声。溪流太宽，他们没办法直接跳到对岸，不过水里有很多大石头可以踩着跳过去，运气好的话，还不会把脚弄湿。溪边长着许多大树，有的地方，溪水几乎从树根底下钻了过去。沿途还有许多小水洼，在溪水汇入的地方，水面泛着白沫。经过一段平静的浅滩，水流又变得湍急起来，形成一道小瀑布，向低处奔流而去。

"水里有鱼！"罗杰说。

"在哪里？"

"现在看不到了，已经游走了。快看！快看！那里又有一条！"但提提还没来得及朝罗杰手指的方向看过去，那条鱼也游走了。

"它们用不着这么害怕，"一等水手说，"我们又不是鹭鸟。要是再看见鱼，你站着别动，别用手去指它。"

罗杰往前走了几步，眼睛盯着前方的溪流开始找了起来。突然，他站着一动不动，就像猎狗在刚收割完的庄稼地里嗅到鹧鸪一样。提提弯下腰，悄悄地走到他身边。

"在那儿，"罗杰说，"那块长着苔藓的石头旁边。看！它把头浮上来了。"

虽然溪流很快将水面漾起的涟漪冲走了，但提提还是借此发现了目标。她看见清澈的小溪里，有一条小鳟鱼一动不动地停在那儿，仿佛定在水中一样。她正看得入神，小鱼突然跃出水面，摆摆尾巴游走了。

"它一点也不像我们在湖里钓的鲈鱼。"罗杰说。

"可能是鳟鱼吧。"提提说。

"可惜没带鱼竿，"罗杰说，"不然我们就可以钓好多好多鱼，带回去给大家尝尝鲜了。"

"我们不能在这片林子里钓鱼。"提提说。

"为什么？这里有很多鱼呀！"罗杰说。

"反正现在不能钓鱼。我们是探险家，是来丛林里探路的。我们绝不能开小差。说不定在我们看鱼的时候，会听见一阵怪叫声……"

"是那种会让人吓破胆的怪叫声吗？"

"是的，而且还会有回旋镖和箭嗖嗖地射向我们。就算当场没被射死，那些野人也会把我们捆起来带走。等其他人来找我们的时候，他们也会掉进同样的圈套里。"

"这是什么声音？"罗杰突然说。

他们都知道那是汽车喇叭的声音。不过这个声音来得正是时候，刚好可以让他们把故事编下去。

"是野人在吹号角。"提提说，"也许有一条大路穿过这片树林。我们肯定快走到尽头了。"

他们又听见一声喇叭响，但和刚才的音调不同。接着传来摩托车的轰鸣声，非常刺耳。

"这下号角和手鼓的声音都有了，"提提说，"肯定是野人的侦察兵在吹号角通知对方。我们应该快走到头了。佩吉也说过我们只能走到这里。"

"嗯，能走多远就走多远吧。"罗杰说。

树林的这部分几乎都是一些小树，但长得密密麻麻的。这里不仅有榛子树、橡树和桦树，最多的还是白蜡树和带刺的矮冬青，偶尔有几棵高大的松树，伸着柔软的羽状针叶，垂在其他的灌木之上。除此之外，金银花藤随处可见，它们一簇又一簇地缠绕在大树枝上。这里可谓是人人都向往的那种丛林，还有一条湍急的小溪穿流其间，最终汇入外面的大湖。

提提和罗杰继续往前走。突然，他们发现左边的树丛里似乎有一块空地。他们穿过小溪，拨开灌木丛，朝那片空地走去。他们发现那里有一条土路，通向树林边缘的一堵石墙。墙上有一个门洞，或许曾经还有过一扇门，不过现在已经没有了，墙的两边也塌了下来。墙后面横亘着一条马路，马路对面是另一堵由松动的石块砌成的墙，上面布满青苔，再往后则是一片松树林，高大的落叶松随处可见，偶尔还有几棵冷杉，直冲天际。

提提最先看见那条土路。她立刻趴在靠近土路的地面上。罗杰愣了一下，也跟着趴了下去。

"我们还不知道他们是敌是友。"提提说。

"在湖的这一头，我们只认得那两个亚马逊海盗。"罗杰说。

"对，而且我们知道她们现在在哪，所以从这条路上经过的一定是我们不认识的人。"

正说着，一辆小汽车从石墙的门洞外"嗖"地一下开了过去。忽然间，他们看见一缕阳光透过树叶的间隙洒在什么东西上，闪闪发光，不一会儿，那束光移动到门洞里，最后消失了。这时，三个骑自行车的土著人经过门洞，往另一个方向走了。而后，又有一个声音传入他们的耳中，似乎有什么更好的东西即将到来。那是马蹄踏在坚硬的路面上发出的声音。

"马儿是在走路还是小跑？"罗杰问。

"应该是走路，"提提说，"听起来像跑，其实是在走。欸！好像有不止一匹马。"

过了好一会儿，那几匹马才进入他们的视线，不过看见马的那一瞬间，提提和罗杰都觉得他们的等待是值得的。只见三匹棕红色的高头大马从门洞外走过，每匹身上都套着挽具，排成纵列，后面拉着两架红色的木轮车，车上用链条拴着一根比野猫岛上的灯塔树大出四五倍的圆木，圆木较细的尾端伸出第二架木轮车之外，悬在路面上。有一个人骑着领头马，还有一个人高高地坐在圆木尾端，惬意地抽着烟斗。幸好他背对提提和罗杰，否则他坐得那么高，很容易就能看见趴在墙角的他们。

"他们要把木头拉到什么地方去呢？"罗杰说。

"可能是船厂吧。"提提说。

比起他们刚才穿过的藤蔓丛生的树林，马路对面的松树林看起来好走得多。

"要不我们慢慢地挪到马路旁边去吧，"罗杰说，"这样等没人的时候，就可以迅速地跑到马路对面了。"

"不行，"提提说，"那里随时都有人经过。"

她的话音未落，又有一辆小汽车鸣着喇叭从那条马路上开了过去。

"欸！"过了几分钟后，罗杰说，"如果我们从马路底下穿过去，就不会被土著人发现啦！"

"那样确实不会被发现。"提提说。

"小溪流过的地方肯定有一座桥。"罗杰说。

"真是个好主意！"

"我也觉得这样应该没问题。"

"我们先回到溪边去。"提提说。他们竖起耳朵听，小溪就在不远处流淌着。刚才，由于看见林子里那条土路形成的空地，他们才忍不住走过去一探究竟。他们从地上爬起来，一头钻进了灌木丛。找到小溪后，他们快步走到岸边。那里果然有一座石桥，离他们刚才趴的地方不到五十码。桥洞不高，但却很宽，拱顶爬满了常春藤。虽然桥上就是那条马路，但桥洞里的常春藤十分茂密，而且旁边还长了许多树，所以两位探险家可以直接从桥洞底下穿过小溪，除非正好有土著人探着脑袋往桥下看，否则绝不会被人发现。透过桥洞，他们看见对面翠绿的落叶松和棕色的树干，以及波光粼粼的水面。

一等水手提提坐在地上。"罗杰，把鞋脱了。"她说。

"遵命！长官！"见习水手说。

"把两根鞋带绑在一起，然后把鞋子挂在脖子上。"她边说边脱掉自己的鞋子。没有双脚的束缚，鞋带解起来更容易。她解开鞋带，从两只鞋上各抽一根打成蝴蝶结。"你不用系得那么紧。"她看着罗杰的动作说，"到了对岸还得再穿上呢。现在看好了，我走哪里，你就在哪里下脚。"

说完，她便踏进了水里。迈出第一步的时候，水没过了她的脚踝，迈出第二步时，水就淹到了膝盖，之后水就没那么深了，桥洞对岸更是一洼浅滩。

"慢慢走过来。"一等水手说，"要是你的腿再长一些就好了。当心别把裤子弄湿。把裤腿尽量卷高一点。沿着这边走。"

"遵命！长官！"

"千万当心，别摔跤了！"

他们用手扶着头顶的矮桥拱，蹚过清澈的浅滩。脚下的石头长满青苔，特别滑，所以他们穿过桥洞的时候格外小心。

这时，一辆大卡车从他们头顶驶过，那座古桥也跟着微微颤动起来。罗杰惊恐地望着提提。好在危险转瞬即逝，一等水手开始用脚试探水里更稳固的石头，好踩着它们上岸。

"现在没事了，"她说，"贴着桥墩走。别踩那块大石头，它不太稳。这块没问题。"

一切顺利，两位小探险家安全地上了岸。他们紧挨着桥墩坐下，以免被马路上的人发现。他们掏出手帕擦干脚，然后重新穿上鞋。等了一会儿，似乎没人经过，他们立刻冲向对面的松树林。

此刻，他们在陡峭的松树林中向上攀爬。山涧的溪流顺着石阶哗哗地冲下来迎接他们。提提和罗杰沿着小溪越爬越高，渐渐走出松树林，来到一片遍布榛子树和橡树的林子，和马路另一头的一样。突然，他们走到树林的尽头，置身于辽阔的天空之下。放眼望去，青紫相间的荒野绵延数里，青色的是迎风摇曳的欧洲蕨，紫色的是齐膝高的石楠花。荒野之上，山梁起伏，沟壑纵横，到处洒满阳光。从这里看，它们比从野猫岛或者霍利豪农场远看时显得更高大雄伟。

"我们可以给其中一座山取名为'干城章嘉峰'。"[1]提提说。

"哪一座?"

"最大的那一座。"

奔腾的溪水蜿蜒穿过荒野,从他们脚下流入树林。冬天,水流尤为湍急,它将大石块旁边的泥土冲走,为自己开辟出了一条很深的溪谷。所以,尽管他们知道小溪在那里,但只有走到近处时才能看见。

"还要往前走吗?"罗杰问。

"嗯,沿着这条小溪走是不会迷路的。"提提说。

她继续沿着羊肠小道往前走,穿过溪边的石楠花丛。罗杰停下吃了一块巧克力,然后跑去追提提。有的地方,蕨草长得很高,乃至他们几乎看不见对方。那条小路在溪谷边缘蜿蜒而上,绕过灰色的大石头,穿过一簇簇紫色的石楠花丛。小溪一直在给他们指路,突然,一阵瀑布声吸引了他们的注意。刚才他们穿过松树林的时候也听见了,只不过此刻的水声大了许多,而且在开阔的荒野上听和在林子里听的感觉迥然不同。

"你看!"一等水手突然说,"就在那儿!"

他们匆匆跑到瀑布脚下。只见水流从高处倾泻下来,打在一块块凸起的岩石壁上,哗哗作响。他们已经走到头了,想要继续前进,只能从瀑布旁的岩石壁爬上去,离开这条蜿蜒狭长的溪谷。

提提有些犹豫,但这次罗杰却很想继续前进。没等她下定决心,罗杰已经开始爬了起来。不一会儿,提提也跟在他后面爬。他们很快爬到瀑布旁一块干燥的岩石上。

"爬上来很容易嘛!"罗杰说。

他们两个都没想到,在石头上会看见如此一番景象。这是一条荒野中的小溪谷,被前方不足百码之外的另一条瀑布和两侧的山坡环绕。山坡上开满了石楠花,而且十分陡峭,乃至两位探险家抬头望时,也只能看见头顶的蓝天,仿佛那些起伏的山峦都不复存

1.干城章嘉峰(Kanchenjunga),又名金城章嘉峰,位于喜马拉雅山脉中段尼泊尔和印度边界处,海拔8586米。因其有五个峰顶,故被誉为"五座巨大的白雪宝藏",其中四个峰顶高逾8450米。

在，而这条溪谷也如同悬在空中一般。只有回过头，他们才能看见那片荒野、树林和湖对面的高山。

"这里用来当强盗的老巢再好不过了。"罗杰说。

"这也是皮特鸭最向往的地方。"提提说，"世界上肯定再也找不到比这更隐蔽的溪谷了！"

随着时间流逝，皮特鸭已经渐渐长大，成了提提形影不离的好伙伴；罗杰偶尔也会提起它；其他人并没有把这太当一回事，不过倒也没谁去笑话他们。说起皮特鸭，那要从去年冬天的一个夜晚开始讲起。那天夜里，燕子号的船员们、南希、佩吉和弗林特船长在船屋的船舱里编了一个故事，而皮特鸭就是这个故事的主人公。在那个故事中，皮特鸭是一只从小就漂在海上的鸭子，也是一位经验老到的水手。它曾经和他们一起航海去了加勒比群岛，后来回到洛斯托夫特[1]，它的口袋里装满了海盗的金币。皮特鸭的故事大部分都是提提编的，她和罗杰在一起的时候经常会谈起它，不过大多数的时候，她喜欢自己一个人天马行空地想象。她已经把皮特鸭塑造成了一个无所不能的形象，不论遇到什么困难，皮特鸭总能化险为夷。玩具娃娃对提提来说没有任何吸引力，因为皮特鸭比它们好得多。它既不会把房间弄乱，从不到处乱跑，也不像那些玩具娃娃一样会有木屑从身体里漏出来，更重要的是，它有一颗时刻准备去探险的心。

"它躲在这里就不会被人打扰了。我想它一定没到过比这更好的地方。咱们爬到顶上去看看吧。"

罗杰立刻行动起来，从一块石头跳到另一块石头上，穿到小溪对岸。

"你从那边爬上去，"提提朝他喊道，"我从这边爬。我们去上面看看这条溪谷是不是真的那么隐蔽。"

他们从两边登顶，然后回头望着对方。他们发现，只要后退几步，就完全看不见谷底了。要不是事先已经知道，此刻站在石楠花丛中的提提和罗杰绝对想不到他们之间竟然隔着一道溪谷。

1.洛斯托夫特：英格兰萨福克郡的一座城市，位于北海沿岸，也是英国最东端的城市。

"这个地方太完美啦！"提提朝对面喊道。

"我也这么觉得！"罗杰大声回应道。

他们爬下去，在谷底会合，沿着小溪朝上游的瀑布走去。路过几个小水洼的时候，他们看见里面有小鳟鱼在游来游去。瀑布脚下是一片大水潭。他们刚到那里，就看见一条大鳟鱼跃出水面，吞进一只苍蝇，旋即落入水中，溅起一阵银色的浪花。

"皮特鸭一定很想在这里钓鱼，"提提说，"它喜欢钓鱼。你还记得它是怎么在纵帆船的船尾拖着鱼钩钓鲨鱼的吗？"

"我们也要钓鱼。"罗杰说，"不过，现在是不是该喝下午茶了？"

罗杰的坏毛病就是随时随地都想吃东西。

"把我的巧克力拿去吃吧，"一等水手说，"反正我也不吃。"

"真的吗？"罗杰说。

"当然。"提提说。

"我们等等看那条鱼会不会再跳出来吧。"罗杰说，"我正好边看边吃。"

提提把巧克力递给罗杰，然后回过头看着溪谷。她从脚下V字形的豁口极目远眺，视线一直落到湖对岸的群山，以及更远的几座山上。倘若头顶的天空没那么晴朗，她或许会把那些山当成天上的云。此刻，站在溪谷的最高点，她既看不见瀑布脚下的荒野，也看不见来时穿过的树林。她继续观察那条溪谷和两侧的陡坡，她的右手边是一块近乎垂直的石壁，石缝中长着石楠花，而她左手边的山坡则要平缓一些，坡上遍布青草和欧洲蕨，还有许多松动的碎石。她后悔没把航海图带来，不然就可以把这条溪流和新发现的山谷标记上去了。这时，提提看见一只玳瑁蝴蝶[1]停在她身边的石头上，沐浴着阳光，一对夹杂着棕色、蓝色、橙色和黑色的翅膀平展着一动不动。

"真漂亮啊！"提提说。她的话音刚落，那只蝴蝶便拍拍翅膀从石头上飞了起来，贴着地面朝山谷里飞去。

"它马上就会停下来，展开翅膀休息的。"她说。果不其然，那只蝴蝶很快就落在一

1.玳瑁蝴蝶：翅面黄褐或红褐色，有黑褐色的斑纹，形似玳瑁的甲壳，因其幼虫取食荨麻、大麻等植物，故又称荨麻蛱蝶。

簇长在石壁低处的石楠花上。

提提蹑手蹑脚地朝它走了过去，视线一直没离开过它。可是，当她伸手就能触碰到那簇石楠花的时候，她几乎立刻忘记了蝴蝶的存在，就连它飞走也没看上一眼。

"罗杰！罗杰！"她大喊道，"这里有个山洞！"

在"哗哗"的瀑布声中，罗杰隐约听见提提在叫他，虽然不知道她具体说了些什么，但她的语气中透着一丝急切。于是，罗杰暂时放下看鳟鱼的念头，朝她跑了过去。她到底发现了什么呢？罗杰发现她正在往石楠花底下看，原来，石壁上有一个上窄下宽的山洞，猫着腰很容易就能钻进去。那个山洞十分隐蔽，顶上有一块凸起的岩石将它挡在下面，两侧和顶部的石缝中长着茂密的石楠花，乍看之下很容易让人觉得那只是一道裂开的石缝，不仔细看根本不会注意到它。两位探险家同时蹲了下来，试图将那个漆黑的山洞看个清楚。

"这是狐狸洞，"罗杰说，"也有可能是熊窝，里面足够住进一头熊了。"

"可惜我没带手电筒，"提提说，"连火柴也没带。"

他们捡起几块石子扔进山洞。他们以为会有什么东西跑出来，可结果令他们大失所望。提提拨开石楠花，把整只手臂伸进去探了探，很快又抽了出来。

"里面更大，"她说，"也更高。我觉得咱们俩在里面应该不用弯腰。要进去吗？不过里面黑漆漆的什么也看不见。要不还是等拿了手电筒再进去吧？"

"好，先去拿手电筒。"罗杰说。

"快！"提提说，"我们去把船长和大副找来。回来之前，先让皮特鸭在这里守着。这是它的山洞。我想它应该早就知道这里了。走吧！"

他们一路跑向溪谷下游，从较低的那道瀑布旁顺着岩石爬了下去，然后穿过长满石楠花和欧洲蕨的羊肠小路。当他们来到荒野与树林的交界处时，提提突然停下了脚步。

"啊！那两个亚马逊海盗也在！"她说。

罗杰气喘吁吁地看着她。

"虽然她们几乎把所有地方都探索过了，"她说，"但她们可能还不知道那里有个山洞。我们待会儿可以说那个溪谷，但千万别提山洞，因为那是属于我们和皮特鸭的山洞。"

"我们只告诉约翰和苏珊。"

"嗯，先带他们来看看这个溪谷，然后再说山洞的事，给他们一个惊喜。山洞可是个好地方，知道的人越少越好，否则就浪费了。当然……"她又补充了一句，"如果他们不愿意来看这个溪谷，那我们再说有山洞也不迟。"

他们飞快地穿过树林，脱掉鞋子，蹚水穿过桥洞。没等脚干透，他们便急忙穿上鞋，气喘吁吁地跑回马蹄湾。

当提提和罗杰探险归来时，他们发现自己就像其他许多探险家一样，不在的那段时间家里发生了很多事情。喝茶的时间早就过了，大家还出去找过他们，一来那两个亚马逊海盗急着赶回去，二来苏珊大副想知道他们为什么出去这么久。给提提和罗杰留的茶几乎快凉透了，他们在众人的催促下上了船，把茶留到回去的路上喝，因为南希和佩吉已经晚了，如果再不动身，那她们恐怕连岛上的新帐篷都来不及看得走了。

燕子号和亚马逊号启程之后，提提和罗杰便开始大谈特谈他们的探险经历。起初，他们俩争先恐后地抢着说，但很快罗杰就打住了。毕竟，提提更擅长讲故事。提提说了树林外面的荒野、瀑布和瀑布之上的小溪谷。她还说那条溪谷非常隐蔽，在里面躲一辈子都不会被人发现。

"你敢以海盗的名誉担保吗？"南希说，她划着亚马逊号，让船头正对湖湾出口，"还是说，这只是你编出来的，就像皮特鸭的故事一样？"

"皮特鸭当然也在那里，"提提说，"但我说的都是真的。"

两条小船出发了。南希和佩吉划着亚马逊号在湖湾外等燕子号，然后和它保持适当的距离航行，方便交谈，就这样，他们一起驶向野猫岛。

"那是'狗鱼石'。"南希指着马蹄湾南边的湖岬正对着的那块礁石说，"要不是水位降得这么低，你们是看不见的。"

"我们来的时候就看见了。"约翰说。

"那块石头像锯齿一样锋利，"佩吉说，"吉姆舅舅说他亲眼看见过一条渔船和它相撞，结果船沉了。"

提提仍在燕子号上滔滔不绝地说着那条隐蔽的溪谷。"除非很早就知道，"她说，"否则没人能找到那里。"

"也许她说的是真的。"南希在亚马逊号上说，"我们从没到过那片荒野。你确定吗，一等水手？真的有秘密溪谷？"

"对，只有走进去才能发现。"罗杰说。

"反正姑奶奶不让我们驾船出海，我们正好可以去那里。"佩吉说。

"你以为我会想不到吗？"南希船长说。

提提用手指轻轻地戳了戳罗杰，说，"你害我差点把杯子打翻啦！"。

"原来她们不知道那个地方。"她小声地说。

"咱们明天就去那里吧？"南希隔着水面提议道。

"答应她吧！答应她吧！"罗杰和提提异口同声地说。

"为什么不呢？我觉得没什么不妥。"约翰船长说。

约翰和南希分别驾着两条小船驶过野猫岛南边的港湾，穿过内航道，抵达东岸的登陆点。

"我们去岛上看一眼就得走，"南希说，"时间已经来不及了。"

"换成以前是没多大关系的，"佩吉说，"可是姑奶奶却把不按时回家看得很严重。"

说完，两个亚马逊海盗离开登陆点，跑到营地里四处张望。苏珊感谢她们留下的柴火垛。提提钻进她的帐篷，拿出一个装着八根羽毛的信封交给她们。约翰也钻进储物帐篷，从盒子后面拿出那支绿羽箭。两个亚马逊海盗一起逗着鹦鹉说"你好"和"八个里亚尔"，提提也试图让它展示自己的本领，但鹦鹉看见了箭上的绿羽毛，一个劲地冲她们大声尖叫。南希和佩吉难过地看了一眼她们以前搭帐篷的地方，还夸赞了燕子号水手的新帐篷。然后，她们急匆匆地跑回登陆点，爬上亚马逊号，把船推离岸边。

"明天到底怎么说？"苏珊在最后一刻问道。

"明天我们一起去看提提说的那个溪谷，"南希喊道，"说不定会有所发现。妈妈会带姑奶奶出去吃午饭，所以我们只要在喝下午茶之前赶回家就行了。我们明天一早就驾船去马蹄湾。信不信？我们肯定会比你们先到。再见！燕子号！"

四个燕子号船员爬上瞭望台，目送亚马逊号朝达里恩峰的方向渐渐远去，船上的白帆在他们的视线里越来越小。

"我不明白她们今天早上为什么没来野猫岛。"苏珊说。

"看到我们能在这里露营，而她们却不行，她们的心里肯定不好受，"约翰说，"毕竟这座岛是她们最先发现的。"

亚马逊号已经漂得很远了，此刻即便有人大喊，那两个海盗也听不见，更别提说悄悄话了。提提和罗杰很想把那个秘密说出来，可话到嘴边，他们还是忍住了。

"我们还有一个重大发现。"提提说，"比我们告诉你们的那些更有意思。"

"什么发现？"苏珊说，"是毛毛虫吗？"

"呃，"罗杰说，"跟蝴蝶确实有些关系。"

"要不是那只蝴蝶，我们也发现不了。"提提说。

"到底是什么？"约翰说。

"是皮特鸭一直梦寐以求的东西。"

第五章

燕子号遇险

"老水手说，'我要拽紧缭绳，

哪怕船帆撕裂，桅杆折断——'

他激动得满脸通红，不肯放手，

直到后桅掉入海中。"

听听这位老水手的故事吧，

这是海上永恒的传奇！

——约翰·梅斯菲尔德《阿克雷湖号的故事》

翌日清晨，约翰船长已经做好了扬帆起航前的一切准备，只等他的船员了。吃过早饭后，他的船员们一直在忙着收拾营地，因为大副绝不允许饭后到处都脏兮兮的。

"她总是这样，巴不得营地里连一粒饼干屑也找不到。"约翰心想。虽然约翰知道大副这么做是对的，但他的心里还是免不了有些恼火。不过，他之所以这么急倒也情有可原。

很早的时候，他就看见亚马逊号远远地出现在湖面上，沿着湖岸向南疾驰。可是，野猫岛上的几个探险家却还在呼呼大睡，所以他们根本不可能赶在南希和佩吉前面抵达马蹄湾。南希说过亚马逊号会率先赶到那里，现在看来，确实如此。而且，约翰船长还注意到风也帮了她们很大的忙。透过望远镜，他看见远处的湖面上波涛汹涌。他站在港湾的礁石上，看着亚马逊号飞快地驶过鸬鹚岛，不一会儿就来到马蹄湾狭窄的入口附近。他继续举着望远镜，看着南希和佩吉灵活地拉动缭绳，将船帆转向另一舷，迅速地驶入那个小湖湾。他一边看一边盘算着自己待会儿怎么把燕子号开过去。今天刮的是东北风，正好从野猫岛吹向马蹄湾。约翰船长决定把帆转向左舷，乘着顺风过去。这样的话，他不必在大风大浪中转帆就能把船开进马蹄湾。他把这个计划牢记在心里，现在他只想赶快起航，以免风向改变或者出现什么意外状况，那他的计划就泡汤了。湖上的风似乎越刮越猛了，但他不愿意缩帆，因为刚才亚马逊号始终保持满帆的状态行驶。他很想立刻启程，可今天大家似乎一直都在忙一些无关紧要的事情。吃早餐的时候，提提吵着要带手电筒，好像不带就看不见路似的，可今天是个大晴天啊。他竟然也傻乎乎地由着她把手电筒放进其他行李当中。

终于，他听见其他人的脚步声向他靠近。

罗杰拎着水壶走在最前面。接着是拿着一篮鸡蛋和一口平底锅的提提。苏珊大副走在最后。她拎着两个背包，其中一个装着毛巾和泳衣，另一个装着食物。"不用带太多东西，"她说，"那两个亚马逊海盗还得赶回家喝下午茶呢。"她一边走，一边清点背包里的物品，"饼干、面包、菜籽饼、勺子、小刀、柑橘酱、黄油……"

"还少了鸡蛋杯，"罗杰说，"不过我们带来的已经用完了。"

"糟糕！"大副突然把背包扔在地上说，然后转身朝营地跑去，"我忘记带盐了！"

虽然只是小事一桩，但约翰船长却觉得有些不高兴，因为这意味着他还得再等上几分钟。他已经等很久了，现在只想快点出发，可大副却偏偏在这个时候丢三落四的，这让他比平时更急躁了些。

终于，所有的东西都装载完毕，水手们也上了船，船尾朝外的燕子号渐渐驶离岸边。这时，大副发现匆忙之间她把手电筒又给忘了。

"反正我们也用不上手电。"她说。

"现在谁也不准再回去了，"约翰说，"扶稳船舵，我来把船划出去。"

"没关系，"提提说，"我们已经带了三个了。"

"风真大啊!"当燕子号离开港湾外的礁石群后,大副说。

"所以我才急着走嘛,"船长说,"好了,现在要放松缭绳,这样横杆才能随风摆出去。我要升帆了。你们准备好了吗?"

"是的!准备好了!船长!"大副说。

约翰收起船桨,挂好帆桁,旋即升起棕色的船帆。横杆立刻随风摆出舷外。此刻的船帆就像一面大旗子一样,根本兜不住风。约翰连忙回到船尾的舵杆旁,一点点地拉紧缭绳,让帆鼓风,燕子号开始动了起来。紧接着,他向上拉舵,改变航向,让船头对准马蹄湾。桅顶的小三角旗在风中拼命地飘向前方。小船行驶得越来越快,船头下方荡起阵阵白沫。

"我能去船头放哨吗?"罗杰问。

"不能。"约翰说,他发觉风势来得很猛,"我们要把重量集中在船尾。你和提提都尽量往船尾靠。"

他们渐渐驶离野猫岛和湖东岸的山丘,每前进几米,舷风就刮得更猛一些。此刻,约翰和苏珊并排坐在船尾的横坐板上,提提和罗杰则挤在他们脚下的船舱里。为了让燕子号平稳地前进,这是约翰唯一能想到的办法。大风呼呼地吹动船帆,似乎想把船舵掀出水面。在这种情况下,掌舵变得非常困难。

"我们现在比汽艇跑得还快。"罗杰说。

"要缩帆吗?"大副问。

"不,亚马逊号也没缩帆。"船长说。他咬紧牙关,一只手抓紧主缭绳,另一只手拼命地握住舵杆,尽量不让燕子号偏航。

"提提,你在说什么呢?"大副问。

"我在跟罗杰讲一位老水手在暴风雨中航行的故事,"提提说,"那是爸爸在法尔茅斯给我们讲的。"

"燕子号的船帆绝不会被风刮破,"约翰说,"而且桅杆也非常结实。"

但他言之过早了。

倘若风向一直很稳定,那倒也不至于太糟糕。可惜事与愿违,湖面上时不时就会刮来一阵强风，吹偏小船的航向，约翰只好立刻打舵把船回正。每次出现这种情况，约翰的计划都少了一分实现的可能。现在看来，他只有转两次帆——先转向右舷，然后转回左舷——才能把船开进马蹄湾。约翰发现，那些风要么刮得太猛，要么来得太突然，将燕子号吹得偏离航线，摆向北边。这就意味着风不再从正后方吹来，而是来自船帆同一侧的尾舷方向[1]。桅顶的小三角旗不再飘向前方，也没有与船帆飘向同一侧，如果是的话，那么航行是很安全的。此刻，船帆摆出左舷，而桅顶的三角旗飘向右舷，这表明风有可能会卷起帆后缘，把帆吹向另一舷。这种非人为的转帆是约翰极力想要避免的，因为他已经下定决心，要让小船在不转帆的情况下驶向对岸。

"我们会成功的。"他大声说，但他的心里已经犯起了嘀咕。

"当心我们昨天见到的那块石头。"苏珊说。

"是狗鱼石。"提提说。

"如果我们开进去的时候正好刮来一阵强风，那么燕子号的左舷很容易撞上它，"约翰说，"早点缩帆就好了。现在的风比几分钟前大得多。可是迎着风又很难在这里缩帆。而且我们就快到了。我相信它一定能顺利开进去……"

"亚马逊海盗在那儿！"罗杰喊道。

约翰一直目不转睛地盯着桅杆上的警示旗和随风摆动的帆后缘，直到听见罗杰的喊声，他才发现南希和佩吉在湖湾入口的礁石上朝他们挥手。约翰决定了，此刻他还不能放弃那个计划。很快，他就能离开狂风肆虐的湖面，安全地穿过湖湾入口的两块湖岬。还有二十码。帆后缘在风中不停地摇晃。还有十码。他会成功吗？还是失败？他会成功的，这毫无疑问。

"快看打在狗鱼石上的浪！"罗杰说。

此刻，他们已经来到马蹄湾的入口，再往前走几码就安全了。突然，一阵狂风呼啸而过，吹在船帆的反面，使它迅速偏转。

"快把头低下去！"约翰喊道，但这其实是多此一举。提提和罗杰蜷在船舱里，大副

---

1. 指与船尾成 45 度角的方向。

也及时躲开了，当然，约翰也一样。横杆嘎吱一声转向另一舷，但没有敲到谁的脑袋。约翰一直紧握舵杆，不让燕子号偏航。小船跑得飞快。船帆被风吹起来的时候，船舵一下子失去了平衡。片刻之后，大风一股脑儿地吹在帆的背面，原本与风相互制衡的船舵现在也成了它的帮凶。燕子号完全失控了。它打了个转，然后砰的一声撞在狗鱼石上，瞬间停了下来。横坐板上的桅杆也折断了，扯着船帆一齐倒向船头。

佩吉·布莱克特发出一声尖叫，她站在马蹄湾入口的湖岬上目睹了这一切。但燕子号上却没有一个人在尖叫。

一切发生得太快了。船触礁时，所有人的身体都猛地向前倒。大家立刻牢牢抓住离自己最近的东西，比如横坐板、船舷和舵柄。当燕子号从那块礁石上慢慢向后滑的时候，罗杰最先开口。

"水漫进来了。"他说。

他的语气非常镇定，听起来就像在陈述事实。燕子号船头的吃水线下方被撞出了一个大窟窿。水汩汩地灌了进来，变得一发不可收拾，眼看就要淹没横坐板了。他们曾经无数次想象过沉船的情景，这次真的让他们遇上了。

"罗杰，你先跳下去，往岸边游。"约翰船长说，"快！别被帆绳绊住了。从这边走。快跳！"

罗杰看了看大副，又看了看约翰，确定他不是在开玩笑，然后他望向岸边。此刻他们离岸边只有几码远。佩吉站在离水面很近的地方，但南希却不见了。

"快啊！"约翰说，"别耽误时间！船马上就要沉了！"

罗杰把身体探出去，抓着船舷说："上了整个冬天的游泳课总算有点用了。"然后，他扑通一声跳下水，安全地游上了岸。

"现在到你了，提提。然后是苏珊。动作快！"

苏珊和提提先后跳下了船。提提用一只手举着什么东西伸出水面，另一只手奋力划水向岸边游去。苏珊踩了一会儿水，她在等约翰。

"快点，约翰。"她说。

只见约翰猫着腰站在燕子号船头，好像在水里摸索着什么。

"当心！"他喊道，"快让开！"

他拿着燕子号的小船锚站了起来，使劲将它抛向岸边。这一用力让他失去了重心，滑了一跤。这时，船身突然倾向一侧，湖水立刻涌了进来。约翰跌跌撞撞地爬起来，用脚蹬了一下正在下沉的燕子号，及时跳进了水里。真是有惊无险。

几分钟前，南希一看大事不妙，便立刻冲向岸边，从亚马逊号里拿出一卷绳子——这是她在野猫岛的港湾里停船时系船尾的绳子——然后跑回南边的湖岬上，正对燕子号触礁的地方。她本来想把绳子的一头扔进燕子号，让约翰拽着，这样他们就能在沉船之前合力将燕子号拖上岸了。然而，风是对着她吹的，所以绳子扔不到那么远。不过绳子刚好落在罗杰附近。罗杰拽住绳子后，南希和佩吉把他拉了上来。这是遭遇海难时最恰当的获救方式。苏珊和提提打着水花，跟在罗杰后面上了岸。约翰船长最后一个上岸。

燕子号已经完全看不见了。在狗鱼石和湖岸的石岬之间，只有一对船桨和一只背包漂浮在水面上。

"船沉了！船沉了！"提提湿漉漉地站在岸边，看着燕子号失事的地方说。

"要是我们不会游泳的话，肯定就没命了。"罗杰说。

"真是太可怕了。"佩吉说。

南希船长一言不发地看着约翰船长。这是她头一回不知道该说些什么。

"我把望远镜救上来了。"提提最后说。

"好样的，提提！"约翰船长说。

约翰知道对于一位船长来说，失去自己的船是一件多么痛苦的事情。现在才责怪自己为什么早没想到风会刮得这么猛也已经来不及了。是的，他显然应该提前缩帆。如果他缩了帆，那么转帆将会变得很容易。更何况，他们不是在比赛。他完全可以把帆转向右舷，往南多走一段路，然后再小心翼翼地转帆，哪怕顶着风也没关系，这样的话，到了马蹄湾的入口，他再把帆转回左舷，像之前计划的那样，就能把船平稳地开进去了。一切都是他的错。燕子号已经沉没了，可现在才是假期的第三天而已。他父亲说笨蛋是怎么样来着？还不如淹死得了。约翰也这么认为。他的脑子里突然冒出许多可怕的念头，就像归巢的鸬鹚一样，挥之不去。燕子号的主人是霍利豪农场的杰克逊先生。他会怎样看待这件事呢？佩吉和罗杰还在喋喋不休地谈论这次的沉船事件，这也很正常。对于提提，他知道她刚才浑身湿漉漉地站在岸边，看着浪花拍打那块可恶的石头，心里想的是什么。提提和他一样觉得燕子号是一个有生命的东西。可是现在，燕子号没了，他们还怎么能继续住在野猫岛上呢？那些有趣的事情还会发生吗？妈妈又会是什么态度呢？毕竟，他们是很有可能被淹死的。虽然妈妈一直都很通情达理，可出了这样的事，今年夏天她还会让他们继续探险吗？约翰越想越觉得问题很严重，仿佛这个暑假本身也变成了燕子号的货物，跟着它一起沉入湖底。

"喂，苏珊大副去哪儿了？"佩吉突然说，她环顾四周也没发现另一位大副的身影。

就在这时，他们听见一阵刺耳的哨声，但不像往常那么清晰。那声音是从湖湾深处传来的。

第六章

打捞沉船

苏珊大副总能分清事情的轻重缓急，她知道即便现在是世界末日，谁也不应该穿着湿衣服到处乱跑。正确的做法是赶紧生一堆火。于是，当其他人还在回忆刚才发生了什么的时候，苏珊已经跑到昨天她搭石头灶的那片沙滩上了，就在小溪流入湖湾的地方。石头灶里有几块干木炭，是昨天烧火留下的。她捡来一些枯树叶，然后用枯树枝和干芦苇在上面搭了一个小棚屋，就像往常一样，仿佛这堆火是为野炊所准备的，而不是一场海难。只要她一动，她身上的水就止不住地往下淌，但她尽量不让水滴在那些树枝上。随后，她伸手往衬衣口袋里摸了摸，里面装着一盒火柴和她的哨子。火柴盒已经被水泡烂，火柴也湿透了，根本点不着。虽然哨子里也进了水，但还能用，于是她便吹响了哨子。

"快去看看大副那边是什么情况。"约翰船长说。罗杰便一溜烟地跑开了。

其他人还站在石岬上，看着有没有别的什么东西会从沉船的地方浮上来，漂向岸边。船桨就是这样被打捞上来的。此刻，佩吉正在用其中一支桨去捞另一件漂浮物——装着毛巾和泳衣的背包。那只背包已经被水浸透，眼看就要沉下去了。佩吉用桨把它钩到近处，当她伸手就能拿到的时候，她一把抓过背包，去追赶罗杰。

"约翰船长，"南希·布莱克特终于开了口，"你为什么要在船沉下去之前把锚扔出来呢？"

"因为我想把燕子号捞起来，"约翰说，"要是能找到船锚，咱们就能把船拖到浅滩二去了。”

“她要火柴！”他们听见罗杰在喊。

南希摸摸她的口袋，不过大家已经听见佩吉的喊声，“我这儿有！”

刚把火点着，看见第一缕火苗从枯枝里冒出来，苏珊就从佩吉手里接过那只背包，把里面已经湿透的泳衣和毛巾倒在沙滩上。“还算幸运。”她说，“罗杰，快把你的湿衣服脱掉，换上泳衣，然后你就去尽情地玩水吧。我来帮你把衣服烘干。我们都得换衣服。其他人在干什么呢？”

“他们还在那块石岬上。”佩吉说。

苏珊又吹了几声哨子。

“她在叫我们。”提提说。

“来啦！”约翰和提提喊道。南希和他们一起匆忙离开岬角，越过礁石，来到火堆旁与大家会合。

罗杰已经把粘在身上的湿衣服脱下来了。

“你们俩也要换泳衣。”苏珊说。

“嗯，我会的，”约翰说，“我正好也要下水找一找燕子号。”

“还有你，赶快把湿衣服换掉，”苏珊对提提说，“然后再去捡些柴火来。”

“好样的，大副。”南希·布莱克特说，“让你的船员忙起来，他们就没时间跟你对着干了。”

为了和大家步调一致，两个亚马逊海盗也换上了泳衣。然后，她们像野人一样在树林里跑来跑去，捡来许多木头，燃起熊熊篝火，那火大得都能开一场篝火晚会了。苏珊把刚才用来营救罗杰的绳子做成一根晾衣绳。然后，燕子号的船员们把自己的湿衣服用力拧干，其中一些挂在绳子上，还有一些铺开晾在火堆旁的石头上。

不一会儿，苏珊说火已经烧得够旺了，于是约翰和南希便转身离开，他们回到了湖湾南边的那座岬角上，燕子号就是在那附近沉没的。

“我们能一起去吗？”罗杰问。

“要是你觉得冷，就立马跳进水里使劲游一会儿。”苏珊说。

提提和罗杰跟着两位船长离开了，留下两位大副守在火堆旁。当他们赶到那座岬角的时候，刚好看见约翰跳进水里，但他很快又浮了上来，朝狗鱼石游去。突然，他侧身潜了下去，没有溅起一点水花。风向变了，现在刮的是南风，而且不像刚才那么猛烈了，仿佛它在把燕子号弄沉后也需要喘口气似的。不过，湖面上仍有不小的浪，站在湖岬上的几个观察员被朝阳晃得睁不开眼，所以他们根本看不清约翰在做些什么。

他在水下待了很长时间，终于从狗鱼石的旁边钻了出来。他一只手扶着那块石头休息，另一只手拎着苏珊的黑色水壶。

"万岁！"南希喊道。

"苏珊！"提提喊道，"约翰找到水壶啦！"

约翰离开了那块石头，一只手拿着水壶，另一只手划水游向岸边。其间，他一直把水壶浸在水里，这样就不觉得重了。

"你看见鸡蛋了吗？"苏珊问。听到南希的欢呼声，她和佩吉立刻从火堆旁跑了过来。

"或者，有没有平底锅？"提提问，"我带了平底锅和一篮鸡蛋的。"

"平底锅还在，"约翰说，"但我没看见那些鸡蛋。八成是从篮子里漂出来沉到湖底了。稍等一下，我再下去找找。水下没我想象的那么深。"

他又游走了，旋即潜到水里，捞出那口平底锅，扔向岸边。

第三次潜水的时候，他把装着干粮的背包捞了上来。他双手抓着背包，只用双脚蹬水，游上了岸。

苏珊迫不及待地打开背包。"肉糜饼还能吃，"她一边说，一边把咸牛肉罐头拿了出来，"勺子、小刀、柑橘酱、黄油……这些都没问题，但是面包和菜籽饼都被水泡过了……而且所有的东西上都沾着白糖。"

"我们带了面包，"南希说，"但我们还指望蹭你们的茶喝呢。"

"牛奶还在吗？"苏珊问。

"牛奶瓶倒是没碎，"约翰说，"可里面的牛奶已经把水下染成白蒙蒙的一片了。"

"牛奶可以去斯旺森农场拿，"佩吉说，"我们经常去。那里离这儿不远。"

"燕子号撞得严重吗？"提提问。每次约翰浮出水面的时候，她都想问这个问题。

"我根本看不见，"约翰说，"船头被折断的桅杆和船帆挡住了，看起来乱糟糟的。我知道船头肯定撞破了，但至于撞得有多严重，只有捞上来才知道了。"

　　"能捞得上来吗？"南希、佩吉、提提、苏珊和罗杰异口同声地问。泛着微波的水面上，除了那块可恶的狗鱼石之外什么都没有，确实很难让人相信燕子号还在。

　　"我不知道。"约翰说。

　　"土著人经常打捞沉船。"佩吉说。

　　"别担心，"南希说，"弗林特船长今天会过来，到时他三下两下就会把船拉上来的。"

　　事情就这么决定了。然而，小船失事已经让几位探险家够难受的了，要是再让弗林特船长发现燕子号沉到了湖底，那就太令人崩溃了。要知道，这可是他们今年第一次见面啊。约翰爬上岸，坐在石头上休息，心里想着接下来该怎么办。

　　"我们不能让火熄灭，"苏珊说，"嘿！你们俩快去捡柴火，有多少捡多少。在衣服烘干之前，你们都得动起来，别一副无所事事的样子。我来看看菜籽饼还能不能吃。"

　　"把它在火上烤干，然后切成小块煎着吃应该没问题。"佩吉说。

　　两位大副、一等水手和见习水手回到了火堆旁。

　　他们走了之后，南希船长看着约翰船长，问："你有主意了吗？"

　　"但我的主意可能不管用。"约翰说。

　　就在燕子号即将沉没的那一刻，望着近在眼前却又无法触及的湖岸，约翰的脑子里突然冒出了一个想法。他好像在某本书里看到过有人做过类似的事情。虽然不清楚这是否可行，但在最后一刻，他还是用尽全力将燕子号的船锚抛向了岸边。他以前常常希望燕子号能有个更重的锚，可是今天他却庆幸锚很轻。言归正传，他到底做了些什么呢？他潜到水底找到了燕子号。幸好，水不像他想的那么深。他绝对相信弗林特船长和一些强壮的土著人能把船捞上来，但这并不是他所希望的。他想凭借自己的力量把燕子号捞上来，如今有了那个落在沉船和石岬之间的船锚，他觉得很有信心。因为锚绳是系在船头的环状螺栓上的，这样一来，他就不用冒着被船帆和帆绳缠住的危险去船头起锚了，否则他就只能放弃整个计划。现在，锚绳已经系好，只等他找到船锚，就能拽着锚绳上岸了……他暗自庆幸其他人都回到火堆那儿去了。他甚至希望南希也离开了。但如果这个计划真的可行，那他还是需要人帮忙的。

他仔细判断了一下狗鱼石到岸边的距离，然后游了出去，再次潜到沉船的地方。水下光线昏暗，到处都雾蒙蒙的。燕子号静静地躺在湖底。当他游到近处，看见一个结实的东西，这才确定那就是燕子号。打捞水壶、平底锅和背包非常轻松，因为约翰知道那些东西放在什么地方，就塞在船中央最宽的横坐板底下。不论用手摸还是用眼睛看，他都能找到它们。可现在不一样。他不敢太靠近船头，因为桅杆、船帆和帆绳全都乱七八糟地缠在了一起，但他要找的锚绳偏偏就拴在那里。他潜了下去，游到船尾，然后，他手脚并用，尽可能贴着湖底游。他在船尾绕了个半圆，接着又游到沉船与湖岸之间，同样绕了一个半圆。他知道锚绳一定会在那个半圆里。

这可比在泳池底捡一个碟子要难得多。他在心里默数……十五、十六、十七……数到二十他就得浮上去换口气……十八、十九、二十……二十一……在那儿！是那根锚绳！但他已经憋不住了，不一会儿，他就浮出水面，开始"噗噗"地吐气。

他深吸了一大口气，再次潜入水中。燕子号就在那儿。现在他不需要从船尾开始绕圈游了，因为锚绳在另外那个半圆里，而且离他很近。果然，他看见一根又细又长的灰绳子，像蛇一样在水里蠕动。他抓住绳子，把它从湖底拉起来，然后用食指和拇指合成一个圈，套着绳子往前游……没等他游到近处，他就已经看见锚了。他松开绳子，抓着锚爪，把锚提起来，一步一步地往前走，直到锚绳绷紧，而他再也憋不住气为止。

"我找到锚了！"他浮出水面吐着气说，"而且我还把它移近了一些。"

但南希却不在岸上。约翰想了一会儿，觉得也许是他在水下待得太久了，南希跑去告诉大家他遇到麻烦了吧。不过，他还没来得及大声欢呼自己没事，就看见南希飞快地越过礁石，来到岸边。她的手里拿着亚马逊号的锚绳。

"你找到锚了，对吗？"南希问。

"对。"约翰说。

"你试试把这根绳子绑在锚上吧，这样我们在岸上就能把它拖过来了，在水里拖实在太费劲了。"

约翰打心眼里觉得南希是个出色的水手。他自己也该想到这个办法的。他游上岸休息了一会儿，然后拽着南希的绳子一头又游了出去，南希则站在岸边放绳子。

"继续放绳子！"约翰喊道，旋即他用嘴咬着绳子潜了下去，因为他觉得只用一只手没办法潜到底。这次，他很轻松就找到了那个锚。他赶紧把南希的绳子系在锚上，然后迅速地浮出水面，游向岸边。

南希已经开始拉绳子了。每收上来一些，绳子就紧一些，直到完全绷直。这时，南希猛地拽了一下。

"拉动了！"

绳子立马松弛了，但在南希的拉动下，它很快再次绷紧。突然，约翰蹚进了水里。原来燕子号的锚已经露出了水面。他抱起锚，爬上了岸。

"好样的，南希！"约翰说，"要不是你想的好点子，我不可能那么快把它拉上来。"

"真该感谢你那几位称职的好水手。"南希说，"要不是他们把锚绳卷得工工整整的，现在可能就会缠成一团了，而且你一开始连锚都扔不出去，这种情况太普遍了。"

虽然此刻约翰在岸上，只拿到了燕子号的锚，而且只能通过拽紧锚绳感受绳子另一头的小船，但这足以让他看到希望。

"我们现在可以拖船了。"南希说。

"湖底到处都坑坑洼洼的，"约翰说，"而且全是石头。我得先把船上的压舱物弄出来才行。"

"有很多吗？"

"一共有六块生铁。五块小的，一块大的。"

"要是我也会潜水，就能换你休息一下了，"南希说，"可是不行，我在水里憋不了气。"

"没关系，"约翰说，"我一点都不累。待会儿我会把你的绳子系在压舱的生铁上。如果看见绳子动了两下，你就可以开始拉了。"

他把燕子号的锚牢牢地卡在岸边的礁石之间，然后解开南希的绳子，拖着它游了出去。他潜入水中，用一只手抓住燕子号的横坐板，同时双脚勾住，一边心里默数着数，一边以最快的速度把绳子穿过压舱铁顶部的圆环，打上双半结，把铁块拉出船外。他猛地拉了两下绳子，然后急忙浮出水面。

"你刚才说有几块铁来着？"南希问。

"还有五块。"约翰气喘吁吁地说，"剩下的那些就容易多了，我已经掌握了诀窍。"

"一次绑两块吧，"南希说，"它们在水里不会很重的。"

但其实打绳结才是最麻烦的。那些生铁顶部的圆环都是固定死的，把绳子穿过两个圆环再打上绳结可比只穿一个麻烦多了，约翰发现，他根本来不及打绳结就要浮上去换气。于是他放弃了这个计划，继续一次只绑一个。之后，他潜了五次水，每次南希都等绳子动了两下之后才开始拉，而约翰也很快就从水里冒出头来。

"可以了，"约翰绑好最后一块生铁后，一边游上岸，一边说，"但我没把挡在船头的桅杆和船帆解开。要是扯破了帆，我们还得补。现在试试看能不能把燕子号拖上来吧。不过，船头不是指向这边的。不管怎样，咱们先试试吧。慢慢来。"

他们抓住燕子号的锚绳，先是轻轻地拉，之后越来越用力。水下似乎有什么东西开始动了起来，他们感觉到手里的绳子也在微微颤抖。他们继续拉绳子，仿佛能听见燕子号在湖底移动的声音。

"等一下，"约翰说，"我下去看看。"

他扑通一声跳入水中，很快又浮了上来。

"船头已经转过来很多了，"他说，"没问题。"

他们继续拉绳子。随着锚绳一点点收上来，他们能感觉到燕子号在湖底的石头上滑动。没有了压舱物，小船拖起来非常省力。

"我看见它啦！"约翰压着嗓子说，如同见到了神迹一般。

"从这儿可没办法把它拖上来，"南希说，"这些石头太陡了。我们得先把它拖到马蹄湾，从那里上岸。喂！佩吉！佩吉！我们要叫几个人来帮忙拉绳子，我们两个去水里推船。"

佩吉跑了过来。

"你来拿锚，"南希说，"拖着它绕到石岬后面去，别扯得太用力了。"

"他们把船捞上来啦！"佩吉扯着嗓子喊道。

"他们把船捞上来啦！"罗杰尖叫着回应道。他立马丢下怀里抱着的柴火，飞快地奔向岸边。提提紧随其后。苏珊最后看了一眼火，确保衣服不会被烧焦，也跟在他们后面跑了过去。

"等一下。"约翰船长说。他又下了水，只把头露出水面，双手摸索着燕子号的船头，"我要把帆绳割断，这样就能把桅杆和船帆弄出来了。谁有小刀？"

由于大家都穿着泳衣，所以没人带小刀。

"佩吉，去船上把我们的小刀拿来。"南希说，"动作快！你去的时候，我来拉着锚。小刀就在我们的衣服里。"

"不用了。"约翰喊了一声，他仍在水下摸索着，"我已经把帆桁从滑环上解下来了。现在应该没问题了。等等，卡住了。糟糕！我忘了横杆是系住的。"在和那根被水浸透的绳子做了一番斗争之后，他庆幸佩吉最后拿来了小刀。他在绳子上割了一刀，然后又用力扯了几下。终于，船帆和两根帆桁都从残骸中分离出来，但那根折断的桅杆却被唯一一根帆绳牢牢系住（燕子号和亚马逊号都没有侧支索），像一根木头一样在水里左摇右摆。南希立刻跳进水里帮忙。苏珊和提提走到水边等待他们。那张棕色的帆仍然系在帆桁上，由于浸了水，它变得很重，颜色也更深了。他们一起把帆拖上了岸。

"破得厉害吗？"约翰问，他正忙着解开断桅杆上的帆绳。

"破了一个大口子，"苏珊大副说，"还有一个小口子，不过不碍事。破成什么样我们都能补好。"

"把它铺在石头上晾干。"

随后，断桅杆和帆绳也被打捞上岸。不知怎么回事，桅杆的剩余部分始终卡在水下的燕子号上。尽管燕子号还在水里，但站在岸边的人却已经能看见它了，约翰和南希正在推着它。此刻的燕子号和刚才在狗鱼石附近时完全不同，那里水深虽然只有八九英尺，但小船却像沉入了几百英尺深的海底一般，不知所踪。每个人都变得信心满满，声音里也透着一丝兴奋。

"你们俩快来拖绳子，给佩吉搭把手。"南希船长命令道，她总是不由自主地发号施令，"我和苏珊护着船，以免它撞到这边，约翰船长需要留意船底下的暗礁。"

"你们准备好了吗?"佩吉问。

"慢点!慢点!别太快了。"约翰喊道。

"嘿哟——"南希喊着号子。

"船动啦!船动啦!"

"别太快!"约翰又说了一遍,"慢点!湖底到处都坑坑洼洼的……"此刻他站在燕子号之外紧挨着深水区的地方。他的话音还没落,只听见哎哟一声,他脚底一滑,一头栽进了水里。

当他们绕过石岬,进入湖湾后,走起来就容易多了。不一会儿,他们就拖着小船来到一段静水区,湖底虽然有些坡度,但却很平坦。

"嘿,南希,"约翰说,"不如我们抬着它走吧?"

"停下!先别拉绳子,"南希喊道,"好的,船长。你准备好了吗,大副?"

她、苏珊和约翰一起抬着燕子号空空的船身,朝浅滩走去。由于小船还在水下,所以抬起来很轻。

"从这里刚好可以把它抬上岸。"南希说,"好了,水手就位。开始拉绳子!嘿哟——往上拉哟——嘿哟——往上拉哟——"

燕子号的船头渐渐浮出水面,很快船舷也浮上来了,只有船尾还留在水里。

"慢点!"约翰说,"别拉得太快。让船上的积水流出来。现在可以了。"

"噢,可怜的家伙。"提提说。

燕子号的船头刚浮出水面,提提就看见了船壳上的大窟窿。此刻,船舱里的水迅速地从那个窟窿里流了出去,和刚才涌进来时一样快。

他们休息了片刻,然后继续拉船。在所有人的齐心协力之下,燕子号终于露出了半个船身。虽然船底板[1]已经移了位,但由于有横坐板挡在上面,所以它才没有漂走。约翰把板子取了出来。舀水的戽斗还在船舱里,罗杰跳到船上,开始舀船尾的积水。苏珊看见了牛奶瓶,出发前她倒进去的浓稠的鲜牛奶已经洒了,里面只剩下少许浑浊的灰色液

1.船底板:船舱底部的一块可拆卸木板,能起到保护外壳板的作用。

体。她把牛奶瓶倒空后，又找到了水壶盖。之后，他们一起倾侧船身，把船舱里最后一点积水清出去。最后，他们把燕子号彻底翻了过来，开始观察该如何修补。

倾侧船身检查果然发现了问题。此刻，即使是那些在某个太平洋岛屿的黄金沙滩上搁浅的海盗，也比这几个小探险家要镇定得多。他们焦虑地检查着小船的受损情况。船身有好几道划痕，漆也蹭掉了，但目前看来，最严重的还是船头撞出的大窟窿，那是被狗鱼石撞破了两块船板造成的。

"不管怎么样，"南希说，"船已经打捞上来了，这才是最重要的。"

"麻烦还在后头呢。"约翰船长说。

当他们把燕子号的残骸倒扣在沙滩上，检查破裂的船壳时，从湖湾入口突然传来一阵呐喊声。他们转过身去，看见一艘划艇正飞快地驶入两座石岬中间。划艇上只有一个大块头的男人坐在上面。他把桨压在大腿下面，然后脱掉宽边帽，用一块红绿相间的大手帕擦着脑袋上的汗珠。

"嗨！吉姆舅舅！"佩吉朝他喊道。

"弗林特船长终于来啦！"提提说。

"万岁！"罗杰说。

"别再发愁啦，"南希看着约翰说，"至少它已经不在湖底了，不是吗？"

第七章

修船匠

快去取一匹丝绸,

和一团麻线,

把船帮裹住,

别让海水涌进来。

——《帕特里克·斯潘思爵士》[1]

"嗨!"弗林特船长说,"怎么了?桅杆断了吗?"

他已经看见铺在石岬上的船帆,和旁边那根断桅杆。

"比这更糟,"罗杰兴高采烈地说,"我们是游上岸的。"

这显然不是他们期待的与弗林特船长见面的方式。他们很久没见了——上次见面还是去年的圣诞假期,当时他们在他的船屋里编了那个皮特鸭的故事。他们原本希望能在他的船屋上见到他,而他也把大象旗升上了桅顶,准备再次开炮,和他们殊死一搏,最后因战败而走跳板,掉进一个全是大鲨鱼的海里。可是在他们驶向野猫岛的途中,弗林特船长却并没有出现,更没有向他们鸣炮致意。罗杰和提提已经讨论过了,他们觉得鸣

1.这是一首著名的英国民谣,讲的是航海能手斯潘思爵士,明知出海必死,但为不辱使命,捍卫荣誉,毅然启航,结果在半路和他的水手一起葬身海底的故事。

一次炮是不会浪费太多弹药的。事实上，弗林特船长已经不住在船屋里了，他回到了陆地上生活。这都要怪那个讨厌的姑奶奶。昨天他甚至没和南希、佩吉待在一起，现在，他终于出现了，可迎接他的却是燕子号的残骸和一群束手无策的水手。但罗杰是个例外，因为他向来都抱着一种顺其自然的心态，只要不断有新鲜事发生，他就满足了。

弗林特船长顾不上问他们几个的情况。一看出了严重的事故，他立马划船靠岸，跳了下去，把他的船拖出水面，来到受伤的燕子号旁边。

"桅杆断了吗？还撞破了一个洞？嗯，这些事情难免会发生的。"

正如南希·布莱克特常说的，她的吉姆舅舅最大的优点就是他从不打听你是怎么惹上的麻烦。

他仔细观察燕子号船壳上的大洞，只问了问鹦鹉的情况，其他的一概没问。

"波利好着呢，"提提说，"它在野猫岛上守着。它还不知道燕子号的事儿。"

"你把皮特鸭也留在岛上了吗？"

提提看了他一眼，顿时有些不大高兴，可毕竟大家都知道皮特鸭的故事。

"呃，它只是我编出来讲故事的呀。"她说。

"我知道，"弗林特船长弯下腰，把手伸到那个窟窿里摸了摸，检查船的肋骨有没有撞断，"我知道。不过，自从我们的海盗船在加勒比海遇到暴风雨，它把我们安全地送回家之后，它都在忙些什么呢？"

"没忙什么，"提提说，"那次之后，它就一直待在家，在它的船屋上钓钓鱼之类的。"

弗林特船长站了起来。

"得找个修船匠来补一补，"他说，"我划船去告诉他们一声，让他们派救援队过来。"

"我们能自己补吗？"约翰说，"我想带它去里约湾，看看要多少修理费，之后再告诉妈妈。这就是我们把它打捞上来的原因。"

"打捞上来？"弗林特船长说，"那它之前在哪里？"

"船撞到了狗鱼石，立刻就沉下去了。"

"我们是游上岸的。"罗杰说。

"你们是从那里把它捞上来的吗？"

"是的。"

"就你们几个吗？太棒了！那你们是怎么搞定压舱铁和船锚的呢？"

"我在船沉下去之前把锚扔出来了。这在我们后来打捞的时候帮了大忙。"

"那压舱铁呢？"

"我们是一块块地拉上来的。约翰还为此潜了好几次水呢。"南希说。

"好样的！"弗林特船长说，"修船的事你们不用担心，不会花太多钱的，而且，我最近刚从出版商那里拿到一大笔稿费。要不是你们帮我把书找回来，那我的书（《大千世界》，流浪者著，1930年出版）根本不可能出版，所以这笔钱也有你们的一半。你们就不必问你们的妈妈要钱了。"

苏珊和约翰互相看了对方一眼。罗杰没怎么听他讲话，他正饶有兴致地看着弗林特船长划艇里的一个箱子。提提说："真的吗？"

"当然是真的，"弗林特船长说，"你们去寻宝的时候把我的书给找回来了，而我的书又换来了出版商的支票。支票可是仅次于西班牙金币的好东西。这相当于你们在鸬鹚岛上发现了好几桶西班牙金币呢。所以钱的事你们不用担心。"

"不管怎么样，我都必须把沉船的事告诉妈妈，"约翰说，"看看接下来怎么办。说不定我们都得回霍利豪农场去了。"

"而且不能再驾船出海了。"提提说。

"可我们的假期才刚刚开始啊。"罗杰说，他从提提的口气中听出她不是在开玩笑。

"得想个办法才行，"南希急切地说，"我们可以把亚马逊号借给你们啊。"

"不，不，不。"约翰、苏珊和提提都谢绝了她的提议。虽然亚马逊号桅杆前面的空间太小，在那里放哨对罗杰并没有什么吸引力，但他却不介意去那条船上。

弗林特船长打量了他们每个人的表情，然后看了一眼燕子号船壳上的窟窿。

"我有个提议。"他终于说，"你们确实遭遇了海难。为什么不留在这里把船修补好，然后再重新起航呢？"

"妈妈不会同意的。她本来就觉得我们不该来这么远的地方。"苏珊说。

"为什么呢？"佩吉说，"连我们都不觉得这儿远。"

"这里并不比野猫岛远多少。"弗林特船长说,"听我说,你们先在这里找个地方落脚,把营地扎好。南希和佩吉会帮你们把帐篷之类的东西搬过来的。我和约翰看看怎么补船。等我们去里约的时候,顺道把沃克太太接过来,我相信,只要你们把营地扎好了,她会让你们留在这里的。就这么定了。快!小海盗们,行动起来吧!约翰船长,我们来想个办法把破洞堵住。我可不希望它在去里约的路上沉掉。"

"在那首《帕特里克·斯潘思爵士》里,"提提说,"虽然他们用丝绸和麻线把船裹起来了,但还是挡不住海水。"

"我们必须想一个更好的办法,"弗林特船长说,"比如用油布。"

"我们可以从旧的防潮布上剪一块下来。"约翰说,"那顶杂物帐篷里就有一块备用的防潮布。"

"波利在守着那些东西。"

"喂,提提,你要一起去吗?"南希船长在亚马逊号上喊道。她准备起航了。

"我们也去,"弗林特船长说,"提提,你可以坐我们的船。"

几分钟后,弗林特船长载着约翰和提提在后面奋力地划桨,追赶亚马逊号。亚马逊号上,南希划桨,中间坐着苏珊和罗杰。佩吉一个人留在马蹄湾看着火,而且等石头上的湿衣服一面烘干,她还要把它们翻到另一面。苏珊之所以把这个工作交给佩吉来做,是因为只有她知道营地上的东西都放在哪里,她必须跟着大家一起去岛上撤营。

要不是因为大家如此匆忙,那么从野猫岛上撤营将会比现在更令人难过。弗林特船长和约翰一拿到那块备用的防潮布,和装着渔具与其他工具(比如锤子和各种型号的钉子)的铁盒,就马上离开了,至于别的东西,那并不是他们所关心的。南希船长像对待奴隶一样使唤着其他人。"快!快!"她说,"动作快!在船四分五裂之前,尽量多抢救些东西出来。"

"但这不是一艘船呀,"罗杰说,"这是一座岛。"

"你们真幸运,这艘船非常结实,"南希继续说,"不然早就散架啦。"

"而且,可能还会有浪头打上来,把所有的东西都卷走。"提提一边说,一边匆忙地卷着她的睡袋。

"一次只能装这么多了，"南希看着满满一船货物说，"我可不想把船弄翻。嘿，一等水手，鹦鹉笼子放得太高了，会被横杆打到水里去。把它塞在帐篷和睡袋下面。喂！罗杰！快上船。我们还会再来一趟的。把船头推出去。尽量别弄湿帐篷。快爬上来吧。"

早在装满货物的亚马逊号第一次从野猫岛返航之前，弗林特船长和约翰船长就已经停船靠岸，开始干活了。他们从防潮布上剪下一大块补丁（"船只失事的时候，"弗林特船长说，"油布是你的不二之选。"），然后把它简单地钉在船壳的破洞上。此刻，弗林特船长正在用锤子使劲敲着那些钉子。"你们听！修船匠开始干活啦！"提提在亚马逊号驶入马蹄湾的时候说。

弗林特船长把一排平头钉整齐地钉在补丁边缘，那块帆布便紧贴在船壳上。约翰帮他从装着各种钉子的旧烟草盒——这是霍利豪农场主给他的——里挑出最小的平头钉。为了节省时间，弗林特船长把几枚钉子用嘴叼着，钉完一枚就直接换下一枚。"我上一次修船，"由于嘴里叼着钉子，弗林特船长说话时有些含糊不清，"是在爪哇岛上，我的船和一艘快艇撞了。不过，那次补船的补丁比这次的好。（砰！他敲了一下钉子。）我熔化了橡胶，补在撞破的地方。（砰！）补得非常严实。（砰！）一滴水也不漏。（砰！）否则，我的船就开不回来了。（砰！）再给我一些钉子，船长。我只剩最后一枚了。"

水手们把亚马逊号上的货物卸在沙滩上，然后返回小岛继续运货。这次，苏珊留在马蹄湾，让佩吉回到船上，和其他人一起去野猫岛。刚才，佩吉专注地看着两位船长修补燕子号，差点忘了看火。此刻，苏珊大副觉得应该给大家做点好吃的，因为今天游泳和潜水费了他们不少体力。她打开一罐肉糜饼罐头，用刚刚从野猫岛带来的面包做了一些三明治，每个里面都夹着厚厚的肉糜饼。之前带的那些面包都泡了水，根本没办法吃，不过罗杰和佩吉觉得，那块菜籽饼处理一下还是能吃的。

当亚马逊号把第二批货物运回来的时候，南希船长报告说岛上已经搬空了；苏珊大副的三明治也准备好了；弗林特船长补好了窟窿，开始召集大家一起帮忙把船重新翻过来。于是，燕子号翻了个身，船底板也被放回原位，小船终于下水了。湖水很快从补丁下面渗了进来，弗林特船长大喊："快把压舱物放进船尾。"约翰、佩吉、南希和苏珊立刻跑向湖湾入口的石岬，南希把压舱铁拉上来之后全都堆在了那里。他们一次只搬一块，然后蹚着水把它们放进燕子号的船尾。每放一块，船头就微微往上翘，直到那个打着补丁的地方完全浮出水面，湖水便不再漏进来了。这时，罗杰爬上船，把船上的积水舀出去。而后，他们从船尾抛锚，让燕子号停在水上。做完这些，弗林特船长提议大家先吃东西，休息一下，吃完再来看有多少水漏进来。

"我还没煮茶呢。"苏珊说。

"茶？"弗林特船长说，"有人要喝茶吗？你倒提醒我了，那里有一箱姜汁啤酒。（他指着他的划艇上罗杰曾兴致勃勃看过的那个箱子。）我觉得它们应该用得上，所以就带来了。厨娘告诉我说，南希和佩吉走的时候，她来不及给她们准备格罗格酒。"

此刻，不论是谁，只要看一眼马蹄湾的这片沙滩，就会知道这里曾发生过一场海难。沙滩上不仅堆满了从野猫岛搬来的东西，比如许多装着食物的铁盒、随意卷起的帐篷、毛毯、鹦鹉笼子、睡袋和鱼竿，还有苏珊的篝火，和挂在晾衣绳和铺在石头上晾的湿衣服。亚马逊海盗的衣服是干着的，可就在驾船出去救援之前，她们也把衣服扔在了沙滩上，所以，不知道的人肯定分不清到底哪些是遭遇海难的水手。吃饭前，燕子号水手和亚马逊海盗最后一次跑到湖里，游了一会儿泳。而后，弗林特船长坐在他们中间，一边喝着瓶子里的姜汁啤酒，一边拿着三明治大快朵颐。他穿着法兰绒裤子和白衬衫，还把袖子挽到胳膊肘的位置，看起来就像一位从海难中死里逃生的水手坐在一群穿着花衣服、矮个子的野人中间。

围坐在火堆旁的船员们你一句我一句地谈论着今天发生的事，弗林特船长偶尔也会问一两个问题，但问得不多，最后总算把故事听全了。他听说了罗杰是怎样在汹涌的海浪中被拖上岸；听说了南希和佩吉是怎样看着燕子号从野猫岛乘风驶来；听说了他们打捞船桨和其他货物的经过；听说了提提是怎样保住望远镜，而约翰又是怎样在最后一刻把锚抛向岸边，然后及时从船上逃离的；听说了他们潜水打捞水壶、平底锅和压舱铁的经过；还听说了他们最后是如何把燕子号拖到港湾，然后倾侧船身检修的。虽然故事的细节全都打乱了顺序，但弗林特船长在脑子里重新理了一遍，终于明白了事情的始末。

"我想说的是，"他最后说，"你们的大副是我见过最有头脑的一位。很多大副只会大吼大叫，拿系绳用的短棒往那些可怜的年轻人脑袋上敲，恐怕一千个大副里也找不到一个会想到要生火、做晾衣绳和给全体水手烘衣服的大副。你们船长的衣服烘干了吗，大副？”

“已经没刚才那么湿了，”苏珊说，“不过靠近火还是会冒一些潮气。”

“好，当心别烤焦了，抓紧时间。我和约翰待会儿就走，他得换上那身衣服。来吧，船长，我们先去看看船上积了多少水。”

约翰蹚水来到燕子号旁边，发现虽然打着补丁的地方已经露出水面，但船舱里还是渗了不少水进来。

“积水是难免的，”弗林特船长说，“幸好撞得不严重，否则积水肯定比现在多。如果你想扬帆把它开到里约，我想是没问题的。现在刮的是南风，正好是顺风。把船头拖上岸吧，我来看看怎么给它做个应急帆。”

约翰把燕子号的船头拖到沙滩上，而南希和佩吉则迅速地跑到石岬上，取来桅杆和船帆。船帆虽然已经不像刚打捞上来时那么潮湿，但还没完全干透。弗林特船长切去卡在桅座里的一截尖木头，然后把断桅杆重新插进桅座。约翰把帆缩了一部分，拿到船上，升帆的时候，他们发现船帆还是太大。那根断桅杆已经短了很多，即使帆桁升到了桅顶，横杆却依然搁在船舷上。

“我有办法。”弗林特船长说。

横杆上有一个卡住桅杆的钳口。弗林特船长把它拔了出来，然后不停地转动横杆，一边转一边把帆卷起来。燕子号的帆上窄下宽，所以横杆要比上帆桁长。渐渐地，船帆越卷越小，直到横杆触及上帆桁较低的一头，一张小三角帆便做成了。

“它会带你去里约的，”弗林特船长说，“我来给帆的前后端系上几圈绳子，再把钳口卡在桅杆上，这样绳子就不会松了，而且卷好的帆也不会散开。现在就算刮台风，这张小船帆也不怕。”

他们升起船帆，这次横杆离船舷足足有一英尺远。

“衣服能穿了吗？”约翰问。

苏珊大副已经把他的衣服烘干了。他迅速脱掉泳衣，换上衬衫和短裤，随后又拿起运动鞋，但没有穿上，而是放在燕子号中间的横坐板上，让它继续在太阳底下晒。

“旗子怎么办呢？”提提说。断桅杆和船帆刚被打捞上岸，她就把燕子旗解了下来。

"当然要升上去啦。"约翰船长说。

他把帆降了下来，因为船旗的升降索需要穿过桅顶的小滑轮。不多时，桅杆重新立了起来，提提亲手将燕子旗升上去固定好。随后，船帆再次升起，一切就绪，可以启程了。

"快上来，船长！"弗林特船长说，"桅杆已经立起来了，只要你坐在船尾，加上那些压舱物，就能让船头翘起来……不，不，锚也要放在船尾。必须把所有的重量都集中在后面。"他把燕子号推入水中，"嘿！南希。你继续当一个南太平洋岛民，把船拖到石岬那边去吧。"说完，他便登上了自己的船。

南希沿着湖岸一路蹚着水，将燕子号拖到湖湾入口的石岬旁。这时，断桅杆上的棕色小船帆立刻鼓起了风。

"可以了，"约翰说，"燕子号已经准备好了。让它走吧。"

他向上拉舵，让横杆摆出舷外。燕子号高昂着船头，鼓着小船帆，从马蹄湾漂了出去。现在，船上只有提提的燕子旗还保持原来的样子，它正在那根应急桅杆的顶端神气地迎风飘扬，仿佛从未经历沉船事故一般。

"南希，回头见！待会儿搭帐篷的时候你帮帮他们。"弗林特船长喊道，他的划艇正飞快地驶出马蹄湾入口的两座石岬。

"我们也去！"南希一边喊，一边跑进湖湾。其他人已经把亚马逊号推到了水里。提提、苏珊和罗杰都在船上，佩吉把亚马逊号撑离岸边。南希船长在最后一刻爬上了船。亚马逊海盗拼命划桨，终于来到湖湾入口。这时，南希扬起帆，在艉风下渐渐提速，赶超前面两艘船，为他们保驾护航。很快，亚马逊号就和它们并驾齐驱。燕子号仍然翘着船头，扬着应急帆，看起来不太像一条船，倒更像一只大浮标。

"虽然这样很好，"弗林特船长终于说，"我们也很希望你们去，但是在我们把沃克太太接过来之前，营地必须有人收拾才行，不能乱七八糟的。"

"而且泡茶的牛奶也没了。"苏珊说，"我们还不知道怎么去那个农场呢。"

亚马逊号跟着那艘划艇和燕子号走了一小段路，便迎风转向返回马蹄湾。船上的南希、佩吉、苏珊、提提和罗杰纷纷朝他们大喊"一切顺利！"约翰船长继续直行，向里约湾进发。弗林特船长跟在他后头，不时地划几下桨，与燕子号保持适当距离，方便交谈。

第八章

里约湾和霍利豪农场

"他们看上去挺高兴的嘛。"弗林特船长看着亚马逊号远去的背影说。那条小船拍打着泛满涟漪的湖面，朝马蹄湾驶去。

"可他们并不高兴。"约翰船长说。

"我知道，但即使心里不高兴，能做到脸上高兴也是好的。"

约翰船长知道自己不仅脸上挂着愁容，心里更是一团糟。

"唉！这不是他们的错，"他终于说，"都怪我。"

弗林特船长用力划了一下桨，来到受伤的燕子号身边，与它齐头并进。

"你以前驾船撞过几次呢？"弗林特船长小声问。

"从来没有，"约翰说，"从没像这次这么严重。"

"那你算幸运的了，"弗林特船长说，"触礁这种事早晚都会发生。"

"如果我当时缩帆的话，燕子号是不会撞的。"约翰一边说，一边目不转睛地盯着里约湾的入口，"要是我及时缩帆，那就不必为转帆而担心了。我应该在出发前就缩帆的，那时就已经起风了，而且后来船帆迎风偏转的时候，我也不该强行把船开进去。我应该想到船帆终归会偏转，这不是我能控制的。我应该在时间充足的时候提前转帆的。我应该……"

"行了，"弗林特船长说，"好在人没事，货物也差不多都打捞上来了，而且你也救了燕子号，现在还驾着它扬帆驶向港口。这已经是不幸中的万幸了。你不用太自责。事情既已成定局，后悔也于事无补，如果你觉得做得不对，那下次就吸取教训吧。好水手可不会自怨自艾。"

"我不是自怨自艾，"约翰说，"我只是很讨厌这么愚蠢的自己。"

"哈哈，"弗林特船长说，"我敢打赌，在这件事发生之前，你也一定干过很多傻事。不光是你，我们所有人都会犯傻，只不过难得被人发现罢了。"

约翰想起去年夏天的那次夜航，想起燕子号在一座小岛的避风带停靠前，也曾经触过一块礁石，他仍然记得湖水拍打那块礁石的声响。好在当时没发生什么可怕的事情。那次他和今天早上一样做了件傻事，只不过当时没出岔子，而今天可怜的燕子号却撞破了船头，沉到了湖底。很长的一段时间，他一句话也没说。好在事情还没坏到不可挽回的地步。毕竟，燕子号已经从湖底打捞上来了。如果它当时是和一艘轮船相撞，沉到深水里该怎么办？要是罗杰或者提提也跟着一起沉下去了，又该如何是好呢？

"不知道妈妈会怎么看这件事。"他说。

"依我看，接下来的几天她应该都不希望你们再出海，即使是在这片湖上也不行。"

这正是约翰所担心的。他担心妈妈会不同意他们老爸的观点，觉得他们是一群傻蛋。如果她不允许大家在剩余的假期里航海该怎么办呢？

他扭头朝右边望去。达里恩峰正好在他的右舷方向，霍利豪湾也对他们敞开怀抱。由于离湖岸太远，他看不清坐在霍利豪农场外面的那个人是不是妈妈。然而，约翰仍觉得这个距离不够远，因为他不想让妈妈看到灵巧整洁的燕子号，在一场海难后一瘸一拐地驶向里约湾。直到他们驶离湖湾另一侧的岬角后，他心里的大石头才终于落了地。

霍利豪湾已经看不见了，燕子号和它的护卫船正穿行于长岛和湖岸之间，朝里约镇驶去。阳光下，他们看见小镇上空缭绕着袅袅青烟。里约湾的湖岸边有一排造船厂，那些划艇、与燕子号差不多大的小帆船、竞赛帆船和为不懂驾驶帆船的人打造的汽艇都是在这里诞生的。此外，岸边还有几座船库和小码头。离岸边不远的地方，建着一些厂房，厂房外有几条通向湖面的轨道线，上面停着运船车，可以直接顺着铁轨把船运到湖里，或者从湖里拖上来。其中一辆运船车上载着一艘竞赛帆船，它的桅杆比厂房房顶还要高，船帆整齐地卷在帆套里，船身涂着清漆，在阳光下闪闪发亮。那条船随时准备下水，等待像其他的船一样，在水上展现它的活力与风采。

船库和厂房挡住了大部分吹进湖湾里的风。弗林特船长划船赶超了燕子号，探着头往岸边系着汽艇和游艇的木码头中间看去。他在找一个合适的船位，以便让受伤的燕子号靠岸。找到以后，他朝着越漂越近的燕子号大喊："船长，把船停在这儿。"

约翰把系在船中央横坐板上的帆绳解开，然后急忙走到船头，把上帆桁从滑环上取下，和船帆一起平放在船舱里。随着他的重量前移，燕子号的船头立马降了下去，那块补丁也随即沉入水中。湖水从补丁的边缘涌了进来。不知怎么的，燕子号在来的路上就已经积了很多水。他再次爬回船尾。那里的积水已经完全没过了压舱物。

"幸好我把运动鞋放在了横坐板上继续晒。"他说，"如果穿在脚上，现在肯定湿透了。"

他划着一支桨把燕子号开进两座木码头之间，停在一栋绿色的大厂房脚下。弗林特船长也把划艇停在他旁边，旋即跳下了船。

"到目前为止一切顺利，"弗林特船长说，"而且非常顺利！我马上回来。"说完，他留下约翰看船，独自朝两栋厂房之间的窄巷子走去。

来到这儿，约翰觉得自己更像一名见习水手，而非船长。他收拾了一下狼狈的燕子号，把旗子降下来卷好，随即放入划艇的船头。一艘轮船驶过，漾起的水波震得划艇上下颠簸。于是约翰将它往岸边拖了拖。当他把两艘船停放稳当后，他开始打探四周。这里有一些令他的感官愉悦的东西。首先，一股柏油绳¹的气味扑面而来，这是他最喜欢的一种气味。"叮叮！叮！叮叮！叮！"他的耳边传来一阵阵两轻一重的敲击声。循声望去，有个男人和另一个与他差不多大的男孩在一栋绿色的厂房里干活，他们正忙着给一艘小船的船壳敲铜钉。除了敲钉子的声音，还有刨子刨木头发出的有节奏的嗖嗖声，带着又长又卷的刨花，一支船桨已现雏形。厂房深处，还有锯木条的声音。约翰往燕子号旁挪了几步，便看见另外一栋厂房里有一个长长的木箱，里面冒着蒸汽。那个木箱不是太深，

1.即涂上柏油的麻绳，柏油防止麻绳腐烂。

也不太宽，但比半间房子长。约翰知道，那个箱子是用来蒸木条的，蒸汽可以将木条弯成适当的形状，用来造船。

在这里，时间似乎过得很快，但弗林特船长的确只走了几分钟而已。他领来造船的头儿——一个壮实的矮个子男人，他红润的脸上挂着笑，眼中透着和蔼。他和约翰打招呼时说今天是个好日子，可想起今天发生的一切，约翰并不同意他的说法。那个男人看了看燕子号船壳上的补丁，敲了敲补丁周围的船板，又摸了摸里面的肋骨，顺手把那根断桅杆拿了出来，仿佛在他看来，撞船是一件再平常不过的事了。可他不知道，他检查的是这片湖上最重要的船，至少有六个人指望它能立马修好，从而继续过暑假。

"嗯，特纳先生，"他说，"我们现在很忙，没办法抽调人手……"

这时，弗林特船长拉起他的胳膊，走进巷子，很快就不见了。他们回来时，那位造船匠的脸上挂满了笑容。事情似乎有了转机，不像约翰几分钟前想的那么令人绝望了。

"你们没派人来找我们帮忙，自己就把船从湖底打捞上来，真了不起！"造船匠对约翰说，"这相当于给我们省了至少一两天的时间，工人们都太忙了。我们会把这些撞破的船板拆掉，换上新的，再看看还有没有其他地方需要修补。放心，我们会抓紧时间的。"

"真的能修好吗？"约翰问。

"比新船还要好，"造船匠说，"它会比新船还要好，对吧，罗伯特？"这一句是对另一位从厂房里走出来的造船工人说的。他身上罩着一件衬衫，边走边掸裤子上的木屑。第二个造船匠和弗林特船长握了握手，朝约翰点点头，然后像第一个人那样敲了敲撞破的船壳板，从里到外检查了一番。

"这里撞了一下，但撞得不重。"他终于说。

"是的，"第一个造船匠说，"不过我们能把它修补得像新的一样，对吗？"

"当然。"罗伯特说。

"那太好了，"弗林特船长说，"别忘了，我们可指望你们尽快完工呢。"

"没问题，"造船的头儿说，"我们会抓紧时间的。"

弗林特船长爬上他的划艇，约翰紧随其后，造船匠用力一推，那条船便飞快地从码头漂了出去，没有碰到停泊在两边的汽艇。

"我们划四支桨，"弗林特船长说，等他们取出桨时，他接着说，"嗯！虽然造船匠总这么信誓旦旦，但我觉得老詹姆斯这次是真心的。我告诉他，没有燕子号的日子就等于虚度光阴。我想他听进去了。好吧！现在向霍利豪出发！"

约翰觉得去霍利豪可能会比去里约更糟糕。他不知道当妈妈听说他们四个都必须从一艘沉船中游上岸时会说些什么，尽管他们只游了几码远。然而，弗林特船长把桨划得飞快，约翰只好跟着他一起拼命划，乃至根本没时间担心之后发生的事情。

"停右桨！划左桨！"弗林特船长高声指挥道。他们一个急转弯，绕过岬角，进入湖湾，朝霍利豪的船库驶去。燕子号载着几个船员愉快地离开那里只不过是两天前的事。

不一会儿，弗林特船长放慢了划桨的速度，约翰终于有机会扭头匆匆一瞥。他们来到了码头附近。约翰昂着头，望见田野之上，有个身穿蓝色连衣裙的人坐在旧农舍外面的椅子上。一定是妈妈！而她旁边那一小团蓝色肯定是在草地上玩耍的布丽奇特。

"停桨！"弗林特船长说。

片刻之后，约翰爬上了码头。

"你来系船绳。"弗林特船长说，"我去和你妈妈谈谈。如果你去说，一定会先说燕子号的事，那会让她觉得一半船员都溺水了。所以还是让我去和她说吧，这样她就会知道，她没有失去你们当中的任何一个。"

没等约翰回答，弗林特船长便跳上码头，穿过一道门，大步走向那片田野。

约翰心里犯起了嘀咕。他会从燕子号失事开始讲起吗？唉！当然会了。不然还能说些什么呢？弗林特船长究竟会怎么说呢？

他抬头看着又长又陡的田野。一年前的一天，当爸爸寄来电报说他们可以驾驶燕子号航行，还可以在岛上宿营时，罗杰像一艘帆船在那片田野上"抢风行驶"。他远远望见弗林特船长脱掉帽子，用那条红绿相间的大手帕擦拭他的光头，和妈妈还有小布丽奇特握了握手。随即，他看见他坐在了草坪上。一切看起来是那样的平和与喜悦，仿佛从来没有什么船只失事的消息。突然间，妈妈从椅子上跳了起来。

"她知道了。"约翰对自己说。

她很快又坐了下来，但这次看起来有些别扭，只见她身体前倾，似乎在问问题。她把头往后一仰。"他把她逗乐了。"约翰说。而后，他看见布丽奇特穿过大门，走进农舍。农场主杰克逊先生从谷仓那边走了过来，弗林特船长上前和他说话，两人还握了手。"他在告诉他燕子号的事。"紧接着，布丽奇特又跑了出来，她头戴一顶蓝色的遮阳帽，手上拿着另外一顶。保姆也来到通往院子的小门前。妈妈把布丽奇特给她的蓝色遮阳帽戴在头上。"布丽奇特在帮妈妈系帽子上的带子。她总是这样。"约翰自言自语道。这时，他看见保姆站在门前挥手，布丽奇特也挥手与她告别。然后，妈妈和弗林特船长沿着田野朝码头走来，布丽奇特手舞足蹈地跟在他们旁边。

　　他看得很清楚。妈妈在笑，笑得就像什么事情都没发生过一样。一切都会好的。

　　"嗨，布丽奇特！"当她跑过来扑向约翰怀里时，他说。但他的眼神却一直紧盯着妈妈和弗林特船长。他们正绕过船库，向码头走来。

　　"这是我应该做的，"约翰听见弗林特船长说，"他们帮我找回了那本《大千世界》。我无论如何都要帮他们把燕子号修好。何况他们已经完成了大部分的救援工作，接下来的修船不会太麻烦。可是，如果要他们眼巴巴地等船修好，那恐怕会打乱他们的假期计划。而且您知道，现在已经够糟糕的了。我的姑妈来了，我们之前定的许多计划都没办法实现。"

　　"那个马蹄湾离这儿有多远？"

　　"比那座岛远不了多少。"

　　"但是在湖的另一头。"

　　"玛丽·斯旺森每天都会划船把牛奶从农场送到镇上去。我很乐意给孩子们当信差，给他们捎东西之类的。当然也可以当他们的船夫。"他又补了一句。

　　"我不想他们给你添麻烦。"妈妈说。

　　"您太客气了，夫人。"弗林特船长说。

　　约翰看着妈妈，妈妈也看着约翰。他们吻了吻对方的脸颊。妈妈又望着他，眼中带着一丝笑意。

"嗯，"妈妈说，"看来你们都变成鲁滨逊·克鲁索了。你们角色转变得可真快。"

"我们是不小心撞上的，"约翰说，"都怪我。我以为我可以不转帆把船开进湖湾。谁知道突然刮起一阵狂风。一切就这么发生了，几乎是一瞬间的事情。"

"那年我驾着表哥的小艇在悉尼港翻船的时候，我也是这么想的。"妈妈说，"当时再走几码我就能靠岸了。不过，我始终认为那天的天气非常糟糕，即使我松开缆绳，大风也会把船掀翻的。"

约翰变得高兴起来。

"你也遇到过这种事吗？"他说，"我在想，"他满怀希望地继续说，"我在想，老爸是不是也有过类似的经历。不过，我觉得应该没有吧。"

"就算有我也不觉得惊讶。"妈妈说。

"大多数人迟早都会遇到这种事的。"弗林特船长说，"除非他们能像推独轮车一样推着船走。"

"总之，"妈妈说，"没有人被水淹就是万幸啦。你确定大家都安然无恙吗？"

"妈妈！"约翰有些不大高兴地说。

"我已经点过数了，夫人，"弗林特船长说，"你的四个水手和我的两个外甥女，六个人一个不少。"

"好吧，"妈妈说，"我想你应该不会数错。但是如果你不介意在回去的路上把我们放下来，我和布丽奇特也想亲自去数一数。"

"我能数出不止六个来。"布丽奇特说。

"这我相信。"妈妈一边说，一边跳进划艇里，旋即伸出双臂，"现在数一二三，跳下来。我接着你。"

几分钟后，约翰和弗林特船长再次划起桨来。他们渐渐驶离达里恩峰下的霍利豪湾。他们的速度没刚才那么快了。现在他们非但不急，反而希望越慢越好。一来，他们想给其他人多留点时间，把一切收拾妥当；二来，船上载着客人，全世界最好的土著人和燕子号宝宝并排坐在船尾，划得太快谁也不能舒舒服服地讲话。

第九章

斯旺森农场

马蹄湾的沙滩上堆着一大摞乱七八糟的东西，要把那些东西塞进五顶帐篷，还要给四位探险家留出睡觉的地方，不免让人在心里打个问号。

"如果我们不马上行动起来，这些东西就永远也别想收拾好了。"苏珊说。

"有我和佩吉在，你们就放一万个心吧。"南希说。

"我们居然能从沉船上打捞出这么多东西，真是太幸运了。"罗杰说。

"这算什么，"提提说，"鲁滨逊·克鲁索用大木筏运了好几船呢！他还运了一个大衣柜和满满的几桶火药。"

"但是他丢了一些东西，"罗杰说，"而我们的东西一样不少。"

苏珊大副环顾四周，试图找到一个最适合扎营的地方。但她的选择并不多。茂密的树林一路蔓延到湖湾狭窄的沙滩上，除了那块遍布鹅卵石的平地——就在小溪流出树林，汇入湖水的地方——几乎没有其他的宽阔地带了。

"这可真是个适合埋伏的好地方！"南希船长说，"但却不太适合扎营。虽然今天不会下雨，可是等到下雨的时候，溪水就会卷着褐色的泥沙一涌而下，把这儿全淹了。不过这里没有其他扎得下四顶帐篷的地方了。当然，你也可以把帐篷分开扎在林子里。"

"这样不行，"苏珊说，"我们是一条船上的水手，必须住在一起。我们不能让提提和罗杰单独住。"

"特别是在陆地上，"提提说，"说不定会有野兽出没。这和在岛上不同。咱们还是别在这里逗留了，继续往前走吧，去我和罗杰发现的那个溪谷。要不是因为遇到海难给耽误了，我们早就准备带你们去看啦。"

"咱们立刻出发吧！"罗杰说。

"别胡说八道了！"苏珊说，"我们要赶快收拾营地，让妈妈看到我们在这儿一切都好。弗林特船长去接她了。时间宝贵，快行动起来吧！如果妈妈允许我们留下来，我们明天再去找一个更好的营地。但至少今天她来的时候，必须让这里看起来像是我们住了很久的样子。可是现在，你们看看这里！"

谁也没有试图去争辩些什么。这里确实看起来一团糟，各种大包小包的东西和铁盒堆成了一座山，最上面搁着鹦鹉笼子，绿鹦鹉波利在里面叽叽喳喳地叫着"八个里亚尔"和"漂亮的波利"。苏珊威胁它，如果再不安静就用布把它的笼子罩起来，不过，提提递来一块方糖，堵住了它的嘴。

毫无疑问，扎帐篷根本难不倒两个亚马逊海盗。不一会儿，她们就把储物帐篷挂在了两棵树之间。随后，苏珊和佩吉一起把杂物放进去，南希帮着提提搭睡觉用的帐篷，罗杰则东帮一把，西帮一把，要么在南希和提提需要帐篷钉时，一枚一枚地递给她们，要么从沙滩上搬起饼干盒或其他重要的东西送进储物帐篷。渐渐地，马蹄湾开始变得不像一个发生过沉船的地方，倒更像探险家的营地。很快，这里彻底变成了营地的样子，接下来只要把乱糟糟的东西收拾干净就行了。这方面没人会比苏珊更在行，不过，她收拾的时候不喜欢旁边有太多人碍手碍脚的，所以她需要先"清场"，但最麻烦的一点是那些人总爱走来走去，一旦把他们从一个地方清走，你在另一个地方还得再清一次。幸好这时苏珊想起来了，他们还没去农场取牛奶，而亚马逊海盗还得派个人给他们带路。

罗杰刚才游了一会儿泳，浑身湿淋淋的，所以苏珊把他从帐篷里赶了出去。之后，他又跑到水里，继续游了一会儿。他觉得自己在沉船后被救得太快了，所以他又重演了几次被救的戏码。只见先他游到湖湾对面，然后被同样对打扫失去兴趣的佩吉拖上岸。再后来，罗杰把自己想象成唯一一个从海难中幸存的水手，他一直游到湖水没过脖子的地方，慢慢蹚过浅水区，躲开碎浪（这很容易，因为湖中没有半点浪花），终于精疲力竭地躺在沙滩上。他听到苏珊在说关于农场的事，佩吉说她会给提提带路，于是他噌地一下从地上爬起来，大声说他也想去。

苏珊仔细地摸了摸晾衣绳上的衣服，然后一把扯了下来，说衣服已经干透，可以穿了。

"你们算走运的了，"南希说，"这里是热带，这些石头白天晒得滚烫，根本不能碰，但湿衣服很快就会烘干。想想看，如果你们在冬天的北极游上岸，没有太阳，也没有木头生火，周围除了雪、海豹和北极熊之外什么也没有，那是多么可怕的事啊。说不定你们的船早就四分五裂了。你们的湿衣服也干不了。"

"那些北极熊才不管我们是干的还是湿的呢，"罗杰说，"说不定它们更喜欢我们湿淋淋的样子。"

苏珊大副把牛奶罐递给他们，这样一来，除了南希船长和波利，其他人都被她打发走了。这正是苏珊所希望的。毕竟，她可以请南希船长带着望远镜，去马蹄湾入口的石岬上看看弗林特船长的划艇来了没有。至于波利，它会乖乖待在笼子里，不会乱跑。这时，水壶里的水烧开了，苏珊终于可以安安心心地把东西各归各位，放进帐篷，然后把每个人的睡袋铺好，把帐篷门上的帘子整整齐齐地卷起来。一切都变得井井有条。

佩吉大副领着提提和罗杰往小溪上游走了一小段路，然后从一棵倒下的树旁左拐钻进林子。林子里有一条土路，提提和罗杰昨天去探险时就发现了。他们沿着那条土路往前走，一直走到大马路旁。他们横穿马路（取牛奶是一件正儿八经的事，和探险完全不同），接着穿过马路对面石墙上的门洞。那条土路也从门洞另一侧延伸出去，左拐穿过树林，径直通向一栋白色的旧农舍。农舍旁有一口井和一个石槽，许多鸭子嘎嘎叫着在石槽里喝水，看起来十分热闹。他们还听见有人用一副烟嗓轻唱一首古老的狩猎歌，这首歌在年轻人当中也很受欢迎：

> 去年冬天的清晨，霍尔姆·班克镇来了一位冒险家，
> 他神勇无比，器宇不凡，大家叫他桑迪斯先生，
> 他的猎狐队出发啦！狡猾的狐狸们只有死路一条。

只见他一马当先，高声发令：

　　"呔嗬！呔嗬！向前冲啊！呔嗬！"

　　"唱歌的是老斯旺森先生，"佩吉·布莱克特说，"他今年九十岁了。"

　　"这是什么声音？"罗杰说。

　　"有人在做黄油。"佩吉说。

　　她走到凉爽的白色门廊下，敲了敲敞开的大门。

　　歌声戛然而止。

　　"请进！"屋里的两个声音同时说。

　　佩吉、提提和罗杰走了进去。虽然屋外是个大热天，但在那间低矮的农家厨房里却燃着一团火。两位老人隔着火堆面对面坐着，其中一个坐在高背椅上，挂着拐杖，身体前倾，一心只唱着歌；另一位老太太坐在摇椅上，缝补一床拼布被子。虽然她用膝盖支着被子，但被子仍有很大一块拖到地上。她的脚边放着一个浅口的大果篮，里面装着五颜六色的碎布，也许某一天就会出现在被面上。

　　"嗨！亲爱的，"斯旺森太太抬起头，透过鼻梁上的老花镜看着他们说，"原来是布莱克特家的小姑娘。旁边这几个是谁？我以为布莱克特家只有两个孩子呢。哎呀！你都长这么大了。你妈妈的妈妈来我这儿玩就像昨天的事一样，她和你现在差不多大，当时我也才刚嫁人，日子过得可真快啊！"

　　"已经一个甲子啰。准确来讲是六十五年。"老斯旺森先生说，"当年我把她从比格兰的教堂娶回家，她就坐在这张摇椅上，这一晃就快七十年啦。"

　　"亲爱的，你旁边这两个是谁呀？"斯旺森太太问，"看起来不像布莱克特家的孩子，也不像特纳家的。"

　　"他们是我们的朋友，"佩吉说，"他们的船遇难了。"

　　"遇难？"老斯旺森先生说，"这倒让我想起了一首歌……"

　　"行啦，奈迪，"斯旺森太太说，"你待会儿再唱，等我们先聊完……你刚才说什么来着，亲爱的？"

"我说他们的船遇难啦。"佩吉说,"对了,我们想弄些牛奶,可以吗?我们自己有罐子。"

"我们本来带了很多牛奶,"罗杰说,"可惜沉船的时候全洒了。"

提提一句话也没说。她四下环顾这间低矮的农家厨房。角落里立着一台落地大摆钟,顶部有一个满月形装饰,表盘上全是花环图案。黑色的壁炉架上放着一支圆形的狩猎号,再往上,墙面的钉子上挂着一杆旧猎枪和一支长长的邮号[1],足有一人高。矮窗前挂着白色的花边窗帘,宽窗台上摆着几盆吊钟花和一些大的花斑贝壳。每只贝壳下面都垫着一块厚实的针织垫,而那些花盆下则先垫着托盘,再垫着针织垫,就像那些贝壳一样。提提扭头望向壁炉架,想看看那支圆形的狩猎号底下是不是也有一块针织垫。但它放得太高,提提看不见。此外,壁炉架上还放着几个白镴杯子、瓷器烛台和一把铜水壶,她觉得苏珊看见一定会很高兴。

老斯旺森太太知道他们的来意后,立刻扯着嗓子喊了起来。她洪亮的声音令他们大吃一惊。

"玛丽——玛丽——玛丽——"

搅黄油的声音停了下来,走廊尽头传来"噔噔噔"的脚步声。只见一个身材高挑的年轻女人从牛奶房走了过来,她的袖管挽到了胳膊肘,双颊因摇动搅乳器的手柄而变得绯红。

"佩吉小姐,近来可好?"她说。

"我很好,谢谢。"佩吉说,"他们是我的朋友。这是提提。这是罗杰。他们遇到了海难。"

"我们坐的是同一条船,"罗杰说,"我们是游上岸的。"

"嗨!亲爱的,"斯旺森太太对提提说,"这是我最小的孙女儿,你觉得她怎么样?"

玛丽·斯旺森笑了笑。

"她见人就问这个问题。"她说。

---

1. 邮号:一种无按键的圆形铜管乐器,在19世纪至20世纪的英国,每当邮政的马车离开或到达时,邮递员常会吹响邮号。

"我觉得她很好呀。"提提说。

"看来你眼光不错嘛！"老斯旺森先生说，"这倒也让我想起一首很棒的老歌……"

"别管什么歌啦，"斯旺森太太说，"今早的牛奶还有吗，玛丽？咱家的奶牛一时半会儿还回不来。"

"你们跟我来，"玛丽说，"我去给你们装一些。每次有外人来，爷爷总爱唱个不停。"

"但我很喜欢他唱的歌。"罗杰说。

一听这话，老人一边拍打膝盖，一边哈哈大笑，笑得双颊通红，眼泛泪光。

"如果我们俩合唱，一定能得冠军。"说完，他笑得更开心了。

然而，玛丽·斯旺森把他们从厨房带了出去，穿过走廊，来到牛奶房。

"你们过来一个人，帮忙摇搅乳器的手柄，"她说，"我来给你们洗罐子。做黄油的时候必须一直搅拌，不能间断。如果我们刚才留下来听爷爷唱歌，等他唱完恐怕天都黑了，到时你们的牛奶就会变得又酸又臭了。"

于是，他们轮流摇动搅乳器的摇杆。玛丽·斯旺森把牛奶罐洗干净后，从一个棕色的大陶碗里倒出牛奶，把罐子装满。

"孩子们，欢迎你们下次再来玩啊！"当老斯旺森太太看见玛丽领着他们匆匆穿过厨房，朝门外走去时说道。

"我们非常愿意！"提提说。

"到时我们俩可以一起唱歌。"老斯旺森先生边说边朝罗杰眨了眨眼。他眯起一只眼睛，让它完全消失在浓密的白眉毛下面。

"现在我要跟你们说再见啦，"玛丽·斯旺森说，"否则黄油会变馊的。"她把佩吉、提提和罗杰安全地送出门廊，旋即噔噔地走回农舍。

"要是能再听他唱几首歌就好了。"他们离开的时候罗杰说。不过，没等他们走远，斯旺森先生就用他的烟嗓高声唱道：

> 前方的狐狸无影无踪，
> 猎手和随从落在后头。

猎犬已经听不见号令，

五小时跑了八十英里。

"他很喜欢唱歌，"佩吉说，"而斯旺森太太总在缝被子。想必她已经缝了成百上千条了。"

"你们看见那个铜水壶了吗？"提提说。

"我倒想听他吹那支长长的号角，"罗杰说，"能让我拿牛奶吗？今天早上我都没机会拿。"

"也许——"当他们沿着林间小路静静地走了一段路后，提提说，"也许我们不可能从农舍弄到牛奶，因为我们是被海浪冲上岸的。荒凉的海岸上怎么会有人家呢？不过，我们倒是可以抓一头野山羊挤奶。对！牛奶就是这样弄到的。"

"是的，"罗杰说，"而且野山羊不是会用角撞人吗？所以得两个人抓着它，另一个人挤奶。"

这样就把牛奶的来历说清楚了。接下来要面对的便是那条大马路。由于它的存在，树林被一分为二，一半长在湖边，另一半沿着山丘攀缘而上。时常会有汽车、摩托车，甚至是大货车驶过那条马路。在新发现的领地里看见这样一条路确实很令人头疼。哥伦布发现美洲大陆的时候就从来不会为这种事情烦恼。

"你们是怎么看待这条路的呢？"当他们来到马路对面，踏上另一侧的土路前往小溪时提提问。

"怎么了？"佩吉说。

"这条路太吵了，来来往往的都是土著人，而且是很不友好的土著人。"

"如果来马蹄湾的话，我们只当它不存在。"佩吉说，"它在我们地盘的边界，所以我们从来都不会来这儿。从湖边过来要走很远呢。"

"昨天，"提提说，"阿兹特克人[1]占领了这条路。他们一路吹着小号，通知对方——"

1.阿兹特克人是北美洲南部墨西哥人数最多的一支印第安人。他们十分好战，并有人祭传统。由其创造的阿兹特克文明是世界历史上一个独树一帜的古文明。

我是说他们的侦察兵。"

"你的想象力可真丰富，"佩吉说，"我想就算是南希也想不到这些。但是你们去荒野的话，肯定得穿过这条马路吧。我猜你们是等到没人注意的时候，猛地冲过去的，对吗？"

"才不是呢。"罗杰说。当他正准备告诉佩吉他们没有直接从上面横穿过去，而是在马路底下找到了一条路的时候，从树林深处传来南希的呐喊声。虽然相隔很远，但他们听得一清二楚。

"船来啦！船来啦！"

他们三个立马朝前飞奔而去，但没跑几步罗杰就停了下来，因为跑得太急，牛奶从罐子里洒出来了些。其他人也停下脚步，佩吉接过他手里的牛奶罐。

"快点！"她说，"我来拿牛奶。只要跑的时候拿稳罐子，别晃来晃去的，牛奶就不会洒了。"果然，即使她和其他人跑得一样快，甚至还得穿过树丛，她手里的牛奶也没怎么洒出来。

她把牛奶罐留在储物帐篷门口，跟着提提和罗杰冲出树林，跑向沙滩。营地里只剩下波利还待在它的笼子里，独自看着火。在马蹄湾狭窄的入口，靠北的那座岬角尽头，有一支船桨插在石缝中，顶端飘着一块大毛巾。南希和苏珊站在毛巾底下，轮流拿着望远镜眺望。其他人也赶来了。

"不是帆船。"罗杰说。

准确地说，那是一艘划艇。即使不用望远镜，他们也能清楚地看见划船的是弗林特船长和约翰船长，妈妈和布丽奇特坐在船尾。

"拿牛奶还顺利吗？"当他们爬上礁石，苏珊问。

"很好！现在一切都准备好了，只不过……"

第十章

随遇而安

即便是非常了解妈妈的苏珊、提提和罗杰都不免有些惴惴不安，担心她来了以后会把他们带回霍利豪农场。南希和佩吉的心中已暗自认定这是不可避免的，她们不明白既然这样，几个遇险的探险家为何还如此期待妈妈的到来？事实上，这些小探险家有很多话要告诉妈妈，而且他们有种感觉，当她看到他们收拾好的新营地时，一定想象不到这里曾经发生过很严重的事故。所以，在那艘划艇登陆沙滩之前，甚至在它还没靠近马蹄湾的时候，他们就知道，最坏的情况或许并不会发生，而他们也可以留在这里继续探险。

"没事啦！苏珊！"提提一看见那艘划艇便大声喊了起来，"没事啦！布丽奇特也来了。一切都会没事的。"

佩吉疑惑地看着提提，但南希和苏珊立马明白了她的意思。如果今天这些小探险家必须打包好一切，灰溜溜地回家过普通人的生活，那么妈妈是绝不可能让布丽奇特跟来的。罗杰倒是没想这些，他火急火燎地等着告诉妈妈他们是如何游上岸逃生的。罗杰的眼光一向不够长远，但对于其他人来说，布丽奇特的出现是一件意义重大的事情。

那艘划艇拐进了两座石岬之间，探险家和他们的伙伴们也纷纷越过礁石，终于和妈妈在马蹄湾的沙滩上见面了。这次会面比想象中要愉快得多。大家七嘴八舌地说个不停，场面十分热闹，不过一开始谁也没提那个大家都关心的问题。妈妈一边清点人数，一边摸着他们的衣服，想知道究竟发生了什么事。遇险的燕子号水手开始讲述撞船的经过，接着，他们向约翰和弗林特船长打听可怜的燕子号在里约湾的情况，但是谁也没问妈妈他们能不能继续探险，而妈妈也没说他们必须回家之类的话。约翰看上去比之前高兴多了。布丽奇特似乎还不知道出了什么岔子。弗林特船长夸苏珊打造了一个顶级的露营地，这让她很开心。

沙滩上的谈话都是关于那场撞船事故的，没听他们说话的人一定想象不到，马蹄湾在几个小时之前还是一片荒凉。此刻，看着眼前其乐融融的景象，谁也想不到今天早上，有一条小船在这个宁静祥和的小湖湾入口撞上了一块礁石，也想不到，眼前整洁的营地是几个水手花了一下午的时间迅速搭建起来的，而仅仅在几个小时之前，那些水手都不得不游泳逃生。

四顶睡觉用的帐篷两两搭在一起，中间隔着那条小溪，走出帐篷就可以打水和洗漱，非常方便。在这些帐篷后面，还有一顶用来存放杂物的旧帐篷，在林子里若隐若现。火堆里的大火已经熄灭，水壶放在整洁的石头灶上温着。就在今天早上，这个石头灶里还燃着熊熊篝火，火势大得足以让食人族烤人肉了。此刻，挂在晾衣绳上的不再是船员们的湿衣服，而是一排泳衣和毛巾。在马蹄湾入口的湖岬上，飘在船桨顶部的毛巾已经清楚地表明，这里有船员遇险，不过，既然现在妈妈来了，毛巾便被摘了下来，以免其他人看见会以为这里真的有人在等待救援。当然，认识他们的人一定会觉得奇怪，为什么亚马逊号和弗林特船长的划艇都在，燕子号的全体船员（包括那只鹦鹉）也都在沙滩上，却唯独不见燕子号呢？

"燕子号怎么样啦？"提提终于逮着机会在约翰船长的耳边小声地问。

但弗林特船长也听到了她说的话。"还要一个礼拜到十天，它才能下水，"他回答道，"必须先把撞破的船板撬掉，再换上至少两块新木板。然后还得涂漆。但涂漆之前要等蒸汽蒸过的湿木板干透才行。所以至少需要一周到十天。"

"真的能修好吗？"

"它一定会像新的一样。"

"那我就一点儿都不介意撞船的事了。"

"确实不用介意，"弗林特船长说，"放心吧！"

约翰、提提和弗林特船长互相看了一眼。提提知道她猜得没错，妈妈会让他们留下来的。

果然，妈妈四处看了看整洁的营地后，脸上的笑容更加灿烂了。其实，她还没上岸就已经清点了人数。上岸后，她也摸了他们的衣服，把每个燕子号船员都瞧得真真切切的，一个不少。她早就知道约翰没事，因为是他和弗林特船长一起划船载她来到这里的，但对于燕子号的其他成员，她只是听说他们一切安好，这终究让她不太放心。毕竟，她知道燕子号沉没了，船员们不得不游上岸。尽管她是世界上最通情达理的土著人，她还是希望能过来一趟，亲自确认（比如行个碰鼻礼或亲吻脸颊之类的）他们当中没人溺水，故而没有人变成傻瓜。

"幸好你们撞船的时候，布丽奇特不在船上。"妈妈终于开口说。

一等水手提提正在和燕子号宝宝玩耍。她立马抬起头来。

"我觉得她在船上。不然就说不通了。你在船上，对吧，布丽奇特？船沉没的时候，我们把她放到一只木筏上，木筏随着洋流越漂越远，像到了墨西哥湾一样。要不是你恰巧划着独木舟经过，发现了独自坐在木筏里的燕子号宝宝，我们就再也见不到她啦。"

"一定是这样的，"全世界最好的土著人说，"她乘着木筏在水上漂荡，除了一个甜甜圈，什么吃的也没有，可即便是这样，她还是把食物和一只落在她的木筏上、看起来饥肠辘辘的海鸥分享。"

"嗯，幸好你找到了她。"一等水手说。

遇险的船员中，只有罗杰想带妈妈去湖岬看看燕子号沉船的地方，和那块此刻看起来毫无恶意的狗鱼石。刚才约翰船长和弗林特船长划船经过那里，驶入马蹄湾的时候，倒是什么话也没说。全世界最好的土著人似乎很想去看一看，于是罗杰领着她翻过礁石，走到湖岬的尽头。除了苏珊和布丽奇特以外，其他人都跟在后面，苏珊想安安心心地干点活，布丽奇特则留下来帮她的忙。

"燕子号具体是在哪里沉的？"妈妈问。

"就在那块石头旁边。"罗杰说，"我去年夏天学会游泳是不是很幸运呀？"

"我想是的。"妈妈说。

“要不是这样，我可到不了那么远，也就抓不住她们拖我上岸的绳子了。”

随后，妈妈问了几个问题，了解到他们是如何上岸，又是如何将水壶、平底锅、压舱物和燕子号打捞上来的。罗杰回答了她的大部分问题。提提也回答了一些。约翰说得不多。不过，大部分的内容她还是从南希和佩吉口中得知的。

“最后是你们自己把它打捞上岸的吗？”

“南希和佩吉帮了很大的忙。”约翰说。

“这我相信，”妈妈说，“你们很棒！好了，这件事就此打住，我不想再多问了。现在的情况也不算太糟。”

“如果换作其他水手，夫人，”弗林特船长说，他一直在听，没有说话，“如果换作其他水手，事情可就没这么顺利了。我想，除了岸上的人，大家应该都很镇定。”

“我才尖叫了一声！”佩吉有些生气，“任何人看见那种情况都会大叫的。”

“您看，夫人，”弗林特船长说，“就连岸上的人也很镇定。总的来说，他们在这次撞船事件中的表现还是可圈可点的。”

“嗯，希望不会再有下次才好。”全世界最好的土著人说。

“不会的。”约翰说。

就在这时，湖湾深处飘来大副欢快的口哨声，他们听见布丽奇特在营地里喊着茶水已经煮好了。

早在南希看见远处的划艇之前，苏珊就差不多把一切都准备好了，水壶里的水几近沸腾，其他食物被放在储物帐篷里保持凉爽，等吃的时候再端出来。此刻，水已经烧开，茶也泡好了。当其他人在湖岬上谈论沉船事件的时候，苏珊把旧防潮布（他们剪了一块补丁贴在燕子号伤口上的那块）对折了一下，当成餐布，等他们听见哨声和布丽奇特的呼唤声回到营地后，出现在他们眼前的是一些卖相不错的茶点，饼干盒的盖子上堆着切好的炸菜籽饼（佩吉已经将它烘干，味道尝起来确实不错）和圆面包三明治，以及柑橘酱和黄油。通常在岛上，他们发现最好把面包切厚一点，等吃的时候再抹黄油，这样可以避免发生突发状况的时候，抹了一面的面包不能马上被吃掉。可是今天，面包片切得很薄，也已经抹好了黄油，和几块小三明治整齐地堆成金字塔状，它们表明这里一切井然有序、风平浪静，绝不会出现任何意外。

"我之前也说过，现在我还想再说一次，"弗林特船长看见苏珊准备好的一切后说，"我从没见过哪支探险队有你们这么棒的大副。"

一切都如他料想的那样顺利。当燕子号船员们请大家坐下喝茶时，面对一顿如此的美餐，谁也没工夫再为已经过去的沉船事件而忧心。不过，就连罗杰也还不敢问妈妈他们能不能继续留在这里。喝完茶以后，妈妈先夸了苏珊和布丽奇特准备的下午茶很丰盛，然后终于说出他们每个人都关心的那个问题的答案。

"那么，"她说，"如果你们真的不想跟我一起回霍利豪做暑假作业，我想我得走了，我要去和那位玛丽·斯旺森聊聊。"

"暑假作业随便在哪里都能做。"约翰说。

"如果在家做暑假作业，"提提说，"那就不叫暑假作业啦，应该叫家庭作业才对。"

弗林特船长把布丽奇特架在肩上，和大家一起带着全世界最好的土著人沿着小溪往上游走，穿过林间的土路，来到那条马路上。他们在那儿看见玛丽·斯旺森正和一个坐在拉货的大花马上的年轻小伙子说话。

"是那个樵夫！"提提说，"我和罗杰去探险那天，看见他拉了三匹马和一根大木头！"

这时，樵夫拉动缰绳，掉了个头，骑着马离开了，他扭头朝玛丽挥了挥手，玛丽也朝他挥手，踢踏踢踏的马蹄声渐渐消失在路的尽头。

"你们待在这儿别动，"妈妈说，"我和特纳先生去马路对面和玛丽聊聊。"

"我也去。"布丽奇特说。

"还省得我把你放下来了。"弗林特船长说。

四个探险家和他们的两个伙伴在树林里等着，妈妈和扛着布丽奇特的弗林特船长穿过马路，去和玛丽·斯旺森说话。他们在马路对面和玛丽聊了几分钟，接着和她一起沿着林间小路走向斯旺森农场。他们走了很久以后，南希和佩吉想起被沉船事件打断的计划，她们原本打算去荒野看看那个秘密溪谷。她们开始向提提和罗杰打听关于溪谷的一切，比如它的具体位置之类。提提和罗杰尽可能详细地回答她们的问题，但对皮特鸭的山洞只字未提。

"咱们接下来的第一站就去那里吧！"南希说。

妈妈、弗林特船长和布丽奇特回来后，大家都看得出妈妈对所见的一切感到很满意。弗林特船长拎着一篮鸡蛋。布丽奇特在啃一个大苹果。

"她真是个体贴又善良的好姑娘！"妈妈说，"我也很喜欢她们的农场，还有那对老夫妻。"

"他唱歌给你听了吗？"罗杰问。

"对，一直在唱，还是斯旺森太太和玛丽把他叫停的。"

"老奈迪是个音乐迷，人也很好。"弗林特船长说。

"这下放心了吧？"约翰说，"我们能留下来了吗？"

"是的，可以。"妈妈说，"不过，千万记住你们老爸的话。"

"万岁！"罗杰说。

后来，他们回到了马蹄湾，弗林特船长说："现在只有一件事！他们必须另找一个地方露营，不然等下完第一场雨他们就会被水冲走。"

"哎呀，我怎么没想到？"妈妈说。

"岸边还有很多更好的地方。"弗林特船长说，"而且不会淹水。"

"但没那么隐蔽。"佩吉说。

"我们会给他们找个好地方的。"南希说。

"我们去那条溪谷吧！"提提说，"除了野猫岛之外，那里是世界上最好的地方啦！"

"什么溪谷？"妈妈问。

提提和罗杰把溪谷的事原原本本讲了一遍。

"我知道那里。"弗林特船长说，"但我有二十年没去过了。如果你们说的和我想的是同一个地方，那里的确很适合露营。而且那儿还有一个……"

"喂！"罗杰喊道。

"别说！别说……这是个秘密……如果你说的是……"

提提及时阻止了他。他低下头，一脸困惑。

"如果是什么？"

"你小声告诉我，"提提说……"哦，没事了。你说的是另一个秘密。"

"那我现在能继续讲了吗？"弗林特船长说，"我刚才想说的是那个溪谷之上还有一片很大的鳟鱼湖。我可以教你们怎么在那里抓鳟鱼。"

"我们在那条小溪里看见了很多鳟鱼。"罗杰说。

"那个地方离斯旺森农场有多远？"妈妈问。

"比从这里到农场远不了多少。"弗林特船长说。

"我们还没去那里看过呢，"约翰说，"我们本来打算今天去的。最好还是选一个离湖近点的地方露营吧！"

提提心头刚刚燃起的希望瞬间又落空了，不过还好，毕竟，最重要的是他们还能继续探险。

"我不管你们去哪儿露营，"妈妈说，"只要别离玛丽·斯旺森太远就行。她来村子里送牛奶的时候，会顺道告诉我你们的情况。"

"你和布丽奇特也要来看我们哦。"苏珊说。

"还有弗林特船长。"提提说。

"我想看看你们沉船后的表现会不会像去年那场海战中那么棒。"弗林特船长说。

"这次的沉船可是真的。"约翰严肃地说。

"姑奶奶真是太讨厌了！"南希说，"要不是她，我们也能来这儿，和他们一起当遇险的水手。"她几乎恶狠狠地瞪着停在划艇旁的亚马逊号，"你们可以做各种各样的事情。你们可以去探索亚马孙的源头，也可以来找我们。你们想做什么都行。但是我们在姑奶奶离开以前，只能做一些毫无意义的事。"

"好家伙！"弗林特船长说，"你们倒提醒我了。我们都得赶回去喝下午茶！要是再不走，恐怕连吃晚饭也要迟到了。希望沃克夫人您不要介意。"

"你们可以告诉她遇到海难了呀。"罗杰说。

"这一招对我的玛利亚姑姑可不管用。"弗林特船长说。

"没关系，"妈妈说，"我和布丽奇特也该回去了，布丽奇特睡觉的时间也快到了。"

等妈妈、布丽奇特和弗林特船长上了船，约翰和苏珊一起把划艇推下水。提提和罗杰帮忙推亚马逊号。接着，四个探险家跑到北边的湖岬上与他们挥手告别。留在岸上的燕子号船员们突然有一种奇怪的感觉，似乎有什么地方不太对劲，因为他们知道，即便他们想跟出去送一送，也没有船了。

"别睡得太晚啦！"妈妈喊道，"遇到海难之后要早点休息。"

遇险的探险家看着亚马逊号的白帆消失在里约外的群岛之中，接着，划艇也驶过达里恩峰的脚下，很快就不见了。他们突然觉得很疲惫，就连苏珊说马上开饭也没人在意。他们吃了一顿丰盛的晚餐，之后大家似乎都不怎么想说话，即使发现三支手电都不亮了也没人吭一声。他们的手电之前都放在背包的口袋里，跟着燕子号一起沉到了湖底。不过，睡觉只需要点一盏烛灯就够了。他们默默地钻进睡袋，帐篷里没有任何说话声，但在帐篷门外，小溪潺潺地流淌着，那声音与他们在野猫岛上听见的湖水拍打礁石的声音完全不同。约翰喊了声"熄灯"，没过几分钟，四个探险家都进入了梦乡。

第十一章

指挥官提提

　　太阳已经升到了湖对岸的东山顶上。由于几顶帐篷之间没有大树遮阴，阳光和营地里奔腾的小溪一大早就把约翰船长唤醒了。他醒来后，想起那些令人难过的事情，便在睡袋里翻了个身，试图让自己再睡一会儿。昨天晚上，他以为沉船事件中最糟糕的部分已经过去。现在他才意识到一切只是刚刚开始。

　　他犯了一个愚蠢的错误，他不该一直拉着缭绳不放，不让船帆偏转，直到大风强行将帆卷到另一舷，而这正是他最不愿意看到的……小船就是这样失事的。燕子号失事后，他们跳船逃生，还将沉船打捞上岸。然后是给船补漏，扬着应急帆冒险驶向里约，一路上都不断有水渗进来。这段时间，他们为了燕子号的事忙得团团转。昨晚，看见弗林特船长的划艇和亚马逊号离开的时候，他知道没办法去送他们，这让他觉得不大痛快。不过，当时还有别的事情需要他操心。今天早上，他该面对现实了。

　　醒来的时候，他下意识想把燕子号划到湖对岸，停在鲨鱼湾，去迪克森农场取牛奶。突然，他想起燕子号不在这里。这里什么船也没有。他们都在湖岸上，而外面的湖就像一片辽阔的大海，将他们困在陆地上。除了在水里游泳，那片湖对他们没有任何帮助。目前看来，他们的航海探险已经告一段落了。

　　当约翰发现自己再难以入睡，也不能排遣这些恼人的思绪时，他索性从睡袋里爬了出来。一分钟后，他已经在湖湾里游泳了。他一路游到马蹄湾的入口，从两座湖岬之间游了出去。这是一个风浪俱静的早晨，湖面几乎没有一丝涟漪。只有潜伏在水里的狗鱼石那边偶尔会泛起微波，仿佛有鳟鱼悄悄浮上来吞掉苍蝇，但没有钻出水面。约翰继续向前游，很快爬到狗鱼石上休息。他浑身湿漉漉的，在晨曦中，看起来像一只粉色的海豹。他一边休息，一边望向北边的野猫岛。他想起他们生活在那个四面环水的小岛上的日子，燕子号安稳地停在港湾，随时可以出海，别提有多快活了。他还想起去年他们在达里恩峰和霍利豪度过的时光，他们每天都在等待爸爸的电报，盼望他能答应他们乘着燕子号去野猫岛。然而，现在的等待比那时要糟糕得多。他们曾经拥有过一座小岛和一条帆船，如今，这两样东西都失去了。

过了一会儿，约翰回头望向马蹄湾，看见一缕青烟从林间升起。

"苏珊！"他喊道。

"嗨！"

他几乎同时听到一声尖叫。想必是罗杰在用脚指头试水温。即使在八月，流入马蹄湾的溪水也很冷。接着，他又听见"扑通，扑通"两声巨大的水花声。一定是提提和罗杰挨个跳进了水里。约翰下定了决心，他像海豹那样从狗鱼石上滚了下来，潜入水中，没有溅起一点水花，很快，他又浮出水面，最后朝野猫岛看了一眼，便从两座湖岬之间游了进去。

他朝湖湾深处的白帐篷游去，就在山涧的小溪汇入湖湾的地方。在那里，水面上更是浪花飞溅。只见罗杰仰面躺着，双手埋在水下，双腿不停地拍打水面。提提伸出一只胳膊拨水，原地打转，变成一个大漩涡。

"提提！"当约翰游到近处，声音足以盖过水声时喊道。

大漩涡平静下来。

"嗨！"提提说。

"听我说，提提，"约翰接着说，"从斯旺森农场到你的溪谷到底有多远？"

"也没多远。"提提说。

"比这儿到农场远吗？"

"远不了多少。应该差不多吧。说不定我们能在马路对面找到一条捷径。我们现在去吗？那就走吧！"在接下来的一天，大漩涡又变回了探险家。

"谁去拿早餐的牛奶呢？"苏珊在火堆旁大声问道。

"我们都去，"约翰说，"但是别带到这里来。我们直接去山上吃早餐。我们先去拿牛奶，然后去看他们说的溪谷。"

"万岁！"罗杰欢呼道。

"我在想，也许我们应该把营地搬到离岸边远一点的地方。一来可以避开洪水，二来不会得疟疾。在丛林和大海交界的地方，还是小心为上。"

"说不定水里有鳄鱼呢！"提提边说边踩着水花跑上岸，"或者河马。要是有一只河马闯进营地，那我们的新帐篷可就遭殃了。"

"住在湖边却又没船出海的滋味太不好受了！"约翰说。

"好吧，"苏珊说，"不过你们刚游完泳，必须吃点东西垫垫肚子。我来煮几个鸡蛋带上。反正火已经点着了，不用也怪可惜的。"

"先吃点巧克力就行啦！"罗杰说，"待会儿再好好吃一顿早餐。"

"你们觉得把帐篷留在这里安全吗？"苏珊说。

"除了南希她们，没人会来这儿，而且她们今天来不了，她们的姑奶奶看着她们呢！"

事情就这么决定了。煮鸡蛋的时候，他们将一天的食物分装在四个背包里，其中有圆面包、肉糜饼、黄油、一罐果酱、四个苹果和两听沙丁鱼罐头。约翰带着指南针，提提带着望远镜和借来的鸡蛋篮子，罗杰带着空的牛奶罐，苏珊带着水壶，当然，大家都同意在路上把包互相换着背。

等一切就绪，他们吃完巧克力和苏珊分给他们的一大块圆面包，补充好游泳消耗的体力后，约翰船长说："带路吧！一等水手！"

"遵命，船长！"提提刚才给鹦鹉的笼子里放了足够的食物和水，还留下三块糖，作为它看守营地的酬劳，"走吧，罗杰！"

离开前，苏珊大副把营地仔细检查了一遍，确保不会出什么岔子。约翰急着上路，他想尽快离开这里，好让自己忘掉没有船的事。

一等水手成了这支探险队的指挥官，但是当她领着大家从那条拐向斯旺森农场的土路旁边经过时，约翰忍不住问："我们不是应该从这儿拐弯吗？"昨天他们带妈妈去斯旺森农场就是从这里拐弯的。

一等水手停下了脚步。

"拐弯也行，"她说，"如果你要穿过马路可以从这里走，去拿牛奶是没问题的。但我们发现了一条更好的路，即使有野人在巡逻，我们也可以偷偷走到马路对面。"

"嘿！你又来了，提提，"苏珊说，"你又开始编皮特鸭的故事了。"

"她没编故事呀！"罗杰说。

"当然，皮特鸭也觉得那条路很好。"提提说。

"会比穿过马路远很多吗？"约翰说。

"才不呢，那条路更近！我们马上就到了。"

一等水手领着他们绕过小溪的拐弯处，来到一座隐藏在茂密的常春藤和低垂的树枝下的矮桥洞前。

"就是这儿了！"一等水手说，"即使马路上到处都有侦察兵把守，他们也不会知道我们是如何穿过去的。"

"这条秘密通道真不错。"约翰说。

"上次我和罗杰还脱了鞋，"提提说，"不过不脱应该也没问题。"

"还是别冒这个险了，"大副说，"要是把鞋子弄湿了还得烘干，何必呢？"

"后面的路光着脚走又硌又痒。"罗杰想起马路对面落满松针的林地说。

他们脱掉鞋子，猫着腰，从桥洞底下逆流蹚了过去。

"一旦涨水，就不能从这里走了。"大副说。

"要是发洪水，你们就得游过去了。"约翰说。

"可以抱住一根木头漂过去，只要把鼻子探出水面就行了，"提提说，"那样的话，就算敌人盯着水面看也不怕啦。"

"要是被水冲到下游该怎么办？"约翰说。

"那也很正常，"提提说，"直接逃到船上去就行啦。"

"可是我们没有船呀。"罗杰说。

顿时，大家都不说话了。他们又想起那场海难了。

但是，当他们钻出桥洞，来到另一边的松树林时，他们又把沉船的事情抛在了脑后。上岸后，他们把脚晾干，穿上鞋子，然后决定派两个人去拿牛奶。苏珊和罗杰带着牛奶罐和鸡蛋篮子，沿着石墙走上那条通往斯旺森农场的土路，等拿到牛奶再和他们在小溪上游会合。与此同时，一等水手和约翰船长沿着小溪，穿过陡峭的松树林向上攀爬，经过一个又一个小瀑布，最后终于看不见那条马路了。在那片松树林中，看不见一簇像样的矮树丛，翠绿的落叶松脚下只有去年落得满地的松针，宛如铺了一层红棕色的地毯，相比其他的林子，这里根本无处藏身。马路刚从他们的视线中消失，约翰就准备停下等苏珊和罗杰，但一等水手却坚持继续往前走。"马上就要走出松树林啦，"她说，"而且，往前走几步，到了前面那条路上就能吹哨子了。在这里吹可能会被其他人听见。"

于是，他们继续前进，终于走出松树林，进入另一片长满榛子树和橡树的林子，他们在松树林的边缘停了下来，这次约翰想继续往前走，但提提觉得可以停下歇歇脚了。

"我想这片树林应该不大，"约翰说，"再往前走一点就能走出去了。"

"没错！"一等水手说，"新领地就在那边。我们最好等他们一起走出这个林子。"

"好，"约翰船长说，"听你指挥！不管怎么说，那个地方是你发现的。"

"还有罗杰的功劳。要不是他从瀑布旁边爬上去，我们早就掉头回去了。不过真要说起来，这条小溪的功劳最大。我们一直循着它的水声走到了源头。等我们爬到荒野你就能听见了。"

于是，船长和一等水手仰面躺在平缓的山坡上，枕着满地红棕色的松叶，透过青翠的松枝，望向高高的蓝天。一只在树梢上窜来窜去的松鼠看见他们躺在那里，吓了一跳，吱吱地冲他们叫唤，假装很生气的样子，而不是害怕。听见松鼠的叫声，他们仍躺着一动不动，只是转过眼睛，看着它毛茸茸的红尾巴和那对竖在脸盘高处、长着绒毛的尖耳朵。

"它得赶紧走，"一等水手说，"我马上就要吹哨子了，它不会喜欢那种声音的。大副现在应该拿到牛奶了，如果那位老先生不留他们听歌，那他们应该已经从农场出发了。我们得吹哨子告诉他们往哪儿走。"

"嗯，再等几分钟吧。有这条小溪，他们不会迷路的。不管他们从哪儿过来都没关系。"他说话的时候身体动了一下，惊得树梢上的松鼠窜了出来，压弯树枝，旋即跳到另一棵树上，而刚才被它压弯的树枝再次弹起，像在赶它走似的。

"现在不用担心啦！"提提边说边坐了起来，吹响了大副的哨子。

树林不远处传来一声猫头鹰叫。

"是他们！"提提说，"在比我们还高的地方。"她又吹了一下。

猫头鹰也叫了一声回应。约翰从地上一跃而起，提提也跟着站了起来。

"快！"提提说，"他们在更高的地方。他们可能会比我们先走出这片林子。"

不过，船长和一等水手沿着小溪往上爬了不到二十码，就听见了大副和见习水手的说话声，很快，就在前方不远处的树丛里看见了他们。

"原来这里有条路！"大副喊道。

"是从这边通上去吗？"一等水手大声问。

"对，笔直往上！"

"好走吗？"约翰船长喊道。

"穿过松树林的时候很好走，不过从这里开始似乎就没人走过了。"

"可能是羊踩出来的路。"罗杰说。

"你们继续走，"约翰喊道，"我们很快就会碰头的。"

于是，约翰和提提继续沿着溪边往上爬。离他们几步之遥，苏珊和罗杰一路拨开那些旁逸斜出的枝丫，朝他们走去。

他们在树林的尽头会合了。眼前是一片连绵起伏的荒野，不论是往左看，还是往右看，根本望不到边。在他们正前方，那条小溪从高处奔流而下，穿过荒野里的石楠花丛迎接他们，沿途留下欢快的音符。

"你们顺着这条路看，"约翰说，"它通向哪里？"

大副站在原地不动，看着眼前的那条小路。

"从这里看，这条路倒像是兔子钻出来的，"她说，"不过还是能看清它的走向。"

"它该不会是通向小溪上游吧？"提提焦急地问。

"一直通向你们面前的小溪。"

"等等。"约翰说。他沿着树林边缘快步走到大副和见习水手站的地方，然后猫着腰往前探路。

"有人走过这条路！"他喊道，"这里有脚印！"

"天哪！不会吧？"一等水手说。

"是的，"约翰说，"是通向小溪。水里还有几块踏脚石。没错！然后从小溪对面出来，一直沿着树林边缘往那边去了。"

"没关系，"一等水手说，"只要不是通向我们的溪谷就好。"

"这里离溪谷还有多远？"大副问。

"很近了。"一等水手说。

"如果你现在开始吃一个甜甜圈，"罗杰说，"很慢很慢地吃，那么等走到那里就差不多刚好吃完。"

"看来罗杰想吃早餐了。"提提说。

"我们都该吃早餐了，"苏珊说，"就在这儿吃，省得去很远的地方捡柴火。"

就连一等水手提提也认为这是个好主意。毕竟，她可以想象这次探险从昨晚就开始了，经过一夜奔波，此刻他们终于停下来享用早餐。再也没有比吃早餐更重要的事了。那个溪谷就让它先远远地待着吧。片刻之后，探险家把背包扔在地上，准备做早餐。

"在溪边露营有一个好处。"大副说，"打水很方便，而且这里很适合生火。"

她注意到溪边有个小水潭，里面全是亮灰色的鹅卵石，曝晒在烈日之下。水潭边上有很多大石头，她用这些石头围成一个圈，中间放进最大的三块石头，好把水壶架在上面，并且底下留有足够的空间生火。她找到一些去年长的已经干透的蕨草，用来引火。当一切就绪，其他人也从树林边缘抱来许多干树枝。

"一定没人在这里生过火，"提提说，"地上的柴火多得根本用不完，就算我们把火烧得比南希船长的篝火还要旺，那些柴也足够烧一整年的了。"

约翰船长再次想起了野猫岛、燕子号和那些他不愿记起的烦心事。但他没想太久。早餐还没做好，他的思绪就又回到了探访秘密溪谷的冒险当中。

"如果要保守溪谷的秘密，"刚吃完早饭，约翰就说，"我们最好别留下任何记号。趁土著人还没来，咱们赶快出发吧。"

因此，尽管这是个不错的石头灶，但他们还是把它拆掉了。他们先把大石头搬开，再把火堆里的余烬倒进小溪，让它顺着水流冲走，最后把鸡蛋壳用土埋好，这样一来，除非仔细看，否则谁也不会知道，这些探险家在前往一个陌生领地之前曾到过这里，在这里歇脚，还享用了一顿早餐。

他们沿着溪边的羊肠小道继续往前走，绕过岩石和石楠花丛，一步步地爬上荒野。一等水手提提打头阵，约翰船长紧随其后。罗杰一开始走在最前面，但他在沿途的每个水潭边都停下来，看看里面有没有鳟鱼，所以很快就落后了，要不是大副等他，催他快些走，同时留意前面的人有没有丢什么重要的东西，那他很可能会掉队。

一路上，他们始终能听见前面传来的瀑布声，越往前走，声音越大。不一会儿，一道白色的飞瀑出现在不远的前方。

离溪谷越近，提提的步子迈得越快，她心里也愈发不敢确定一切是否会像她想象的那样。这种情况时有发生，她原本觉得有趣的东西，只要带人去看，都会变得索然无味。她开始担心她的溪谷也会是这样，所以她加快脚步，一来她想确认一下那里是否依然有趣，二来如果这次的探险最后真的很扫兴，她也想尽快打道回府。

当走到瀑布脚下时，她已经气喘吁吁了，但她仍马不停蹄地爬上瀑布旁的岩石，抬头望向那条小溪谷，这是她第二次看了。和她记忆中的一样，前面还有一道瀑布，两侧是陡峭的石壁，石缝中长着蕨草和石楠花，宽阔又平坦的谷底被这些高耸的石壁挡在下面，如果不回过头看，只能看见头顶的蓝天，而且在溪谷外面，如果不走到边缘，根本发现不了这个溪谷。提提转身向约翰挥了挥手。虽然约翰不需要那么匆忙，但他紧跟在提提后面，很快地爬上来了。

"先别抬头，"她说，"一直看地面，等你爬上来再往上看。走这边。好了，现在看吧！"

约翰爬到岩石上，站在提提身边，抬头望向溪谷。

"这真是个好地方！"他说。

虽然他只说了这一句，但提提从他的语气中听出他很满意，至少，他对这条溪谷的印象和她差不多。

第十二章
燕子谷

"快走啊！罗杰！"苏珊大副说，"别掉队啦！"

"这里很安全，"罗杰说，"不像在丛林里，可能会有野人躲在树后面。这里视野很开阔，可以看得很远。欸！提提呢？约翰船长呢？"

"看不见人影了，"大副说，"应该已经爬到瀑布上面去了吧。既然我们看不见他们，那么很可能有许多野人躲在我们看不见的地方。走吧！快点！我们快追上他们。"

罗杰开始赶路。他刚才被一只在石楠花上觅食的红黑色的枯叶蛾幼虫吸引住了。现在他收拾心情，回到探险中来，脚步飞快地去追赶大部队。苏珊说得对，掉队是一件很危险的事。而且，约翰船长和一等水手已经爬到了瀑布之上，率先到达他和提提一起发现的秘密溪谷。

几分钟后，苏珊和罗杰来到了瀑布脚下，开始顺着岩石壁向上爬。很快，他们也消失在瀑布顶上，从下面已经看不见他们了。那道白色的飞瀑从两侧长着石楠花的石壁之间倾泻而下。可是，从瀑布脚下的小溪边抬头看，谁也不会想到，就在前面几码远的地方还有一个秘密山谷，足以容纳上百个探险家在里面扎营，而且不会被人发现。

"喂！喂！等等我们呀！"罗杰一边喊，一边气喘吁吁地朝溪谷爬去。

提提和约翰回头看了一眼。他们已经快走到上面的那道瀑布了。

"快点!"提提喊道。

然而，现在苏珊变成了那个拖后腿的人。她只瞟了一眼，就认定这个溪谷是个适合扎营的好地方，此刻，她望着两侧陡峭的石壁和溪边的平地，心里盘算着她应该把帐篷搭在哪里，又该在哪里生火和清洗餐具。

"那里可以生火。"当他们走到溪谷正中间时，她说，"在这个水潭里洗盘子再好不过了。"

"哪个水潭?"罗杰问。

"这个。"

"这里面有鳟鱼。"罗杰说，"我和提提看见过。不过它应该不介意我们在里面洗盘子。说不定还很喜欢呢。"

"那要看盘子上剩了些什么。"苏珊说。

"反正我们没有芥末。"罗杰说。

"快点!"一等水手又喊了一声。

"走吧，"罗杰说，"她要带你去看一个秘密。"

"来了，来了!"苏珊说，她对秘密没什么兴趣，所以她依旧不慌不忙，"小溪的这一边可以搭得下四顶帐篷，如果我们想的话，那顶杂物帐篷也搭得下。"她既是说给自己听，也是说给罗杰听的，"或者我们可以把杂物帐篷搭在对面。"

"快走吧!"罗杰说。

"快点!"提提说。

燕子号的四位船员终于会合了。

"见习水手!"一等水手说，"你有没有向大副透露那个秘密?"

"没有，"罗杰说，"我只是说你会带她去看。"

"你看见了吗?"她问苏珊。

"看见什么?"苏珊说。

"约翰也没看见，但你们都从它旁边经过了。"

"从什么旁边经过了?"约翰说。

"皮特鸭的山洞！"提提终于说。

"不会是真的山洞吧？"约翰说。

"当然是了，所以才要带上手电呀！幸亏苏珊的手电没浸水。"

"山洞在哪？"

提提和罗杰回到苏珊说她想在那里搭帐篷的地方。

"就是这儿！"提提说。

约翰和苏珊环顾四周，却没有发现任何有山洞的迹象。

提提朝着陡峭的灰岩壁走去，来到一簇长在石缝中的石楠花旁，用手指了指石楠花下面的一个豁口。如果看得不仔细，很容易把那里当成一道裂口。

"要不是看见一只蝴蝶飞到这片石楠花上休息，我根本不会注意到这个山洞。"提提说。

"你们进去过吗？"约翰说。

"没有。"提提说。

"还没呢。"罗杰说。

约翰扭动肩膀，挣脱背包的带子，把包扔在地上。苏珊也把背包抖落下来，在里面翻找她的手电筒。燕子号失事那天，她在出发前匆忙落下手电真是太幸运了。她把它递给约翰。

"你先进去吧，约翰。"苏珊说。

约翰弯下腰，把手电举在前面照路，从洞口钻了进去。

"我能一起进去吗？"罗杰问。

"先等一下，"苏珊说，"嘿！约翰，你看一下洞顶。没什么危险吧？"

"石顶很坚硬，"约翰说，"而且很高。我站起来刚好能摸到。噗！到处都是灰。"洞里的积灰已经有很多年了，此刻，约翰每走一步，脚下立刻升腾起一团厚厚的灰尘。

"里面还能再进人吗？"苏珊问。

"再进几个都没问题。"约翰的声音从洞穴深处传来，带着回音，听起来就像从一口深井底下发出来的，"不过进来的时候当心脑袋。"

其他人猫着腰钻了进去，一个个地站直身体，一边用手在黑暗中四处摸索，一边看着被手电光照亮的墙面和洞顶。他们发现，山洞里全是坚硬的断岩。

"这里不算太大。"约翰说。

"但是对于皮特鸭来说已经够大了。"提提说，"如果我们受到野人、海盗或者其他坏蛋的攻击，它会让我们躲进来的。"

"为什么是皮特鸭的山洞呢？"苏珊说。

"呃，因为我们没有多余的帐篷留给它呀，而且它就应该住在这样一个山洞里。"

"这里很适合放吃的东西。"苏珊说，"里面非常凉爽。再也找不到比这更好的储藏室了。"

罗杰开始咳了起来。

"你先出去，"苏珊说，"等我们把灰清干净再进来。"

罗杰跟跟跄跄地走到外面明亮的阳光下，上下摆动双臂，不停地眨着眼睛。他在假扮一只由于受到惊扰而在大白天飞出洞穴的蝙蝠。一眨眼的工夫，他又变回了探险家和燕子号水手，其他人都没看见他学蝙蝠的样子。

提提和苏珊跟着他从洞里钻了出来，约翰也紧跟在她俩后头。他们的喉咙都被灰尘呛得有些发痒。

"这个山洞可没办法住人，"约翰说，"不过里面能放得下我们的帐篷和所有的东西。"

"我们可以让皮特鸭站岗，"提提说，"我们住在自己的帐篷里。如果看见敌人来了，我们就把所有东西都搬到山洞里藏起来，这样就没人知道我们的大本营在哪里了。这个地方好极了！"

"可惜我们没有敌人。"罗杰说。

"我们的敌人多着呢。"提提说。

"在陆地上可说不准，"约翰说，"那两个亚马逊海盗一定想来一场战斗之类的。"

"想想去年她们是怎么攻击我们的，"提提说，"当时她们坚持说野猫岛是她们的地盘，而不是我们的。不过，这次她们倒不会说这条溪谷是她们的，而且没人知道这个山洞。这样看来，这里比野猫岛还要好呢。再者，我们一路都没看见火堆，这就说明没人来过这里。我们是第一个发现这条溪谷的人！"

"这个山洞肯定是别人挖的。"约翰说。

"也有可能很久以前就有了。我觉得，这应该是皮特鸭的山洞。"

"但皮特鸭只是你编出来的呀，"苏珊说，"所以这不可能是它的山洞。"

"不管怎样，它是我们团队的一员。只要我们说是它的就行啦。不然是谁的呢？"

约翰同意她的说法。皮特鸭是一件提提不容他人反驳的事。而且，就连约翰都开始觉得皮特鸭似乎是真实存在的了。他们在圣诞节编的那个故事中，皮特鸭的形象是如此鲜活，那么它为什么不能拥有一个属于自己的山洞呢？

"而且，"约翰说，"如果我们把这里叫作皮特鸭洞，那么以后谈起这儿的时候，如果有土著人或者坏人在场，我们就可以说'去找皮特鸭'，或者'去皮特鸭家里拿'，或者'我把东西落在皮特鸭家里了'，或者'我们去皮特鸭家碰头'，这样，谁也猜不到我们说的其实是一个山洞。'皮特鸭洞'真是个好名字呀！那我们该怎么叫这个溪谷呢？"

"我给它起了一个名字，你们来听听看，"提提说，"叫'燕子谷'。大多数的地方都是以国王、王子和某些人的名字来命名的。但我觉得，用船名来命名一个地方会更有意思。所以咱们就把燕子号的名字给它吧。"

大家都没有提出反对意见。此刻，能在这样的山谷里露营，还有这么隐蔽的山洞，就连约翰船长也不再介意听到那条船的名字了。毕竟，燕子号很快就能修好，而这段时间他们正好能在这里度过……

"大家都同意吗？"

他们一致通过。

"好，"约翰说，"那就叫它'燕子谷'吧。"

"永永远远都叫这个名字！"提提说。

"我们明天就把营地搬到这里来。"约翰说。

"燕子谷只有一点不好，"苏珊说（听到她用这个名字，提提很高兴），"虽然这里有充足的水源，但是没有树。我们只能去荒野下面的树林里搬柴火。"

"我们每次去拿牛奶的时候，可以顺便多带点柴火回来。"约翰说。

"我觉得从这里到斯旺森农场比从马蹄湾到那儿远不了多少。"苏珊说，"拿牛奶很容易，但把柴火搬到这里可比我们去年把柴火搬上船要难多了。"

"可是我们遭遇了海难呀，"提提说，"不吃点苦头就说不过去啦。"

"好吧，你们早些吃苦头，把柴火搬来，我们就能早些开始生火烧饭了。"

"那我们现在出发！"罗杰说。

"我们必须先四处查探一下，"约翰说，"找一个好的瞭望台，让哨兵站岗，这样他们就能眼观六路耳听八方，一旦发现有土著人从荒野上下来，或者从下面的林子里往上爬，他们就能及时提醒我们。"

"好吧，"苏珊说，"我先把石头灶搭起来。"

"等你的灶台搭好，我们就去下面的森林里捡柴火。现在我们先去探险！"约翰知道大副搭灶台自有一套方法，不需要别人帮忙，"走吧！水手们！你们可以把背包留在这儿，但是得带上望远镜。"

提提和罗杰把背包放在皮特鸭洞的门口，跟着约翰船长往溪谷的北边去了。

一路上，他们既要留意脚下松动的碎石，以免滑倒，还要抓着石楠花丛爬上巨大的岩石。登顶后，他们站在辽阔的荒野上，眼前是大片的石楠花和欧洲蕨，以及被高山上的黑鼻羊啃掉一半，又被炎炎夏日烤得焦黄的草地。再往上，他们能看见那条蜿蜒流过荒野的小溪。向荒野的北边和西边眺望，还能看见连绵的群山。

"最高的那座山是干城章嘉峰，"提提说，"现在山顶上已经没有雪了，但是一到冬天，上面的积雪一定很厚。"

"亚马孙河源头的溪谷就在那座山的山脚下。"约翰说，"我在地图上看过。山的名字叫……"

"就叫干城章嘉峰吧！"提提说，"这样等我们去探寻亚马孙河源头的时候，还能顺便爬干城章嘉峰。这才是真正的探险嘛！"

"嗯，干城章嘉峰这个名字好极了！"约翰说。

"我们要带上登山绳。要是山上有积雪该多好呀，那我们就能用冰镐了。"

"快看！那是里约！"罗杰说。

他们刚才一心望着面前的荒野和绵延伸向远方的蓝紫色山脉，根本无暇回头去看下面的湖。现在，他们转过身来，望见那条缎带般的大湖在远处泛着碧色与银色的光。湖上有许多树木繁茂的深绿色岛屿、轮船、扬着白帆的游艇和土著人的划艇——看起来就像墨点一般大——还有里约镇密密麻麻的灰屋顶，聚集在湖湾四周。他们站在荒野上往下看，透过树林的缝隙，将这一切尽收眼底，可是他们却看不见野猫岛，它在下面离他们太近了，完全被那片树林挡在背后。

"望远镜呢？"约翰说。

提提把望远镜递给他。

"从这里能看见霍利豪农场。和我想的一样。"

"让我看看！"罗杰说。

他们轮流拿着望远镜观察。果然，在湖对岸靠近里约的地方，有一座深色的湖岬，上面长满松树，那便是达里恩峰了。再往前是一片绿色的田野，从一处小湖湾向上攀升。田野之上是一片李子林，林间掩映着一栋灰顶白墙的农舍。

"那个移动的白点一定是保姆的围裙，"提提说，"也有可能是布丽奇特。"

"好极了，"约翰说，"这样的话，如果我们有什么需要，甚至可以直接给妈妈打信号，而她也可以给我们打信号。那边的那块大石头正好可以做瞭望台。就是离燕子谷稍远了些。"

在大约一百码远的地方，有一块四四方方、顶部平坦的大石头高高地凸在石楠花丛中。

然而，他们今天没时间去看那块石头了。面朝湖的方向，他们能清楚地看见那条贯穿燕子谷的小溪离开荒野，流入树林，向下游的马蹄湾流去。好像有个人影正沿着小溪往下游走。罗杰举起了望远镜。

"大副在下面干什么呢？"他突然说道。

"在哪里？"

"那儿！她现在在进树林了。"

"哎呀！糟糕！"约翰说，"她的灶台搭得太快了，现在她已经去捡柴火了。可能她以为我们忘了这件事吧。快！我们去追她。先不管那块石头了，反正它很适合做瞭望台。快！跟着羊肠小道走，穿过这些石楠花。注意看脚下的路！"

"为什么？"罗杰说。

"当心蝰蛇。"约翰说。

"是野蛇吗？"

"对，"提提说，"当然是野蛇啦，而且很毒呢。"

"会咬人吗？"罗杰说。

"不踩到它们就不会，"约翰说，"只要你不打扰它们，它们会给你让路的。可要是你踩到了一条盘起来晒太阳的蛇，那它是会生气的。行了，动作快点！趁苏珊还没把柴火捡回来，让她看看你们俩能捡多少。"

"遵命，船长！"提提说。

"遵命，船长！"罗杰说，"谁走在最前面？"

约翰用实际行动回答了他的问题，他沿着羊肠小道向树林飞奔而去，那架势就像要从燕子谷低处的那道瀑布下跳进小溪一样。他全速奔跑，偶尔跳过路上的石楠花丛。提提追着他跑。罗杰追着提提跑，但速度不是很快。毒蛇养在烧炭人的雪茄盒里是很安全的，因为他们非常了解它们的习性，可要是遇上野蛇，不小心被咬上一口，那就糟糕了，这才是探险的第一天呢。所以，罗杰虽然马不停蹄地向前跑，但他时刻盯紧脚下的路，以免踩到蛇。

他们在树林里找到了他们要找的东西。在那片橡树和榛树林里，有很多折断的树苗，而且已经干透，可以用来做火绒。再往下是松树林，里面落满了枯枝，细长的松枝上还挂着小松塔，非常适合引火。只有苏珊大副走进了松树林，其他人只是在荒野与树林的交界处捡枯枝。约翰和罗杰的口袋里有绳子，他们把柴火打好捆，背在背上。提提捡来一大堆柴火，正想着该如何把它们带走。这时，她看见大副背着一捆巨大的柴火，从松树林里跟跟跄跄地走了过来。

"你要绳子吗？"苏珊气喘吁吁地说，"我口袋里有，但我腾不出手来。"

提提从大副的口袋里掏出绳子，把柴火捆好，这样在路上就不会掉出来了。

"你们都来了吗？"苏珊问。

"是的，"提提说，"他们在前面。"

大副和一等水手刚走出树林，就看见船长和见习水手背着两大捆柴火，在小溪边慢慢地往上爬。她们赶紧追了上去。一路上都没人说话。当他们四个都爬上瀑布旁的石头，再次回到燕子谷时，他们都热得满头大汗，不过，这些柴火够他们烧好几壶水了，所以他们用不着再去树林里跑一趟。

像往常一样，大副搭了一个漂亮的石头灶。那些枯树枝一点就着，四位探险家很快就吃上了在燕子谷里的第一顿饭。时候不早了。当那条小溪为他们洗刷餐具的时候（他们把脏的杯子、勺子和刀叉放在一个小漩涡里，并用石头抵住），他们把剩下的柴火统统搬进了皮特鸭洞。"这样它们就不会受潮了。"苏珊说，她是站在探险队的大副和大厨的角度考虑的这个问题。

"说不定有人会把我们困在燕子谷，不让我们出去捡柴火。"提提说，她的想法倒更像一个逃犯。

"咱们现在去看那块石头吧！"提提说。

可是约翰船长另有打算，他想去树林里砍几根树枝做扁担，用来挑行李。

他们在榛树林里找到了几根大小合适的树干，约翰和苏珊将它们砍了下来，其他人帮忙把两头削平。在离开英格兰南部之前，四个探险家已经找铁匠磨了他们的小刀，现在他们正好借此机会试试刀子有多锋利。两根扁担刚做好，他们就迫不及待地把背包挂上去试验一番。约翰和苏珊扛一根，提提和罗杰扛另一根，每根中间都挂着一个背包。整支队伍沿着陡峭的树林迅速下山，不过路上遇到了点小麻烦，因为只要两头的人不在同一高度，扁担上的背包就会一直往低处滑。不过，他们已经快要走出松树林了，马路就在眼前，这时，走在苏珊前面的约翰突然蹲在了地上。

"隐蔽！"他说，"全体隐蔽！"

"幸好这两个背包都是空的。"苏珊一边说，一边放下她那头的扁担。

"嘘！嘘！"约翰说。

四个探险家全都蹲了下来，一动不动。从他们下面的那条马路上传来一阵清脆的马蹄声。

"马儿是在跑还是走？"罗杰小声说。这次还是很难分辨。

"是走。"提提低声说，但她猜错了。

一匹黑马拉着一辆敞篷马车，迈着稳当的步子向前小跑。马车上坐着两个大人和两个姑娘。

"其中一个大人是布莱克特太太。"苏珊说。

"另一位想必就是那个姑奶奶吧，"提提说，"但那两个绝不可能是亚马逊海盗！"

布莱克特太太身边坐着一位打扮得极其端庄得体的老妇人，手里还举着一把黑色的小遮阳伞。在车夫背后的座位上，与大人面对面坐着的是两位年轻姑娘。她们穿着镶有荷叶边的连衣裙，头戴遮阳帽，裹着手套的双手紧扣在膝盖上。真是可怕的一幕！马车离开以后，四位探险家一脸错愕地看了彼此一眼。

"这可比沉船事故要可怕得多！"提提终于说。

"我才不相信那是南希船长呢！"罗杰说。

可事实就摆在眼前，由不得他不信。

第十三章
转移营地

　　那天晚上回到马蹄湾后，他们满脑子想的都是那个神秘的燕子谷和皮特鸭洞。他们急切地盼望这一夜能赶快过去，好早些出发。翌日清晨，他们匆匆忙忙地游了会儿泳，提提几乎马不停蹄地跑去斯旺森农场拿牛奶，之后，他们又草草地消灭了早餐。这种状态一直持续到拆完帐篷和打包好大部分行李时才结束。可是，他们即将离开马蹄湾，向荒野进发的时候，他们觉得心里空落落的。对于水手而言，离开大海是一件令人难过的事，虽然约翰船长昨天还一直盼望能逃离这里，好让自己不再想起那场沉船事故，但是今天，他却和其他人一样，开始觉得越往内陆走，离野猫岛的生活就越遥远，这种感觉比燕子号沉没时还要强烈。今天早上，就连最先发现燕子谷的提提和罗杰也不着急动身。当罗杰看见一艘划艇从达里恩峰向湖的下游驶来，提提从望远镜中看见那是弗林特船长的划艇时，他们一下子变得高兴起来，因为这给了他们一个很好的借口，让他们能顺理成章地多等一段时间，而不必把心底的顾虑说出来。他们都知道，弗林特船长只有在有事情告诉他们的时候，才会划船来马蹄湾。

　　此刻的马蹄湾看起来仿佛回到了沉船那天的样子。所有的帐篷都已经拆除，也都卷起来塞进了背包里。竹制的帐篷杆也拆成了一节一节的，捆在一起。每个探险家都背了一个背包，两两扛着一根扁担，扁担上挑着一捆用毯子或防潮布裹好的行李。苏珊和约翰扛着较粗的扁担，不停地尝试能用它挑起多少行李。提提和罗杰肩上的担子则轻很多。

虽然每个人都尽了最大的努力，但还是有很多东西没有打包。他们显然还得再跑一趟。

这是弗林特船长划船驶入马蹄湾时看见的景象。不过，他还在很远的地方时，四个小探险家就已经知道他给他们带了很多东西，这使他们的负担变得更重了。

"他的船尾装了好多东西呀！"约翰接过望远镜，看完后说，"两个大麻袋，还有几个包袱。"

"嗯，希望他带了面包来。"大副说，"我们的圆面包差不多都吃光了。"

"这下我们要搬的东西就更多了。"约翰说。最近一段时间，他一直在想，要是他们的队伍里有几头骆驼就好了。

"吃的东西迟早都是要拿的，"大副说，"我们每个人的胃口都很大。"

"他为什么带了一根木头过来呢？"罗杰说。

"快看！"约翰船长说，"那是燕子号的旧桅杆！"

正是那根木头给他们带来了希望，让他们可以高高兴兴地去荒野上露营了。弗林特船长立刻将木头的来由告诉了他们。

"约翰船长，帮忙抬一下这根挪威杆！"弗林特船长划着船靠岸后说，"我担心你们会嫌他们动作太慢，所以就想着让你们自己动手做一根新的桅杆。这根杆子质量不错，而且船匠们已经把它的基本形状刨出来了。剩下的你们只要照着旧桅杆照葫芦画瓢就行。"

约翰接过那根光秃秃的长杆，长杆上面还留有斧头削过的痕迹。弗林特船长抬着另一头，和约翰一起把它抬上岸。随后，他们把燕子号断成两截的旧桅杆也抬了出来。面对这么粗糙的木杆，他们实在很难相信它会变得像燕子号的旧桅杆那样光洁。

"可是我们只有小刀啊。"约翰说。

"以前那些落难的水手就是用小刀削桅杆的。"弗林特船长说，"不过你们不用，我给你们带了一个刨子和一把卡尺。等你们弄好以后，我们再给它刷一层亚麻籽油。"

不知道为什么，虽然只是做桅杆，可一看见地上那根粗糙的木头，水手们都相信燕子号很快就会回来，而他们很快就又可以自由地生活在小岛上，随时驾船出海。

"我们每天都会来这儿做桅杆的。"约翰船长说。

"你们要把营地搬到很远的地方去吗?"弗林特船长看着沙滩上的行李说。

"对,"提提和罗杰异口同声地说,"我们要去荒野上面的溪谷。"

"就是我们跟你说的那个溪谷,"提提继续说,"记得吗?你当时还说上面有个鳟鱼湖。"

"顺便提一句,"弗林特船长说,"如果你说的溪谷是我想的那个,那我就明白那天我告诉你妈妈那里有个鳟鱼湖的时候,你为什么拦着不让我说了。当时我没反应过来,但现在我知道了。那里还有个山洞,对吧?在你往上爬的时候,左手边就是了。"

提提的脸一下子沉了下来。难道世界上所有神秘的地方都已经被人发现了吗?

"那是皮特鸭洞。"她说。

"三十年前我把它叫作'本·甘恩洞''[1]。那是个露营的好地方。"

"南希和佩吉知道那个山洞吗?"

"据我所知,她们没到过荒野的这一头。"

"那就先别把山洞的事告诉她们。"提提说。

"好吧,"弗林特船长说,"不过,你们要把这根杆子运上去可不轻松哦!"

"我会下来做的。"约翰说。

"我们都来。"罗杰说。

"你们是不是准备动身了呢?我船上的这些货物,"弗林特船长回头看着划艇说,"是你们的补给,你们的妈妈让我转交给大副。桅杆可以不带到荒野上去,但这些东西是必不可少的。还有,你们难道不想让我做你们的搬运工吗?"

"太感谢了!"大副说。

"其他的探险队伍里一般都有土著人帮忙搬东西。"罗杰说。

"但他不是真正的土著人呀,"提提说,"从去年的海战之后就不是了。"

"但我还是可以帮你们搬东西去荒野嘛。"

1.本·甘恩(Ben Gunn)是罗伯特·路易斯·史蒂文森的冒险小说《金银岛》中的虚构人物。他曾是海盗头目弗林特船长的手下之一,后被困在金银岛上寻找弗林特秘密埋藏的宝藏,成功后将宝藏尽数运到了岛上一个山洞里。

“辛苦你了。”提提说。

虽然弗林特船长是个大胖子，但他却长得很魁梧，探险家恨不得把所有的东西都压在他身上。他的划艇里有一根长长的锚绳，他用那根绳子和一块旧的防潮布装了一大包沉甸甸的食物，有大罐的肉糜饼罐头、饼干和面包，还有两小袋豌豆和土豆，这些都是他从霍利豪农场带来的。

“他扛得动吗？”苏珊半信半疑地问。

“再放一盒火柴恐怕就不行了。”

于是，他们原封不动地把包袱系好。随后，弗林特船长弯下腰，将绳子的另一头搭在肩上，旋即把包袱甩到背上。他驮着包袱，步子有些踉跄，但还能走得动，在罗杰看来，只要能走就行了。

“喂！你们在忙什么呢？”湖面上传来一阵欢喜而又嘹亮的呐喊声，“吉姆舅舅把什么东西偷走啦？”

亚马逊号已经靠岸了。大家纷纷扭过头去。燕子号船员们几乎不敢相信，此刻戴着红色针织贝雷帽、身穿棕色衬衫和蓝短裤、忙着抽出稳向板和收帆的南希·布莱克特船长和佩吉·布莱克特大副，和昨天他们见到的那两个穿着白色连衣裙、斯斯文文地并排坐在马车上、跟着姑奶奶一起兜风的小女孩是同样的两个人。

“你们俩是怎么逃出来的？”背着大包袱的弗林特船长缓缓转过身问道。

“姑奶奶听说你走了，就想趁着今天的好天气去跟牧师讲讲以前的事。她听说他在做一件不同寻常的事情。当然，妈妈也去了。她们要到中午吃饭的时候才回来。”

说话的是佩吉。

“今天的东风刮得很给力，”南希说，“来去都能横风行驶。不需要转帆。所以我们就看准时机逃出来了。”

“但我们要赶回去吃午饭。”佩吉说。

“今天下午又要去坐那该死的马车，”南希说，“先不说这些了。话说你们在忙什么呢？”

"我们在转移营地。"约翰说。

"去我和罗杰发现的溪谷。"

"那里还有个……"罗杰恰好看见提提的脸色，便及时收住了话头。

"嗯，"南希说，"你们根本没把吉姆舅舅利用起来。他的口袋里还能装很多东西呢！他身上有很多大口袋，而且很牢固。"

"约翰船长，"弗林特船长说，"如果你不让这两个海盗帮忙搬东西的话，那就太浪费资源了。她们有大把的时间，而且就算出了汗，回去的路上也会被风吹干的。"

"来吧，佩吉，"南希船长说，"我们去拿一支桨，露一手给他们瞧瞧！"

于是，两个海盗从亚马逊号上拿出一支桨，当成扁担挑起一包行李，而兜住行李的正是被约翰和弗林特船长剪下补丁给燕子号补漏的那块防潮布。地上只剩下最后一点零碎的小东西，但正如南希所说，弗林特船长的身上有很多大口袋。

探险队准备出发了。

"鹦鹉怎么办？"苏珊说。大家早已习惯把波利当作船员的一分子，可就连提提也忘记了一件事——它不能给自己拿笼子，更何况它还待在笼子里呢。

"波利是我的老伙计。"弗林特船长说，"让我带着它吧。"

"不用，你拿它的笼子就行，"提提说，"波利可以站在我们的扁担上，我和罗杰抬着它走。"

"八个里亚尔！"波利跳到提提的手上时喊了一声，随后，它走到扁担上站稳，被提提和罗杰抬了起来。

"你是说我的包袱吗？"弗林特船长说，"这可比八个里亚尔重多啦！"

"不可能。"罗杰说。

"嗯，感觉上是这样，"弗林特船长说，"咱们出发吧，也许走起来就不会觉得那么重了。"

就这样，这支探险队出发了，但在出发之前，提提还是提醒了约翰和苏珊不要透露皮特鸭洞的事。"现在还不到时候，"她说，"还是小心点吧，毕竟，她们是海盗。"

约翰船长和苏珊大副走在前面。苏珊大副把牛奶罐挂在他们之间的扁担上，这样她就能扶住罐子避免牛奶洒出来了。弗林特船长跟在他们后面。只见他弓着身子，一只手拎着鹦鹉笼子，另一只手扶住肩头的大包袱。接着是那两个亚马逊海盗，她们抬着一支桨，桨上挂着一包东西。走在最后面的是提提、罗杰和站在扁担上的鹦鹉波利，扁担中间吊着他们的行李。

弗林特船长看了一眼那座桥，说桥洞太矮，他钻不过去，更别提他背上还有个大包袱了，所以他打算穿过石墙上的门洞，然后横穿马路。如果有野人发现他的话，嗯，他们应该会同情他吧，不然就太铁石心肠了。随后，约翰也提出，如果有人看见他们横穿马路，那他们很有可能会以为这是一支土著人的送货队，正要把货物送到农场去呢。于是，约翰和苏珊抬着扁担上的东西，直接从马路上走过去，仿佛他们在做一件正儿八经的事情，与探险家和落难的水手毫无关系。就连一开始想从桥底下钻过去的亚马逊海盗在最后一刻也改变了主意。事实上，桥洞底下的空间确实太小了，如果弯着腰过去的话，挂在船桨上的东西难免会浸到水里。因此，虽然她们看上去一点儿也不像土著人，但她们仍然跟着弗林特船长、约翰和苏珊一起从马路上穿了过去。

然而，提提和罗杰执意要从桥洞底下走。他们的包袱比其他人的小，可即便如此，提提还是觉得最好先把鹦鹉单独带过去，让它在对面帮她看着鞋。然后她再回来和罗杰一起挑行李。

"已经是第二次沾水啦！"当他们走到桥洞中间时罗杰说。

"把扁担举到头顶上，"提提说，"就像这样。"

"我举啦！"罗杰说，"我的手指关节都擦破皮了呢！"

鹦鹉在桥对岸尖叫着欢迎他们。上岸后，他们重新穿上鞋子，提提帮罗杰把擦破的指关节清洗干净，然后包扎好。幸好罗杰身上带了一条没怎么用过的干净手帕。做完这一切之后，他们开始沿着小溪爬上陡峭的松树林。他们一路狂奔，扁担下面的包袱拼命摇晃，而扁担上的绿鹦鹉也不停地扑着翅膀，保持平衡。虽然他们努力保持步调一致，但那只包袱却仍旧晃个不停。

"别管它。"一等水手说，"波利，坚持一下！我们必须抓紧时间。"

他们在树林的尽头——他们昨天停下吃早餐的地方——赶上了其他人。他们在那里休息了片刻，每个人都吃了一块巧克力。就连鹦鹉也尝了一些。出发前，为了在路上吃的时候方便，大副很明智地把巧克力放在了背包外面的口袋里。接着，大家一起帮弗林特船长把那个大包袱扛在背上，然后抬起各自的扁担继续前进。探险队员们时而穿过石楠花丛，时而绕开大石头，沿着溪边的羊肠小道向荒野上爬去。这一次，提提、罗杰和鹦鹉走在最前面，南希和佩吉紧随其后。苏珊和约翰走在最后面，因为弗林特船长的口袋实在装得太满了，苏珊大副担心路上会有什么东西掉出来。

"这种路已经不适合我这个年纪的人啦。"弗林特船长在岩石和石楠花丛中爬上爬下、七弯八拐地走了几分钟后气喘吁吁地说。

"这条羊肠小道算是很不错了。"约翰船长说，"如果你找到合适的落脚点，那它还是很好走的。"他已经把这条路看成是去燕子谷的必经之路，因此他不希望听见任何人说它的坏话，正如他决不允许别人说有一条比燕子号更好的船一样。

接下来的几分钟里，弗林特船长没再多说什么，他吃力地迈着步子往前走。

"我们以前怎么没想过来这里看看呢？"佩吉说，"其实并不算远啊。看！那是……"
她将那座山峰的名字脱口而出，但一等水手听见后，立刻纠正了她。

"你是说最大的那座山吗？它的名字叫干城章嘉峰。"提提说。

南希突然停下了脚步，把船桨另一头的佩吉猛地扯了一下。

"好一座干城章嘉峰！"她说，"真见鬼！我们应该去爬那座山呀！"

"我们准备去爬呢！"提提说，"你们以前爬过那座山吗？"

"很多年前去过，"佩吉说，"不过是跟着大人去的，和爬不是一回事。"

"完全是两码事！"南希说。

"嗯，那我们一起去爬吧，"提提说，"带上绳索。"

"要是姑奶奶不在就好了。"南希说。

"我们昨天看见你们了，"罗杰说，"你们坐在马车上。"

"真的吗？"南希一脸严肃地问。

他们跌跌撞撞地往前走，很长时间都没人讲话。要知道，他们的扁担和船桨上都挑着沉重的行李，又走在这样一条蜿蜒狭窄的小路上，确实没精力说话。弗林特船长更是连气都快喘不过来了。

那道小瀑布的水声越来越大，领队的提提和罗杰终于在瀑布脚下停了下来。

"我们要扛着这些东西爬上去吗？"南希说。

"我可爬不动，"弗林特船长说，"这个包袱太重啦！咱们最好绕道走，从侧面迂回过去。"

"笔直走会更有意思，"南希说，"我们可以爬到上面，把行李拉上去。只要解开这个包袱，我们就有足够长的绳子了。"

"而且，"提提说，"离这条小溪没多远就是辽阔的荒野，其他人从很远的地方都能看见那儿。"

于是，所有的货物都被卸了下来，堆在瀑布脚下。然后，南希和佩吉解开系在船桨上的大包袱，把亚马逊号那根长长的系船绳解了下来。约翰带着绳子一头爬到瀑布的顶端。其他几个探险家和两个海盗一看绳子够长，就也跟着他爬了上去。弗林特船长留在下面把绳子依次系在每个包袱上。

当燕子号船员们看到南希和佩吉对燕子谷赞叹不已时，他们非常庆幸自己做了一个正确的决定——把营地从马蹄湾搬来这里。南希爬上瀑布看见溪谷的那一刻，她就知道这是个无与伦比的好地方。"这是我见过最好的藏身之地！"她说，"真想不到这么多年我们居然都不知道它的存在！"

"它的神秘你才看到了冰山一角呢！"提提说。看到南希船长对她的溪谷评价如此之高，提提感到十分自豪，可就在她想多说几句的时候，瀑布下面传来了一声呐喊。

"往上拉！"

南希立刻将注意力转回到正事上来。

"注意拉绳的节奏！"她喊道，"唱支号子吧！"

"唱那首《嘿哟，嘿哟》再合适不过了。"提提说。

于是她唱了起来：

一大清早，

碰见一个喝醉的水手，我们怎么做？

碰见一个喝醉的水手，我们怎么做？

碰见一个喝醉的水手，我们怎么做？

大家和她一起唱：

一大清早。

嘿哟，嘿哟，把它拉起来唷！

嘿哟，嘿哟，把它拉起来唷！

嘿哟，嘿哟，把它拉起来唷！

瀑布不算太高，在所有人的拉动下，弗林特船长的大包袱贴着岩石壁嘎啦嘎啦地往上升，恰好踩着最后一个节拍被拉进了溪谷里。拉的时候，他们一下接一下，看起来毫不费力。的确，当你有两位船长、两位大副、一个一等水手和一个见习水手齐心协力地拉绳子，还有一只鹦鹉在旁边尖叫着呐喊助威时，不管东西多重，只要他们齐声唱起那支号子，就能轻而易举地把它拉起来。终于，所有的行李都被拉上去了。这时，弗林特船长自己拉着绳子，顺着石壁开始往上爬，而几位探险家在瀑布顶上吭哧吭哧地边拉边喊：“嘿哟，嘿哟，把它拉起来唷！”

“刚才唱那首歌是不对的，”过了一会儿，当弗林特船长站在瀑布顶上，大家松开手里的绳子时，罗杰说，“因为歌里说是‘它’[1]，而不是人字旁的‘他’！”

“没关系，”弗林特船长说，“要是分得这么清楚，那包袱就拉不上来了。”

亚马逊海盗和弗林特船长帮忙把东西从瀑布顶上搬到苏珊打算扎营的地方，她昨天搭的石头灶和那个小漩涡就在附近，洗盘子会很方便。提提寸步不离地跟在亚马逊海盗后面，生怕她们会发现那个被石楠花丛挡住的山洞。罗杰不停地用手指着从小溪中跳出

1.歌词“把它拉起来”中的“它”指的是船锚。

来的鳟鱼，尽可能让她们的视线远离灰石壁底下的那团阴影，和那一簇如同长在石缝中的茂密的石楠花丛。可糟糕的是，从石头灶通向山洞的路上散落了一地的碎木头。毫无疑问，这是他们昨天返回马蹄湾之前，把柴火搬到山洞时留下的。提提在心里责怪自己为什么这么愚蠢，竟然没想到这一点，同时也提醒自己，今后再也不能这么粗心大意了。任何人只要看见那些枯枝，跟着它们走，就能走到那块岩石旁，而皮特鸭洞就再也不是什么秘密了。可是，那两个亚马逊海盗似乎完全没留意到它们。事实上，如果她们不这么急急忙忙的话，还是有可能发现的，但弗林特船长不停地提醒她们必须赶回去吃午饭，所以她们只去四周匆匆扫了一眼，便跑回马蹄湾，驾着亚马逊号返航了。

"还记得你们前天挨骂的事吗？"弗林特船长说，"今天可没有海难当借口啰！"

"可是海难这个借口也并不怎么管用啊，不是吗？"南希说，"我们会抓紧时间的，不会再给你添乱了。"

"你们前天留在马蹄湾是帮我们的忙呀，怎么会挨骂呢？"

"谁说不是呢？"南希说，"你是不知道姑奶奶的脾气。嘿，这个溪谷从外面看是什么样子的？"

"在外面根本看不见。"提提说，她很高兴终于有机会让亚马逊海盗远离那个山洞了，"快来看看吧！"

他们一起爬上溪谷北边的陡坡，朝荒野望去。

"这个溪谷在十码之外就看不见了。"约翰说。

"那块大石头是什么？"南希指着北边说。

"瞭望台，"约翰说，"至少以后会是。"

"嗯，"南希说，"确实从很远的地方都能看得见。"

"所以才适合做瞭望台呀。"提提说。

"如果我们从荒野上过来，它正好能指引我们找到这条溪谷，"南希说，"我们一定会这么做的。只要我们有机会出来，就第一时间给你来个突然袭击！明天我们来不了。"

"我们随时恭候！"约翰船长说。

“要是你们再不快点走，”弗林特船长说，“以后就甭想再出来了。”

“拜托，”佩吉说，“会迟到的人是你吧！我们肯定来得及，今天的风很给力。”

“谁说的！下午茶的时候才轮到我当值呢。不过，上帝保佑，你们俩可别再迟到啦！至少让我清净几天吧！”

“他和我们一样怕姑奶奶。”佩吉向苏珊解释道。

“他比我们更怕她。”南希说，“我们的妈妈也是，太可怜了。”

“他甚至还穿起了西装呢！”佩吉说。

“唉！”南希叹了口气说，“我们不照样得穿裙子吗？快点！我们的时间不多了。我都忘了我们还穿着衬衫和短裤呢！”

她们跑回溪谷，拿起船桨，卷好绳子，朝瀑布奔去。几分钟后，燕子号船员们和弗林特船长目送她们越跑越远，那两顶红帽子终于消失在树林里。

“她们没发现那个山洞。”罗杰说。

“是的。”提提说。

“伙计们！”约翰船长说，“准备迎接她们的突袭吧！”

“别指望她们真的会来，”弗林特船长说，“她们要出门可不是件容易事。”

“我想那个姑奶奶一定很可怕。”提提说。

弗林特船长不置可否，只是告诉他们说他要去一趟霍利豪农场，如果他们想写信的话，他可以帮忙捎过去。因此，他们先不管石头灶旁那一大堆行李，也不理会搭帐篷的事，而是找出提提的笔，写了一封快信，寄信地址写的是燕子谷，每个人也都签上了自己的名字。信中说他们已经转移营地了，所以不用再担心热病或者洪水的事情，而且他们希望妈妈和燕子号宝宝能尽快过来喝茶。

“可是她们怎么认路呢？”苏珊说。

“我会去下面做桅杆的，”约翰说，“所以她们来马蹄湾就行了。”

这一条也被加了进去，然后他们把信折好，放进一个信封里，在信封上写下收信人和地址——霍利豪农场的妈妈。罗杰还在信封的左上角写了“海盗邮政”几个字。

船员们写信的时候，弗林特船长在一旁默默地抽着烟斗。“对了，”当他们写完后，他像是突然想起了什么似的，说，"我想去你们的山洞里看看，可以吗？我想既然她们俩已经走了，应该没问题吧？"

苏珊把手电借给了他，他猫着腰钻了进去。四个小探险家也跟着他进去了。

"这个山洞比我想象中要小。"弗林特船长进去之后，缓缓地站起来说。他走到洞口的右手边，在石壁上找到小刀刻的几个潦草的大字——"本·甘恩"。

"我们也要把皮特鸭的名字刻上去。"提提说。

"本·甘恩会很高兴多一个伴的。"弗林特船长说。

"这是你刻的吗？"约翰问。

"是我三十多年前刻的。"弗林特船长说。

不久之后，他便离开了那片荒野。他说他也很想留下来，但是他担心背了那个大包袱之后，如果不多活动活动筋骨，第二天会腰酸背痛的。反正他明天早上也会来马蹄湾教约翰用刨子和卡尺的。船员们把他送到瀑布边，说他今天的搬运工作干得很出色，并且在他安全地爬下瀑布、来到小溪边时与他道了个别。弗林特船长继续朝树林走了几步，以为瀑布上还会有人在望着他，于是他回过头想和他们挥手告别。可是，那里一个人也没有。此刻，他们正忙着在新营地里搭帐篷呢！

第十四章

适应新环境

眼下有一大堆事情等着他们去做，这些水手暗自庆幸，终于没人打扰他们了。虽然在他们需要帮手的时候，不论是搬东西、传递消息还是探险活动，土著人和海盗（包括弗林特船长和两个亚马逊海盗）总是非常得力，但此时此刻，他们要在一个新地方安营扎寨，还需要解决各种各样的难题，他们谁也不愿意让外人插手。那天，他们差点就决定了，在燕子号修好开回来之前，船长和船员们先不当遇险的水手，而是当一群住在山洞里的野人，还要在夜晚围着篝火跳舞，在长杆上挂图腾，用石楠花编成的花环敬奉它。然而，约翰想起了做桅杆的事，苏珊说那个山洞不适合住人，罗杰觉得既然有了自己的帐篷就不应该浪费，而提提知道野人是从来不画地图的，所以，尽管燕子号已经失事，他们仍然决定继续当探险家和水手。这是他们经过一番讨论得出的结果，其间幸好没有外人偷听，因为虽然他们自己也许转眼就会忘记这件事，但是如果有其他人在场，那他们就很难假装从未对自己的身份摇摆不定过。

提提总结了一下大家的观点，说："只要我们还是探险家，任何事情都有可能发生。想想去年就知道了。可要是我们当了野人，那还爬什么干城章嘉峰呢？我们直接坐在地上啃生肉就行了嘛！"

"而且，"苏珊说，"我们还有暑假作业要做。探险家是可以看书的。"

苏珊的话倒是给提提提了个醒，当野人的好处就是可以不用学法语动词了，但她没有把这一点说出来。不管怎样，法语动词还是要学的。

"我的作业全都是代数，作为一名水手，不懂数学可不行。"约翰说。

"我们刚从一场海难中死里逃生，"提提说，"现在为了躲避海啸和食人蟹……"

"还有鳄鱼。"罗杰说。

"……我们搬来了山上。这是个非常英明的决定，因为在原来的地方，我们可能会得热病的。"

"好。"苏珊说，"那就这么决定了。继续搭帐篷吧！"

"爸爸给我们的这些帐篷实在太棒了，"约翰船长说，"要是换成那种挂在树上的帐篷，在这里可不管用。"

"这里连一棵树也没有。"罗杰说。

"那储物帐篷怎么办？"提提说。

"我们可以把东西放在山洞里。"苏珊说。

"皮特鸭会替我们看管的。"提提说。

燕子谷的南边有一块又大又平的空地，位于小溪与山洞之间，足以让他们把四顶帐篷搭在一起。探险家把帐篷口对着小溪。他们身后是溪谷陡峭的石壁，正好能为他们挡住猛烈的南风，而且即使有人站在荒野上往下看，只要离得稍远一些，就看不见他们了。大副在帐篷和小溪之间搭了一个比以往都好的石头灶，旁边不远处就是那个仿佛有人专门为洗盘子打造的小漩涡。

"这是我们目前有过的最好的营地。"当他们搭好最后一顶帐篷后，苏珊大副扫了一眼四周说。

"野猫岛上的那个除外。"提提说。

"这里又不是岛，"苏珊说，"所以当然比不上了。但是比起其他的，这个就好多了，不过还有很多需要完善的地方。"

"首先，我要给上面的那个水潭里拦一道坝，"约翰说，"弄个泳池出来。"

"我们现在就去吧！"罗杰说。

"先把东西搬进山洞再说。"苏珊说，"但在放东西之前，必须先把洞里的灰尘打扫干净。"

"皮特鸭是不会介意的。"提提说。

"它当然不介意了,"苏珊,"它也要跟我们一起去大扫除。现在我们要派人去砍些粗的石楠花枝来。你们两个一起去吧,我来烧饭。"

"要是遇到蝰蛇怎么办?"罗杰说。

"别担心,罗杰,"提提说,"我和你一起去。幸好我们前两天没想过有蝰蛇的事,要不然就发现不了燕子谷了。"

"别用手抓它或踩到它就行了。"大副说。

"只要罗杰发出平时一半的动静,"船长说,"就根本不用担心会遇到蝰蛇,除非那条蛇睡着了。"

"快点!"提提说,"我们来比比谁的小刀更锋利。对了,罗杰,咱们还能顺道去做另外一件事呢!"

说完,提提和罗杰便朝溪谷的北边走去。他们故意大声讲话,还踏着重重的步子,好让蛇躲远一些。他们砍了一大捆石楠花给大副做扫帚。他们东砍一点,西砍一点,但始终不偏离那块平顶的大石头的方向,约翰曾经说过要把那里当作瞭望台。既然这条溪谷是他们最先发现的,那他们为什么不能当第一个爬上"瞭望石"的人呢?

大副从皮特鸭洞里取了一些柴火,开始生火做饭,与此同时,船长似乎在一旁搭着什么东西。只见他从溪谷两边搬来许多扁平的大石头,先把大块的码好,再用小石子填充缝隙。那些石头被他垒成一个四方形的柱子,不算太高,也不算太大。

"这是做什么用的?"大副问。

"给波利的。"船长说,"我想在提提回来之前把它搭好。"

他把两根长扁担中的一根砍成两截,一半用来给大副的石楠花扫帚做把手,另一半横着搀入石柱的顶端,让它像稻草人的手臂一样从两边伸出去。苏珊帮他抬起一块巨大的青石板或石灰岩,放到石柱上充当台面。然后,他把鹦鹉笼子放了上去,打开笼门。他把手伸进去,鹦鹉立刻跳到他的手指上。不一会儿,鹦鹉便被他拎了出来,稳稳地站在扁担的一头。它张开翅膀扑腾了几下。

"漂亮的波利。"鹦鹉说。

"它的确是一只漂亮的鹦鹉。"船长说，"不知道它现在能不能自己回到笼子里。"

"你拿块糖逗逗它吧。"苏珊说。

约翰拿起一块糖在鹦鹉面前晃了晃，然后放到笼子里。鹦鹉在扁担上一步一步地侧着身移动，直到它的嘴刚好能够到笼子。紧接着，它咬住笼子上的一根栅栏，把自己拉了起来，同时用双脚扒住台面。它绕着笼子走，来到笼门前跳了进去。

"它出来的时候恐怕会比较费劲。"约翰说。

但事实却不是这样，这只燕子号的鹦鹉绝非浪得虚名。它身手矫捷，爬高爬低都不在话下，很快，它就找到了诀窍。只见它用嘴和一只爪子把自己挂在栅栏上，然后伸出另一只爪子去摸索那根扁担。

石楠花的枝条很柔韧，不容易砍断，而且提提和罗杰还去探了险，所以当他们每人抱着一捆石楠花枝从燕子谷的陡坡上爬下来时，波利已经站在了扁担上，篝火烧得又红又旺，水壶里的水也快烧开了，船长在帮大副剥豌豆。

"嗨！"大副高兴地说，"怎么去了这么久？"

"我们爬到瞭望石上面去了。哇！这个台子实在太适合波利啦！你们是什么时候搭的呀？以前是没有的。"

"就在你们去砍石楠花的时候。"

"我们爬到那块石头上啦！站在上面能把方圆百里之内看得一清二楚。"

"东南西北都能看到。"罗杰说。

"而且那块石头上有一小块地方是凹进去的，如果有人趴在里面，只有站在山顶拿着望远镜才能发现。"

"快去瞧瞧吧！"罗杰说。

"吃完饭再去。"大副说，"快来，一等水手，还有你，罗杰，帮忙剥豆子，让船长去做扫帚。待会儿吃完饭你们都去看那块石头，我来打扫储藏室。"

"是皮特鸭洞。"提提说。

提提和罗杰开始剥剩下的豆子。他们扔给鹦鹉一个豆荚，它立马剥了起来，剥得又快又好，它把壳咬烂后甩到一边，把豆子丢在地上。只可惜苏珊说那些豆子脏了，不能和其他的放在一起。剥完豆子后，苏珊立刻开始做饭。她做了一顿丰盛的午餐，不仅有热乎乎的肉糜饼、放了许多黄油炒的豌豆，还有每天都吃的圆面包、柑橘酱、巧克力和苹果。趁着苏珊做饭的当儿，约翰拿起给鹦鹉做栖枝剩下的那半截扁担，用一根结实的绳子把一大捆石楠花枝绑在扁担的一头，在黑色的花枝上缠了好几圈，直到缠完为止，这样就看不出绳子是从哪里起头的了。这把扫帚做得很漂亮，乃至大副一看见就忍不住想立马拿去试试手，这股兴奋劲儿丝毫不亚于想去爬瞭望石的那些水手。可是，午餐已经做好了，没有哪位厨师愿意把做好的饭菜晾在一边，于是，她先把扫帚靠在石头上，等吃完午餐，脏兮兮的盘子也放进那个小漩涡里冲洗之后，她才又拿起了扫帚。

提提和罗杰也想帮忙打扫山洞，但被大副阻止了。

"山洞里太脏了。"她说，"而且如果我们都挤进去的话，恐怕连转身的地方都没有。还是等我把里面打扫干净你们再进来吧。"

"你们跟我来！"约翰船长说，"一个好的营地里没有一个像样的瞭望台可不行。我们必须找一个能观察到整片荒野的好地方。还记得亚马逊海盗说过要来突袭我们吗？她们一定会来的，不过谁突袭谁还不一定呢！"

"再也没有比那块石头更好的地方了。"提提说。

"嗯，别打扰大副干活了，我们去看那块石头吧。"

提提和罗杰把全部希望都寄托在那块石头上。而且，从石头靠近燕子谷的一侧爬上去或者爬下来都会更容易些。

约翰船长把提提和罗杰留在石头上，独自沿着荒野走了很远。他拼命往石头那边看，以为他们还在上面，便挥手喊道："可以啦！"然而，他们早就从石头上下来了，正穿过一条长满石楠花的羊肠小道朝他走来。

"你们太棒了！"他说，"果然是个极好的哨岗！我们以后每天都必须派人去那里放哨，一旦发现敌人的行踪，就立刻返回燕子谷通知大家。"

当他们兴高采烈地回到燕子谷的时候，他们发现苏珊正站在帐篷旁，盯着皮特鸭洞口上方看个不停。

“怎么了？”约翰从溪谷另一侧的陡坡冲下来，跳过小溪问道。

“看！”大副说。

“看什么？”

“那儿！”大副指着洞口上方从一簇石楠花中斜着伸出来的一截圆木杆说，“那是扫帚的把手。我从山洞里面捅出去的。刚才在打扫的时候，我点了一盏烛灯，不过不小心被我打翻了。我看见洞顶照进来一道微光，所以就用扫帚捅了一下，没想到居然可以穿出去。这也就解释了为什么洞里没有怪味道，而只是积了些灰尘。我猜以前肯定有人在里面住过。”

“太好了，苏珊！”约翰说，“以后遇到敌人袭击，我们就能躲在洞里了。这正是我们梦想的那种山洞。之前我还有些担心呢。我现在就爬上去把那个洞清理一下。”

“这下鹦鹉晚上就能去山洞里睡觉了。”苏珊说，“这里没地方挂储物帐篷，提提的帐篷又不够大。住在皮特鸭洞里正好，而且里面还很通风。”

“说不定是皮特鸭把烛灯撞倒的，就是为了让你发现那个洞。”提提说，“它也想让波利和它做伴。”

“嗯，说不定呢。”苏珊对她的储藏室能通风这件事感到喜出望外，所以此刻她并不介意满足皮特鸭的愿望。

约翰爬上嶙峋的石壁，把扫帚推了回去，让它掉落到山洞里，然后，他砍掉了一些长在洞口的石楠花，但砍得不多，这样不仅能加大空气流通，还不会让人发现这个洞。

随后，大家都钻了进去。经过苏珊的一番收拾，山洞里变得焕然一新。地上的积灰全都不见了。刚才，她从小溪里打了水洒在地上，把地擦了一遍。“下次我要用茶叶渣来清理灰尘，”她说，“今天的茶叶渣全被我倒掉了。”饼干盒和其他小件的行李已经贴着石壁整齐地堆放好了。一看见那些饼干盒，提提和罗杰就说可以拿它们当凳子坐。其中一面石壁上有一道很深的断层，可以当一个架子，虽然不是很平，但把烛灯放在那里是完全没问题的，而且一点也不碍事。“太好了。”约翰说，“除非是在晚上，否则洞外的人根本看不见烛灯的光。”约翰已经把挡住通风口的石楠花砍掉了一些，可透进来的光线却依然很微弱。

"好了，"当大家都参观够了以后，大副说，"今天做午餐的时候我已经把柴火用完了。既然营地上都准备妥当了，咱们开始干活吧。全体水手都去捡柴火，捡完之后就做暑假作业，怎么样？"

　　"我要去做一个泳池。"约翰说。

　　"还要拦一道坝。"罗杰说。

　　"泳池是肯定要弄的，不然我们明天就不能洗澡了。"提提说。

　　"嗯，我们确实应该好好洗个澡了。"大副说，"但必须先去捡柴火。"

　　到了喝下午茶的时候，山洞里已经堆出了一个柴垛，和野猫岛上亚马逊海盗堆的那个一样。晚饭时分，探险家干完了繁重的体力活，浑身湿漉漉地坐在地上休息，看着溪水拍打他们刚刚砌好的水坝。水坝由两层大小相间的石块搭建而成，中间夹着一层草皮，缝隙中还塞满了小石子，看起来非常牢固。如今多了这道坝，水潭里的水位足足抬高了一英尺，而且就连瀑布落下的声音也变得与以往不同了。虽然在里面游泳似乎略显局促，但比一般的浴池要好多了。那天晚上，回想起一整天辛勤劳动的成果，躺在帐篷里的探险家觉得无比欣慰。燕子谷的生活终于拉开了序幕。

第十五章
燕子谷的生活

第二天早上，探险家集体睡了个大懒觉。他们醒来后做的第一件事，就是跑到溪谷的最高处，检查昨天搭的水坝有没有被瀑布冲垮。没有，那些石头纹丝未动。接着，所有人都在新泳池里洗了个澡。回到营地后，苏珊提醒他们，去斯旺森农场要走很远的路，所以得赶紧派人去拿牛奶，然后才能吃早餐。这时，突然有一个欢快的声音说："嘿！你们过得挺滋润的嘛！昨晚睡得好吗？"他们发现玛丽·斯旺森正站在山洞上方的坡顶俯视他们。她一只手提着牛奶罐，另一只手提着一个大篮子。

"这是米布丁，"她说，"从霍利豪农场带来的。沃克太太说，她明天会来和你们一起喝下午茶，到时她还会再带一块米布丁过来，所以你们今天必须把这块消灭掉。"

"别从那里下来，"约翰说，"坡上太滑了。"

不过，玛丽·斯旺森似乎对这个溪谷非常熟悉。她沿着溪谷边缘往前走了几码远，从泳池旁顺着一条土路爬了下来。

"你们搭的水坝可真不错。"当约翰和苏珊迎上前，从她手里接过牛奶罐和篮子时，她说，"你们说得对，那道坡的确很滑。我的哥哥们以前经常从坡顶一屁股滑下来，都不知道磨破多少条裤子了。"

罗杰从没想过那条陡坡还能这样玩。他立马跑过去准备体验一下。他先从半坡滑了下来，然后又爬到坡顶滑了一次。那里果然是个玩滑梯的好地方。

"那道坡更好。"几分钟后，玛丽指着溪谷对面说，"那里既不会太陡，"她接着说，"也不会把裤子磨得太厉害。"

"擦到皮啦！"罗杰从皮特鸭洞上方的陡坡上滑了几次后，摸着裤子上的破洞说。

"跟我去农场吧，"玛丽说，"我帮你补补。我想以后要补的机会还多着呢。对了，你们找到去山洞的路了吧？昨天特纳先生来看我们的时候说你们在这儿，我想你们应该能找到。你们进去过了吗？"

"你来看看吧。"苏珊说。所有人都不介意让玛丽·斯旺森知道山洞的事，就连一向谨慎的提提也不例外。不过，约翰还是提醒她要注意保密，她也答应不会把这件事说出去。

虽然玛丽·斯旺森住在荒野脚下的农场里，每天从早忙到晚，但在这几个小探险家的眼中，她并不像一个土著人，倒更像他们的盟友。她是个值得信赖的伙伴。在燕子谷的第一个早晨，她和探险家一起喝了茶。吃完早餐后，罗杰、苏珊和提提跟她去了农场，而约翰去了马蹄湾，他要去找弗林特船长，和他一起做桅杆。罗杰第二天又去了农场，因为他的裤子又磨破了。玛丽几乎每天都要给他补两次裤子，直到他厌倦了这种"磨裤子游戏"——这个名字是提提取的，她觉得这样叫最为贴切。

约翰离开了溪边的那条林间小路，正穿过松树林，朝马蹄湾走去。突然，一阵锯木头的声音飘进了他的耳朵里。弗林特船长比他先到了。此刻，他正热火朝天地打磨新桅杆的底部，他要把它做得和折断的旧桅杆一样，让它能严丝合缝地卡在龙骨的底座里。这项工作很快就完成了。约翰的背包里装着从营地带来的刨子。现在，弗林特船长正在教约翰如何使用它。那个刨子是弧形的，所以即使是曲面也能刨得非常工整，就像用普通的刨子刨平板一样。约翰还带来了卡尺。它看起来就像一个大钳子，上面还有一枚小螺丝，可以根据需要来调整和固定钳口的开合程度。弗林特船长向约翰演示了如何在两根桅杆上量取同样的长度，以及如何在测量旧桅杆的直径时用弯曲的钳脚卡住桅杆两侧并固定好。然后，他开始从各个角度轻轻地刨着新桅杆，直到它刚好能卡在两个钳脚之间为止。

"记住一点，"他说，"一次不能刨得太多。刨少了可以接着刨，但如果刨多了，那就再也补不回来了。"

他们一上午都在忙着做桅杆，直到午饭前才结束。这时，其他人也从农场那边过来了，他们开始大谈特谈刚才和老斯旺森先生的合唱，帮斯旺森太太缝拼布被子，以及在农场里看见的小猪、小牛和小马驹，还有一只他们有生以来见过的最大的虎斑猫。"它寸步不离地跟着玛丽，但玛丽不让它靠近燕子谷。玛丽说它怕鹦鹉，所以就算它真的来这儿也没关系。"之后，大副热情地邀请弗林特船长留下吃午饭，弗林特船长说他非常乐意，而且他从里约带了五块猪肉馅饼和五块水果馅饼给他们加餐，还说希望合他们的口味。他从灌木丛的阴凉处拿起那个装着食物的包袱，然后又从船上取出一根鱼竿、一个鱼篓和一个抄网。为了好拿一些，他把包袱放进了鱼篓里。

"吃完饭后，我想去鳟鱼湖钓鱼，"他说，"到时我教你们怎么飞钓[1]。"

"咱们都去钓鱼吧！"罗杰说。

"如果不会飞钓，在那个湖里是钓不到什么鱼的，"弗林特船长说，"不过，你们可以用一些好的红虫去小溪里钓，那样很快就会有鳟鱼上钩的。"

"我们都带了鱼竿。"罗杰说。

"好，那就看看你们用虫子会有多少收获吧。"

当他们在燕子谷吃午饭的时候，罗杰终于问了弗林特船长那个一直困扰他的问题，之前他总是因为这样或那样的原因没有问成。

"弗林特船长——"罗杰说。

"怎么啦？"

"你为什么用黑布把大炮遮起来呢？"

"避免落灰呀，同时还能避免生人靠近。"

"要是不想让生人靠近，一架大炮可比一块布的威力大多了。"

"但是去年你们攻占我的船屋，逼我走跳板的时候，大炮对你们一点儿都不管用呀，不是吗？哎呀！到现在我还每天晚上都会梦见鲨鱼，然后被吓醒呢！"

"呃，我们今年也想让你点炮来着。"

1.飞钓是一项源于英国的户外休闲运动，其原理是使用特殊的飞钓线、飞钓竿和人工拟饵，利用独特的挥竿技术和线本身的重量，将线和饵打出去，吸引鱼儿咬钩。

"可惜我现在不在船屋上住了。"

"为什么呢？"

弗林特船长沉默了片刻。大家都在等他继续说下去。终于，他开口说："听我说，罗杰，下次有机会我一定带一桶火药到船屋上去，到时你再过来，我让你亲手点一次炮。"

"别等下次啦！我们现在就去吧！"

"他去不了，"提提说，"因为有姑奶奶在。这是南希船长说的。"

"她不会一直待在这儿的。"弗林特船长说。

鳟鱼湖是一个在低洼的岩石上汇成的小湖，四周开满了石楠花。它位于荒野地势最高的地方，距离燕子谷大约有一英里远。当燕子号船员们第一眼看见它的时候，他们都有些后悔没把营地搭在那儿。不过，提提说那里没有山洞，苏珊说把柴火运到燕子谷已经够费劲的了，再要运到鳟鱼湖的话，只会雪上加斤。"一来一回要多走两英里呢！"罗杰附和道。"而且，"苏珊说，"去斯旺森农场也更远了。这样一来，除了捡柴火和拿牛奶，我们就没时间干别的事了。"约翰和弗林特船长讨论的是另一个话题，有关钓鳟鱼的事。当弗林特船长坐在地上组装鱼竿的时候，其他人都不再说话，而是静静地看着他。在这里钓鳟鱼和在下面的大湖里钓鲈鱼完全是两回事。他的鱼竿上没有米诺鱼，没有红虫，连鱼漂也没有。不过，他打开了一个小铁盒，从里面取出三个虫形鱼饵，交给罗杰拿着。

"这些是用什么做的？"约翰问。

"羽毛和丝线。都是小钓饵。"弗林特船长说，"大钓饵在这里用不上。那个是用山鹬的羽毛和橙线做的。那个是用沙锥鸟的羽毛和紫线做的，还有这个'黑蜘蛛'，是用棕线和雄野鸡脖子上油亮的黑羽毛做的。这么热的天来这里钓鱼，我特意挑了三个最好的钓饵，鱼儿最容易上钩了。"

"这些都是你亲手做的吗？"约翰问。

"当然！"弗林特船长说。

"能分我们一个吗？"提提说，"罗杰也把他的鱼竿带来了。"

"没用的，一等水手，你们那种鱼竿没办法飞钓，红色的鱼漂飞出去会把鱼儿吓跑的。不过，如果你们有上好的红虫，可以去小溪里钓。"

"我们只剩一条红虫了。"罗杰说，"但它的个头特别大。"

"嗯，那你们就带它去小溪里碰碰运气吧。"弗林特船长说。此刻，湖水被风吹出阵阵涟漪，弗林特船长已经等不及要开钓了。"约翰！开始吧！大副，你带大家站远一些。别到头来鱼没钩住，却钩住了探险家，那就不好啦！"

他缓缓地走到湖的南面，风也是从那个方向吹来的。他一边来回地挥竿，一边放线，让鱼饵落在涟漪的最远处。过了一会儿，他一点点地提起鱼竿，像慢动作回放一样往回收线，然后他用力一提，将鱼饵笔直地拉出水面，甩向身后。他停顿了半秒钟，等鱼线伸直，然后再次向前挥竿，把鱼饵抛了出去。轻如鸿毛的鱼饵一前一后地慢慢飘落，最终落在离刚才一码开外的地方。如此重复了三四次之后，那个用山鹬羽毛和橙线做的鱼饵终于有了动静，湖面上水花四溅，鱼竿也弯了下去，很快，一条胖胖的小鳟鱼被拉了起来。一早就做好准备的约翰赶紧从水里提网，把鱼兜住。罗杰和提提想跑过去看看那条鳟鱼，但苏珊知道钓鳟鱼是一件非常严肃的事情，如果有人在岸边跑的话，鱼儿是不敢浮上来的，于是她及时拦住了他们，他们也只好乖乖地在远处观望了。随后，弗林特船长把鱼竿交给约翰。约翰学着他的样子高高地举起鱼竿往后一挥，然后甩向前方，让鱼线飞出去。伸直的鱼线慢慢落在他前方的水面上，鱼饵也像雪花一样飘了下来。"现在往上提……停一下……再往前甩，"弗林特船长说，"瞄准水面上两英尺的地方……往后挥竿的幅度别太大……别太使劲……借助竿头的惯性……来，我抓着你的手带你做一遍。注意看。"这一次甩竿并不理想，两个人握竿确实不如一个人来得灵活。不过，好在鱼饵还是甩出去了，不像刚才那样只落在岸边几码远的地方。突然，水面上溅起一阵水花，约翰急忙提竿，鱼饵顺势从他的头顶飞了出去，挂在他身后的一簇石楠花上。弗林特船长走过去帮他把鱼钩解了下来。

"哎呀！刚才那条是鳟鱼吗？"约翰说。

"当然啦！在同一个地方再试一次。慢慢来。鱼线往后飞的时候别着急。就算竿头没有完全摆到后面也没关系。鱼在那儿呢！快抓住它！好样的！"当约翰把他钓的第一条鳟鱼拖到近处后，弗林特船长一把抓过抄网，将鱼抄了起来。

罗杰再也耐不住性子了。

"我们也去钓鱼吧。"他一边说，一边打开那个装着红虫的烟草盒，"这个湖里全是鱼。看看他们是怎么把鱼钓上来的就知道了。已经两条啦！"

"我们又没有那种鱼饵。"提提说。

"是没有，但你看看这条红虫，"罗杰说，"我从来没抓过这么大的红虫。"

"弗林特船长说我们最好去小溪里钓。"提提说。

"可是小溪不够大呀。"罗杰说。

他们离开苏珊，转身朝湖水流入小溪的地方走去。苏珊慢慢走到那两个飞钓者身边。"就在这里钓吧。"罗杰说，"这里很适合下钩。"他和提提小心翼翼地沿着一个小湖湾的边缘走，他们脚下的石头几乎笔直地插入墨绿色的湖水中。他们一起把罗杰的鱼竿组装好，又费了好大劲把那条大红虫挂在鱼钩上。他们还把鱼漂的位置调高了一些，这样鱼饵就能沉到水下很深的地方了。罗杰站在石头上把鱼饵和鱼漂抛了出去。他们松开绕线轮，把鱼线放得十分长。红色的鱼漂在南风或微波的带动下缓缓漂动，离岸边越来越远，直到鱼线拉直时才停下。罗杰握着鱼竿，提提站在他旁边注视着水面。但那只红色的鱼漂再也没有任何动静。他们坐在地上。罗杰把鱼竿交给提提，不一会儿，提提又把鱼竿递给罗杰。后来，他们干脆把鱼竿支在一簇石楠花里，还用一块石头压在鱼竿柄上。这样就轻松多了。他们观察了一会儿，开始聊起了别的事情。他们决定把鱼竿单独留在这里，自己沿着石岸四处巡视，一直走到能看见上面那个鳟鱼湖的地方才停下。约翰、弗林特船长和苏珊都在那里。他们看见约翰钓上一条鱼时湖面溅起的水花，然后那条鱼被他们装进了弗林特船长的鱼篓里。他们还看见约翰把鱼竿递给苏珊，自己拿着篓子，让她学习飞钓。他们看了很久，终于看见苏珊也钓上来一条鱼。"要是我们刚才没走，说不定他也会让我们钓的。"罗杰说。

他们扭头望向他们的小湖湾。

"我们的鱼漂不见啦！"提提说。

"在那儿。"罗杰兴奋地喊道，"它动啦！提提！提提！有东西在水里拽它！你看鱼竿！"

他们立刻狂奔着回到鱼竿旁边。此刻，它正剧烈地上下摇晃着。

飞钓三人组已经收获了一篓肥美的小鳟鱼，大概有十几条吧，每条都差不多大，约莫四分之一磅重。"在这里一般很难钓到比这更大的鱼了。"当他们往回走的时候，弗林特船长说，"不过它们的味道非常鲜美。到了晚上，或许能看见水里有大鱼在游来游去，但没人抓到过。四分之一磅的鱼已经算大了，半磅的鱼可以说是极品。那种真正的大鱼似乎不会游到这儿来。"

突然，前方传来提提激动的尖叫声，"来人啊！快来帮忙呀！"

"他们怎么了？"苏珊说。

"他们没事，"约翰说，"喏！他们都在那儿呢！但他们在搞什么名堂呢？"

"来人啊！快来帮忙呀！"提提尖叫道。

"他们钓到了！"弗林特船长说，"约翰，帮我拿鱼竿，我去帮他们捞鱼。"话音刚落，他就跳过岩石和石楠花丛，拼命地朝湖边跑去，那副架势一点也不像一个多年没钓过鱼的大胖子。

"坚持住！"他喊道。

"天哪！罗杰掉到水里去了！"苏珊说，"我真不该让他们单独行动的。"

鳟鱼湖脚下的小湖湾里水花四溅。现在，提提拽着鱼竿，她和罗杰已经离开了刚才下钩的地方，来到一处浅滩旁，离鳟鱼湖汇入小溪的地方不远。罗杰跳进了那个浅滩，在里面不停地扑腾。很快，水花溅得更大了。只见他怀里抱着一条大鳟鱼朝岸边爬去。上岸时他不小心滑了一跤，那条鱼也掉进了水里，他赶紧扑了上去。等弗林特船长带着抄网赶到的时候，罗杰、提提和那条鳟鱼已经在离水面十几码远的岸边了。

"这条鱼肯定有两磅重。"弗林特船长说，"你们把鱼祖宗都钓上来啦！一条就顶我们那么多条。看来还是你们的钓具管用。"

提提和罗杰钓的鱼实在太大了，鱼篓里装不下。他们只好用弗林特船长的抄网抬着它走。

"你们不觉得妈妈今天不来喝茶太可惜了吗？"提提说。

"应该让她看看这条鱼。"弗林特船长说。于是，他们决定让弗林特船长在回去的路上把它送到霍利豪农场。喝完下午茶之后没多久，弗林特船长准备出发了。

"我可不想迟到。"他说，"那两个亚马逊海盗昨天中午迟到了二十分钟。其实也不怪她们，她们回来的路上风停了，不过今早我溜出来的时候，她们的姑奶奶还在一直唠叨这件事。"

"你是溜出来的吗？"提提说。

"嗯，快走吧。"弗林特船长说，"如果要做新桅杆，我当然得早点来呀。"

"亚马逊海盗明天会来吗？"苏珊问。

"如果她们要来突袭我们，那还是别说了。"约翰说。

"据我所知，她们明天应该不能出门，所以肯定来不了了。后天我尽量想办法让她们来。"

"她们明天不能来说不定是件好事呢。"约翰说，"那根新桅杆还有很多地方没弄好。"

"她们可不觉得是好事。"弗林特船长说。

"我觉得这对她们来说太残忍了。"提提说。

"我也觉得是这样。"弗林特船长说，"但又有什么办法呢？"

他们用蕨草裹住那条大鳟鱼，上面还附着一张纸条，提提在纸上写道：献给妈妈。爱您的提提和罗杰。罗杰写道：这是我们自己钓的。那一瞬间，想到再也见不到这条圆鼓鼓的斑点鱼了，他们忽然觉得有点舍不得，可是没办法，也许妈妈还准备拿它当晚餐呢，而且弗林特船长也要走了。于是，罗杰看了它最后一眼，便帮忙摁住蕨草，让弗林特船长用绳子结结实实地把鱼绑起来。这条大鳟鱼就这样打包好了。

弗林特船长把鱼竿、虫形钓饵、几根飞钓线、抄网和鱼篓留给约翰和苏珊保管。那些东西后来被妥善地保存在皮特鸭洞里。"除非像今天一样刮这么好的南风，否则就别浪费时间去湖里钓鱼了，"他在离开时说，"在小溪里钓要好得多。"

那天傍晚，一想到困扰亚马逊海盗的那个大麻烦，几个小探险家就有些闷闷不乐，然而，他们很难将鱼和麻烦事同时兼顾。当苏珊开始收拾那些晚餐吃的小鳟鱼时，她一下子多了很多帮手。他们对每条鱼都赞不绝口，但没人能分得清约翰钓了哪些，而苏珊又钓了哪些。"多希望这里面也有我们钓的呀!"罗杰说。约翰说他是个小贪心鬼,因为他和提提钓的那条鱼几乎和他们钓的所有的加起来一样大。后来,当苏珊在篝火上成批地煎鳟鱼时,滚烫的黄油发出的嗞嗞声和噼啪声不禁让他们想起去年钓鲈鱼的情景。

接下来的两天里,罗杰满脑子想的都是鳟鱼。那天傍晚,他在饭后和睡觉前的这段时间里,要么从坡上滑下来玩"磨裤子游戏",要么去溪边翻开松动的石头找红虫,可看见的多半是蚂蚁。第二天早上,他和苏珊一起去斯旺森农场拿牛奶和缝裤子,回来后,他又去了鳟鱼湖。他原本想再钓一条大鱼,但一无所获,只好放弃。这时,他在鳟鱼湖下方不远处的水潭边看见了提提。提提用约翰去做桅杆前教她的方法,用一些不起眼的小红虫钓上来了四条小鳟鱼。吃完午饭,罗杰也去了那个水潭钓鱼,但这次他没用鱼漂,而是像提提一样飞钓。当约翰在马蹄湾做完今天的工作,领着准时划船来喝下午茶的妈妈和燕子号宝宝出现在燕子谷时,罗杰已经钓到了两条小鳟鱼。为了让妈妈在吃黄油和面包时能尝到新鲜的鳟鱼,几个小探险家立刻把那些鱼收拾干净,放在锅里煎,忙得不亦乐乎。

昨天送去霍利豪农场的大鳟鱼已经熬成一锅鱼汤,变成了妈妈和保姆的晚餐,杰克逊先生和杰克逊太太也尝了一些,今天早上,布丽奇特喝完粥之后把最后剩下的一些也吃完了。妈妈说那是她在英国见过的最大的鳟鱼,不过她在澳大利亚和新西兰见过比这更大的。燕子号宝宝对燕子号鹦鹉的专属栖木感到非常满意。妈妈喜欢那个游泳池。他们领着妈妈参观完整个溪谷后,终于把那个秘密告诉了她。他们拨开洞口的石楠花丛,把苏珊的手电递给她,让她进去看皮特鸭洞。接下来她说的一番话让所有人都很高兴。

"找到这样一个山洞是所有探险家的梦想。"这句话让提提和罗杰很高兴。"而且这还是个干净、整洁的储藏室。"这句话让苏珊很高兴。"不过这里缺一张石桌。"(约翰当即决定要动手做一张。)"真是个藏身的好地方!"这句话让所有人都很高兴。"不过你们可不能睡在里面哦。"苏珊解释说,除了鹦鹉,没人会在里面睡觉的。"还有皮特鸭。"提提说。

"当然。"妈妈说,"嗯?这是什么?本·甘恩?"

她在看墙上被苏珊的手电照亮的地方。很多年前,弗林特船长曾在上面刻下"本·甘恩"的名字,如今,它下面又多了一个名字,还有半边括号将它们连在一起。

"你看，本·甘恩是属于弗林特船长的，而皮特鸭是属于我们的。"提提说。

其他人也纷纷盯着墙上看。上面写着：

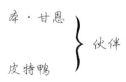

本·甘恩
皮特鸭
} 伙伴

这些字写得大小不一，而且歪歪扭扭的，但在烛灯昏暗的光线下，用小刀刻成这样已经很不错了。

"你是什么时候刻的？"苏珊问。

"就在今天早上你和罗杰去拿牛奶的时候，"提提说，"而且约翰也去了瞭望石。"

"瞭望石？"妈妈说，"那是什么？"他们把她带到那里。她托起燕子号宝宝递给约翰，然后自己爬了上去。她站在瞭望石上，扭头望向下面的大湖和湖对岸的霍利豪农场，旋即眺望荒野尽头的高山。他们告诉她哪一座是干城章嘉峰，还说总有一天他们会和亚马逊海盗一起去爬那座山。

"两个可怜的小家伙，"妈妈说，"我听说她们最近可遭罪了呢。"

"太惨了。"约翰说，"我们有一次看见她们坐着马车出去。"

"还戴着手套呢！"提提说。

"那个姑奶奶到底是何方神圣呢？"苏珊说。

"我们启程去野猫岛的第二天，她是去农场喝茶、交朋友的吗？"提提说。

"我不觉得她是来交朋友的，"妈妈说，"她只是好奇罢了。她之所以让布莱克特太太带她来，是因为她想知道我们是什么样的人。"

"可是看到你这么友好，她难道就不想和你做朋友吗？"

妈妈笑了笑。

"也许她并不这么认为。"她不再说姑奶奶的事了。接下来的时间里，她在瞭望石上站了一会儿，在燕子谷喝了茶，然后在几个探险家的护送下穿过树林，返回马蹄湾。一路上，她都在讲以前她在澳大利亚的丛林里钓鱼和露营的故事。她说那里有各种各样的蛇，比蝰蛇还恐怖百倍。

那天傍晚，几个探险家穿过树林返回营地的途中，提提对约翰说："看来妈妈也不喜欢那个姑奶奶。"

"是的，"约翰说，"她是不太喜欢。不管怎么样，亚马逊海盗明天也许会从她的手里成功逃脱，来燕子谷突袭我们。"

第二天，约翰相信那两个亚马逊海盗一定会来，所以他几乎整个上午都在燕子谷或瞭望石上等着她们。他派提提和罗杰单独去取牛奶的时候，还特意嘱咐他们快去快回，因为他担心海盗们会在他们离开的时候发动袭击。后来，苏珊说柴火不够了，于是他们留下一个人在瞭望石上放哨，一有风吹草动就立刻打信号，其余的三个人去捡柴火。不过，他们只在树林边缘捡，而且每隔几分钟还会回头张望，看看瞭望石上有没有信号发出。一上午过去了，海盗们始终没有出现，到了下午，约翰觉得她们不会来了，毕竟这么晚穿过荒野跑这一趟不值当，所以他去了马蹄湾。到那以后他才发现，弗林特船长在那里做了一上午的桅杆。约翰接着他剩下的活儿继续干了起来，足足干了一下午。由于弗林特船长在桅杆上留了字条说他明天来不了了，所以约翰决定明天做暑假作业。傍晚，他回到燕子谷把这件事告诉苏珊。苏珊也很赞同，她觉得假期已经过去一周了，但他们的暑假作业从头到尾都没打开过，现在该静下心来做作业了。

"我想那两个亚马逊海盗不会来突袭我们了。"约翰说，"至少今天不会。毕竟她们不像去年那么自由了。"

"她们可能逃不掉吧。"苏珊说。

"就连弗林特也不行。"约翰说。

但是，就在他们搬来燕子谷的第四天，谁也不抱什么希望的时候，那场突袭姗姗而来。

第十六章
攻其不备

  那天早上，提提带着望远镜和一本法语语法书去了瞭望台，准备在那块石头上写她的暑假作业。她不时地举起望远镜扫视地平线，可除了羊群，她看不见其他活动的东西，于是她放下望远镜，继续看书。她已经完全掌握了法语中我、你、他的单复数现在时变体 J'ai、tu as 和 il a，但对它们的未完成过去时变体 avais、aviez 和 avaient 还有些糊涂，对它们的简单过去时变体 eus、eut、eûmes 和 eurent 就彻底绝望了。罗杰没有暑假作业，他原本想让提提陪他去钓鱼，不过此刻，他正在小心翼翼地到处找蝰蛇。很快，他就觉得厌烦了，于是他爬上瞭望台，趴在提提身边。他拿起望远镜，朝荒野北边望去，然后转向东南方的树林，再到湖对岸的里约镇和霍利豪农场。他盯着湖面上的一艘轮船，直到再也看不见它为止。而后，罗杰慢慢地把望远镜转回北面，望向荒野的边界。在那条边界之外，地势陡然跌落，形成一条隐秘的亚马孙河谷。

  "快看！"他说。

  "闭嘴！"提提说，"那儿什么也没有。J'eus，tu eus，il eut……"

  "可我看见了！"罗杰说。

  "Nous eûmes，vous……vous……vous……烦死了，罗杰，我现在都不知道背到哪一页了。"

  "是一顶红帽子！"罗杰说，"像只红蜘蛛……移动的速度非常快。"

提提接过望远镜，片刻之后，那些法语动词今天再也没机会背了。

"是南希！"她说，"或者是佩吉。没错，另一个在那儿呢！两顶红帽子。一前一后隔得很远。她们肯定在蕨草丛里匍匐前进，身体趴得很低。但她们为什么不把红帽子脱掉呢？真够傻的。快走！罗杰。别站起来。往后挪到石头边上，从那儿下去。我先下。她们肯定也在往这边看的。别让她们发现我们已经看见了她们。幸好我们没有红帽子。"

"我再看一眼。"罗杰说。

提提把望远镜递给他，叼着那本《法语语法》的一个角，这样就能把手腾出来了。随后，她把脚挪到岩石靠近营地一侧的边缘，踩着上面凸起的岩石阶梯爬了下去。

"快点，罗杰！把望远镜递下来！当心！"

罗杰笔直地趴在石头上，把望远镜递了下去，然后，他转过身体，将双脚探出石头边缘。他挪了挪身子，露出膝盖。他半身悬空，用一只脚去摸索最上面的石阶。提提冒着被踢到的危险，抓住他的那只脚，放在石阶上。片刻之后，罗杰也安全地下了地。

"躲在这块石头后面，别被她们看见，"提提说，"快！我们必须赶在约翰去鳟鱼湖写代数作业之前通知他。苏珊也会去的。"

他们左躲右闪地穿过石楠花丛，很快来到燕子谷的边缘，接着连滚带爬地回到谷底。他们从地上站起来，朝帐篷跑去。约翰正在将三个虫形鱼饵系在一根飞钓线上，旁边的地上放着一本摊开的代数书。鱼竿已经准备好了，就靠在皮特鸭洞口的石壁上。苏珊拿着一本练习本和一支铅笔，一边忙着做地理作业，一边留意灶上的深锅。因为约翰建议她煮几个鸡蛋给大家当干粮。可是锅里的水烧得很慢。

"快，快！"提提喊道，"她们来啦！从荒野那边过来的！"

"我们看见她们啦！"罗杰尖声说，"她们都来了。我看见了两顶红帽子。她们的行动很隐蔽。"

"她们离这儿有多远？"约翰立刻卷起手上的鱼线，和其他的渔具一同放进鱼篓里。

"马上就到荒野的边界了。"

"不知道时间够不够。要是她们来了以后发现我们撤营只撤了一半，那就太可笑了。"

"她们还远着呢！"提提说，"肯定来得及。"

"你俩先拆你们的帐篷,我和大副去侦察一下。如果时间来不及,我们也能很快将它们重新搭好。"

"快点,罗杰,我们来比赛。"提提说,"你准备好了就喊'开始',然后我们一起拆。"

苏珊和约翰急匆匆地爬上燕子谷的陡坡,很快就消失了。罗杰和提提在专心地拆帐篷,解防风绳,拔帐篷钉,将竹制帐篷杆拆成一节一节的,然后将米灰色的帐篷布折好。接着,他们卷起睡袋,连同帆布和帐篷杆一起用防潮布裹住,然后,他们把两顶帐篷的帐篷钉装在相应的小帆布口袋里,塞进各自的包袱中间。

原本提提是最先完成的,但她遗漏了一枚帐篷钉,所以她只好把帆布口袋找出来,把帐篷钉放进去。当约翰和苏珊翻过溪谷边缘,匆匆忙忙地赶到营地时,他们俩都坐在打包好的帐篷上,不停地喘着粗气。

"可以来得及!"约翰船长一边说,一边迅速地将鱼竿一节节拆开,"不过得抓紧时间。好了,大副,我来拆剩下的两顶帐篷,你负责收拾炊具。一等水手,那只鹦鹉怎么办?"

"它不会出声的。"提提说,"我来把它的笼子罩上,确保万无一失。你不会介意的,对吧,波利?"

十分钟后,燕子谷里变得空荡荡的,仿佛从来没人到这里露营,或者即使有过,也已经荒废很久了。只有苏珊的火灶里熏黑的石头能看出有人在这里生火的痕迹。苏珊在大家的委派下四处巡视一番,因为他们相信,如果遗漏了什么东西的话,她一定能发现。果然,她在一簇石楠花上看见一块晾着的浴巾,于是她把浴巾收好,此外,再也没有任何遗漏了。

这时,她听见身后有人压着嗓子朝她喊话。

"快点!"

苏珊大副最后扫了一眼荒芜的溪谷,便去皮特鸭洞与大家会合。她刚进去,约翰就把洞口的一大簇石楠花拉了下来,遮住洞口。

山洞里,他们把一盏点亮的烛灯放在石壁中间那道凹凸不平的狭窄的断层上。提提和罗杰屏住呼吸，坐在烛灯底下他们捆好的帐篷上。那些装着食物的铁盒整齐地堆在柴垛旁，柴垛顶端放着鹦鹉笼子，外面罩着一块深蓝色的布。当大副逐渐适应了昏暗摇曳的烛火后，她看见提提已经把炊具整齐地排成了一排，而之前在她出去时靠在柴垛上的鱼竿也被转移到角落里，不再挡路了。

"皮特鸭现在很高兴，"提提说，"它说这才是它的洞穴存在的意义呀。"

"大副，"约翰船长从又低又窄的洞口转过身说，"刚才的撤营完成得非常出色。你的船员们都很能干。奖励他们每人一块巧克力吧。"

"不用，罗杰，"大副说，"你坐着别动。别碰烛灯。我已经把巧克力提前拿出来了。喏！就在这些铁盒上。"

不知为什么，山洞里的声音听起来有些空洞。每个人接过巧克力时轻轻说的"谢谢"听着就像另一个人说的，即便是说话的人也觉得不像自己的声音。当一个半空的饼干盒滑落到石头地面上时，那"轰"的一声巨响把所有人都吓了一大跳。

"嘘！嘘！"约翰说，"她们现在应该离我们很近了。虽然她们穿过石楠花和蕨草丛的时候把身体压得很低，但她们走路的速度非常快。她们还不知道我们发现了她们呢。"

"你们听！"苏珊说。

在山洞里，除了外面的溪水声，几乎什么也听不见。约翰趴在地上，头靠着洞门，躲在石楠花后面。其他人看见他打出了"安静"的手势。接下来的几分钟里，四周鸦雀无声，只有一次鹦鹉在它的栖木上蹭了一下嘴巴。

突然，洞外响起一阵刺耳的长哨音，不止是约翰，其他人也听到了。那声音像是从头顶正上方传来的。紧接着，他们又听见一声哨响，但这次是从溪谷另一头传来的。而后是来自两个不同方向的呐喊声——"亚马逊号万岁！"同时夹杂着石头滚落的声音和匆匆的脚步声，之后又是一片寂静。过了许久，南希船长的声音终于出现在洞口附近。

"见鬼！他们人呢？"

"他们肯定已经走了吧。"这是佩吉的声音。

两个声音听起来都有些困惑。

"你不是说看见有人在他们的瞭望台上吗？"

"我以为我看见了。"

"可是整个营地都不见了。他们搬走了！"

"说不定他们也挨训了。"

山洞里除了那只鹦鹉，其他人连大气也不敢喘。

南希又开始说话了，同时还伴着石头砸在石堆上的声音。

"喂！他们一定没走多久。这些石头还很烫。苏珊刚才在这里生了火，然后急急忙忙地清理掉了。小溪里有一根烧焦的树枝。石头灶里一点灰也没有，但石头却热得发烫。他们肯定把灰倒进小溪里了。没错。那里还有一根烧过的树枝。他们一定是看见我们了，所以才把火扑灭，逃跑了。"

"如果他们去了马蹄湾的方向，我是能看见的，除非他们很久以前就走了。因为刚才来的时候，我一路都能看见溪水流进树林的地方。"

"好吧，"又是南希的声音，"那他们肯定是去上面的鳟鱼湖了，吉姆舅舅说他们在那里钓了一条大鱼。如果他们沿着小溪走，的确不容易被发现。但是他们怎么带帐篷和那么多东西呢？见鬼！这真是太奇怪了！"

约翰在一张纸条上飞快地写着什么。他始终趴在洞口附近，没有移动位置。他将纸条递向身后，在空中甩了几下。苏珊轻轻接过纸条，在烛光下读了起来。

"能让鹦鹉出点声儿吗？"

苏珊把纸条拿给提提看，提提踮着脚尖，走到柴垛旁，把鹦鹉笼子拎起来，带到洞口。她拍拍约翰的肩膀，他回头看了一眼，看见笼子后，便挪向一边，给它留出位置。提提把笼子放在洞口附近，让外面的光照在蓝布上。要不是因为那块蓝布，鹦鹉才不会一直保持安静呢。

洞外传来佩吉的声音。"我们已经来不及啦！"

"快！"南希的声音说，"去追他们！他们肯定还没到那个湖。"

顿时，一阵急促的脚步声沿着小溪往泳池的方向去了。

"是时候了！"约翰轻声说。

提提掀开罩在鹦鹉笼子上的蓝布。

"八个里亚尔！"受惊的鹦鹉大叫了一声。提提赶紧把布蒙上。鹦鹉随即发出一声愤怒的长啸，此刻，它已经不像那只训练有素、会说话、还会背一点乘法口诀的鹦鹉波利，倒更像一只丛林里发怒的野鹦鹉。

"他们在哪儿呢？"外面传来南希的声音。她又回到了谷底。

"鹦鹉的叫声就是从这附近发出的。"佩吉说。

"还用你说？呆子！当然在这附近啦！但是具体在哪儿呢？他们应该是把鹦鹉藏在了石楠花丛里。不过他们几个肯定不在这儿。"

"我们去那个瞭望台吧，在那上面可以把周围看得一清二楚。"

"你总算想了一个好主意。这下不管他们在哪儿，我们都能看见了。"

于是，两个亚马逊海盗踩着水花，穿过小溪，朝溪谷对岸跑去。地上松动的石子随即发出嘎啦嘎啦的声响。

片刻之后，约翰拨开洞口的石楠花，小心地探出头去。

"警报解除！"他说，"出来吧！快！"

不一会儿，四位探险家来到洞外，在阳光下不停地眨着眼睛。

"等一下，"苏珊说，"我忘记拿柴火了。"

她再次钻进山洞，带着一摞柴火和一把引火的干树叶出来了。约翰把洞口的石楠花重新盖好。

"我有火柴。"他说。

苏珊迅速跑到石头灶旁，三下五除二就摆好了木柴，可以点火了。

其他人纷纷围坐在石头灶的旁边，仿佛今天从没离开过那里一样。苏珊点燃了干树叶。一股浓烟涌了出来。提提再次掀开鹦鹉笼子上的蓝布罩，鹦鹉便立刻撒欢儿似的发出一连串长长的尖叫，并把它知道的词语全都说了一遍。"漂亮的波利，漂亮的波利。八个里亚尔。二，两倍，波利，二，二，二。"接着又是一声尖叫。

两个亚马逊海盗一脸困惑地从溪谷边缘向谷底望去。

第十七章
迟到风波

"这是什么情况！"南希船长惊叹道，"你们是从哪里冒出来的？"

"你们刚才去哪儿啦？"佩吉说。

"好吧，你们赢了。"南希船长说，"你们想怎么样都行。但是，你们的东西呢？你们把帐篷放哪儿了？"

"我们告诉她们吧？"罗杰说。

苏珊看了看约翰。

"说吧。"他说。

"我们刚才在皮特鸭洞里！"提提说。

"皮特鸭洞？"

"对。"

"不会是真的洞吧？"

"当然是真的！"罗杰说。

"是提提和罗杰发现的。"约翰说。

"洞在哪？"

"这儿！"燕子号水手们异口同声地说。

亚马逊海盗目瞪口呆地看着他们。

约翰把洞口那一簇稀松的石楠花拨到一旁。

"进去看看吧。"他说。

"这是恶作剧吗？你们该不会布下了什么陷阱吧？"南希说，"我们还得赶回家去呢。"

"不，现在休战了，"约翰说，"快进去瞧瞧吧。里面有灯。"

南希弯下腰，第一个从石洞的入口钻了进去，佩吉紧随其后。其他人跟在她们后面一拥而入。当两个亚马逊海盗看见架子上的烛灯，并借着它昏黄摇曳的烛光看见山洞里粗糙的石壁、柴垛、堆放整齐的盒子、捆好的包袱、鱼竿和炊具时，她们的惊讶程度显然超过了提提的预期。接着，约翰把一些石楠花枝拉回原位，向亚马逊海盗展示他们刚才是如何埋伏在洞中，聆听外面的动静的。后来，他们走出山洞，在阳光下不停地眨着眼睛。约翰赶紧用那一大簇石楠花把洞口重新遮挡起来。除非事先已经知晓，否则谁也想不到那些花的背后竟然是山洞的入口。

"怪不得你们要从湖边搬到这里来，"南希说，"除了野猫岛，这里是方圆百里之内最棒的地方啦。"

"像这种山洞，住在里面是完全没问题的。"

"没人能找到这里。"南希说。

"嗯，"约翰说，"刚才你们袭击营地的时候已经见识到它有多隐蔽啦。"

南希哈哈大笑。

"如果你们不出来，而鹦鹉又没发出声音的话，我们有可能就直接回家了，然后告诉吉姆舅舅你们已经搬走了。"

他们再次钻进山洞。

"我们躲在这里吧，这样姑奶奶就找不到我们了。"佩吉说。

"不行。"南希说，"妈妈还在她的手上。"

"要是野猫岛上也有山洞就好了。"提提说。

"等我们回到那里以后，动手挖一个吧。"

"好呀！"

"真希望能把姑奶奶关进这样一个山洞里，封住洞口，让她自生自灭。"南希说，"我们可以在洞门外写下'抛却希望'[1]几个字，然后把她囚禁在里面。"

"好了，水手们，"苏珊大副对提提和罗杰说，"现在，让我来看看你们多快能将帐篷搭好吧。"

"我们也来帮忙。"南希说。

"我来做午餐。"苏珊说。

"我们没带什么吃的过来。"佩吉说，"我们不能在这里待太久。"

"我们带了应急干粮，"南希说，"都是一些在路上吃的东西。"

"没关系，"苏珊说，"我们这里有很多吃的。那边那个角落里有一袋土豆。如果你们不介意的话，我们还可以吃肉糜饼。"

"我们太怀念肉糜饼的味道啦！"南希说，"最近我们一直规规矩矩地坐在饭桌前吃饭，还得不停地说'请'和'谢谢'，现在一提到吃饭，我头都大了！"

很快，燕子谷就变得热闹起来。苏珊忙着生火，将水壶和炖锅里的水烧开，然后打开一大罐肉糜饼罐头。佩吉在削土豆。约翰、南希和提提在搭帐篷，他们把东西从山洞里搬出来，按不同的帐篷分类摆好。他们想给罗杰搭把手，但罗杰不愿让别人帮忙。虽然他搭帐篷的速度很慢，但却没出任何差错，终于，他第一次自己搭好了帐篷。这可比拆帐篷要难多了。

营地又恢复了原样，几顶帐篷都搭好了，鹦鹉笼子再次出现在那个石柱上。（"哎呀，原来这是给鹦鹉用的，"南希说，"这我们倒是没想到。"）他们看着罗杰认真地系帐篷的防风绳。这时，提提问南希："那个姑奶奶是不是对你们越来越过分了，所以你们才想把她关起来呢？不过把她关进山洞就太浪费了，还是关在桥楼或者城堡之类的地方比较好。"

"不管把她关在哪里都太便宜她了。"南希说，"如果只有我们受欺负也就算了，我们

1.此处引自但丁的著名长诗《神曲·地狱篇》，原文为意大利文：Lasciate ogne speranza, voi ch'intrate，大意为"入此门者，当抛却全部希望"（All hope abandon, ye who enter in!），是写在地狱之门上的一句话。

可以忍。但她还会去找妈妈的麻烦。那天我们帮你们搬完营地返航的时候风停了，所以回去晚了，结果她不分青红皂白地把我们骂了一顿。你们给评评理，大夏天的晚些回家不是很正常吗？可是，只要她一看表，发现到饭点了，她不好好地等开饭，而是开始敲锣，先在屋子里敲，然后拿到院子里一通猛敲，想把我们从山上叫回来。然后，她又直接跑到餐厅里等。可那个时候厨娘十有八九还没把饭做好。这时她又开始敲锣，一直敲到饭做好为止。妈妈夹在她和那个可怜的老厨娘中间，不知道该怎么办才好。等到把食物端到她面前，她却死活不肯吃，非要等人到齐了才吃。吉姆舅舅不在的时候她的脾气更差。昨晚她还把妈妈气哭了。"

提提目瞪口呆地盯着她，一句话也说不出来。她在想，如果有人把她的妈妈弄哭，她会怎么做。

"当然，是因为我们俩的事，而且她还提到了爸爸。我们之所以知道这些，是因为我们上床睡觉后，听见吉姆舅舅在我们的窗户外面和妈妈说话。吉姆舅舅说，'鲍勃可能更愿意让她们做自己。'他有几次还叫了妈妈的闺名'莫莉'，然后我们就会故意发出点声音，这时，妈妈就会说，'快睡吧，你们两个捣蛋鬼。'然后假装笑两下，但我知道她心里是很难过的。"

突然，南希转身离开了。没过多久，她红着脸回来了。

"要是我们能想个法子把姑奶奶赶走就好了。"她说，"我想过在她的床单和床垫之间放小石子。佩吉想的是在她的早茶里滴几滴鱼肝油。但这样不好。这样只会给妈妈添麻烦。"

"我听说有些地方，"提提说，"土著人有一种专门对付敌人的方法。这是我从一本书里看到的。他们会做一个布娃娃，嘴里喊着敌人的名字，然后往娃娃身上扎针，每扎一针，那个人自己也会感觉到疼。如果把针扎穿，那个人就会死。你们也可以试试这个方法，每天晚上用针轻轻扎她，等她受不了的时候自然就会走了。"

南希苦笑了一声，说："就算把布娃娃身上扎满了针，变成一个插针包，对姑奶奶也不管用。她是感觉不到的。再锋利的针碰到她也会变钝。"

"可能要用银针才行。"提提说，"那本书里说，只有用银的子弹才能杀死女巫和狼人。"

"苏珊的缝衣针看起来像银的。"罗杰说。他已经扎好帐篷，正在听她们说话。

"说不定有用。"提提说，"就算不是真的银针，姑奶奶也发现不了呀。她又看不见你扎针。"

"胡说八道。"苏珊说，"这种事现在已经没人信啦。"

"不可能，一定是有用才会有人效仿的。"提提说。

"不管怎样，这是旁门左道的方法。"苏珊说。

"但要是能把姑奶奶赶走，不让她继续欺负布莱克特太太，那就是好办法。"

"强词夺理。谁也不准这么做。"苏珊说。

"她早晚要走的。"南希说，"她通常最多待一个星期。我想她之所以这个时候来，是因为她知道如果她不在的话，妈妈一定会让我们出来和你们露营的。"

锅里的土豆似乎也在闹脾气。佩吉和苏珊像给巫毒娃娃扎针一样，不停地戳它们，仿佛每戳一下都会让姑奶奶难受似的，可奇怪的是，那些土豆怎么煮也煮不烂。两位大副准备给大家奉上一顿丰盛的午餐。等土豆煮好后，她们把热气腾腾的肉糜饼也一起端了出来。如果等吃完肉菜，再上土豆的话，就会影响巧克力或苹果等餐后甜点的味道。

因此，这顿午餐很晚才开始，而且持续了很长时间。饭毕，南希船长把苹果核扔进火堆，又让约翰船长看了一眼航行表。已经过了八击钟[1]了。很明显，即使南希船长和佩吉大副一路狂奔，也赶不及回家喝下午茶了。

她们神情沮丧地望着对方。当她们正准备从荒野上飞奔回家时，南希突然想到，客厅的下午茶是不等人的，所以既然赶不上喝茶，那她们又何必急急忙忙地跑回家，换上那身讨厌的连衣裙呢？"反正现在已经迟到了，"她说，"谁也改变不了这个事实。而且，就算我们回到家，也没茶喝了。"

"晚餐无论如何都不能再迟到了。"佩吉说。

"如果再迟到，恐怕就要大祸临头了。"南希说。

---

1. 即下午 4 点。这是航海通用的报时方法，每半小时鸣钟一次，12:30、4:30 及 8:30 为一击，以此类推，直至八击表示 4:00、8:00 及 12:00。

于是，她们留了下来。为了不耽误时间，苏珊一洗完餐具，就回到火堆旁把火拨旺，烧水泡茶。由于午饭吃得晚，所以他们没过多久便喝起了下午茶，不过在这样一个大热天，喝茶是一件令人高兴的事情。就在这些海盗和探险家刚刚喝完第二杯茶时，他们听见从高处的瀑布旁传来一块大石头滚落的声音。

他们抬头望去。只见一个土著人跑进了燕子谷。他看起来又热又累，气喘吁吁的。他拖着一根绳子，沿着小溪一路小跑，绳子的一头系着一个浅灰色的大麻袋。跑着跑着，他脚下打了个趔趄，没等他看清楚眼前的一切是什么，他就已经来到了营地中间。他立刻停下了脚步。

"待会儿会有一群猎狗从这里经过，但是你们不用害怕。"

"哇！"南希激动得从地上跳了起来，"是猎犬寻踪赛吗？"

"是的。"那个人说，"这是我们这儿的传统。一共有二十几只猎犬，都是从山脚下的洛·恩德和周边的一些地方来的。"

"猎犬寻踪赛是什么？"约翰问。

"到时你就知道了。"南希说，"它们什么时候出发？"

"等我回到洛·恩德之后。"

"你要喝杯茶吗？"苏珊迅速地把杯子洗干净后问道。

"好啊，太感谢了。"那个土著人说，"今天真热啊！"他把杯子里的茶一饮而尽，然后继续赶路。

"你们不用害怕，那些狗不会咬人的！"他回头喊道，旋即消失在小溪的尽头。

"怎么了？"罗杰问，"有人在追他吗？"

"是寻血猎犬[1]吗？"提提说。

"不，不是。那些狗很听话的。"南希说，"他拖的那个大麻袋里装着一些有特殊气味的东西。他们会让所有的猎犬一起出发，但没人跟着，而是让它们独自追踪麻袋留下的气味，先绕到荒野上，然后再下来。等它们回去的时候，你们还能听到猎犬的主人们

1.寻血猎犬：别名圣·休伯特猎犬，是世界上品种最老、血统最纯正、体形最大的嗅觉猎犬之一，具有令人惊叹的嗅觉追踪能力。

大叫着对自己的猎犬发号施令，每个人的口令都不一样，但那些猎犬能分辨得出来。你们听！洛·恩德那边有猎犬的叫声，就在靠近轮船码头的地方。它们已经等不及要出发啦！"

他们竖起耳朵，听见从远处的山谷里，湖的下游，传来一阵阵狗叫声。

"它们不会咬烂我们的帐篷吧？"苏珊说。

"放心吧，"南希说，"它们只是路过这片营地，不会无缘无故停下的。我们去你们的瞭望台吧，在那里可以看见它们从很远的地方过来，之后我们再回到这里，看它们从瀑布旁边跳下来。"

南希给几位燕子号船员介绍了当地的猎犬寻踪赛和导览赛。在导览赛中，年轻小伙子们要划船横穿湖面，迅速地登上一座大山的顶峰，然后下山回到船上，按原路返回。接着，她还介绍了这里的摔跤、撑竿跳高和牧羊犬比赛。在牧羊犬比赛中，牧羊人最多打一次手势或吹一次哨子，就必须让牧羊犬完成赶羊、圈羊和单独隔出一只羊的任务。然后，她又回到猎犬寻踪赛的话题上来。听着她的描述，其他人仿佛看见许多白点掠过紫色的石楠花丛，穿过碧绿的蕨草，从陡峭的山坡上落下，渐渐变大，最后，在人们震耳欲聋的嘶吼声中，胜利的猎犬蹦蹦跳跳地回到赛场，一场猎犬寻踪赛终于落幕了。南希讲得太投入了，把回家吃晚餐的事、姑奶奶和其他一切都忘得干干净净。

南希仍在滔滔不绝地讲着。这时，远处的山谷中，猎犬的叫声变得愈发响亮和急促，然后突然安静下来。

"它们出发啦！"她喊道，"快走！"

"要带望远镜吗？"提提说。

"带吧。带吧。"南希边说边朝燕子谷的顶端爬去。

过了一会儿，他们都爬到了瞭望石上，但什么也看不见。突然，拿着望远镜在山间四处睃巡的南希喊了一声："它们在那里！"

"在哪儿？在哪儿？"

"刚从朗费罗森林里出来。快看！它们已经离开树林，钻进石楠花丛了。"

"全都挤成一堆吗？"佩吉问。

"不，那边还有几只。"

"在哪里呀？在哪里呀？"罗杰问。"朗费罗森林"对他来说毫无意义，因为他根本不知道那是什么地方。南希把望远镜递给他，让他自己找，不过，她很快又把望远镜拿了回去，看完后再重新递给他。就这样，大家轮流接过望远镜看了一遍。

"它们现在散开了。"约翰说，他已经知道猎犬的位置，现在即使不用望远镜，他也能看见那些白点，"有一个白点把其余的远远甩在了后头。"

"它们在爬'布罗克石'。"南希说，"领头的那几只现在已经看不见了……它们又出现啦！在那儿！跑得跟闪电一样快。"

远处的白点在碎石坡和石楠花丛中若隐若现，先落入洼地，接着出现在荒野的陡坡附近，很快又消失了。更远的地方，有几个白点因找不到嗅迹而在原地徘徊。不一会儿，它们也消失了，仿佛所有的猎犬都已经掉下悬崖，或是跌进荒野里隐蔽的峡谷之中。"现在已经看不见它们了。"提提说。但南希知道这是怎么回事。

"待会儿就能看见了。"她说，"它们肯定会从这里经过的，因为那个拖麻袋的人刚才来过这里。等它们从荒野另一边的森林里出来，我们就能看见它们了。大概在那个方向。它们肯定会往那里走的。"

"有只狗把大部队甩开了。"苏珊说，"就在鳟鱼湖旁边。不对，那里还有一只！"

南希立刻举起望远镜，"是的。它们来了，不过还没拉开差距。快！快！它们马上到。我们赶紧去溪谷，看看它们是怎么从瀑布旁边跳下来的吧。"

"我们得把鹦鹉带走，"提提说，"否则它会吓坏的。"

他们赶紧从瞭望石上爬了下去。回到营地后，他们再次将燕子号鹦鹉送进皮特鸭洞里。他们做得很及时。

"你们快看呀！"南希说。

只见一只精瘦的白毛猎犬出现在瀑布顶端，它的肩膀和腹部长着黄色和黑色的花斑。很快，它便踩着石头跳了下来。

"好样的！好样的！"佩吉喊道。

"安静！安静！"南希说，"别跟它说话。"

那只猎犬在泳池边停了下来，四处看了看，然后低头舔起水来。

"它不该停下的。"南希说。

这时，六只猎犬蜂拥而至，纷纷从岩石上冲了下来，看起来就像一场暴雨后小溪中溅起的白浪一样。它们离那只领头犬只有十几码远了。"刚才它喝水的时候，那些狗至少追了四五十码远。"佩吉说。

这些猎犬完全没有注意到这里还有一片营地，头也不抬地穿了过去，径直奔向燕子谷的低处，最终消失在下面的那道瀑布旁。只有落后的几只猎犬在经过这里的时候停下来四处张望了一番。它们似乎并不怎么重视这场比赛。

"你们可真差劲，"南希对它们说，"快追呀！"

"其他的狗已经领先你们好几英里啦，"提提说，"再不追就来不及啦！"

这几只掉队的家伙立刻追了出去，很快也消失了。

随后，从荒野下面很远的地方，湖的下游，传来一阵奇怪的声音，其中夹杂着呐喊声、欢呼声、尖叫声、刺耳的口哨声和猎犬的嚎叫声。

"听起来就像一群鹦鹉和猴子同时在叫。"提提说。

"才不止呢！"罗杰说。

"那是猎犬的主人。"南希说，"他们一定是看见了跑在最前面的猎犬。你们听！噢，真想看看终点现在是什么情况呀！"

喧闹声越来越大。突然，远处爆发出一阵此起彼伏的欢呼声，像炸开了锅一样。过了一会儿，那些声音渐渐弱了下去。

"比赛结束了。现在，那些主人们一定在轻轻拍着他们的爱犬，奖励它们吃糖，还夸它们表现得很出色。"

突然，南希收起脸上欢喜的神情，声音也沉了下去，"要是我们晚饭再迟到的话，姑奶奶可不会给我们好脸色看的。快走！佩吉！约翰，现在几点了？"

约翰看了看表，但没有按照击钟报时法换算时间，因为现在事情已经很严重了。

"我们三顿饭都迟到了。"佩吉说。

"这下死定了！"南希说，"快！我们直接从大路上走，那样会快些。说不定能碰到什么人愿意捎我们一程。但不管怎样，我们这回彻底完蛋了！"

燕子号船员们互相看了对方一眼。如果连南希·布莱克特船长都觉得有必要走大路，甚至还想搭土著人的顺风车，那么事情一定坏到了不可收拾的地步。

"如果你们把猎犬寻踪赛的事告诉她，说不定就没事了，"约翰说，"那样她就能理解你们为什么非得等到比赛结束时才离开。"

"姑奶奶才不管什么猎犬寻踪赛呢。"南希说，"就连上次的海难她都不肯通融。"

"而且我们这次是真的打算按时回去吃饭的。"佩吉说。

"那你们就这样告诉她嘛。"提提说。

"她只会看着妈妈，根本不听我们的解释。"南希说。

"我们把她们送到大马路吧。"苏珊从地上跳起来说。

"好啊。"约翰说，"走吧，罗杰。"

"不用啦，"佩吉回过头喊道，"别麻烦了。"

"我们正好要去农场拿牛奶。"苏珊说。

"而且我也想去打磨一下那根桅杆。"约翰说。

其实，他们想尽可能多陪陪他们的小伙伴。如果可以的话，他们甚至愿意跟她们一起去贝克福特见识一下这位姑奶奶。

"提提，你不去吗？"约翰说。

"我们得留个人看火才行，否则就必须把火熄灭。"苏珊一边说，一边拿起牛奶罐。

"我留下吧。"提提说，"我想留下来。南希船长，晚安！佩吉，晚安！"

南希和佩吉已经离开了燕子谷，她们正匆匆忙忙地穿过树林，朝马路走去。那条马路依湖而建，一直通向她们贝克福特的家。

其他人刚离开燕子谷，提提就去了皮特鸭洞。她发现洞里一片漆黑。烛灯已经熄灭了。于是，她回到帐篷里拿来一盒火柴，旋即又钻进山洞。她猜的果然没错。由于烛灯的温度太高，所以蜡烛熔得很快。那块凸起的岩架上覆盖了一层厚厚的白色烛油。

"虽然不是石蜡，但是用来对付姑奶奶足够了。"她对自己说，"嗯，就这么办！"

第十八章
姑奶奶的灾难

　　一等水手提提对亚马逊海盗的妈妈并不十分了解。她只和她见过两次面，一次是去年那场暴风雨之后的野猫岛上，那时的她十分健谈，和大家有说有笑的；还有一次是今年，她愁容满面地和姑奶奶并排坐在马车上，而南希和佩吉则坐在她们对面，看起来一点也不像海盗。其实，提提此刻想的并不是布莱克特太太，而是她自己的妈妈。当南希告诉她姑奶奶是怎么把布莱克特太太气哭的时候，她在想，如果有人这样对待她的妈妈，她会有什么感受。过了一会儿，她觉得姑奶奶好像真的把妈妈弄哭了似的，准备想尽一切办法阻止她。虽然她不知道蜡人是否管用，但这值得一试，就算现在只有蜡油也没关系，因为她暂时也想不到别的办法了。

　　提提从岩架上拿起小烛灯，而粘在烛灯底下的蜡油也随之从石壁上脱落。那些流到烛灯周围的蜡油早已凝固，看起来就像一个厚厚的白盘子。这时，提提的火柴熄灭了，但有一丝微光从洞口照进来。片刻之后，她的眼睛逐渐适应了黑暗，于是她弯下腰，小心翼翼地把烛灯护在怀里，生怕它会撞在什么东西上，带着那块完整无缺的蜡油板走出了山洞。

　　提提回到了燕子谷，坐在火堆旁边。火堆里的木柴烧得噼啪响，伴着一缕青烟升上傍晚的天空，鹦鹉也从笼子里走出来了，正低着头梳理胸前的羽毛。那一刻，她差点就要放弃那个想法了。她看着她从烛灯上掰下来的硬邦邦的蜡油板，心里打起了退堂鼓。

那位姑奶奶长什么样呢？她想起马车里那个身板笔挺、不苟言笑的老太太，但凭她怎么努力，她就是记不清姑奶奶的脸长什么样。后来，她想到曾经在博物馆里见过的土著人画像。要知道，土著人都长得太奇怪了。

"关键是名字，"她对自己说，"还有巫术。"

名字很好办，直接管这东西叫"姑奶奶"就行。但是巫术就没那么容易了。仅仅捏一个蜡人像，对着它叫"姑奶奶"是远远不够的。还得念咒语才行。不过这难不倒她。她记得以前睡觉前妈妈给她讲过许多发生在非洲和牙买加的故事。其中一个故事讲的是，有位非洲王后因中暑去世，国王悲痛欲绝，他找来一位满脸皱纹的奥比[1]女巫，命她施法落咒，让今后擅用王后名讳的人死于非命，因为他的王后美如天仙，他觉得除了她，没人配得上那个名字。"于是，那位奥比女巫开始在屋子里转圈，转了一圈、一圈又一圈，嘴里念着咒语，让擅用王后名讳的人立刻死去……"

"在屋子里转圈，转了一圈、一圈又一圈。"提提一边自言自语，一边掰着手指头数数，"一共转了三圈。这个好办，我可以去皮特鸭洞里做这件事。"

尽管提提并不打算做一个精致的蜡像，可就算随便弄一个人形出来，对她来说也不是一件容易的事。蜡油和石蜡不同，一等水手很快发现，如果不把蜡油加热，让它变软，很难捏得出形状来。眼下，除了大副的平底锅，再也没有其他可以用来加热的容器了。起初，她也不想把苏珊的锅子弄脏，但为了把妈妈们从讨厌的姑奶奶手里解救出来，用什么都是值得的。而且，这场仪式不会持续太久，在苏珊从斯旺森农场回来之前，她完全有时间将平底锅（这似乎是熔化蜡油的不二之选）洗净擦亮。

她想起在煎食物之前，大副总会先在锅里放一些黄油，这样就不会粘锅了。她庆幸自己想到了这一点。当她把黄油放进锅里，架在火上烤的时候，她觉得自己仿佛从出生到现在都在做着这件事。等黄油差不多都已经熔化，在锅里哗哗作响的时候，她开始把蜡油板掰成小块，丢进锅中。随后，她握紧锅把，先往一个方向倾斜，再往另一个方向倾斜，直到蜡油全部熔化，并重新汇聚到一处为止。这时，她发现锅里的这点蜡油似乎

1.奥比：非洲黑人间奉行的一种巫术。

152

不够做一个人像的。于是，她从帐篷里拿来其他三盏烛灯。每盏烛灯里都只剩下一截蜡烛头，不过帐篷的铁盒里还有许多新蜡烛。她又往锅里加了些黄油，把三截蜡烛头丢进去，和之前的那些一起熔化。她将锅子左右倾斜，那些蜡油像黏稠的酱汁一样在锅里流淌。毫无疑问，刚熔化的蜡油十分烫手。她只能等它们重新冷却。不过，蜡油刚一凉下来，她就用勺子把它们从锅里刮出来，刮了好大一块。虽然蜡油的温度没有完全褪去，但已经没那么烫了。她捧着那团蜡油，在两只手上不停地换来换去，仿佛捧着一个热乎乎的洋芋。

提提迅速地把它捏成姑奶奶的样子。她捏了一个小圆球做头（"没必要给她做鬈发"），粘在一个又长又直的身体上。做身子的时候，她用双手不停地揉搓，然后把蜡油重重地摔在石头上，让它站稳，最后在中间捏出腰的形状。两只胳膊也是分开做好再粘上去的。她从平底锅的边缘刮了一些蜡油，想捏两只脚出来，但是没有成功，所以她把它们压扁，做了一顶帽子，扣在那个充当脑袋的小圆球上。她没时间给蜡像做其他的造型了，因为蜡油凉了以后很快就变得硬邦邦的。而且，或许是因为加了黄油的缘故，这个蜡像捏起来黏不啦唧的。她用从火堆旁边捡的一块黑炭给蜡像点了两颗眼睛，还在下面划了一道口子当嘴巴。她原本想在眼睛和嘴巴之间捏个鼻子出来，可惜蜡油已经硬得捏不动了。

此时的平底锅不仅看起来惨不忍睹，而且闻起来也令人作呕。如果要在其他人回来之前把它洗干净，那就得抓紧时间了。于是，提提从苏珊的帐篷里借来她的手电筒，然后急急忙忙地跑进皮特鸭洞里念咒语。她没把那里当成皮特鸭洞，也不打算找皮特鸭帮忙。皮特鸭可不懂巫术，所以在这件事上自然就不能指望它了。

她把手电筒立在山洞中间的地上，让光线照亮洞顶，然后，她捧着蜡像，在山洞里转了三圈，边走边对着蜡像念叨着：

"姑奶奶！姑奶奶！姑奶奶！"

接着，她屏住呼吸，飞快地跑到阳光下。念完咒语后，提提发现鹦鹉已经回到了笼子里，正惬意地吃着一块方糖，仿佛什么事都没发生过一样。她顿时觉得松了口气。

此刻，那个"姑奶奶"散发着一股难闻的气味，握在手里的感觉也和刚才不同了。

她念对咒语了吗？她多么希望其他人在事情变得一发不可收拾之前回来啊。不过，她突然想起南希讲的布莱克特太太被气哭的事，于是她咬紧牙关，决定坚持到底。现在谁也阻止不了她了。

可问题是，她究竟应该怎么做呢？直接往姑奶奶的胳膊上、腿上或者身上扎针肯定不行，如果她真的因此缺了胳膊少了腿，或是身体出了什么大毛病，那她肯定会留在贝克福特继续祸害大家，直到她身体康复为止。而且，说不定只有银针才管用。她只想让姑奶奶浑身上下都不舒服，这样她就会走了。提提迟疑地看着手里的蜡像。如果她把蜡像放在地上滚，是不是那个在贝克福特的姑奶奶也会突然躺在地上打起滚来呢？要真是这样，布莱克特太太该有多担心啊。

这时，她想起在书里看到过，那些土著人的巫师在做好敌人的蜡像后，会把它放在火上烤，让它慢慢熔化。他们相信，随着蜡像一点点熔化，敌人会逐渐丧失力气，等蜡像全部熔掉，敌人便会死去。

当然，她只需要把蜡像熔化一点就够了，不足以让姑奶奶生病，但却能让她觉得不舒服，想出去透透气。然后，她会收拾行李回家。这样大家就都高兴了。

她握着蜡像，把手伸向火堆。可没等蜡像开始升温，她的手就先被火烤得发烫了。她换了一只手，可没过多久，那只手也热得受不了了。于是，她又换了一次手。这次，或许是她抓着蜡像的地方离火苗太近，或许是柴火在燃烧的过程中移了位，导致一丝火星蹿上来，烫到了她的手指，又或许是熔化的蜡油太滑（她自己也解释不了到底是什么原因），那个"姑奶奶"蜡像不见了，她的手指间空空如也。这时，火堆里传来一阵吓人的噼啪声，旋即冒出一股黄烟。尽管提提立刻向四面八方拨开柴火，试图把蜡像救回来，可才一会儿的工夫，火堆里的蜡像就已经消失得无影无踪了。

提提首先想到的是现在重做一个已经来不及了。可转念一想，她意识到另外一个问题，顿时恐惧得放声大哭起来。那样子完全不像一个一等水手，更别提什么黑人女巫了。

"我不是故意要杀她的，"她哭着说，"真的不是啊。"

她仿佛看见贝克福特的姑奶奶突然像被什么东西击中似的，喘不过气来，死了。她看见南希和佩吉沿着湖边的马路狂奔，但她们并不知道，等她们回到贝克福特，便会发现家里的百叶窗都是关着的。她们会马上猜到她做的这件事吗？她们又会怎么想呢？恐怕连南希也会觉得这样做太过分了吧。如果是在海盗船上，死一两个人是很正常的事。但这次不同。即使那位姑奶奶让布莱克特太太受尽折磨，还毁掉了亚马逊海盗们的假期，但她也不至于为此而丧命，而且还是这种死法。可是，一切已成定局。此刻，提提觉得自己仿佛站在一间大宅子的门前，本想轻轻按一下门铃，可门铃却一声接一声地鸣响，仿佛永远不会停止。

"要是我没动过这个念头该有多好啊！可我真的不是故意要杀她的。我只是想把她赶回海边去嘛！"

"漂亮的波利。漂亮的波利。"燕子号鹦鹉说。它已经吃完了刚才那块糖，想看看还能不能再要一块。

提提泪眼汪汪地看着它，突然开始怀疑自己是不是真的做了什么不好的事。刚才，她是不是打算捏一个"姑奶奶"蜡像，然后念咒语……？她经常会在脑子里做各种计划，直到每个细节都像真实发生的一样。但是当她用手擦了一下脸之后，她分明感觉到蜡油在手上留下的污迹。接着，她看见了那口脏兮兮的平底锅……空空的烛灯……不！这是真的！那件事的的确确发生了！

就在这时，其他人从下面的瀑布旁爬进了燕子谷。

"有个驾着马车的农夫捎了她们一程。"见习水手喊道。

"但她们还是会迟到很久。"约翰严肃地说，"如果她们在猎犬寻踪赛结束之前走就好了。嘿！提提，出什么事了？"

"火堆是怎么回事？"苏珊说，"还有平底锅？烛灯？你的脸上怎么脏兮兮的？"

"罗杰，快去皮特鸭洞里拿些柴火过来。"约翰船长说，"靠近洞口的地方就有。"

罗杰刚进山洞，提提就把那件可怕的事情一五一十地告诉了船长和大副。

"我把她给杀了，"提提说，"但我不是有意的。她从我手里滑了出去，掉进火里，一下子就被烧化了。"

"你在说谁呢？"约翰说。

"姑奶奶呀。"提提说，"我用蜡油捏了一个她的人像，本来我只打算熔化一点点，可她一不小心就从我的手里滑脱了。"

"这样啊，那你再做一个不就得了？"约翰说。

"可是她已经死了啊，"提提说，"等南希和佩吉回到贝克福特，就会发现姑奶奶已经死了，到时她们一定知道是我的错。"

"胡说八道！"苏珊说，"她好得不得了呢，而且现在肯定在劈头盖脸地训斥她们。你唯一做错的就是不该把一个干净的平底锅弄得脏兮兮的。快去洗脸，再把锅刷干净。我用杯子打几个鸡蛋。我答应了罗杰要炒鸡蛋给他吃。"

"听我说，提提，"约翰说，"你用的不是真正的石蜡，就算是，你也要故意去烧它才会起作用，如果只是失手把它掉进火里根本不会有任何问题。"

罗杰抱着一摞柴火从山洞里出来了。他的手上拿着苏珊的手电筒。

"这是我在地上找到的，"他说，"它发出的光已经变得很暗了。"

"真对不起，"提提说，"我念咒语的时候把它落在里面了。"

"什么咒语？"约翰问。

"要转三圈的那种。"提提说。

"快去洗锅吧，"苏珊说，"马上准备吃晚饭啦。"

苏珊把散落的柴火收拢，不一会儿，石头灶里便燃起了熊熊的篝火。刷锅让提提心里觉得舒服多了，虽然晚餐的炒鸡蛋吃起来有一点蜡油的味道，但对她来说，和其他人一起坐在火堆旁吃饭，足以让她觉得巫术的事仿佛并没有发生过。

可是，那天深夜，苏珊听见提提在帐篷里不安地翻来覆去时发出的声响。苏珊从她的帐篷底下伸出手，一直伸进旁边提提的帐篷里。提提发现那只手后，立刻紧紧地握住。

"我不是故意要杀她的。"提提小声地说。

"你当然不是，而且你也没有杀死她呀。"苏珊说。

"我们明天早上就知道了。"

"我现在就可以肯定。"苏珊说，"快睡吧。"

第十九章
杳无音讯

　　第二天早上，提提从一个混乱的梦境中醒来。她梦见自己在想方设法地营救姑奶奶，因为皮特鸭在指挥猎犬寻踪赛中所有的猎犬追赶她。提提只要告诉皮特鸭，一切只是个误会，它必须让那些猎犬停下来，或者喊一声"皮特"或"鸭先生"就够了。但她张开嘴，却发现自己根本说不出话来，也发不出任何声音。姑奶奶在前面慢悠悠地散着步，根本不知道那些猎犬已经嗅着她的气味追过来了。皮特鸭在一旁为它们呐喊助威，就像猎犬寻踪赛结束时，她们在燕子谷里远远地听见猎犬主人们呼唤自己的猎犬一样。其实，她只要稍稍发出一点声音，让皮特鸭注意到她，那么问题就迎刃而解了。因为皮特鸭会知道她想放过姑奶奶。可她的两片嘴唇之间却发不出半点声音。她醒来时差点没背过气去，但当她听见潺潺的溪水声，看着她那顶干净、清凉的小帐篷时，她顿时觉得心情舒畅多了。

　　她爬出睡袋，走向泳池，扑通一声跳进冷水中，把头埋在瀑布下面。昨天她可真够愚蠢的。不过，除了白白浪费了三截好的蜡烛头，和耗光了最后一个手电筒的电池之外，似乎并没有别的事情发生。苏珊和约翰说的没错。他们的判断一向很准，尤其是苏珊。但她还是很想再确认一下。于是，她匆匆忙忙地跑去斯旺森农场拿早餐喝的牛奶。罗杰也去了。但令他吃惊的是，提提竟然没像以前一样催他赶快走，而是耐心地听老斯旺森先生唱完一首又一首的歌。老斯旺森太太拿着拼布被子问她接下来应该缝什么颜色的布块。玛丽·斯旺森拿着他们的牛奶罐忙进忙出，还把昨天那场比赛的冠军犬的名字告诉了他们。（它叫梅洛迪，意思是美妙的旋律。）显然，斯旺森农场里的人都没听说贝克福特的姑奶奶突然得病的消息。

不过，在她带着牛奶回到燕子谷之前，提提突然想到现在时间还早，即使昨晚贝克福特真的出了什么事，消息也不会这么快传到湖的这一头。而后，约翰听说提提想和她一起去马蹄湾做桅杆，高兴极了。

"弗林特船长会来吗？"提提问。

"他说只要他能逃出来就一定来。"

罗杰去钓鱼了。苏珊也跟着去了，还带上了她的地理书，但她发现自己一直在看以前看过的内容。

遗憾的是，弗林特船长并没有出现。打造新桅杆的工作进展得很顺利，所以弗林特船长不来也没关系。不过，提提上午大部分时间都待在马蹄湾北边的礁石上，望着湖的上游，希望那位隐居的海盗划着船出现在远方，给他们带来贝克福特的消息。当然，她也知道不会有什么问题，但在收到消息之前，她还是觉得不太放心。

当船长和一等水手回到燕子谷吃午饭时，大副一见他们便问，"他来了吗？"约翰回答说"没有"。从船长和大副说话的语气中，提提听出他们其实也很想知道贝克福特的消息。船长和大副觉得，亚马逊海盗们迟到的事在一定程度上与他们有关，尽管实际上是那场猎犬寻踪赛的错。他们想知道，南希和佩吉那么晚到家所受的惩罚会不会比他们担心的还要严重。罗杰是不会有这种担忧的。他是个很另类的家伙。钓了很久都没钓上一条鱼，他觉得可能是鱼虫的问题。他想起约翰去年从迪克森农场带来的那些用来钓鲈鱼、长着黄圈的大红虫，所以他想问问玛丽·斯旺森，她的农场里是不是也能找到这样的好虫子。

那天下午，除了鹦鹉，其他人都去了马蹄湾。新桅杆已经做得差不多了，看起来和旧的那根几乎没什么区别，只是没那么光滑罢了。罗杰去了斯旺森农场，玛丽给了他一把叉子，让他留在农场里抓虫，还在他抓了半盒各种各样的虫子之后，帮他把手和脸都洗干净了。罗杰说："我从没见过这么多活蹦乱跳的虫子。"他在斯旺森农场待了很久，反正没人催他离开，他正好和老斯旺森先生利用这次机会一起合唱了很多歌。

"他们有没有说贝克福特的事？"当罗杰带着他的虫子从农场回来后，提提问。

"没有。"罗杰说，"不过斯旺森先生说我钓不到鱼一点也不奇怪，因为马上要下雨了，鱼儿是不会咬钩的。"

约翰、苏珊和提提立马抬头望向天空。果然，天上的云层积得很厚，空气也闷闷的。刚才他们还以为是他们自己的心理作用，原来是要下雨了。他们顿时松了口气。

"我们赶快捡些柴火搬到皮特鸭洞里去吧，"苏珊说，"这样等用的时候就不必再烘干了。"

"我们还没在新帐篷里躲过雨呢。"约翰说，"先去捡柴火吧。我们要在暴雨来临之前，把一切安排妥当。"

约翰把刨子和卡尺放进背包，准备带回燕子谷去。不多时，所有人都来到树林的边缘，开始捡起柴火来。随后，当他们沿着小溪步履艰难地走回营地时，他们向荒野望去，远山的轮廓非常清晰，背后映着一片紫黑色的天空。

那天晚上，雨下得很大。晚饭后，雨点在他们收拾餐具时落了下来，不过那时还只是一场阵雨，很快就停了。直到船长发出"熄灯"的命令之后，暴雨才尽情地下了起来。山谷里几乎没什么风，只有瓢泼大雨从天而降。

"注意别碰到你们的帐篷壁。"约翰大声说。

"我没碰。"罗杰说。

"有雨顺着帐篷杆流下来啦，就滴在我的脑袋旁边。"提提说。

"别让雨滴到睡袋里就行了。"大副说。

"苏珊，你的帐篷怎么样？"

"我的没漏。"

有一段时间，四个小探险家静静地躺在睡袋里，听着雨点敲打着薄薄的帐篷壁，离他们的脸颊只有几英寸远。这时，约翰想到了帐篷的防风绳，于是他爬出睡袋，脱掉睡衣，像个野人一样赤条条地钻进了大雨里。

"你在做什么呢？"大副问。

"松一松防风绳，"那个野人说，"结果在黑暗中被它绊了一跤。"后半句是他不小心扑通一声跌在地上时说的。

"你会把睡衣弄湿的。"

"不会的。"约翰说，"幸亏我想起来了，这些绳子已经变得像钢丝绳一样硬啦。"

雨水打在松弛的帐篷上发出了另一种声响。约翰爬回自己的帐篷，把身体擦干，然后躺下准备继续睡觉。

"你们听小溪的声音！"提提说。

此时的小溪奏出了一连串全新的音符，仓促而又急躁，不肯为任何人停留，与这些小探险家在燕子谷里时常听到的那种轻柔的瀑布声截然不同。

"如果明天也下这么大的雨，那亚马逊海盗肯定不会来了。"苏珊说。

"而且我们也做不了桅杆了。"约翰说。

提提打了个冷战。这就意味着又将有一天的时间收不到贝克福特的消息。白天和大家在一起的时候，提提几乎已经相信烧毁蜡像的事不会要了姑奶奶的命，而她还会像以前一样可恶，继续训斥那两个亚马逊海盗。可是现在，她独自躺在帐篷里，周围一片漆黑，她不禁又想起了白天念的咒语，和从山洞里跑出来后蜡像握在手里的感觉。一定有什么不好的事发生了。

"斯旺森先生说下雨的时候钓鱼，一钓一个准。"罗杰说，他还在想钓鳟鱼的事。

之后的很长一段时间里，几个小探险家躺在那儿，听雨打帐篷的声音、湍急的水声和轰鸣的飞瀑声。不过，现在的雨已经小了很多，雨声也变得有节奏起来，最后连提提也睡着了。第二天清晨，他们从帐篷里爬出来，发现燕子谷里到处都湿漉漉的。雨已经停了，但每块石头上都泛着水光。淡淡的阳光洒在缀满水珠的石楠花枝上，闪闪发亮。被雨水打湿的欧洲蕨耷拉着脑袋，俯向地面。瀑布溅起的白沫中夹杂着褐色的泥沙。那条穿过燕子谷的小溪也变得非常浑浊，呈现出黄铜般的颜色。暴涨的溪水拍打着苏珊的石头灶，只差几码的距离就淹到帐篷那里了。

"幸好我们没继续住在马蹄湾。"苏珊说。

"水坝被冲垮啦！"约翰跑到泳池旁看了一眼说，"至少冲垮了半边。"

"我能去拿牛奶吗？"提提问。但是此刻，玛丽·斯旺森提着她的牛奶罐出现在燕子谷。

"喂！"她说，"我还以为你们被水冲走了呢！这下我总算放心了，而且这对沃克夫人来说也是个好消息！没有干柴火你们打算怎么办呢？"

"我们在山洞里存了很多。"苏珊说。

"那太好了。我爸爸说雨已经下完了，天气又会好起来的。"

苏珊拿出了他们的牛奶罐。玛丽·斯旺森把带来的牛奶倒了进去，然后转身准备离开。

"像那天一样留下喝杯茶再走嘛！"提提说。可是玛丽得赶时间，她要划船去湖对岸的村子，还要去霍利豪农场给他们的妈妈报个平安。

提提追了出去，陪她一起走到低处的瀑布那里。

"你有没有收到贝克福特的消息？"提提紧张地问。

"消息？没有啊。什么消息？"

"没听说那里有人生病之类的吗？"

"完全没有。"玛丽说。

"也没有特纳小姐的消息吗？"

"没有呀。如果那里有人生病的话，我想我会知道的。昨天晚上我见到了杰克。他就在贝克福特那边装圆木，一直忙到很晚才回来。他什么也没听说啊，要不他一定会告诉我的。"

这番话足以让提提觉得心满意足了。

那天，弗林特船长还是没来马蹄湾。也没有任何亚马逊海盗的消息。到了下午，当约翰收拾工具准备离开，而提提跑到马蹄湾入口的礁石上，想抓紧最后的机会看看弗林特船长会不会出现的时候，他们的妈妈划着船过来了。

妈妈来到燕子谷后，先摸了摸四个睡袋，发现它们都是干的，然后表扬苏珊不仅火生得好，还不忘把一些受潮的东西放在太阳底下曝晒。

但是她也没有贝克福特的消息。

"我猜她们应该会被骂得很惨吧。"苏珊说。而后，她把南希和佩吉为什么从马路上跑回家却还是迟到的前因后果一五一十地告诉了妈妈。

"我知道那次沉船也给她们带来了麻烦,"妈妈说,"当时她们也迟到了,对吧?唉,两个可怜的孩子。迟到也不是什么大不了的事情呀。"

"真想知道她们现在怎么样了。"苏珊说。

"她们可能被关起来了,靠面包和白水度日。"约翰说。

"更有可能的是,她们被家里的大人管着,老老实实地喝下午茶之类的,"妈妈说,"嗯?怎么了,提提?"

提提和妈妈往燕子谷的高处走去,准备去看水从水坝的缺口涌出来的景象。罗杰也想和她们一起去,但被约翰拦住了。提提把蜡像事件原原本本地告诉了妈妈,还告诉她姑奶奶是怎么把布莱克特太太弄哭的,告诉她自己原本只想让姑奶奶丧失力气,这样她就会去海边,留下布莱克特一家快乐地生活,但那个蜡像却莫名其妙地滑了出去,最终被火烧化,还告诉她约翰觉得姑奶奶不会有事,因为她不是故意烧毁蜡像的,而是只打算熔化一点点而已。

虽然妈妈并不赞同做蜡像施咒这件事,哪怕用来对付姑奶奶也不行,但当她们一起回到营地——苏珊已经烧好了水,还在地上铺了防潮布——喝茶时,提提看起来比之前高兴多了。

傍晚时分,当他们带着罗杰白天钓的六条小鳟鱼送妈妈去马蹄湾时,约翰说:"妈妈,如果你听说了前天晚上亚马逊海盗们的遭遇,能不能写封信让土著人给我们捎过来?"

"我们干脆去贝克福特找她们吧!这样不就马上能知道了吗?"提提说。

可是妈妈说这样只会给布莱克特太太带去更大的麻烦。

可是,在突袭后的第三天,他们仍然没有收到任何确切的消息。弗林特船长也没来。暴雨过后,小溪的水位又降了下去,于是他们整个上午都在修补水坝。下午,他们去了马蹄湾,一直待到傍晚才回到燕子谷吃晚饭。下午茶是在马蹄湾喝的,苏珊在那儿生了火。桥洞底下的积水尚未完全消退,蹚过去有些困难。他们对亚马逊海盗的遭遇大为光火,所以也就不在乎横穿马路了,毕竟连南希和佩吉都是从那条路上回家的。过马路的时候，他们看见玛丽说的那位樵夫杰克赶着三匹马，拉着一车巨型圆木从那儿经过。玛丽刚才一直在和他交谈，此刻，她正急匆匆地沿着土路朝农场走去。几个探险家及时喊住了她，她立马折返回来。

"今天早上我见到了杰克，"玛丽说，"他刚好从这儿路过，所以我让他去贝克福特打听消息。刚才，他就在跟我说这件事。你们猜怎么着，听完我大吃了一惊。"

提提一下子僵住了，但那并不是她所担心的那件事。

"贝克福特的厨娘和汤姆的妻子——也就是杰克的大嫂——是表姊妹。杰克见到了她。她客观地评价了一下那位特纳小姐。杰克说，特纳小姐是个非常固执的人，而且软硬不吃。布莱克特家的两个小姑娘其实特别懂事，但她却总在她们妈妈面前说她们这也不好，那也不好。前两天她们回家晚了些，她就发了好大一通牢骚，从此不准她们出门。杰克还说，要是特纳小姐再不走的话，那厨娘就要向布莱克特太太请辞了。杰克说厨娘对老特纳小姐的意见很大，因为特纳小姐嫌她用冷盘装热菜。"

这下，提提心里的大石头总算落了地。如果特纳小姐在抱怨盘子的冷热问题，那就说明她还活着。对于其他人来说，这就证明他们的判断没错。南希和佩吉迟到的次数太多了。

"今年所有的事都乱了套。"约翰说，"先是我撞沉了燕子号，现在亚马逊海盗又出了状况。"

"真希望能见到弗林特船长，"苏珊说，"因为亚马逊海盗可能会写信请他捎过来。"

第二天的时候，他们果然收到了信，但不是弗林特船长捎来的。

第二十章

欢迎之箭

　　这一天的开始就不大顺利。他们很晚才吃早餐，然后还去捡了柴火。后来，约翰去马蹄湾做桅杆的时候，他发现弗林特船长已经来过了。他对桅杆做了大量的改进工作，其中两处令约翰尤为满意。他不仅给桅顶套了一个带孔的圆形硬木帽头，用来系信号旗的绳子，还在帽头底下安了一个主帆索滑轮。他用凿子在桅杆上工工整整地凿了一个孔，让滑轮的销钉与桅杆齐平，而且他还用砂纸打磨了桅顶。约翰用手细细地抚摸着那根桅杆。

　　"真想看看他是怎么做的。"他自言自语道。

　　约翰见到的还不止这些。弗林特船长在桅杆旁边留下了许多食物、一大卷粗砂纸和一大罐亚麻籽油。而且，那卷砂纸上还附了一张从笔记本上撕下来的纸，上面写着："赶快！把它磨光，多刷些油！"

　　约翰把那些食物装进背包，他的背包里只放了一个刨子，他原本以为会用得上。紧接着，他开始用砂纸认真地打磨起来，直到整根桅杆都变得像弗林特船长打磨的桅顶一样光滑。

　　做这件事的时候，他很快就把对亚马逊海盗的担心抛在脑后，因为他根本没工夫去想别的事。在砂纸的摩擦下，那根桅杆渐渐变成了浅灰色，很容易就看出还有哪些地方是没有打磨到的。它的每一寸颜色变化都让约翰觉得离燕子号归来不远了。打磨到一半的时候，约翰突然想起了时间，他看了一眼航行表，然后背起装着食物的背包，匆匆忙忙地向燕子谷走去。

回到燕子谷后，他发现苏珊、提提和罗杰对于没见到弗林特船长感到十分遗憾，甚至超出了对桅杆快要完工的喜悦。

"他为什么不来燕子谷呢？"苏珊说。

"说不定他也变成了土著人吧。"罗杰说。

"不，他不会，"提提说，"除非是万不得已，不然他今年不会的。"

"他把桅顶做得漂亮极了，"约翰说，"要是他真的变成了土著人，他才懒得管呢！"

虽然约翰的话很在理，但却没能让这些探险家变得高兴起来。午饭过后，罗杰说他想钓鱼。提提也说要一起去。苏珊说她很忙，要把早上捡的柴火在皮特鸭洞里码好。罗杰和提提说他们可以帮忙，但被苏珊婉拒了。约翰说他要去马蹄湾继续打磨那根桅杆。

约翰在马蹄湾里忙得忘记了喝茶。他不停地用砂纸擦着桅杆，直到整根桅杆变得像丝绒一样柔滑。他先用手指抚摸了一遍，然后从侧面检查，不放过一丁点儿粗糙的地方，最后总算是满意了。给这么好的杆子刷上油似乎有些可惜。但他很快发现，涂完亚麻籽油的桅杆看起来更美观了。上油的时候，他用他从罐子的把手里找到的一团废棉纱用力地擦拭着。在油干透之前，桅杆就像刚从湖里捞出来的石头一样，闪闪发亮。这根洁净的挪威杆非常吸油，约翰不时地把它在垫木上旋转九十度，擦了一遍又一遍。

"这根桅杆肯定比原来的好，"约翰自言自语道，"不知道南希船长会作何评价呢？"

想到这里，他突然意识到，除了玛丽·斯旺森带来的消息，那两个亚马逊海盗仍然杳无音讯。

当他一边休息，一边看着那根黄灿灿的桅杆时，他的耳边传来一阵汽艇"突突突"的声音，朝着湖的下游飘来，似乎比他今天听到的大多数汽艇和轮船都更靠近湖岸。不过，也有可能是因为他一直太忙，没工夫留意去听那些声音。眼下，新桅杆已经做好，还上了油，他必须等一段时间，让第一层油渗进去。所以，他的耳朵也开始接收起周围的声音来，而这阵"突突"声离岸边实在太近了，于是他溜到湖湾北边的礁石上，准备看个究竟。

果然是一艘汽艇，而且他的判断没错，那艘汽艇的确离湖岸很近。

"他们来到这儿之前必须绕开一些才行，"约翰船长自言自语道，"否则就会像我们一样撞上狗鱼石。"

当约翰看着那艘汽艇改变航线的时候，他隐约觉得它有些眼熟。突然，他想到了。这是布莱克特家的船，从贝克福特开来的！他第一次见到它是在亚马孙河的船库里，他们借着手电光发现了它，第二次见到它是在去年那场大暴雨后的早晨，布莱克特太太就是驾着它来野猫岛的。

"万岁！"他欢呼道，"没事啦！她们得到谅解啦！她们来啦！"他激动得跳了起来，可就在他准备向她们挥手的时候，他突然打消了这个念头。因为在那艘汽艇的露天前甲板上有好几个人，或许是他搞错了吧，最好还是先看清楚，后面有的是时间挥手。于是他躲了起来，像蛇一样蜿蜒前进，很快来到马蹄湾北边的那块石岬上。汽艇的"突突"声迅速朝他逼近。最后，当他从石楠花和礁石的后面探出脑袋时，那艘汽艇离他只有十几码远了。

约翰没有看错。那的确是亚马孙河船库里的汽艇。但他庆幸自己刚才没有挥手。

汽艇的前甲板是露天的，周围有一圈座位，上面坐着布莱克特太太和一位神情严肃的老妇人。那天下午，燕子号水手们曾在树林里看见过她们，当时，她们坐的马车刚好经过那条大马路。此刻，她们背对着马蹄湾坐着，佩吉·布莱克特就在她们旁边。她时而指着野猫岛，时而指着湖对岸的树林，完全将另外两个人的注意力吸引住了。但她看起来一点也不像一个海盗大副，倒像是学校演讲日[1]或游园会上的一个普通女孩。

南希·布莱克特却不在那里。约翰想，她是不是被罚在贝克福特看家呢？他想，或许她宁可待在家里，也不想和她们一起出门吧。这时，他突然看到了她。

汽艇来到了马蹄湾的入口附近。约翰甚至能看见船中央的小船舱里，桌上摆着几杯喝剩的茶。船尾也是露天的，弗林特船长穿着笔挺的西装在那儿掌舵。南希·布莱克特就在他旁边，但她蹲得很低，所以前面的人根本看不见她在做些什么。弗林特船长一直

1.在英国的某些学校，每年都会举办一次演讲日，学期中有优异表现的学生会受到嘉奖，并上台讲话。

在忙着掌舵，自然也顾不上看她。南希和佩吉一样，穿了一件优雅的连衣裙，看起来很不自然。当她蹲在那里的时候，约翰看见她的手上拿着一把十字弓。他看见她透过船舱的玻璃窗朝前面看了一眼。大家似乎都在顺着佩吉的手指望向湖对岸很远的地方。于是，就在汽艇驶过湖湾入口的时候，南希射了一箭。约翰觉得自己仿佛在马达声中听见弓弦发出"砰"的一声，也可能没有。只见那支箭掠过水面，插进南边石岬上的一簇石楠花里，也就是燕子号沉船后他们上岸的地方。

那一刻，约翰不禁又想跳起来挥手，表示他看到了那支箭。可是，南希船长放完箭之后，就不再往湖岸这边看了。很快，她就把十字弓藏了起来，塞在舵手座下面，然后悄悄地穿过舱室，来到前甲板上和那两个土著人交谈，举止变得像佩吉一样得体。弗林特船长自始至终也没朝马蹄湾看一眼。不一会儿，汽艇就被南边的岬角挡住，离开了约翰的视线，但他还是能听见汽艇"突突突"地向湖的下游驶去。

这时，他听见有人在树林中小溪流入湖湾的地方喊了一声，"嘿！"

"嘿！"他回应道，旋即匆匆地翻过礁石，去找那支箭。

罗杰从树林里跑出来，摸了一下刚刚涂完油的桅杆，然后把手凑到鼻子前嗅了嗅。

"提提就在我后面。"他说，"因为你没去喝茶，所以苏珊让我们过来告诉你一声，今晚早点吃饭，她已经开始做了。她还说不能迟到。一定别迟到哦！我和提提各钓了两条鳟鱼，全都是很肥的那种，正好每人一条。苏珊现在就在煎鱼，而且……"

"你看见那艘汽艇了吗？"约翰问。

"我听见声音了。"罗杰说。这时，提提也来到了沙滩上。

"那是亚马逊海盗家的汽艇，从亚马孙河那边过来的。就是我们去年在船库里看见的那艘。南希船长也在汽艇上，她还射了一支箭，落到了南边的石岬上。布莱克特太太也在，还有佩吉、弗林特船长和……"

"姑奶奶没事吧？"提提问。

"她在汽艇上呢。"约翰说，"快去拿那支箭吧。它就插在那边的石楠花里。"

"南希真的向你射了一箭吗？"罗杰说，"是宣战吗？"

"我想她没看见我，"约翰说，"但她知道我一定会来这儿做桅杆的。快！我们去拿那支箭吧。"

提提已经翻到了礁石的另一边，约翰和罗杰在后面追她。如果姑奶奶也在乘船游湖，那么蜡像事件应该没对她造成太大的伤害。

她不费吹灰之力便找到了那支箭。箭头插在石楠花丛里，箭尾高高地翘在空中。

"这是支新箭。"约翰说，"比她们去年用的那些差远了。还不如那些箭一半好呢。"

提提看着那支箭上的绿羽毛。

"这肯定是她们刚做好的。"她说，"这根羽毛是我今年带来的。我认得它，因为我当时剪其他东西的时候不小心剪到了它。"

"要是燕子号鹦鹉知道她们用它的羽毛射向我们，肯定会不高兴的。"罗杰说。

"看起来她不像是要这么做，"约翰说，"她是躲着其他人射的那一箭。"

他仔细地观察那支箭。靠近绿羽毛的地方绑着一根奇怪的宽带子，上面用红绳整齐地缠了一圈又一圈。约翰立刻掏出他的小刀，割断红绳的接头，开始解绳子。

"别把她们的箭给弄坏了。"提提说。

"呃，这箭是她们用来射我们的呀。"罗杰说。

约翰刚解开红绳，他们就发现箭尾缠着一张折起来的纸条，刚好被系住它的红绳挡住了。

"是一封信，"提提说，"快看看信里说了些什么。"

当约翰把那张小纸条从箭上取下来之后，它仍卷作一团。约翰把纸条捋平，和另外两位水手一起看了起来。

纸条上的字是用大写字母写的，写字的笔也是亚马逊海盗们常用的那种红色铅笔。

"把羽毛拿给鹦鹉看。"

信上没有署名，只用黑色钢笔画了一个骷髅头标志。

"这句话真是莫名其妙。"罗杰说。

"我也不明白是什么意思。"提提说。

"这封信说明不了任何问题，"约翰说，"根本不是什么宣战书。"

他们慢慢地走回马蹄湾的旧营地，约翰打算给桅杆再刷一层亚麻籽油，其他人争着帮他把油刷了上去。

"她们在那儿！"约翰突然指着树林外面的两座石岬中间说。此刻，贝克福特的汽艇开到了湖的另一边，正沿着湖对岸向北行驶。几个燕子号水手纷纷跑出树林，爬上礁石，看着那艘汽艇消失在野猫岛的背后。

"她们要撇开我们独自上岛啦。"提提伤心地说。

然而，她们并没有。那艘汽艇很快就从野猫岛的最北边开出来了。他们看着它在水面上向北疾驰而去，就连路过船屋湾时也没有停下，最后终于消失在了达里恩峰的背后。

"这件事最古怪的地方，"约翰说，"就是南希一点也不像在开玩笑，而是像在做一件很重要的事。"

"或许真是这样呢，"提提说，"只是我们没想明白而已。南希船长实在太聪明啦！"

"她才没有约翰聪明呢。"罗杰说。

约翰没有说话。"把羽毛拿给鹦鹉看。"在他看来，这句话并没有任何意义。

最后，罗杰提醒他们苏珊说要早点回去吃晚饭。于是，船长、一等水手和见习水手给桅杆刷了一遍油，之后便动身朝燕子谷走去。那里有四条鳟鱼在等着他们，当然，还有苏珊。哪怕其他人不记得，罗杰也不可能忘记。他们带着那支箭飞快地沿着小溪往上走，直接横穿马路，而没有从桥洞底下钻过，最后终于爬出陡峭的山林，来到了荒野上。

第二十一章
聪明的波利

回到营地后，他们发现由于收拾四条鳟鱼和煎鱼，苏珊的心情变得像土著人一样烦躁。香煎鳟鱼必须在刚出锅的时候立马吃掉，不能为了等人而把鱼一直放在锅里煎。如果煎得太老，鱼肉就会变得很干，让人完全没有食欲。试想一下，先把鱼收拾干净，加盐腌好，然后控制好火候，熔化黄油，最后再把四条小鳟鱼放进锅里嗞嗞地煎——那声音像是在召唤人们赶紧吃它——可做完这一切之后，却没看见半个船员的影子，谁都会忍不住变成土著人的。苏珊尽可能放慢煎鱼的速度，但是等其他人回到燕子谷，那些鳟鱼已经出锅二十多分钟了。罗杰闻了闻残存的鱼香味，兴高采烈地说："我们回来得真及时呀！"

"才怪！"苏珊说，"你们半小时前就该回来了。我不是说了让你们马上回来的吗？下次换你们来煎鱼，我也出去溜达溜达，然后'及时'赶回来。"

罗杰本来想说，如果她真的那样做的话，那他肯定会把鱼吃得一条不剩的。不过，他看见约翰朝他使了个眼色，于是他便明白了船长的意思——这个时候最好别去和苏珊抬杠。

"我看见亚马逊海盗了。"约翰说。

"她们不是来吃晚饭的吧？"大副说，"我们统共就只有这四条鱼。"

"我没和她们说上话。"约翰说，"她们在汽艇上。不过，南希朝狗鱼石旁边的湖岬射了一箭。箭上还绑着一张纸条。"

"姑奶奶没事，"提提说，"约翰看见她了。"

"先吃晚饭吧。"大副说。

"我们把箭带来啦，"罗杰说，"在这儿呢！"

"那份面包和黄油是你的。"大副说。

"这些鱼真不错，"约翰说，"做得也好吃极了。甚至比我们和弗林特船长一起去钓鱼那天吃的还美味。"

之后很长的一段时间里，大家谈论的话题都是关于今天的晚餐和鳟鱼的。提提和罗杰讲了他们钓鱼的经过，其中一条是在泳池里钓的，另外三条是在燕子谷的最高处和鳟鱼湖之间的一个小水潭里钓的。罗杰还说要是他们没打瞌睡的话，肯定能钓到更大的鱼。大家都对苏珊的手艺赞不绝口。当最后一条鳟鱼的骨头被扔进火堆的时候，苏珊再次向他们证明，探险队里有一个像她这样厨艺精湛的大副是多么幸运的事。她在火堆的热灰下面埋了一个铁制饼干盒，里面装着四个苹果。她烤苹果是为了给大家搭配米布丁吃。这顿饭大家吃得很尽兴。晚饭过后，苏珊主动把话题转移到了那支箭上。她刚提起这件事，罗杰就把箭拿给了她。然后，大家开始讨论那艘汽艇和射箭的事。不过，只有约翰一个人看到了射箭的经过。

"箭上绑了一张纸条，"约翰说，"但似乎没什么意义……'把羽毛拿给鹦鹉看'……你看。"说着，他把那张卷成一团的小纸条递给苏珊。

她把纸条捋平，看了看上面的字。

"从字面上看，确实没什么意义。"她说。

"但这支箭是南希躲在船舱后面偷偷射出来的，看起来像是一件很重要的事。"

"这不像是她们去年的那些箭，"罗杰说，"一点光泽都没有。"

的确如此，他们带回营地的这支箭非常粗糙，像是匆忙赶制出来的。箭头很钝，箭杆也没涂清漆。

"我想这些肯定是波利的羽毛。"苏珊说。

"是的，"提提说，"这根羽毛是我们去年回家后它掉的第一根。我从去年冬天起就一直保存着。我之所以认得，是因为我不小心用剪刀剪到了它。另外一根是鹦鹉在我们出来度假的前一天掉的。她们来岛上的时候，也就是我和罗杰发现燕子谷那天，我把收集到的羽毛全给了她们，其中就有这两根。"

"所以这应该是一支新箭。"

"看起来像是她们刚刚做出来的，"约翰说，"而且没人帮忙。"

"咱们按纸条上的话去做吧！"提提说。

"什么？"

"把羽毛拿给波利看呀。它可聪明了。"

"它还没聪明到那种程度，"约翰说，"如果连我们都不知道是什么意思，它就更不知道了。"

"不管怎么样，我们先按南希说的做吧。下次见面的时候，她可能会问我们有没有那样做。"

提提拿着箭，走到燕子号鹦鹉身边。它正站在栖木上，享受落日的最后一丝余晖。

这时，波利突然尖叫了起来，用嘴叼过那支箭，然后伸出一只爪子把它牢牢抓住。

"当心！"约翰说，"快阻止它！它会把箭羽拔掉的。箭的两头只用很细的线随便绑了一下。它会把箭咬烂的。到时你们猜南希会怎么说？"

可惜一切都太迟了。

他们听见了木头断裂的声音，一眨眼的工夫，燕子号鹦鹉不仅把自己的旧羽毛从箭上扯了下来，还把那支箭从靠近箭羽的地方折断了。

约翰从地上一跃而起，大声喊道："喂！喂！快阻止它！你们看啊！"

"不！波利！住手！"提提说，"把它给我，听话！"

波利从折断的箭杆中把什么东西扯了出来。提提及时把那东西救了下来。

"好样的，波利！"她说，"我懂了！原来南希早就知道你会这么做，因为她以前见识过你的本领。"

燕子号鹦鹉不予理会。它对提提手里那张叠得很紧的小纸条没有任何兴趣。

"漂亮的波利，漂亮的波利。"它一边从箭上撕下一丝又一丝的碎木屑，扔在栖木周围，一边心满意足地说。

现在，没人再去管那支箭了。提提双手颤抖地把纸条展开。她看见那张纸的抬头画着一个骷髅头标志，底下是一片密密麻麻的红字。她把纸条交给了约翰船长。

"念出来吧。"她说。

"这封信是写给我们所有人的。"约翰说。他开始读那张纸条上的内容。

致"燕子号"的船长和船员们：

　　两个饱受折磨的落难水手向你们问好！我们没办法逃离土著人的视线。姑奶奶时时刻刻都在盯着我们。不出我们所料，那天我们还是迟到了，我们正在为此付出代价。但俗话说，黑暗中总有一丝光明，再难啃的书也有啃完之日。现在苦难即将过去。接下来的话很重要！你们明天赶早出发，按照我们上次来的路线，沿着荒野地势最高的地方朝正北走。你们会看见四棵冷杉，那里原是一片树林。你们朝它们指的方向走，沿着石墙，走到马路上。那条马路和亚马孙河之间隔了两块田的距离。你们要找一座石头谷仓。谷仓上方大约一根电缆远的地方有一棵大橡树，紧挨着河。你们在那儿能找到一条土著人作战用的独木舟。船尾的肋板上刻着它的名字：贝克福特号……

"那不可能是独木舟，"约翰停下来对他们说，"而是划艇。独木舟的两头都是尖的，根本没有船尾肋板。"

"或许她们那儿的土著人用的独木舟比较独特吧，"提提说，"并不是所有的土著人都用那种两头尖尖的独木舟呀。"

约翰继续往下读：

　　你们尽管上船，顺着亚马孙河划到潟湖。那个地方你们是知道的。就是罗杰以为里面有章鱼的那个湖。

"后来我知道那些是花，"罗杰说，"是睡莲。"

"别打断船长，"提提说，"继续念吧。"

约翰继续念道：

穿过潟湖，把独木舟划进河右岸的灯芯草丛里。然后派一名侦察兵从树林上岸。让他穿过树林，学猫头鹰叫，在那儿等着。你们别带太多东西，只要带两天的食物和睡袋就行了。干城章嘉峰在向你们招手。我们有登山绳。今晚我们会把独木舟藏在那棵橡树旁边。你们一定能找到的。别被土著人发现了。你们的鹦鹉真棒。只要是用它的羽毛做成的箭，它总会把它们咬烂。别让我们失望哦！

南希·布莱克特船长

佩吉·布莱克特大副

（战俘，但很快就不是了）

燕子号和亚马逊号万岁！

"念完了吗？"罗杰说。

"是的。"约翰说。

几个探险家开始面面相觑起来。

"你觉得这样做妥当吗？"苏珊终于开口说。

"能出什么岔子呢？"约翰说，"一直都在陆地上。而且不会在夜里航行。只要一等水手和见习水手按时睡觉，在哪儿睡都是一样的。"他一下子想到了苏珊担心的各种问题。

提提和罗杰屏息听着他们的对话。

"那牛奶呢？"苏珊说，"总不能把两天的牛奶都带上吧，特别是像今天这么热的天气。"

"亚马孙河谷那边肯定有很多农场，"约翰说，"南希和佩吉一定知道。牛奶在哪儿都能弄到，只不过我们可能要把牛奶罐带上。"

"但我们可是要离开整整一个晚上啊。"

"没关系，"提提说，"皮特鸭会替我们看守营地的。我们可以把东西都藏在皮特鸭洞里。那里很安全。"

"那波利呢？"

"它可以和皮特鸭做伴。我会给它留很多很多的食物和水，让它舒舒服服地住在山洞里。我想它是不会介意偶尔多睡一会儿的。如果不想睡觉，它还可以和皮特鸭一起站岗。我想它以前肯定在很多山洞里住过，而且是那种真正的海盗山洞。"

"还有，我们从没试过在没有帐篷的情况下直接睡在睡袋里。万一下雨怎么办？"

"只要不下雨就没关系。如果发现天要下雨的话，那我们就不去了。"约翰钻进他的帐篷，很快又钻了出来。"气压计很稳定。还有很重要的一点，要不是燕子号快修好了，弗林特船长是不会急着把桅杆做完，还留下字条让我快点打磨和上油的。我猜他们应该已经给燕子号涂了漆了。这么热的天，油漆很快就会干的。燕子号随时都可能回来。既然我们不能同时兼顾爬山和航海，何不趁现在我们还在这儿的时候去爬干城章嘉峰呢？"

"妈妈确实说过如果我们想爬干城章嘉峰，是没问题的。"苏珊说。其他人知道她终于被说动了。

在他们准备进帐篷过夜之前，他们集体去了一趟瞭望石，而且从岩石最陡的那一侧爬了上去，作为登山前的练习。他们四个人站在瞭望石上极目远眺，将辽阔的荒野和远处的山峦尽收眼底。此时，太阳落到了群山的背后。干城章嘉峰看起来就像从深紫色的硬纸板上剪下来的一样。它的左右两侧是其他几座大山。这些探险家知道，在荒野尽头的某个地方，就是那条亚马孙河谷。转向右边，他们看见了森林与荒野交界的地方，还瞥了几眼远处的大湖，和里约背后的高山。

"那天亚马孙海盗从荒野上过来的时候，我们最早是在那里发现她们的，就在那块石头后面。"提提指着半英里外石楠花丛中的一块锯齿状岩石说。

"没那么近吧。"罗杰说。

"那就是我们要走的路线，"约翰说，"那块石头差不多落在这里和干城章嘉峰北侧连成的直线上。"他把指南针放在瞭望石上，等指针稳定下来，"大概在西北偏北¹的位置。我们明天先走到那块石头那里，然后再一直往北走。"

这时，他们的头顶上传来一阵嘎吱嘎吱的声音，就像有人在拼命摇晃一扇合页需要抹油的门。他们纷纷抬头看。

"是天鹅！"约翰脱口而出。

空中有五只白色大鸟，伸着长长的脖子，用力且平稳地扇着翅膀，迅速地朝落日的方向飞去。

"它们要去哪儿？"罗杰问。

"山的那边肯定还有一片湖。"约翰说。

往西边看，在荒野尽头的石楠花丛外，有几座朦胧的远山，看起来就像海上的地平线一样。对他们来说，那是一片未知之地。

"天鹅飞得那么高，一定能看见那片湖。"提提说。

"我想是的。"约翰说。

那几只天鹅越飞越远，等到再也看不见它们的时候，四个探险家便从瞭望石上爬下来，一边想着前方等待他们的未知旅程，一边迈着沉重的脚步回到了燕子谷的营地。

到了深夜，他们仍然围坐在火堆旁聊天。就像苏珊说的，每次要赶早出发，他们头一天晚上总会熬夜。因为要考虑的问题实在太多了，根本没办法早睡。当他们准备睡觉的时候，夜空中已经撒满了璀璨的星辰。

几盏烛灯熄灭很久之后，约翰坐起来，拿起背包，走到帐篷外面。紧接着，他把睡袋也拖了出来，然后从背包里的衣服下面找出一条薄薄的睡袋防水罩。这种罩子在帐篷里是用不上的。不过现在，他把防水罩套在睡袋外面，这样就不用铺防潮布了。然后，他重新钻进睡袋，在里面不停地翻来覆去，直到找到最舒服的姿势才停下。他的背包现在还是鼓鼓的，正好可以拿来当枕头。

"你在做什么呢？"黑暗中传来苏珊的声音。

---

1. 指西北方向偏北 22.5 度。

"试一下住在帐篷外面是什么感觉。"

"我们都去试试吧。"罗杰说。

"你怎么还没睡呀？"苏珊说。

"你能看见星星吗？"提提问。

"能啊。"约翰说。

"不知道那两个战俘能不能从她们的'牢房'里看到星星。"

"她们才没在牢房里呢。"约翰说。

"要是她们像现在这样想出来却出不来，我觉得跟关在牢房里没什么区别。"

"晚安。"约翰说。

"晚安！""晚安！""晚安！"住在另外三顶帐篷里的探险家说。第四顶帐篷里空荡荡的。约翰正舒舒服服地躺在他的睡袋里，头枕着背包，仰望着天上的星星，没有丝毫的睡意。反正，他一点儿也不觉得困。

过了一会儿，他在想数星星和数钻过树篱缺口的绵羊是否会有一样的效果。数羊的方法是他小时候妈妈教他的。于是，他蜷起身体，只把鼻子以上的部分露出来，开始数银河里的星星。可是，他还没来得及数一数银河旁边那些个头更大的星星，就闭着眼睛睡着了。或许是数星星的方法奏效了，又或许是他今天给新桅杆打磨和刷油太累的缘故。

第二十二章

准 备 出 发

　　营地上一大早就骚动起来。苏珊立刻着手为接下来的徒步旅行做准备。提提醒来后想到了一个主意，并且告诉了罗杰。于是，他们撂下话说去去就回，然后拿起各自的背包奔向树林。约翰昨晚在帐篷外面睡得很好。当他提着牛奶罐匆匆奔向斯旺森农场时，他在树林里碰到了提提和罗杰，他们正往背包里塞小松果，而当他回到燕子谷的时候，他们早就已经回来了，因为他要先去马蹄湾给桅杆刷最后一遍油，然后再去农场拿牛奶，并且告诉玛丽·斯旺森他们今晚会在外面过夜，要到第二天晚上才会来取牛奶。

　　"我正要划船去对面的村子呢。"玛丽说。她在用土著人的方式称呼里约。"你们要我从那里捎点什么过来吗？"

　　"我想你应该不会去霍利豪农场吧？"约翰说，"我想告诉妈妈一声，让她今天和明天都不要过来，因为我们这两天都不在。"

　　"好啊，这个好办，我很乐意替你们跑一趟，"玛丽·斯旺森说，"你等等，我去给你拿张纸，你把要告诉她的话全部写下来。"

　　这时，老斯旺森先生在厨房里招呼约翰进屋。

　　"玛丽！"他喊道，"你怎么让人家站在门口等呢？快进来，小伙子，坐到那张桌子旁边。想写什么就在那儿写。"

　　约翰走进去，向两位老人问了声"早安"。玛丽从抽屉里拿出一支铅笔和一张纸，把约翰领到餐桌旁，然后她就迈着急促的步子去装牛奶了。斯旺森太太继续缝着她的被子。斯旺森先生则一边看着约翰写字，一边半哼半唱着一支歌。歌里唱的是一个年轻人在离别之际对家人说"珍重，再见"的故事。

约翰写道：

我们要去亚马孙河那边，去爬干城章嘉峰，所以今天和明天请不要来燕子谷。我们会带上睡袋。船员们也会按时睡觉。我们明天就回。一切都会很顺利。新桅杆已经做好。燕子号即将归来。所以，我们现在去爬干城章嘉峰正是时候。全体船员向您问好。爱您的约翰。

他把信折好，在封面上写下"霍利豪农场的沃克太太收"。

他写信的时候，老斯旺森先生一直在旁边盯着他。

"嘿，你字写得真快！"老人说，"我年轻的时候，可没人教我们这么快写字。不过，你唱歌就不如你弟弟了。那个小家伙天生是块唱歌的料，但他写字可没那么快。但比我好。我连字都不会写。这五十多年来我一封信都没写过。我只会唱歌。既然说到了唱歌……"

约翰不知该如何是好。其他人还在等着他的牛奶，而且他们还要拆除营地。如果他开始唱歌的话，谁也不知道什么时候才能结束。幸好，玛丽·斯旺森及时走了进来，拿起他的信，把牛奶交给他，送他出门。这一切发生得太快，仿佛是玛丽把他赶出去的一样。没等他反应过来，他已经来到了农舍大门口。他千恩万谢地辞别玛丽，然后急匆匆地穿过树林，抄近路返回燕子谷。回去的路上，他有段时间还能听见从农舍飘来的歌声。

当他爬到瀑布顶端，抬头望向燕子谷时，他简直不敢相信那是他不久前刚刚离开的地方。四顶米色的小帐篷已经不见了。其他人不仅拆除了自己的帐篷，把他的帐篷也一并拆除了。此时的燕子谷看起来完全不像一个营地。有没有帐篷对一个地方来说简直有着天壤之别。如今，这里再次变成一条荒凉的石头溪谷，就像他们第一次来时见到的那样。这里再也不像是谁的大本营了。约翰知道，等他们回到野猫岛之后，他们在燕子谷里生活的痕迹便会消失得无影无踪。当真正的山洪来临，他们在泳池搭的水坝也会被彻底冲垮。一切都将恢复本来的面貌。那个属于他们的燕子谷，还有营地里整洁的帐篷和欢快的篝火都将变成回忆，或是他在某本书中读到的片段。这个奇怪的想法顿时让约翰觉得很不舒服。不过此刻，篝火正在熊熊燃烧着，一切迹象都表明，早餐就等他的牛奶了。

"牛奶来啦！"约翰说，"我给霍利豪农场寄了封信，告诉妈妈我们要出远门的事。"

"嗯，这太好了。"苏珊说。

"你有没有提醒她不要告诉其他的土著人？"提提问。

"哎呀，我忘了。"

"她应该不会跟别人说的。"提提说，"除非她确信真的没问题。"

"斯旺森先生唱歌了吗？"罗杰问。

"是的。他还想让你去和他一起唱呢。"

"等我们爬山回来，我会去的。"罗杰说。

"今天喝粥。"大副说，"我们要走很远的路，所以我煮了很多粥，够每个人喝两碗的。只喝牛奶可不管饱。你们很快就会饿的。"

"东西都放好了吗？"约翰问。

"都放进皮特鸭洞了。"提提说。

"先吃早餐，"大副说，"待会儿再去山洞检查一遍。里面还很空，能放很多东西，比亚马逊海盗上次来的时候好多了。"

"洞里看起来就像一间杂货店。"提提说。

"但里面的东西都是我们自己的。"罗杰说。

他们的早餐十分丰盛。对于即将前往某个陌生领地的探险家来说，这种早餐再合适不过了。苏珊煮了一大锅粥，还煎了许多松脆可口的培根肉，分量比以往多出许多，此外，还有每天都吃的圆面包、柑橘酱和茶。而且，在他们吃面包和果酱的时候，苏珊煮了八个鸡蛋，准备带到路上吃。

吃过早饭后，苏珊给每个人分了两个煮好的鸡蛋，放进背包外侧的口袋里。"我已经饱得连明天的饭都不想吃了。"罗杰说。

"少啰唆，快把鸡蛋装起来。"苏珊说。

"我不想带嘛。"罗杰说。

"那你的巧克力也别带了，如何？"苏珊说。罗杰想了想，和其他人一样，乖乖地把鸡蛋装了起来。

之后，他们把最后几件不带的东西放进了皮特鸭洞里。事实上，他们带的东西屈指可数：四个睡袋和防水罩、一个公用的大杯子、一块公用的肥皂、四把牙刷和食物。那些食物已经打包好，分开装在他们的背包里，其中有四个圆面包、两罐肉糜饼、煮鸡蛋、一大堆巧克力和几个苹果。大副用一束石楠花反复地擦着水壶，直到它不再掉灰为止。然后，她把壶盖装进背包外侧的口袋里，扣好背包的翻盖，拉紧绳子，将壶身系在上面。约翰也用同样的方法把牛奶罐挂在包上。他已经按照大副的要求，把罐子在小溪里洗干净了。剩下的两个人就轻松多了，这样正好，因为他们想给包里多装些松果。"用来做吉卜赛路标。"提提解释道。

"但吉卜赛路标是给后面的人指路用的呀。"

"它还能帮我们找到回来的路。"提提说，"你看嘛，荒野上没有树可以刻记号，而且我们不能留小纸条。但是荒野上是没有松果的，所以如果我们沿途留下松果做记号，那么等我们从干城章嘉峰回来的时候就不会迷路啦。"

苏珊和约翰很清楚跟提提争论是没用的。所以，在他们装完睡袋后，苏珊和约翰便同意让他们把从树林里捡来的松果塞进背包。

随后，他们挤进皮特鸭洞，借着大副点亮的烛灯最后扫了一眼四周。苏珊把那盏烛灯放在岩架的老地方，和其他三盏烛灯放在一起。她把洞里收拾得井井有条。洞内一侧是一摞堆得高高的柴火，已经砍成一段段的，可以直接拿来用。四捆卷好的帐篷并排放在柴垛上，里面裹着各自的帐篷杆和帐篷钉。放在那里不会有任何问题。去年露营留下的旧防潮布也铺在了柴垛对面的地上，上面放着卷好的杂物帐篷、装着食物的盒子、几件备用衣服，和另外三个铁盒—— 一个装着渔具，一个装着提提的文具，还有一个装着书、燕子号的船员合同和气压计。

"大副，"约翰船长看见那个铁盒后说，"我不想把这些东西留在这儿。"

"可带着它们也没用啊，"大副说，"我们又不是去航海。而且，你还要带指南针和望远镜呢。不管怎样，就一个晚上而已，没问题的。"

"皮特鸭会守着它们的。"提提说，"它知道船员合同有多么重要。它会和燕子号鹦鹉一起看好它的。"

"你最好现在就把鹦鹉带进来。"苏珊说。

为了让鹦鹉在山洞里待得舒服些，他们想尽了各种办法。笼子里放了一根熏肉皮，可以让鹦鹉撕着吃，还有够吃三天的葵花籽和充足的水。提提叮嘱它不要辜负大家的信任，而且要多留点神，这样皮特鸭就能偶尔休息一下。要不是皮特鸭这个时候正好不在，提提也有许多事情要交代给它。现在她只能把想说的话都告诉鹦鹉。那只鹦鹉比平时在营地里闹腾多了，它一直在说"两倍，两倍，二，二，漂亮的波利，八个里亚尔……"还不时地发出几声凄厉的尖叫，表明它知道大家为什么这么兴致勃勃的。但一进山洞，虽然他们把它的笼子放在了一个好地方，就在那堆铁盒的最上面，但它立刻闭紧嘴巴，再也没说过一句话。很显然，它认为自己受到了不公正的待遇。

"我们明天就回来啦，"提提说，"而且，你应该也不喜欢待在山顶。"

燕子号鹦鹉没有说话，它的眼神里透着一丝忧伤，这比它大吵大闹更让人难过。

"我们可不能带它一起去。"苏珊说。

有那么一刻，提提的脑子里突然冒出一个可怕的想法。她在想，或许她应该留下来照顾皮特鸭和波利，但她很快就改变了主意。

"热带雨林里比这儿还黑呢，"提提说，"即便是中午也不例外，所以你还是别意气用事啦！"说完，她便把留起来的三块糖在最后一刻给了鹦鹉，然后匆匆跑出山洞，来到阳光下。她挎起背包，往口袋里装了一些之前剩下的小松果，准备上路。

苏珊吹灭烛灯，跟着她一起离开了山洞。她把洞口的一大簇石楠花整理了一下，这样外人根本想不到里面居然有个山洞。与柔软的草坪不同，洞外的岩石地面上没有留下任何通向山洞，或者从山洞里引出来的脚印，而且约翰和罗杰还把那些可能会泄露秘密的碎木屑都收拾干净了。当四个小探险家爬上燕子谷北边的陡坡，回头望向山谷时，那里已经变得空荡荡的，只有灶台里焦黑的石头和搭帐篷留下的白斑能看出那曾经是片营地。

第二十三章

向亚马孙河进发

约翰船长又仔细读了一遍亚马逊海盗的信。"她们说的是'正北',但实际上我们要先往西北偏北的方向走,才能走到那块石头那里。"他看着指南针说,"这是我昨晚观察到的情况,不过我们还是应该再去瞭望台确认一下。"

站在瞭望台顶端,大家轮流拿着望远镜观察里约镇和霍利豪农场,但今天那里似乎没什么人。然后,他们转向另一边,望着晨曦中直插云霄的干城章嘉峰。他们有些不敢相信自己居然要登上那座山的山顶。

"没错!是西北偏北。"约翰测了一下那块锯齿状石头的方位后说。几天前亚马逊海盗来燕子谷突袭的时候,就是从那块石头旁边经过的。

"但我们不需要笔直地穿过石楠花丛。"苏珊说。

"如果能找到小路的话就不用。"约翰船长说。

似乎有两三条路能通向那块石头。约翰选了其中一条最合适的。几分钟后,探险队员们便离开瞭望台,排成一列纵队,沿着狭窄的羊肠小道穿过石楠花丛。约翰打头阵,罗杰紧随其后,接着是提提,苏珊殿后。

但这种队形很快就被打乱了。

"别浪费松果!"一等水手说,"笨蛋!我们才刚刚离开瞭望台!我们的松果必须用在那块石头以外真正的未知领地。"

但罗杰的口袋里塞满了松果，每走十几码，他就会停下来，把两颗松果放在路中间，一颗横着放，另一颗指着路的方向。之后，他自然还得停下来，确保提提和苏珊不会踩到它们。大副发现自己一次又一次地被蹲下来摆路标的罗杰挡住去路。还有提提，虽然她一直叮嘱罗杰不要浪费松果，但她还是陪他一起守着那些已经放好的路标，以免被大副不小心踢掉。于是，苏珊索性走到他们前面，紧跟船长，让两位水手自己在路上忙活。

没等他们走到那块锯齿状的石头那儿，罗杰的口袋就已经空了。他想从背包里再拿些松果出来，但却遭到了提提的坚决反对。

"你看吧，"提提说，"如果你继续像现在这样浪费，松果很快就会用完的。这样等到了最关键的一段路，最需要放路标的时候，我们就没东西放了。"

空空的口袋让罗杰突然醒悟过来，于是，他答应一次只放一颗松果——因为大家都知道要往哪个方向走——而且把两颗松果的间距拉得远一些。

"我们没必要均匀地在路上摆一长串松果，"提提说，"只要偶尔能看见一两颗，确保没走错路就行了。"

他们在锯齿状的石头那里追上了船长和大副。他们回头望去。

"其实在这之前，我们连一颗松果都不应该放。"提提说，"因为在这儿能清楚地看见瞭望台。需要放吉卜赛路标的是那些不留记号就找不到路的地方。"

此刻，那片未知的领地终于向他们敞开了怀抱。

从那块作为第一个标记的石头开始，他们尽可能地朝正北前进。约翰船长一直看着手里的指南针。他先选定正北边的一块石头、一簇欧洲蕨或石楠花作为参照物，径直朝它们走去，然后以同样的方式挑选下一个参照物。

他们脚下是一片连绵起伏、无边无际的荒野，宛如海上的波浪，所以他们时常只能看见两三百码远的地方，有时甚至更近。有的时候，当他们站在一道横跨荒野的"浪尖"上向右望时，他们还能看到陡峭的山坡落向低处，一直延伸到远方的一片松树林中。树林下面想必就是那条大湖了。有时，他们还能看见荒野落入山脊的另一边，在石楠花的尽头，高耸的树梢清晰可见。而且，他们还在那个方向瞥见了远处的河流，但即使是透过望远镜，他们也看不见任何船的影子。

"也许那个地方还没被人们发现吧。"提提说。

"那些天鹅就是往那边飞的。"约翰说。

荒野之上，并不是所有的地方都被石楠花覆盖。那里还有一大片又高又绿的欧洲蕨，和被太阳晒成棕褐色的矮牧草。草丛和石楠花丛中还不时地冒出几块灰色石头，仿佛有人给这片贫瘠的大地罩了一床打着浅绿色和红褐色补丁的深紫色床单，地表隆起的地方从床单的破洞中裸露出来。几只在上空盘旋的凤头麦鸡突然朝他们俯冲而下，翻腾几周后，又拍拍翅膀飞走了，嘴里不停地冲他们尖叫，仿佛在责备他们不应该来到这儿。一只嘴巴细长且向下弯曲的麻鹬从上空掠过，准备飞向另一个山谷，它也发出了几声刺耳的尖叫。突然，一只松鸡从石楠花中飞了起来，翅膀扇得呼呼作响，嘴里好像在喊着"回去吧！回去吧！回去吧！"

"不，我们才不回去呢！"罗杰说。

"如果它们知道我们这次来的目的，就不会赶我们回去了。"提提说，"它们以为我们是来抓它们的，才会冲我们大喊大叫。"

在他们前进方向的西边——如果他们乘着燕子号航行，那就是船头的左舷方向——那座被他们称为干城章嘉峰的大山一直矗立在前方，离他们并不是太远。越往北走，那座山的形状似乎与之前略显不同。它看起来已经不那么像一座孤峰了。他们看见一道峡谷穿行其间，一直延伸到山脚的树林里。

当队伍第一次停下来休息时，罗杰背包里的松果已经全部用完，提提的背包也不像一开始那么鼓了。瞭望台在很久之前就消失在他们的视线里。东边除了绵延起伏的石楠花之外什么也没有。西边的石楠花相对要少一些，荒野似乎突然走到了尽头。他们前方的道路似乎一直在向上攀升，但他们知道它终究会落入亚马孙河谷。此刻，他们已经快要走到山脊的边缘了。一路上，他们朝着正北方向笔直地穿过荒野，这比他们从野猫岛驾船前往亚马孙河的航线要直得多。因为驾船的时候，他们必须绕开里约湾外面的群岛，更别提风的影响了。多亏约翰船长认真地用指南针探路，这才让他们的徒步路线像乌鸦的飞行轨迹一样直。

他向罗杰解释了其中的道理。

"这对乌鸦来说很容易。"罗杰说，"乌鸦即使两只翅膀保持不动，也仍然可以一直往前飞，但我们就不行了，如果我们的双脚不动，就会停在原地。"

"这真是个歇脚的好地方。"大副说，"那块平坦的石头可以拿来当餐桌。想必我们已经走过一半的路程了。把你们的背包都卸下来吧，分苹果吃啦！"

"说得对！"船长说，"要是到了亚马孙河，我们当中有人累趴下就不好了，谁也不知道在那里需要做些什么。"

他们把背包扔在那块平坦的石头上，然后拿出苹果。不一会儿，除了在上空盘旋的几只凤头麦鸡，谁也不知道这些探险家在这里。他们四个躺在石头旁边的干草皮上（大副仔细地摸过了，说是干的）一边吃苹果，一边用手遮住眼睛，透过指缝望向蓝天。

他们重新出发，又走了半个小时，终于来到高地的边缘。他们俯视着亚马孙河谷。他们脚下凸起的坡地把亚马孙河河口挡住了，但俯瞰远处的绿草地，他们还是依稀能看见飞溅的水花。转向右边，他们看见树木茂盛的山坡脚下，有一片灰白色的芦苇丛，像丝带一样延伸在一片波光粼粼的小湖两侧。

"那一定是潟湖！"约翰说，"贝克福特肯定就在那片树林的拐角处。"

虽然他们看不见亚马孙河与湖泊的交界处，但他们能看见那片大湖、湖面以北的开阔地带——那是他们地图上的"北极"，他们从未踏足——和矗立在最北端的群山。

"不知道那里有没有像干城章嘉峰一样高的山。"约翰说。

"那些山没有那么高的顶峰。"提提说。

"的确要平缓一些。"约翰说。干城章嘉峰在他心中的分量已经变得像燕子号和野猫岛一样重了。

他们面朝干城章嘉峰的方向，将蜿蜒的亚马孙河谷和远处的群山尽收眼底。他们脚下的树林沿着陡峭的山坡向下蔓延，一直延伸到山脚下的草地旁。

"咱们直接去那个潟湖吧，"罗杰说，"那两个亚马逊海盗就住在湖的另一边。"

"笨蛋！"约翰说，"如果我们往那儿走，穿过田野的时候，几英里外的人都会看见我们。而且，如果那真是条捷径，她们肯定会告诉我们的。"

"也许没人会看见我们呢？"罗杰说。

"土著人可能到处都派了哨兵站岗。"提提说，"而且，我们还得去找那条独木舟呢！"

约翰船长再次打开南希藏在箭里的那张纸条，在心里默读了一遍，然后掠过山坡上那片长在荒野与草地之间的树林，望向亚马孙河谷。

"你们会看见四棵冷杉，那里原是一片树林。"他大声念道。

提提把手里的望远镜递给他。

"你看那儿！"她说，"那里看起来的确像是有过一片树林。"她稍稍往左边指了指。那里长着许多矮灌木，地势比辽阔的荒野稍低一些，其间零星散布着一些石头、欧洲蕨和石楠花，还有几棵孤零零的橡树和白蜡树。

"我看见四棵冷杉了！"约翰激动地喊道，"快走！我还以为只有两棵呢，原来是因为它们长在了一条直线上。快走吧！"

提提只剩三颗松果了。她一次只拿一颗给罗杰，罗杰小心翼翼地把它们放在地上。在那片开阔的地带，很容易就能看见那些松果。

"那些树会带我们找到它们的，"提提说，"有了四棵排成直线的树，我们肯定不会迷路的。"

放完最后一个吉卜赛路标后，两位水手立刻奔向山脚，去追赶船长和大副，身后的背包不停地撞击着他们的后背。

经过一大片石楠花丛的时候，他们稍稍放慢了脚步。紧接着，他们又小心翼翼地穿过几株矮灌木、几棵刚栽的小树苗、几块布满蕨草和青苔的石头和一些仍然留在地上的粗壮的老树桩。

"别走那么快嘛！"罗杰气喘吁吁地说。

约翰和苏珊已经把他们远远地甩在了后头。

不过，约翰船长在四棵冷杉树下停住了。他又拿出那张纸条。

"这就是那四棵树了。"当罗杰和提提昂首阔步地从山坡上跑下来的时候，约翰说，"'朝它们指的方向走'，信上是这么写的，它们指着山脚的方向。'沿着石墙'……在那儿！四棵树正好指着它。"

那是一堵摇摇欲坠的旧围墙，像这里其他的围墙一样，也是用粗糙的石头简单堆砌而成的，没有用砂浆。墙上有好几个被山羊撞出来的大窟窿，看样子早晚会被它们撞塌。不过，任何人只要看见那些散落在地上的大石头，就知道那里曾经有一堵石墙从底下的山谷笔直地伸向荒野。

"快走，"约翰说，"别出声。马路就在前面。"

他们贴着旧围墙，从一条相对开阔的小路钻进灌木丛生的树林。

"怪不得她们选了这条路，"约翰说，"这里很隐蔽，没人能看见我们。喂！你们听！立定！"

前方不远处传来一阵汽车喇叭的声音。小探险家像受惊的野兔一样僵在那里一动不动。喇叭声渐渐消失了。约翰打了个信号，他们便拨开榛树丛，蹑手蹑脚地往前移动，那堵坍塌的石墙始终在他们右手边不远的地方。

"大副，立定！"约翰压着嗓子说，"我去看看岸边有没有危险。"

"一等水手，立定！"苏珊立刻停下来，小声地说。

"见习水手，立定！"提提也小声地说。

"罗杰，立定！"见习水手自言自语道。

"嘘！"提提说。

约翰看见前方不远处还有一堵围墙，比刚才那堵旧墙要完好许多，也更高一些。他立马猜到围墙后面一定就是那条马路了。约翰小心翼翼地爬上一棵高大的紫叶山毛榉树，直挺挺地趴在越过墙头的树枝上，全身埋在深紫色的树叶之下。他拨开一根枝条，向外望去。马路上空无一人。马路对面是另一堵围墙。围墙之外是一片不久前刚修剪过的草地。不过，那片草地只到左边几码远的地方就消失了，取而代之的是另一片树林。

"接下来可以这么办，"约翰自言自语道，"先横穿马路，钻进那片树林，然后在树林里沿着田边走，一直走到亚马孙河。'隔了两块田的距离'，信上是这么写的。"

他轻轻地吹响了哨子，不一会儿，有人拍了一下他的脚。大副来了。

"把其他人叫过来吧，"他轻声说，"我们要穿过马路。"

他听见一根树枝咔嚓一声断裂了，然后是罗杰语气坚定地说了句"没事"。他的脚又被人拍了一下。接着又是一根树枝断裂的声音。大副和两位水手已经来到石墙下待命了。

就在这时，他们听见围墙外飘过一阵急促的马蹄声，和笨重的车轱辘发出的嘎嘎声，还有人在用口哨吹着一支响亮又欢快的调子，听起来格外清晰。

这种时候说悄悄话根本不管用。

"那是什么？"大副说。

三匹马踏着笨重的步子在马路上小跑而过，后面拉着两副运木头的大车轮，玛丽·斯旺森的樵夫先生坐在车轴上，吹着口哨，活像一只大嗓门的乌鸫[1]。在这些声音之下，说话变得很安全。由于车上没有运大圆木，而且这又是下坡路，所以那三匹马像精力充沛的小马驹一样不停地向前小跑着。它们一前一后排成纵列，两副涂着红漆的大车轮在它们身后嘎嘎作响。马车经过的时候声势浩大，很快就消失在了马路的拐弯处，但在之后的一段时间里，那些小探险家还能听见马蹄和车轮的声音，还有樵夫刺耳的口哨声。

"我看见他们啦！"罗杰说，"墙上正好有个洞。我想那是给兔子留的吧。透过它能看得非常清楚。那是玛丽·斯旺森的樵夫先生。"

"听见口哨声的时候，我就猜是他了，"提提说，"不用说，这肯定是我们以前穿过的那条马路，一直通向马蹄湾。玛丽·斯旺森说他们在贝克福特这边的山谷里运木头。可惜我刚才没看见他们。还是同样的三匹马吗？"

"你们两个先别说话，安静一会儿！"苏珊说，"船长让我们保持安静，听周围的动静。我们要悄悄地穿过马路。"

约翰"扑通"一声跳到了石墙另一边的草地上。苏珊爬到约翰刚才的位置。这时，约翰已经到马路对面了，他在找合适的落脚点，准备翻过那堵墙。他发现墙上有一块凸出来的石头，很快就爬了上去。

"就是这个地方，"他轻声说，"很好爬的。一个个来。让罗杰先过来。"

"再见喽！"当罗杰爬上那棵山毛榉树，来到苏珊身边后，他对她说。

"我们随后就来！"提提说。

1.乌鸫：一种全身黑色，喙呈黄色的鸟，与乌鸦非常相似，但体形比乌鸦小。它的叫声婉转悠扬，非常好听，据记载，它能变化出一百多种叫声，因而又被称为"百舌鸟"。

但罗杰已经连蹦带跳地跑到马路对面去了。当他走到那堵石墙底下时，马路的拐角处传来一阵汽车喇叭的声音。

"快!"约翰一边说，一边伸手去拉他。石墙上顿时乱作一团。苔藓四处乱飞。罗杰被约翰拽着往上爬，莫名其妙地就上了墙头。他翻了个身，跳到石墙后面的树林里。这时，一辆载着满满一车土著人的小汽车从空荡荡的马路上呼啸而过。

"好了，提提，"苏珊看着那辆车开过去后立刻说，"到你了! 快! 趁下一辆车还没来。"

提提从茂密的山毛榉树叶中钻出来，跳到马路上。

"等一下，"她说，"我要做最后一个吉卜赛路标。这样我们回来的时候就知道该从哪个地方翻过去了。这里可能有很多这样的树。"

说完，她拔起一株草，塞进墙壁中间的石缝里。

"如果我们回来的时候从这儿爬，"她说，"就能顺着对面的台阶爬下去。"

"快点，提提!"约翰喊道。一等水手立刻跑到马路对面，很快就翻过了石墙，来到树林里。她在那里见到了罗杰，他的心仍在怦怦直跳，而且气也没喘匀。

"不知道那辆车里有没有他们的侦察兵。"他说。

"反正他们什么也没看见。"骑在墙头上的约翰说，"嗨，苏珊! 这里很容易爬。"

现在已经没什么可以阻挡他们了，他们飞快地穿过树林，向亚马孙河走去。从草地上望出去，他们能看见河在哪儿。"两块田之外，"约翰说，"有一个石头谷仓，然后是一棵橡树。"

"我看见石头谷仓啦!"苏珊说，"就在正前方，这块田的角落里，和树林挨得很近。"

树林已经不再像之前那么茂密了。当他们来到谷仓的时候，他们与河畔的灯芯草丛之间只隔了一条狭长的草地。

"橡树在那儿!"约翰说，"先别急，让我去巡视一下。"

他蹑手蹑脚地钻出树林，不停地环顾四周。

"警报解除!"他刚一说完，四名探险家便一窝蜂地朝着大橡树奔去。那棵大树绿盖如阴，枝杈低垂，与亚马孙河只有咫尺之遥。

"噢! 亚马孙河!"提提一脸认真地说，"我们应该趴在岸边，用双手舀起冰凉的河水，滋润我们干渴的喉咙。"

"什么？"苏珊说，"你不是才刚吃完一个苹果吗？"．

但提提还是舀了一点水，倒进嘴里。

"好凉爽啊！"她对罗杰说，"这可真是陆地上一条了不起的大河！"

"是吗？"罗杰说，"那条船呢？"

约翰和苏珊朝大橡树的两侧张望，寻找那艘独木舟的身影。

"也许她们没办法逃出来，所以还没把船带过来。"约翰说。

"我看见船啦！"罗杰兴奋地喊道。

他从橡树枝的正下方爬了进去，直到伸手就能碰到粗壮的树干。橡树的另一边，树枝垂在亚马孙河上，末梢轻拂水面。就在那些枝条下方，停着一艘又长又窄的土著人划艇，划艇系在其中一根枝条上。那艘船藏得十分隐蔽，若不是爬到树底下，很难从岸边或是从亚马孙河上发现它。

"没人会比亚马逊海盗更擅长做这种事情了。"约翰说。

"但那不是独木舟呀！"罗杰说，"它和弗林特船长的划艇，或者霍利豪农场的船一模一样。"

"它可能是我们去年在贝克福特的船库里见到的那条划艇。"约翰说，"不管怎么说，她们把它藏得太好了。"

他爬上一根橡树枝，解开系在上面的缆绳，旋即又爬下来，把船拉上岸。

"这确实是她们的船，"他说，"船尾写着'贝克福特号'。上来吧！大副，你去船尾。我们要顺流而下。我去船头划桨。"

过了一会儿，四位探险家全都缩在船舱里，伸手抓住垂在他们面前沙沙作响的橡树枝，把船拉了出去。

"幸好我们没戴帽子。"罗杰说。

小船被他们一点点地拉了出来。刚一来到开阔的河面，约翰就把前桨伸了出去。他时不时地用力划两下，让船顺着水流行驶。就这样，他们静静地漂在亚马孙河上，左右两边浅绿色的芦苇在风中摇曳着。

第二十四章

正午的猫头鹰

　　这是提提第一次在亚马孙河上漂流。另外三个人在去年已经来过一次了。当时，他们在黑暗中把船划到了潟湖，留下提提一个人在野猫岛上站岗，因为南希和佩吉去岛上突袭了。不过在黑暗中，他们看不清河的样子，所以他们很高兴能在白天一睹它的真容。而且，对他们来说，能重新驾船航行也是一件乐事，尽管这不是帆船，而是一条和土著人的划艇没什么两样的独木舟。很快，他们就厌倦了随波漂流，于是，约翰把船掉了个头，来到船中央的横坐板上，开始用力地划桨。罗杰挪到了约翰刚才在船头的位置。船尾的苏珊不停地指挥着"划右桨"或者"划左桨"，这样约翰就可以专心划船，而不用回头看方向，以免船头钻进河道两侧的芦苇丛中。

　　"我们越过荒野的时间并不是很长。"约翰说。

　　"真是一片荒芜的山地啊！"提提几乎是在自言自语。她和大副并排坐在船尾，抬头望着荒野上隆起的山脊，那是他们从燕子谷徒步经过的地方。透过芦苇丛的缝隙，草地依稀可见。

　　"她们希望我们能尽量快点。"约翰说，"不过我们的速度已经够快了。"

　　"到潟湖啦！"苏珊说。话音刚落，小船便驶入一个小湖，湖面覆盖着大片的宽叶睡莲。即使在白天也很难避免船桨被它们缠住。

　　"那天晚上我们能从这个地方划出去实在是太幸运了。"约翰说。

他们沿着河流在莲叶丛中冲刷出的通道穿过潟湖。两侧的芦苇开始慢慢地向他们靠拢，他们又回到了狭窄的亚马孙河。在河的右岸，大树几乎长到了水边。

"等一下！"大副说，"那栋屋子马上就要进入我们的视线范围了。我已经看见了它的屋顶。想必这就是她们说的树林吧。"

约翰回头瞥了一眼，收起右桨，用左桨轻轻地倒划了几下。小船转了个弯，伴着细微的沙沙声漂进芦苇丛，直到坐在船尾的苏珊和提提都被芦苇所包围。小船的速度变得十分缓慢。约翰站起来，用一支桨当撑篙，推着小船在芦苇丛中走了一码远，接着又走了一英尺，然后他说："罗杰，你跳得上去吗？"

罗杰跳上岸的时候，船尾猛地一颠。然后，小船又颠了一下，船头的缆绳瞬间被拉紧，罗杰立刻将船头拉上了斜坡状的河岸。

约翰船长最后读了一遍亚马逊海盗的信，然后将纸条交给大副。

"我可能会被土著人俘虏，"他说，"如果我到时候不得不吞掉这张纸条，那就太可惜了。"

他跳上了岸。

"时刻准备起航，"他说，"如果你们遇到袭击，就立刻划到河对岸去。别离开船。要么待在船上，要么在船附近。我想你们会听见猫头鹰叫的。但如果是其他的声音，你们无论如何都别过来。就是这样！罗杰！别把船绳系得太紧，我们随时要准备驾船逃走的。"

约翰离开了。

苏珊大副放好船桨，并确保它们没有伸出船外，这样的话，如果她在匆忙之中开船，它们就不会被芦苇缠住了。苏珊想知道罗杰是不是站在干燥的地面上，有没有把鞋弄湿，但厚厚的芦苇挡住了她的视线，她在船上什么也看不到，所以她也上了岸。大副竖起耳朵，想听听树枝断裂的声音，或者去年的枯树叶发出的沙沙声，从而判断出约翰的位置，但周围一片寂静。那片树林十分茂密，树与树之间挨得很近。土著人很有可能会从他们身边悄悄溜过，在靠近河岸的地方猛地冲出来把船夺走。所以，苏珊觉得他们最好都待在船上。罗杰发现缆绳的长度刚好可以绕过草丛，伸进船头，这样他就能坐在船上，抓住绳子一端，随时准备松手。苏珊给每个人发了一块巧克力。

"他走了至少十分钟了。"大副说。

"都快一个小时啦！"罗杰说。

这时，几声猫头鹰叫飘进了他们的耳朵里。"嘟呜呜呜——嘟呜呜呜——"声音听起来像是从亚马孙河很远的地方传来的。

"他学得可真像！"大副说，"以前从没听他学得这么像过。"

"别人可能会以为是真的猫头鹰呢。"提提说。

"有些猫头鹰叫得甚至不如他一半好。"罗杰说。

安静了大约一分钟后，他们又听见远处猫头鹰的叫声，但他们觉得似乎不在刚才那个地方了。接着又安静了很长一段时间。

"他可能中了埋伏。"提提说，"我们是不是应该过去帮忙呢？"

"他说过我们不能离开船。或许他要走很远才能绕回来吧。"

他们坐着一动不动，竖起耳朵听周围的动静，连大气也不敢喘。之后很长的一段时间里，周围什么声音也没有。终于，他们听见岸边传来树枝断裂的咔嚓声和脚步声，不一会儿，约翰拨开芦苇丛，出现在他们面前。

"嘿！"他说，"她们没来吗？"

"没有啊。"罗杰说。

"我还以为她们已经过来了呢。"

"你看见她们了吗？"苏珊问。

"她们被关起来了吗？"提提问，"还是已经逃出来了？她们有没有乔装打扮呢？噢，对了，约翰，你看见别的什么人了吗？"

"嘘！"约翰说，"你们听！"

他们竖起耳朵，但什么也没听见。

"太可怕了！我在那栋房子门前的草地上，也就是树林的另一边，第一眼就看见了弗林特船长、布莱克特太太和那个姑奶奶……"

"她看起来还好吗？"提提问。

"当然啦。她拿着一根拐杖在草坪上走来走去，东指指西指指，一刻也不消停。但我看不见她指的是什么。然后我就趁机偷偷溜回树林里，直接绕到房子后面，学了几声猫头鹰叫。"

"我们听见了。"罗杰说。

"南希·布莱克特立刻出现在二楼的窗户旁。她把手放在嘴唇上，好像是在示意我安静。然后我看见南希和佩吉从后门溜了出去，往反方向跑了。我只好再学猫头鹰叫，告诉她们我在哪儿。可谁知她们却跑得更快了。"

"如果她们看见了你，也听到了猫头鹰叫，那我们就不必再做什么了。"大副说，"她们知道我们在哪儿，因为我们是按照她们说的来做的。"

"嗯，希望别出什么岔子。"约翰说，"其他人肯定也听见了猫头鹰叫。"

"你学得可真像啊！"罗杰说。

"什么声音？"约翰突然说。

树林里的脚步声越来越近了。

"她们来了。"

突然，远处传来一阵更重的脚步声。有人在拼命奔跑。离他们不远的地方，就在那片灰白的芦苇丛和深绿的树叶后面，有人发出了一声尖叫。

"嘘！你这个蠢货！"这是南希的声音。然后，她用另一种完全不同的口气接着说："吉姆舅舅，你到底是敌是友？"

"亦敌亦友。"这是弗林特船长的声音。

"隐蔽！隐蔽！"约翰低声说道。四名探险家立刻蜷缩在船舱里。那些声音离他们只有几码远。

"亦敌亦友。"弗林特船长说，"我不知道你们在打什么鬼主意，我也不会过问。但我想说的是，如果你们在五点半之前不回来的话，我和你们的妈妈就要替你们背黑锅了。别忘了今天是最后一天。我会替你们坚守阵地，开车带她四处转转。但是如果我们回来的时候你们还没出现，那局面就不是我能控制的了。"

"我以海盗的名誉担保，我们一定会准时到家的！"

"那就最好了。"弗林特船长说，"嗯？怎么还没见到你们的盟友呢？但我还是不和他们见面的好。如果你们见到了他们，请替我转告一声，如果他们想在大中午的时候发信号，最好别学猫头鹰叫，学乌鸦或者松鸦要好得多。现在，你们的玛利亚姑奶奶还想写信给自然历史博物馆告诉他们这件事呢。她说她从来没有在中午听到过猫头鹰叫。你们告诉他们下次记得学松鸦叫。那样也省得我替你们圆谎了。"

"跟我们一起去见见他们吧。"还是南希的声音，"他们肯定就在这附近。"

"我不想知道他们在哪，也不想见到他们，这对大家都好。中午的猫头鹰已经让我良心上过意不去了，更别提那首《卡萨比安卡》[1]啦！"

这话引起了一阵哄笑，但南希没有接茬，弗林特船长的脚步声渐渐走远了。

约翰穿过灯芯草丛，再次跳回岸边。这时，橡树枝被人拨开了。只见南希船长背着一个大鱼篓，佩吉大副拎着一个白色的大水壶，从树林里走了过来。

"做得好，船长！"南希一看见约翰就激动地大喊道，"你果然没让我失望。其他人在这儿吗？嗨！苏珊大副！你们听到我的大副刚才的尖叫声吗？她可笨死了，真是个唯唯诺诺的笨蛋。肯定有人听到她的声音了。嗨，罗杰！嗨，一等水手！我们上船吧。已经没时间浪费了。你们听见刚才弗林特船长说的话了吗？"

"他说的《卡萨比安卡》是什么意思？"提提问。

"我不是说这个，我是说我们必须在五点半之前回家的事。这次可不是闹着玩的。我们给你们指完路就得立刻赶回去。快跟上！佩吉！小心点拿格罗格酒，别摔坏了。"

"呃，要不你来拿吧，"佩吉说，"这东西太重了。还有，你用不着说我尖叫的事情呀。那种情况下谁都会忍不住叫起来的。我以为我们完蛋了呢。"

"那就更不该尖叫啊，"南希说，"你的问题是，永远不知道什么时候应该闭嘴。"

1.《卡萨比安卡》是英国诗人菲利西娅·赫门兹的作品。这首诗纪念了1798年法国战舰东方号在尼罗河战争中沉没的一次真实事件。舰长路易斯·卡萨比安卡的年轻儿子吉奥坎特在甲板上坚守岗位，等待父亲让他离开的指令，最终葬身火海。

"不，我知道。"

"你知道什么。在《卡萨比安卡》那件事上，你就差点露馅，而且差点还把吉姆舅舅和妈妈都连累了。"

"行啦，现在又是谁在喋喋不休呢？"

"还不是因为你呀！"南希低声说道，"咱们出发吧，约翰船长。要是被姑奶奶知道你们在这儿就惨了。"

"大家都坐下吧。"约翰轻声地说。

苏珊、提提、罗杰、南希和佩吉在船尾和船中央就地坐下。约翰用一支桨从船头把船推了出去。此刻，这条独木舟载满船员，看起来比以往任何时候都更像一艘划艇。起初，他们慢悠悠地穿行在芦苇丛中，可刚一驶出河面，小船就开始顺流而下。现在，轮到南希失声尖叫了。

"我的妈呀！"她说，"快把桨伸出去！快！快！再走十码我们就会到那片树林下面，在草坪上能把我们看得一清二楚。"

大家在一阵慌乱中把桨伸出船外，其中一支桨打在水面上的时候，激起了一片水花。说时迟那时快，佩吉立刻学鸭子嘎嘎叫了起来。她学得实在太像了，乃至罗杰下意识地四处张望，以为真的有鸭子从芦苇丛中游出来了。

"做得好！"南希船长说，"她确实很擅长学鸭子叫。她的这个本领经常能派上用场。"

约翰把桨放在船头的桨架上，用力地划了几下。那条独木舟再次沿着树木茂盛的河岸向下游漂去。

"好险啊！"南希说，"他们在草坪上很容易看见我们的。"

"他们在草坪上做什么呢？"约翰说，"姑奶奶好像在指什么东西给布莱克特太太看。"

"八成是那些雏菊，"南希说，"她在为这个数落妈妈。她说以前在草坪上从没长过雏菊，可现在居然有这么多。她每次来都要把妈妈带到花园里，一遍又一遍地跟她唠叨雏菊的事。"

"雏菊？"罗杰的眼睛瞪得特别大。

"她天天如此，"佩吉说，"总揪着这件事不放。好像妈妈能阻止它们长出来似的。"

"约翰船长，请沿着河道直线行驶，"南希说，"全速前进！"

"但弗林特船长说的《卡萨比安卡》是什么意思呢？"提提又问了一遍。

"真是多亏了他，"南希说，"要不是他，我们现在就不会出现了，你们恐怕也要白跑一趟，一切计划都会乱套的。你们可不知道我们这几天都经历了些什么……"

"那天傍晚你们看完猎犬比赛回家后的情况很糟糕吗？"

"简直糟糕透顶！"南希说，"我们被罚禁足，而且不能靠近船库……"

"我们想把亚马逊号解救出来，所以我们只好半夜从床上爬起来，然后偷偷溜出去。"佩吉说。

"姑奶奶不让我们来和你们见面，"南希说，"所以我才用那种秘密的方式给你们报信……"

"但是从船库回来的路上，发生了一件可怕的事。"佩吉说，"当时，我们把她想象成一个异教徒，以为她已经睡着了，可谁知她却在房间探着头往外看，正好在月光下看见我们低着头从她的卧室窗户下面经过。"

提提打断了她们。

"那天晚上你们从燕子谷回去以后，姑奶奶有没有觉得身体不舒服呢？"

"不舒服？"南希说，"为什么？她舒服得不得了呢！那天晚上是她来我们家以后把我们训得最惨的一次。你为什么看起来这么高兴呀？"

"噢，没什么。"提提说，"你们继续讲《卡萨比安卡》的事吧。"

"说到这个，"南希说，"佩吉，你能安静一分钟吗？对了，有个好消息要告诉你们，她明天就要回去了……"

"真的吗？"正在划船的约翰突然停了下来。

"是的。请继续划。我们离安全地带还有很长一段路呢！对了，她明天走，之后的一年我们应该都不会再见到她了，如果她要来，真希望是在我们开学的时候。"

"万岁！"罗杰喊道。

"嘘！"苏珊说。

"今天下午，她本来想拉着我们陪她一起坐车出去转转，给她送行。可我们已经把一切都安排好了。我们用箭把纸条带给了你们，然后在昨天夜里溜出去把船藏在了橡树下，而且我们还告诉厨娘你们会过来，所以她给我们准备了一大瓶格罗格酒，多得都能淹死一头牛了，还给篮子里塞满了食物，挂在屋子的后门背后，这样我们就能瞒着姑奶奶把东西带出去。可不知怎么搞的，姑奶奶似乎猜到了我们有事瞒着她，所以她才让我们下午跟她一起出去。当时，我们一直在等你们的猫头鹰信号。但我们不能把这件事告诉她，所以我们只是对她说我们不想出门。结果她非常生气，然后说她来了这么久，从来没听过我们背诗，她明天就要走了，希望我们下午在家学一首诗，等她回来的时候背给她听。她要出去给邻居们送感谢卡，告诉他们她要离开的好消息。"

"当时的情况真是糟糕透顶了。"佩吉说。

"她说妈妈和吉姆舅舅以前每个礼拜都要背一首诗。这我们是知道的，因为他们告诉过我们那有多痛苦。不过，幸好她问了吉姆舅舅应该让我们背哪一首。然后他就帮了我们一把，说背《卡萨比安卡》，但是妈妈匆忙地离开了房间。"

"但他怎么帮了你们呢？"提提问，"那可是首很长的诗啊！"

"因为那首诗我们早就会背了，吉姆舅舅也知道。是老师要求我们背的。"

"众人皆已弃船逃生，少年仍挺立在燃烧的甲板上。"佩吉脱口而出。

"所以她的阴谋诡计被彻底摧毁了，"南希说，"而我们来到了这里。"

第二十五章

逆流而上

　　潟湖上方的水流似乎湍急了许多，约翰心想，要是这条独木舟吃水不这么深就好了。他发现南希正看着河边的芦苇，他知道她一定觉得小船前进的速度太慢了。不一会儿，南希果然说："要知道，我们现在还不够安全。把另一副桨拿出来吧，划快一点。姑奶奶的车会绕到湖的上游，然后从尤德尔桥过河，所以我们最好赶在她前面划过那座桥，以免被她看见。如果姑奶奶坐车经过的时候碰巧看见我们和你们在一起，那妈妈和吉姆舅舅也要跟着遭殃了。"于是，约翰和南希一起划桨，佩吉告诉他们往哪个方向用力。就这样，小船飞快地朝着亚马孙河的上游驶去，让人几乎感觉不到水流的阻力。

　　"我们接下来怎么办？"罗杰问。佩吉刚要回答就被南希制止了。

　　"等我们到了第一个瀑布那儿再说，"她气喘吁吁地说，"别在我们划船的时候讨论计划的事情。这对我们不公平。"

　　独木舟摇摇摆摆地逆流而上，经过那棵大橡树旁。

　　"幸好我们拨开树枝爬进去看了一眼，否则根本发现不了这条船。"罗杰说。

　　"这是亚马孙河上最隐蔽的地方了，"佩吉说，"记得小时候，我们有一次躲到那棵树下，蹲在水里，像河马一样只把脑袋探出来，结果保姆找我们的时候，从那棵树旁边经过也没发现我们。不过，你们可不知道昨晚我们费了多大劲才把船弄过去，然后摸黑把它系在树下。"

"你们是晚上做的吗？"罗杰说。

"当然啦，"佩吉说，"划右桨！划右桨！"

经过橡树后，河道拐了个弯，然后是一段直路，岸边长着一些小灌木，但没有芦苇。直路上方是一条很宽的石拱桥，桥对岸的马路一直通向湖的上游。

"我们要穿过桥洞吗？"提提问。

"坐着船过去吗？"罗杰问。

南希迅速地回头瞥了一眼，然后一边继续用力划桨，一边和约翰说话。

"我们不能直接逆流划过去。"她气喘吁吁地说，"我们先全力划到桥下，然后收桨，用手扒着桥洞把船拉过去。等一到开阔地带，你就立刻把桨拿出来继续划，能划多快划多快。佩吉会告诉我们什么时候收桨的，她知道那个地方。我们俩以前来过很多次。现在有人指挥就更方便了。好了，再加把劲儿吧！"

之前她一直在用力划桨，而且划得很快，但现在她划得更快了。好在约翰有过类似的经历，所以能跟上她的节奏。此刻，河面上水花四溅，但这并不重要，因为速度才是最关键的。

罗杰兴奋地站了起来，但两位船长用力一划，小船猛地向前一纵，罗杰便一屁股坐了回去，根本不用苏珊大副提醒他坐下。

"往右！往右！……就这样……往左……再往左一点。桥洞就在正前方！"佩吉大声指挥道，"再划两下……收桨！"

听到最后一句口令时，约翰已经来到石桥的阴影下。伴着一阵乒乒乓乓的声音，四支桨全部离开了水面，从桨架上被收进了船舱里。

"快！快！"南希喊道，"别让船停下！"她站了起来，稍稍弯腰，抓住桥拱底下一块又一块石头，拉着船往前走。

约翰也照着做。

"把船拉过去！"南希喊道，"别让它往后倒！"慢慢地，船头从桥洞底下钻了出来。约翰已经穿过去了。

"现在可以把桨放下水啦！"南希大喊道，"快！船要掉头啦！快拦住它。没关系。

（一支桨的桨叶打在了石头桥墩上）快划！对，好极了！船过去了。"南希也迅速地把她的桨放下水，当她看见约翰的桨叶划向前方的时候，她便立刻配合他一起划了起来。"水流这么大，划船实在太费劲了。这都怪那天夜里的大雨。"

"你的手上流了很多血。"苏珊说。

"是的，"南希说，"这是常有的事儿。有几块石头很锋利。我们马上到了，待会儿我再去洗手。现在还不能停下来，必须绕过那个拐角才行。"

不多时，河道开始拐弯。石桥被树林挡在了后头。一阵阵巨大的水花声不绝于耳。在他们前方不远处，舒缓的水流很快走到了尽头。那里有几块泛着白沫的石头和一条低矮的瀑布。不难看出，那是山间的溪流与平静的小河分界的地方。从那里开始，小河便蜿蜒穿过草地，最终汇入外面的大湖。

"第一个瀑布到啦！"佩吉说。

"现在没人能划过去了。"罗杰说。

"没人会去冒这个险的。我们从那片水花旁上岸。这边有个漩涡。"

南希回头瞥了一眼。

"现在安全了。"她说，"约翰船长，把你的桨收起来吧。这个地方我很熟，所以还是让我来把船划进去吧。"

约翰收起船桨，南希继续划船。他们离前方的那条瀑布越来越近了。这时，南希用尽全力划了两下，旋即把桨高高地提出水面，小船便飞快地从两块岩石中间漂了进去。南希又划了几下，片刻之后，他们就来到了瀑布旁，约翰顿时感受到冰凉的水雾扑面而来。小船驶入了一片静水区，最终停靠在河岸左侧的一块倾斜的石头上。

"下船吧，约翰船长！"南希大声喊道，以免自己的声音淹没在嘈杂的水花声中，"下船吧。把船系在那棵小花楸树上。船尾的人要扶稳石头，否则船在瀑布底下会打转的。以前就出现过这种情况，结果船沉了。"

约翰带着系船绳跳上了岸。苏珊及时抓住了石头，直到南希跟在约翰后面上了岸才松手，这时佩吉扔给她一根绳子，让她系在船尾的一个环形螺栓上。几分钟后，贝克福特号便安稳地停在石岸边，船头的缆绳系在那棵小花楸树上，船尾也用一根长长的绳索拴在大石头上。

"现在开始卸货吧！"南希高兴地说。于是，苏珊、罗杰、提提和佩吉把燕子号船员们的背包，和亚马逊海盗的大鱼篓和水壶递了出去。

令约翰和苏珊感到高兴的是，这一阶段的探险终于安全结束了。但他们仍然想不明白关于亚马逊海盗的一些事情。很明显，姑奶奶不允许她们和燕子号船员们来往，而且也不准她们碰亚马逊号，因为船库已经被列为禁地，此时此刻，她们本该坐在某个地方一本正经地背诗才对。然而，自从她们放出信号箭的那一刻起，她们就已经和燕子号船员们接上了头，放箭的时候，她们的敌人就在那艘船上和她们一起郊游；她们还曾在深夜造访船库，一次是为了解救出亚马逊号，还有一次更厉害，她们硬是把划艇弄到了亚马孙河上游，藏在橡树下；现在，她们又出现在这里，做着姑奶奶坚决反对她们做的事情。当然，还有一点值得一提，弗林特船长和布莱克特太太私底下似乎是站在南希和佩吉这边的。不过，幸运的是，她们已经先一步过了尤德尔桥，并且消失在了河流的拐弯处，这样等姑奶奶坐车经过的时候，就不会看见这群小伙伴们一起划着船沿河直上了。如果被她看见的话，整件事会让他们百口莫辩，即使布莱克特太太不说什么，燕子号船员们远在霍利豪农场的妈妈也不希望他们被牵扯进去。苏珊甚至希望他们从没来过这里。既然姑奶奶明天就走，为什么南希不能多等一天呢？约翰心里明白，这种做法不是南希的风格。提提倒是没想这些，但她总算弄清了一件事情，正如妈妈和苏珊说的那样，熔化蜡油并没有给姑奶奶带来什么严重的伤害。可是姑奶奶偏偏选在这个时候离开，是不是跟那件事多少还是有点关系呢？她很想问问姑奶奶是否准备去海边，还是去别的什么普通的地方。至于罗杰，在经历了长途跋涉来到贝克福特，带走了亚马逊海盗，划船穿过石拱桥，并在瀑布旁停船之后，他觉得吃午饭的时间肯定早就过了。于是，他提了一句。

"我们已经吃过了。"佩吉说。

"我们还没有。"罗杰说。

"我们吃得很少，"佩吉说，"我们打算再吃一顿。"

当南希从那个大鱼篓里把食物拿出来的时候，大家都没怎么说话。燕子号船员们的早餐吃得很早，而且在从燕子谷长途跋涉来到亚马孙河的路上，他们每人只吃了一个苹果和几块巧克力。到了大橡树下，他们也没有停下来吃东西，由于担心会发生什么紧急情况，所以他们马不停蹄地划船去了贝克福特。此刻，他们一想到食物，又看见南希把吃的东西拿了出来，便急切地想大吃一顿，一时间根本顾不上去想别的事情。

苏珊大副本来想打开两罐肉糜饼罐头中的一罐，但南希制止了她。

"还是留给你们当晚餐吧，"她说，"另一罐可以在干城章嘉峰顶上吃。"

"而且，"佩吉说，"厨娘不喜欢我们把吃剩的东西带回去，否则她下次就不会给我们准备这么多了。她给这个旧鱼篓里装了好多吃的呢！"

事实的确如此。约翰和苏珊立马明白，在贝克福特至少有一个人不会和南希船长与佩吉大副对着干。厨娘给她们准备了一大块牛肉卷，看起来像那种高级火腿肉，但它的个头更大。还有足够每个人吃的苹果馅饼、装在一个小铁盒里的生菜、腌萝卜、许多已经切好的全麦面包和黄油，以及一大块又黑又黏又多汁的水果蛋糕，给十二个普通人吃绰绰有余，但给这六位水手吃就刚刚好。除此之外，厨娘还准备了满满一壶海盗们最爱的格罗格酒，但有些人或许会以为那是柠檬水。不管是柠檬水还是格罗格酒，用它来解渴是再好不过的。随后，他们在第一个瀑布旁的岩石上吃了顿丰盛的午餐。饭毕，他们都觉得有些困倦，但当睡意消失后，他们又变得精神抖擞起来。

"你之前说我们今晚睡在哪里？"苏珊终于开口问道。

"在半山腰上。"南希把她的杯子里最后几滴柠檬汁倒进嘴里后说。（厨娘在篓子里放了两个杯子。她和佩吉共用一个，约翰和苏珊共用另一个。提提和罗杰用的是探险队从燕子谷带来的那个杯子。）

"半山腰？"提提一边说，一边抬头望向遮住大山的树林。

"对，"南希说，"就在那片树林上面，那里很适合扎营。接下来我们可以这么安排。姑奶奶明天走，所以我们可以去燕子谷的营地和你们会合……"

"好极了。"约翰说。

"对了，"南希说，"还有一件事。燕子号快修好了。吉姆舅舅说再补点漆就行了。"

"真的吗？"提提高兴得从地上跳起来说。

"怪不得他给我留下纸条，让我赶紧把桅杆做好。"约翰说。

"嗯，那么等燕子号一回来，你们就会回野猫岛了，对吧？"

"是的。"约翰说。

"你们也要来哦。我们可以在那儿挖个山洞，像皮特鸭洞一样。"提提说。

"不管怎样，"南希说，"我们大家肯定都想航海。可是你们不能同时兼顾划船和爬山，我们也不能同时在燕子谷和野猫岛露营。所以，明天晚上我们还是去燕子谷。今天我们先爬干城章嘉峰。这就是为什么我一定要把消息告诉你们的原因。现在我们节省了一整天的时间。"

"但你们现在爬不了干城章嘉峰呀，"苏珊说，"你们不是要在五点半之前赶回家吗？"

"所以我才让你们在半山腰歇脚呀。不管怎样，半山腰是个很合适露宿的地方。姑奶奶明天早上八点走……"

"是七点五十五分，"佩吉说，"我听见他们计算从家到里约镇，再到火车站的时间，他们说必须提前五分钟出发，以免最后急急忙忙的。"

"他们不想让姑奶奶错过火车，"南希说，"反正等他们走了两分钟以后（我们要换上海盗装备），我们就迅速地划船去河的上游，把船停在这里，然后按我们给你们指的路上山，最后在半山腰的营地和你们会合。我们会带好登山绳，在九点之前赶到，然后我们再一起直奔山顶。"

"你们还得再跑一趟贝克福特，去拿帐篷和行李。"

"不用，明天一早我们就提前把帐篷装进亚马逊号。这样等我们征服了干城章嘉峰，就能直接和你们一起去马蹄湾了。"

"别忘了比赛的事儿。"佩吉说。

"噢！对了，吉姆舅舅说燕子号已经完好如初了，他想让我们比比看亚马逊号和燕子号谁更快。妈妈也答应让我们去燕子谷了，而且她还叫你们去贝克福特做客。她早就想叫你们去了，但因为姑奶奶在，所以她才没开口。沃克太太和维琪也会来……"

"是布丽奇特。"提提说。

"等燕子号一回来，我们就开始比赛。往湖的上游走，比比谁更快。吉姆舅舅说他来给我们当裁判。终点就在贝克福特。到时还会有顿大餐等着我们。"

"好的，"约翰说，"只能扬帆航行。不许用桨。"

"要我们让让你们吗？"罗杰说。

"哼！"南希船长哼了一声，"如果你是我的船员……"

"幸好你不是。"佩吉大副说。

"行了，"南希说，"时间真的不多了。我们还得给你们指路呢！水壶和鱼篓就先放这儿吧。回去的时候我们会把它们捎上的。一等水手，把你的背包拿给我背，我的大副会帮罗杰背的。你们已经奔波一天了。"

"我们的背包已经不像刚上路的时候那么重了，"罗杰说，"因为里面装满了松果。"

"为什么要装松果呢？"佩吉问。

"用来做吉卜赛路标呀，"提提说，"非常醒目。我们穿过荒野的时候沿途放了一长串，这样就能找到回去的路了。"

"哦，你们明天是用不上它们的。"南希说，"等我们从干城章嘉峰上下来，我们大家一起坐亚马逊号去湖的下游，这样就不用走了。"

"我和罗杰要沿着路标走回去。"提提说，"要不我们为什么要放松果呢！"

"对，"罗杰说，他起初有些犹豫，但很快就坚定了立场，"亚马逊号的桅杆前面已经坐不下了。去年我勉强可以，但现在我长个儿了。"

"我们出发前是不是应该去弄些牛奶来呢？"苏珊说。

"我们可以去沃特斯米特拿牛奶。我和佩吉回的时候正好要从那儿经过。"

他们匆匆地走在树林和小河之间的石岸上。此刻，哗哗的水声不绝于耳，让人很难相信这是那条静静地流过大橡树下和山谷的草地间的小河。在这个地方，小船无法通行，即使是一条小独木舟也会被石头撞得支离破碎。两岸绿树成荫，但透过树木的间隙，小探险家看到了绿色的田野和正在吃草的牛群。有时，在河流的拐弯处，他们还能瞥见那座他们即将要攀登的大山。

"听说上面有野山羊，是真的吗？"罗杰问。

"有一些，但是不多。"佩吉说。

南希在前面带队，她的脚步飞快，后面的人都快喘不过气来了。终于，她在一条小溪前停了下来。那条小溪很宽，只能划船通过。它从树林里流出来，最终汇入亚马孙河。燕子号船员们发现，那条小河就在干城章嘉峰和荒野高地——他们从燕子谷来的时候走的地方——之间的山谷里静静地流淌着。

"农场就在这片树林里。"南希把提提的背包扔在地上说，"约翰船长，把你们的牛奶罐拿出来吧。如果你愿意，也可以跟我一起去。"

她和约翰带着牛奶罐，一溜烟儿地消失在树林里。不一会儿，他们就回来了，但罐子里只装了四分之一的牛奶。

"他们还没挤奶呢。"南希说，"我怎么连这都没想到，真是太笨了！不过这些牛奶用来兑茶喝是足够的，等奶牛一回来，他们就会帮你们把牛奶加满。你们先在这里等一下。唔，我们来不及陪你们去今晚露宿的地方了。不过你们肯定能找到的。你们沿着这条小溪一直走，等走出树林，到了半山腰，你们就会看见一个峡谷。那里就是了。当然，还有一条小路通向那里，不过那条路一般没什么人走。你们只要沿着小溪走就行了。明天早上九点，我们会带上登山绳，准时与你们会合。快！佩吉，向后转！我们得赶紧走，待会儿还要拼命划桨。快点！回去换礼服，然后背《卡萨比安卡》！明天准备征服世界的屋脊——干城章嘉峰！"

"你们不喝完茶再走吗？"苏珊问。

"没时间啦。"佩吉把罗杰的背包带子从肩上脱了下来，"再见啦！燕子号水手！"她一边说，一边跑去追南希。她们沿着山谷往下走，回到之前停放贝克福特号独木舟的地方。随后，燕子号水手们看见两顶红色针织帽在树木繁茂的石岸边忽隐忽现，最后终于消失在河道的拐弯处。

"现在几点了？"苏珊问。

约翰把手表拿给她看。

"留给她们的时间不多了。"她说。

"她们是顺流直下，"约翰说，"应该来得及。"

此刻，几个小探险家在原地休息。那两个亚马逊海盗，尤其是南希，总是风风火火的，让他们有点喘不过气来。她在的时候，一切似乎都加快了节奏。现在她走了，大家要缓几分钟才能平静下来。在这几分钟里，他们思绪混乱，如同一列快车呼啸而过后飘落不定的尘埃和纸屑。

但没过多久，罗杰便踩着石头蜿蜒而下，直到他能看见小溪中的一个小水潭为止。那条小溪从干城章嘉峰很高的地方穿过树丛，奔涌而下。罗杰想看看石头底下那条被他吓跑的鳟鱼会不会再次出现。"别动，罗杰！"提提喊道，"那里有只河乌在点头……在那儿……往远处看……在对面……"约翰看了一眼手表，然后环顾四周，看看是否有没被树木挡住的地方，可以从那儿望向山顶。"看来在这里等牛奶也不见得是件坏事，"他说，"我们现在离露营的地方应该不会太远，没必要去那么早。""喂！"苏珊喊道，"别乱走，罗杰！我们先找个地方生火，然后大家都去捡柴火。"

第二十六章

半山腰的营地

他们喝完了茶，又洗了个澡，然后还在树林里找到了约翰和南希去过的那间农舍。他们觉得比起斯旺森农场，它和迪克森农场更像，不过罗杰说得对，那里没有鹅。随后，他们回到了河流的交汇处，也就是他们放背包的地方。当他们琢磨着是否该去取牛奶的时候，一个个头比罗杰矮点的小男孩从树林里走了出来，手里提着一个巨大的牛奶罐。

"你们的罐子呢？"他说，"妈妈让我给你们把牛奶装满。"

苏珊把洗干净的牛奶罐递给那个小男孩。他接过罐子放在地上，然后抱着他的大罐子把牛奶倒进去，直到灌满为止。他用手指抹去溅在瓶口的几滴牛奶，旋即舔了一下手指。准备离开的时候，他似乎改变了主意。只见他把他的罐子放在地上，转过身，双手插进裤兜。

"你们要去哪里呀？"他问，"是去小溪的上游吗？"

"对。"苏珊说。

"那里可有狐狸呢！"他说，"会咬人的。但我不怕它们。"

"我们也不怕。"罗杰说。

"它们偷了八只羊，还有十八只大肥鸡。不信你们去问我爸爸。"

"杰奇——"树林里传来一句响亮的叫喊声，紧接着，那声音高了个八度，"杰奇！"

那个小男孩眨了眨眼，拾起罐子说："我得走了。"说完，他便慢吞吞地钻进了树林。

"哎呀，糟糕！"过了一会儿，罗杰说，"我忘记问他山羊的事啦！"

"别惦记山羊了，"约翰说，"背起背包，准备出发吧！行了，苏珊，我来拿牛奶。"

两分钟后，这些小探险家再次踏上了征途。

他们几乎立刻开始爬了起来。比起那条指引提提和罗杰找到燕子谷的小溪，这条从干城章嘉峰奔流而下的小溪的落差要大得多。有时，它从将近二十英尺高的地方落入水潭，一阵阵白色的水花腾空而起，仿佛在迎接着它。探险家庆幸沿途没有旁逸斜出的树枝挡道，而且，他们很享受用手扒着岩石或大树往上爬的过程。尽管约翰已经很小心了，可是罐子里的牛奶还是洒了些出来，不过只有几滴而已。如果换作其他人，恐怕会洒得更多。有时，他们还能隐约看见前方不远处有一条小路，但他们想起南希的忠告，便不去理会它。

落日的余晖透过他们头顶的树木间隙洒落下来。很快，太阳就要躲到山的后面了，但是当他们从高高的山林回头望去，视线掠过松树和冷杉的树梢，落在很远的地方，他们仍然能看见一片洒满阳光的村庄。此刻，他们不仅能越过燕子谷的荒野，望见里约背后的山，还能依稀看见那些山外更远处的山。暮色之中，远山含黛，虚无缥缈，宛如被天空染了色的云彩。

他们继续往上爬。突然，他们走出了树林，来到一条峡谷中。放眼望去，周围到处都是岩石和石楠花。他们停了下来。此时，太阳已经落到大山的背后，但他们刚刚离开的松树林却仍然沐浴在夕阳的余晖中。过了一会儿，那片树林也暗了下来，但在接下来的一段时间里，当这些小探险家回头望去，他们还是能看见远处的群山上笼罩着一片明亮的阳光。干城章嘉峰在他们的左边巍然耸立着，峡谷的尽头是一些蜿蜒的小峭壁，峭壁之间，有几条从山顶流下来的小溪，远远望去，就像一道道白色的细线。他们的两边是一些高低不平的小山，被那条小溪冲刷出的河道，足够另一条比它宽出上千倍的大河流过。

"你们不觉得很壮观吗？"提提说。

"什么？"罗杰说。

"当然是干城章嘉峰呀！它是全世界一等一的山峰。嘿，苏珊，我们先把东西放下来吧，然后往前走一小段路，这样我们就能俯瞰那片树林了。"

"好啊，"苏珊说，"我想这里应该就是半山腰的营地吧？"

"一定是的。"约翰说。他们把牛奶罐和背包放在地上，然后爬上了峡谷一侧的陡坡，一边休息，一边越过昏暗的树林，回头望向远方夕阳下的村庄。

"在这里是看不见里约镇的。"提提说，"我刚才还以为能看见呢。不过，等我们爬上山顶就能看见了。"

"喂，"约翰说，"把望远镜给我。"为了有机会看见霍利豪农场，提提一直把望远镜带在身边。她把它递给约翰。接过望远镜后，约翰并没有望向远方的村庄，而是对准了燕子谷和荒野的方向。他看到了他们的瞭望台，在视野里是一个灰色的圆点，其实不用望远镜他也能看见。大家轮流接过望远镜看了看瞭望台。除了那块大石头，他们还看见石楠花丛中有一片黑乎乎的水潭，他们知道那是鳟鱼湖。大石头后面一定就是燕子谷了。提提想起正在照看山洞的鹦鹉和皮特鸭。"希望它们一切顺利。"她说。

"谁？"约翰说。

"波利和皮特鸭。它们俩可以互相做伴，就像妈妈和布丽奇特一样。布丽奇特应该已经上床睡觉了吧。可惜我们这里不够高，不然妈妈就能看见我们的篝火了。"

"我们最好在天黑之前赶紧把火生起来，"苏珊说，"再找些蕨草或石楠花来铺床。"

他们从树林的边缘捡来许多树枝，又砍了许多欧洲蕨，在地上铺了软软的一层，准备垫在睡袋下面。随后，苏珊在火堆上烧了一壶水，约翰打开了一罐肉糜饼罐头。就这样，几个探险家吃了一顿简简单单却又来之不易的晚餐——每人一小块肉糜饼、圆面包和一些巧克力。那只公用的杯子一次又一次地倒满牛奶和少许茶，像宴席中的爱杯[1]一样在他们中间传来传去。

吃过晚饭后不久，苏珊吹响了她的口哨，哨声两短一长，这意味着："有危险！当心！"在暮色中探险的提提和罗杰立刻明白过来，便赶紧跑回了营地。此时的火堆看起来

1.爱杯：有两个杯柄以便轮流饮用的大银酒杯，常见于西方宴会。现在的奖杯即由其演变而来。

已经很像夜里的篝火了，火焰很旺，而且看不见什么烟，不像白天，在耀眼的阳光下几乎看不到什么火焰。

"有什么危险？"罗杰急切地问道。

"来不及按时睡觉的危险。"苏珊说，"快躺进去吧。"

提提立马躺进她的睡袋里。这是她长这么大头一次在半山腰露营，她一分钟也不想浪费。

"没了帐篷，感觉就像光着身子一样。"罗杰说。

"没关系，"约翰说，"我昨天晚上已经试过了。"

"我穿着衣服睡吗？"

"对，"大副说，"快点。"

"你睡哪儿？还有约翰呢？"

"我们挨着你睡。"

"近得伸手就能碰到吗？"

"对，但是睡觉的时候不要碰来碰去的。"

"如果真像那个男孩说的那样，有狐狸来了也不行吗？"

"只有熊来了才可以，"约翰说，"不过这里没有熊。快睡吧，别忘了明天还要登顶呢！"

"我该想些什么才能快点睡着呢？"

"数一数燕子号鹦鹉的羽毛吧，"提提说，"那个可怜的小家伙只能待在山洞里。而且笼子上整天都罩着布。"

罗杰舒适地蜷缩在睡袋里。虽然睡袋本身只有一层薄薄的填充物，但铺在它下面的欧洲蕨睡起来还是很舒服的。

"谁来放哨呢？"提提一脸期待地问。

"反正不是你。"大副说，"快躺下，让我看看你和罗杰谁先睡着……如果你们谁想抱个汤婆子，"不一会儿，她又补了一句，"我可以从火堆里弄一块热乎乎的石头，放在他的脚边。"

"我一点儿也不冷。"提提说。

罗杰没有回答。

"幸好没有起风。"大副说。

"空气也有点闷闷的。"约翰说。

他和大副在火堆旁坐了一会儿。

"只要他们暖和就没问题。"大副最后说。

"当然。"船长说。

西边的天色渐渐暗了下来，树梢的轮廓也变得越来越难以分辨。只是在他们前面很远的地方，那座大山背后，依稀还有些亮光。大副把她用小刀从地上割的几块土疙瘩小心翼翼地盖在火堆上。这样它就能一直烧到明天早上了。

"不管怎么说，我们已经在这儿了，"她说，"所以就算出了问题，现在也于事无补了。"

"但到目前为止，一切都很顺利。"约翰说。

十分钟后，薄暮笼罩的山地上多了四个并排摆放的睡袋。很长一段时间里，中间的两个睡袋几乎一动不动，让人忍不住怀疑，里面是不是只有一堆旧衣服。外面两个睡袋里的人不停地扭来扭去，想要找到一个合适的睡姿，以免骨头被岩石硌得太疼。

四周一片寂静，耳边只有潺潺的溪水声和营地下方陡峭的山林里哗哗的瀑布声。

外面的睡袋里有个人隔着中间两个睡袋轻声地问："你还好吧，苏珊？"

"我很好。"

"晚安啰。"

"晚安。"

这时，从遥远的山谷里传来一声猫头鹰叫。

约翰听见了，他想起那只中午出没的猫头鹰，扑哧一下笑出了声，愉悦地进入了梦乡。

这些小探险家没有一个是一觉睡到大天亮的。但他们醒来的时间不同。罗杰清醒了一两分钟，觉得自己好像听到了野山羊的叫声。他竖起耳朵认真地听，可是除了其他人的呼吸声，他什么也没听见，当然，还有溪水声和林间的瀑布声。他伸手摸了一下苏珊的睡袋，想看看她还在不在里面，不过他没有叫醒她。过了一会儿，苏珊也醒了，但那时罗杰已经又睡着了。

　　苏珊醒来后坐了起来，嗅了嗅从闷烧的火堆里飘出来的烟。她轻手轻脚地爬出睡袋，把火堆上快被火焰穿透的土块重新补好。随后，她又从水壶里弄了些水洒了上去。一滴水珠落在滚烫的余烬上，发出轻微的嘶嘶声，但在她听来却非常刺耳，她觉得其他人很有可能会被吵醒。此刻，她一个人站在黑漆漆的半山腰，知道脚下的三团睡袋里睡的是船长和两位水手，这种感觉很奇怪。但她的心里却是暖暖的，其他人也睡得正香，他们的睡袋里一定更暖和。她没有弄醒他们，自己轻轻地爬回睡袋，心满意足地睡着了。

　　约翰醒了几分钟后才反应过来这里不是燕子谷。然后，他伸手去摸航行表，想看看现在几点了，却忘了他没带手电筒，而划亮火柴一定会把其他人弄醒的。他望着天空，试着猜出大概的时间，而且，他也想知道自己会不会看见黎明到来的迹象。天空中的星星似乎没有昨晚他在燕子谷看到的多。但他也不会真的去数到底有几颗。两位水手是按时睡觉的，正如他答应妈妈的那样。燕子号就要回来了。姑奶奶也要离开了。他们马上要和亚马逊海盗来一场比赛。拉起船帆！保持满帆！全速前进……准备抢风……抢风！迎风航行……想着，想着，他又睡着了。

　　提提感觉鼻尖一阵发凉，便醒了过来。她从暖和的睡袋里伸出一只手，擦了擦鼻子。然后她想起自己是在干城章嘉峰的半山腰。这是一次真正的探险。烧木头的烟味让这一切变得更加真实。天色已经不像之前那么黑了，向东方望去，远离大山的方向，她看见灰白色的天空下印着松树林黑色的轮廓。她心想，现在应该没人会介意她保持清醒，给营地放哨了。不过，先把头埋进睡袋里几分钟，暖一暖冰凉的鼻尖应该没什么问题吧。可是，等她再探出头往外看时，天已经大亮了。

　　太阳仿佛给干城章嘉峰戴了一顶金色的帽子。清晨的霞光渐渐洒向大地，照亮了大山布满皱纹的脸颊。冬日里，在皑皑白雪的映衬下，那些石缝与沟壑通常会蒙上一层靛青色的影子，看起来和眼前的景色很像。阳光在山腰的一侧越爬越低，最后落在了营地下方的松树林上。四个睡袋周围的树影原本拉得特别长，现在已经缩得很短了。突然，罗杰气冲冲地翻了个身，连睡袋也一起翻了过去，他觉得太阳似乎是故意照在他的脸上的。约翰打了个哈欠，坐了起来，直视着提提的眼睛。

"我在放哨呢。"她说。

"现在起床还太早了。"约翰说。

"嗯，那就晚点再起来吧。苏珊睡得正香呢。罗杰好像梦到了些什么。他还说了梦话呢，他大声地说'我当然可以'。"

他们用胳膊肘支撑着身体躺了一小会儿。随着太阳越升越高，气温也越来越热。不多时，一等水手说："要不要给大副捡些柴火呢？"

"她肯定想要。"船长说。他先看了一眼闷烧的火堆。一缕细细的白烟从那个小土丘中冒了出来，冉冉升起，很快就消失在空气中。然后他又看了看仍在熟睡的大副。"她肯定想要。我们去捡些来吧。你爬出来的时候别把罗杰吵醒了。"

半小时后，罗杰伸手去摸提提的睡袋，发现里面是空的。他猛地坐了起来，向四周张望。他戳了一下还在睡觉的大副。

"怎么了？"大副瓮声瓮气地说。

"提提和约翰不见了。"

"什么？"

"不见了。"罗杰说，然后他又补充了一句，"也许是昨天晚上被熊吃掉了，因为约翰说没有熊，所以就出去了，结果就……"

"胡说八道。"苏珊嘀咕道。

"呃，要不就是狼，或者是狐狸。"

苏珊坐起来，看着那两个空空的睡袋。它们孤零零地躺在地上，里面什么也没有，就像两个吹爆的气球。

"他们在附近呢，"她说，"你听！"

他们听见树林里传来一阵笑声、水声和风声，近在耳边。

"他们在洗澡呢。"苏珊说，"把肥皂给他们送过去吧，你自己也顺便洗洗。我先把火弄旺，随后就到。"

捡完两大捆柴火之后，船长和一等水手仍然觉得自己和其他人一样，还没有完全清醒。于是，他们去了水潭边，把头伸进水里。他们发现水很凉，比燕子谷的小溪要冷得多。约翰脱掉衬衣，一头钻进一道小瀑布底下，凉丝丝的水流冲得他几乎喘不过气来。当罗杰送来肥皂的时候，他们觉得除了可以用它来洗洗捡柴火时弄脏的手，别的都派不上用场，而且现在也没必要洗手，因为他们待会儿还得再把柴火捡起来，运到营地去，所以他们决定先不用肥皂，等吃早餐前再用。这时，大副来了。虽然现在是在山上，但在野外住了一宿，而且没有帐篷，大副的脾气变得像土著人一样。船长和一等水手立马拿起肥皂，浑身上下洗了起来，而且一边洗，还一边说他们早就打算这么做了。

当所有人都洗漱完毕后，他们将两捆柴火从树林运到了营地的火堆旁。苏珊已经把火拨旺了，很快，水壶便被包围在跳跃的火焰中。这是苏珊的强项。即使遇到了一些兴奋事儿，比如在半山腰露宿，或者在海上作战，或者在某个惊险刺激的地方探险，她也从来不会忘记那些应该做的事情，比如泡茶前确保水壶里的水是沸腾的，按时吃早餐，像平时一样洗漱，以及烘干一切受潮的东西。事实上，如果没有苏珊，燕子号船员们有一半的探险活动都无法进行。有这么能干的大副，总是将一切打点得井井有条，那些土著人还有什么可担心的呢？就拿今天来说吧，她把四个睡袋从里面翻了过来，放在石楠花上晒。此刻，在干城章嘉峰上，他们享用了一顿简单却又美味的早餐。他们品着热气腾腾的茶，喝了一杯又一杯，吃着圆面包、苹果和在火上烤了一会儿的肉糜饼（烟熏过的牛肉糜别有一番滋味）。这些探险家还有什么不满足的呢？刚吃完早餐，她就吩咐船长和船员把东西收拾干净，仿佛他们还在燕子谷，而不是在半山腰。她让大家做好准备，等亚马逊海盗带着登山绳一来，他们就一起直奔山顶。探险队那只公用的大杯子已经在小溪里洗干净了。睡袋也重新翻了回来，卷好塞进了防水罩里。

"不，别把水壶里的水倒掉。"她说，"里面还有不少茶呢，足够给亚马逊海盗们倒上一杯了。说不定她们想喝。"

"外出探险最棒的一点，"罗杰说，"就是只需要洗一副刀叉，而不是四副。"

"这样也可以少丢三副。"大副说，"把刀叉拿过来吧，别插在石楠花里，那样很容易弄丢的。"

"我把它们插在那儿是为了晒干呀。"罗杰说。

"拿过来吧，"大副说，"在她们来之前，我们只留一个杯子在外面，其他东西都得收拾好。喂！那是什么声音？"

从下面的树林里传来一阵喧闹声，像猫头鹰叫，又像布谷鸟叫，最后是一串"咯咯咯"的笑声，完全不像鸟叫。

"她们来啦！"约翰说。

"她们学猫头鹰叫学得一点都不像。"罗杰说。

"但她们很会学鸭子叫。"约翰说，"我从来没听过有谁学鸭子嘎嘎叫学得像佩吉那么好。"

"谁也不可能什么都会呀。"提提说。

第二十七章
干城章嘉峰之巅

亚马逊海盗之所以学不好猫头鹰叫，是因为她们已经累得上气不接下气了。她们一路奋力地划桨，逆流而上，然后还得爬上陡峭的峡谷，走出树林。即使是登山向导也不能一边爬山，一边逼真地学猫头鹰叫，何况南希和佩吉只是海盗，而不是真正的登山向导，她们的航海本领要比登山大得多。但是今天，她们却要担起登山向导的责任。除了一个背包，南希船长还把一大捆绳子挎在了肩上，这样方便携带。刚到营地，她就把绳子卸下来，旋即瘫倒在地，大口地喘着粗气。

"佩吉呢？"苏珊问。

"马上来。我们是从山脚比赛跑上来的。"

"你想喝口茶吗？"苏珊问。

"当然。"南希翻了个身说，"因为要给姑奶奶送行，我们的早餐吃得很早。但一切都是值得的。大家都这么认为。我们看见女佣在厨房里跳舞，连厨娘也说，'现在我们终于可以松口气了。'妈妈和吉姆舅舅的演技太差了，除了姑奶奶，其他人一眼就能看出他们的真实感受。"

"快点啊，佩吉！"当亚马逊号大副费劲地从树林里爬出来的时候，提提喊道。

"我只能走这么快了，"佩吉说，"我听见我背包里的果汁在瓶子里晃来晃去的，不停地涌向瓶口，我觉得它随时都有可能把木塞冲开。而且它可重了呢！"

"跟这捆绳子比根本不值一提。"南希船长说，"而且厨娘还给我的背包里塞满了甜甜圈。"

"从现在起，我来拿瓶子。"约翰说。

"要不我们把东西都留在这儿吧？"苏珊说。

"然后一鼓作气地冲向山顶。"提提说。

"最好把它带到山顶上去喝。"南希说。

于是，当佩吉和南希用探险队的杯子喝着苏珊给她们留的茶的时候，约翰把佩吉背包里那一大瓶果汁装进了他自己的包里。

"走到半路再换我们背。"南希说。

"绳子要怎么系呢？"罗杰问。

"等她们先喝完茶吧。"苏珊说。

"没关系，"南希说，"反正我们不能一起喝。"

"姑奶奶真的走了吗？"提提问。

"千真万确。"南希说，"如果我们走快点，应该还能看到她坐的火车冒出的烟。越快越好。燕子号和亚马逊号万岁！为野猫岛和西班牙大陆[1]欢呼吧！还有，燕子号差不多修好了，吉姆舅舅也受够当别人的侄子了，他现在要做一个全世界最棒的舅舅。"

"我们昨晚已经把我们的帐篷打包塞进亚马逊号里了。"佩吉说。

南希把杯子倒过来，让里面最后几滴茶嘶嘶地落在火堆的余烬上。"咱们出发吧？"她一边说，一边打算把杯子直接放进背包里，但被苏珊及时拦了下来。苏珊把杯子在小溪里洗干净，然后擦干，以免茶杯上的糖渍滴得到处都是。四个卷得整整齐齐的睡袋和那些不需要带到山顶去的东西一起放在了两块石头中间。他们只带了食物，当然，还有望远镜、指南针和那一大瓶佩吉从山下带来的柠檬水、果汁或者叫格罗格酒。

"绳子要怎么系呢？"罗杰又问了一遍。

"我们要把它系在我们所有人的身上。"南希说。

---

1. 在西班牙美洲殖民地中，加勒比海和墨西哥湾附近的大陆沿海地区统称为"西班牙大陆"。

"那我们拉的方向就必须保持一致了。"罗杰说。

"不需要拉,"南希说,"系绳子是为了避免有人滚下悬崖。我们一共有六个人。如果有一个人摔倒,那其他五个人就拉紧绳子,这样那个人就不会摔得太远了。"

"这里有悬崖吗?"罗杰问。

"多着呢,"提提说,"就算没有,我们也可以想象几个出来。"

"确实有很多。"佩吉说。

"我们不要沿着山路走,"南希说,"如果遇到石头,我们直接翻过去。"

"咱们走吧,"罗杰说,"谁领头呢?我可以吗?"

"不行,"约翰说,"这根绳子可不是把你拉上岸的系船绳。我们必须找个大个子走在前面。这个人非南希莫属。我殿后。"

"我们必须先打上绳环,"南希说,"打六个,大小足够我们的脑袋和肩膀穿过去就行了。"

打完绳环后,每个绳环之间大概隔了五码的距离。南希把第一个绳环套在自己身上,苏珊大副套上第二个,接着是一等水手提提、见习水手罗杰、佩吉大副和约翰船长。

"行了,"南希说,"大家都准备好了吗?"

"我们真应该带上冰镐的。"提提说。

南希听见了她说的话。"我也想过这一点,"她说,"但用冰镐会非常碍事。比绳子还要麻烦。直接用手和脚要灵活得多,特别是在岩石上爬的时候。"

这支长长的登山队伍出发了。一开始,由于绳子的束缚,讲话变得很困难。因为每当有人想跟前面的人说话,他就会急匆匆地往前跑,结果被松弛的绳子绊倒,而他身后的绳子也会拉紧,后面的人也会被猛地拽一下。当他们学会在既不往前跑,又不往回走的情况下交谈时,他们已经在爬一条很陡的坡了,这时他们谁也不想说话。虽然偶尔也能听见队伍中传出喊话声,比如"别碰这块石头,它是松的",但大部分的时候,他们都保持沉默,神情严肃地往上爬。

起初,他们一直沿着那条山间的小溪向上攀登——那是现在唯一能让他们想起山脚的亚马孙河的东西——但是当他们来到一个能清楚地望见山顶的地方时,领头的南希立马转了个身，笔直地朝山顶爬去。几分钟后，大家都明白了爬山时手脚并用的好处。有时，南希会向左或向右绕开一些，避开松动的碎石，但遇到可以爬的石头，她便会毫不犹豫地爬过去，其他的探险家也跟她一起爬。

"真正难爬的地方还没到呢。"她兴奋地说。

那段难爬的山路突然出现了，令人猝不及防。虽然系着登山绳不方便说话，但这些探险家还是庆幸他们有这根绳子。他们来到了一面陡峭的石壁前。其实那里并不难爬，因为石壁上有很多缝隙，可以让他们抓着和踩着往上爬，不过，在那儿摔倒可不是闹着玩的，因为石壁上光秃秃的，没有任何东西能接住你，而且底下还有许多松动的石头。南希轻而易举地爬了上去，苏珊紧随其后。提提刚刚爬过石壁的边缘，而佩吉和约翰在底下准备往上爬。突然，已经爬了一半的罗杰大声喊了起来："快看！快看呀！野山羊！"

如果他只是喊几句是没关系的，但他一边喊，还一边用手去指。他的另一手滑了一下，整个人也跟着摇晃起来，原本踩在狭窄的石缝中的脚也踏空了。他刚说完"山羊"，就发出了一声尖叫。提提被突然绷紧的绳子猛地往后一拽，半边身子滑出了石壁。就连石头顶端的苏珊和南希也险些跌倒在草地上。幸好她们离石壁边缘有一定距离，而且她们之间的绳子几乎是绷直的。

罗杰悬在石壁上，离地面差不多有四英尺高，他在半空中手舞足蹈，就像一只吊在蛛丝上的蜘蛛。提提抓着一簇石楠花，身体被苏珊和南希拽住了，她们拼命地拽紧绳子，脚在地上踩出了深深的足印。

"快拉！快拉！"提提喊道。

"别担心，罗杰，"约翰说，"把脚给我，我帮你放在一个合适的地方。别再蹬腿啦！"

罗杰不再到处乱踢，他感觉有人帮他把脚放好了。

"好了，继续爬吧，不然你会把提提给拽下来的。"

罗杰刚往上爬，绳子的负重就消失了，南希和苏珊顿时发现绳子拉起来轻松多了。提提的脑袋最先越过石壁边缘，很快她就出现在石壁顶端的草地上。

"继续拉。"她气喘吁吁地说，"不然他又要掉下去啦！但别拉得太用力。"她继续拼命地往上爬。整个过程中她受了不少罪，她的身体滑出去的时候，胳膊和膝盖都被石壁边缘磨破了皮。

从石壁下方传来了罗杰欢快的声音。

"你们看见山羊了吗？"

"别管什么山羊不山羊的啦！"苏珊在石壁上方喊道，"你受伤了吗？"

"只是蹭破了点皮而已，"罗杰说，"你们有没有看见山羊？它们又出现了！"

"你别指！"约翰及时制止了他。

"不指不行啊。"罗杰说。但他并没有真的去指。"那儿！那儿！待会儿你们还会看见的。它们往山顶的方向去了。"

干城章嘉峰的峰顶就在这些小探险家的正上方。他们抬头望去，发现大山右边的侧峰一直向北边延伸出去，虽然它没有主峰那么高，但却高耸在云层之上。罗杰一边爬，一边回头张望，他看见那座侧峰下面好像有东西在动。它们在灰色的岩石坡上越爬越高，就要爬过天际线了。当约翰和佩吉看见它们的时候，它们刚好从天际线上越过。在淡蓝色的天空下，有几个黑乎乎的小影子，像从黑色硬纸板上剪下来的似的。正是那几只野山羊。

"我看见它们啦！"提提喊道。

"有五只。"约翰说。

"那里还有一只呢！"罗杰说。

但它们很快就不见了。

"嗯，我很高兴我们都看见山羊了。"罗杰说。

"赶紧爬到石头顶上去吧。"约翰说，"别再东张西望的了。要不是提提和其他人拉着绳子，你可能已经摔断腿啦。"

"而且还没有担架可以抬我。"

罗杰加快速度往上爬，很快就爬到了石顶的草地上。苏珊在检查他的伤势。她和南希都没看见罗杰说的野山羊，所以她们自然更关心刚才那场意外。

"我的妈呀！"南希说，"刚才真是有惊无险！早知如此，我们就应该在石头顶上等，一下接一下地往上拉绳子，这样他就不会滑倒了。可是人总有疏忽的时候。谁又能想到他刚才会看见山羊呢？那些是山羊吗？怕是绵羊吧。"

"那些的确是山羊，"佩吉也爬上来了，说，"我们都看见了。"

"好吧，"南希说，"但那些山羊和我认识的人里面那些'山羊'[1]可不一样。一等水手，你怎么样？你也受伤了吗？"

提提一直努力想要舔掉右胳膊肘上的血迹，但发现自己够不着，不过，血流得不多，没什么大问题。

"幸好摔倒的是罗杰而不是约翰，"南希说，"一来他没那么重，二来如果是约翰摔倒了，那我们的格罗格酒就不知道该怎么办了。"

从那以后，他们变得更加小心，再也没出什么意外。接近山顶的最后几码路很好爬。他们终于踏上了那条原本可以一直从山脚走上来的崎岖小路。此时，山顶的石堆纪念碑完全呈现在他们眼前，他们立刻解开身上的绳环，一窝蜂地朝它冲了过去。约翰和南希几乎同时到达，其次是罗杰和提提。苏珊大副要停下来卷绳子，佩吉大副也留下来等着帮她一起搬。

一直以来，这些探险家都沿着干城章嘉峰的北边往上爬。雄伟的山峰把西边完全挡住了。爬山的时候，远处的几座小山似乎也在跟着他们一起爬。当他们回头朝山谷望去，那里竟变得如此渺小，他们几乎不敢相信草地中间那条明亮的线——他们知道那是亚马孙河——足以让他们划船经过。当他们到达山顶，站在那座标志着干城章嘉峰最高点的石堆纪念碑旁的时候，他们才终于看见大山另一边的风景。

那一刻，他们真切地感受到自己站在了世界的屋脊上。

在崇山峻岭之外很遥远的地方，陆地走到了尽头，连着一片汪洋大海，碧蓝的海水绵延不绝，一直延伸到天边。海上漂着点点白帆，似乎是些纵帆船，还有几艘冒着黑色烟柱的轮船，正驶向爱尔兰，或者从那里返航，又或者只在利物浦和克莱德河[2]之间来回穿梭。在四十英里开外，蓝色的海平面上，有一小段黑色的线。

"那是马恩岛[3]，在我们的正西方向。"约翰看着手里的指南针说。

1.在西方文化中，山羊通常被视为魔鬼的化身。
2.克莱德河：苏格兰境内的主要河流之一，全长176公里，是苏格兰的第三长河。
3.马恩岛：位于英格兰与爱尔兰间的海上岛屿。

"你回头往东看。"佩吉说。

"你会看到苏格兰,"南希说,"那边那几座山的后面就是索尔威湾[1]。"

"那是斯科费尔峰和斯基多山,那是赫尔维林山[2],那个尖尖的是伊埃·贝尔山,那是'高街',老英国人就是沿着那条路登上山顶的。"

"卡莱尔市[3]在哪儿?"提提问,"一定也在那边的某个地方。"

"你怎么知道?"南希问。

"'斯基多山上耀眼的火光,将卡莱尔市民从睡梦中唤醒。'或许当时英国人的卧室里没装百叶窗吧。"

"我们也学过那首诗,"佩吉说,"但只学了其中一部分。那首诗可比《卡萨比安卡》难背多了。"

"我之所以喜欢那首诗,是因为里面写了灯塔。"提提说。

约翰和罗杰根本顾不上看那些山,他们眼里只有远方湛蓝的海水和来往的船只。

"如果我们继续走,过了马恩岛,我们会到哪儿?"罗杰说。

"我想应该是爱尔兰吧。"约翰说,"再往前走可能就到美洲了……"

"如果还继续走呢?"

"那就走到太平洋和中国了。"

"再往前走呢?"

约翰想了一会儿,说:"那就会穿过整个亚洲,然后是欧洲,再到北海,最后从那些山的另一边爬上来。"他回头望向里约的另一边,那里山叠着山,山摞着山,绵延伸向东方。

"那我们就能走遍全世界啦!"

"没错。"

"那咱们出发吧。"

---

1. 索尔威湾:位于英国西海岸,英格兰和苏格兰交界处,全长约64公里,有许多沙洲。
2. 这些都是英国湖区的高山,其中斯科费尔峰是英格兰最高峰。
3. 卡莱尔市:英格兰坎布里亚郡首府,位于英格兰北部,毗邻苏格兰。

"我们总有一天会的。老爸已经做到了。"

"吉姆舅舅也是。"佩吉说。

"当然！不管你站在多高的地方，都不能一眼看遍全世界。"罗杰说。

"你也不想一眼就看完吧，"提提说，"留点悬念会有意思得多。"

"嗯，咱们现在已经站在世界之巅了。"南希平躺在温暖的地面上，"那瓶果汁呢？哎呀，我都忘了这件事了，害你一个人背了一路。"

"没关系。"约翰边说边从他的背包里取出那一大瓶果汁。走了这一路，瓶子里的柠檬水已经捂得有些发热了。紧接着，大家轮流拿着杯子喝了起来。苏珊和佩吉一个负责切圆面包，另一个负责打开最后一罐肉糜饼罐头，南希也把她包里的甜甜圈全倒了出来。

"你们以前有谁在干城章嘉峰的山顶吃过午餐吗？"当提提吃完她那一小份肉糜饼和甜甜圈之后问。

"搭这座石堆纪念碑的人肯定在这儿吃过。"佩吉说，"想想他们得花多长的时间才能垒好这堆石头呀。"

"说不定没花什么时间。"提提说，"也许是某个部落打了胜仗，然后部落里每个人都带了一块石头放在这里。"

"他们后来肯定还在这儿吃了一顿大餐。"罗杰说，"我能爬到石堆顶上去吗？"

"不行。"苏珊说，"你已经摔过一次跟头了。而且你要是上去把它弄倒了，我们可没有三头六臂能把它重新搭起来。"

"它搭得可不赖！"

"这恰恰说明了搭这座石堆的人不希望哪个水手把它毁掉。"

"我会很小心的。"

"先吃个苹果吧。"

"我能靠在石堆上吃吗？"

"只要你不爬上去，你想做什么都行。"

罗杰背靠着石堆坐在地上，这样他就没那么强烈的愿望想要爬上去了。对罗杰来说，不能站在比干城章嘉峰还高出几英尺的地方实在是太遗憾了。他在想，明年或者后年，他一定要爬一次。与此同时，他眺望着山脚下的荒野，试图寻找燕子谷和野猫岛的影子，他隐约看见一艘轮船行驶在湖的下游，但他不太确定。他望向大海，啃光了手里的苹果，旋即翻过身，开始摆弄石堆底部的石头。"不知道它们搭得牢不牢固呢？"罗杰心想。

其他人正在制订接下来的计划。如今，姑奶奶走了，南希和佩吉又能自由自在地当海盗了，而且燕子号似乎很快就会回来。突然，他们被罗杰的喊声吓了一大跳。"快看！快看！这是什么？"

只见他手里拿着一个小铜盒，盖子上印着一个老妇人的头像，头像周围有一圈字——"英格兰女王、印度女皇登基六十周年庆，1897。"罗杰在那座石堆纪念碑的底部发现了一块松动的石头，把石头抽出来以后，他看见里面藏着这个小铜盒。

"这一定是维多利亚女王，"约翰说，"爱德华七世的母亲。"

"她和小布丽奇特长得简直一模一样。"提提说。

"里面还有东西呢。"罗杰摇了摇盒子说。

"让我来打开吧。"南希说。

"我来开。"罗杰边说边打开那个盒子。里面装着一张折好的小纸条，和一枚印有维多利亚女王头像的法新[1]。

"慢点！"提提说，"那可能是张藏宝图，要不就是个惊天大秘密。小心点，可能一碰就会碎的。这种情况很常见。"

但那张纸很结实。罗杰让南希打开。她打开后，大声地读了几句，然后交给佩吉，让她接着读。其他人纷纷伸着脖子去看。上面的字是用黑色铅笔写的，字迹已经渗透纸背。

> 1901 年 8 月 2 日
> 我们登上了马特洪峰[2]。
> 莫莉·特纳

---

1. 法新：英国旧时硬币，值 1/4 便士。
2. 马特洪峰：位于瑞士瓦莱州小镇采尔马特，海拔 4478 米，是阿尔卑斯山最美丽的山峰，也是瑞士引以为骄傲的象征，以其一柱擎天之姿，直指天际，其特殊的三角锥造型，更成为阿尔卑斯山的代表。

吉姆·特纳

　　　鲍勃·布莱克特

　　"这是妈妈和吉姆舅舅。"佩吉激动地说。

　　"鲍勃·布莱克特是谁？"苏珊问。

　　"是爸爸。"南希说。

　　大家沉默了片刻。然后，提提看着那张纸，说："原来他们把这里叫作马特洪峰呀！嗯，现在是干城章嘉峰。既然我们已经爬上来了，就没必要再改名了。"

　　"那是三十年前的事了。"约翰说。

　　"我很好奇，妈妈和吉姆舅舅是怎么从姑奶奶的眼皮底下逃走，然后来到这儿的呢？"佩吉说，"知道吗？当时是姑奶奶负责照看他们的。"

　　"可能是老爸把他们救出来的吧。"南希说。

　　"他们为什么要把这枚法新放进去呢？"罗杰好奇地问。

　　"把它放回去吧，"提提连忙说，"他们的本意一定是想把这些东西永远保存在这里。"

　　"有人带了纸吗？"南希突然说。

　　大家都没带，但提提带了一截铅笔头。南希把笔拿了过来，在那张记录着三十年前她的爸爸、妈妈和舅舅成功登顶的纸条背面一笔一画地写道：

　　　1931 年 8 月 11 日

　　　我们登上了干城章嘉峰！

　　"好了，"她说，"我们都在这上面签名吧。"说完，她签上了自己的名字。"约翰船长，现在轮到你了。然后是两位大副，最后是一等水手和见习水手。"

　　所有人都签了名。南希把那张纸和那枚法新一起放回盒子里，交给罗杰。

　　"是你发现的，"她说，"所以该由你把它放回去，也许三十年后……"话说到一半突然停止了，她随即哈哈大笑起来。"我的妈呀！"她说，"要是现在有一枚乔治五世的法新就好啦！"

"我有一枚新的半便士硬币。"罗杰说。

"你愿意贡献出来吗？"

"如果不愿意，等我们回到营地，我再给你一个。"约翰说。

罗杰掏出那枚半便士硬币。盒子盖好后塞进了石堆底部的洞里，而且塞得很深。然后，罗杰用那块松动的石头封住了洞口。

"这下谁也想不到里面有东西了。"罗杰说，"要不是那块石头松了，我是不可能发现它的。"

"现在，也许要过很多很多年才会有人发现它吧，那时候的人穿的衣服肯定和我们现在完全不同，"提提说，"说不定会是些像我们这样的探险家。对了，我很好奇当年的弗林特船长多大呢？"

"我想知道他们来的那天是不是个大晴天。"佩吉说。

"而且有没有看见马恩岛。"罗杰补充说。

他们纷纷望向大海。

"哎呀，"约翰说，"我们现在也看不到啦。"

"我一分钟前还看见了呢。"提提说。

"海面上肯定起雾了。"约翰说，"我们太幸运了，在天气晴朗的时候就爬上来了。"

"走吧！"南希突然说，"别忘了我们还得去山下的沃特斯米特一趟，然后去贝克福特，再驾船去马蹄湾，最后把我们的帐篷运到燕子谷去。我们该出发啦！"

"绳子在哪儿呢？"罗杰说。

"我来拿绳子。"南希说，"上山的时候，我们用绳子很顺利就爬上来了，下山我们还按原路返回吧，那样会快很多。"

他们最后环顾了一眼四周。几分钟后，这六个用最恰当的方式征服了世界之巅——干城章嘉峰的探险家一路小跑，匆匆忙忙地朝山脚下奔去。

第二十八章

荒野迷雾

午后，贝克福特号独木舟（或者划艇）从石桥下飞驰而过，向亚马孙河的下游驶去。两位船长负责划船，罗杰坐在船头，其他几个探险家坐在船尾，船舱里放着登山绳、背包和睡袋，以及他们在下山时从半山腰的营地上捎来的水壶和牛奶罐。

小船才刚绕过河道的拐弯处，罗杰就看见了那棵枝条垂在河面上的大橡树。"那是我们的树。"他喊道。

"停桨！"佩吉大副喊道。

"你们确定不坐亚马逊号，要从那里走回去吗？"苏珊大副说。

"当然确定，"提提说，"这就是我们放吉卜赛路标的目的呀。"

"而且，"罗杰说，"现在几乎没风。"

"嗯，听我说，提提，"苏珊说，"现在确实没什么风，所以如果你们比我们早到，你可以先把火生起来，烧点水。储藏室里有深锅。"

"苏珊！"提提生气地说。

"好吧，我的意思是说皮特鸭洞，"苏珊说，"你们没必要带水壶回去。东西带得越少越好。"

"我们只要一些巧克力就够了，其他的都不要。"罗杰说。

"还要指南针，"提提说，"这对我们很重要，我们会好好保管的。"

"我们应该不需要。"苏珊说。

"没问题。"约翰说。

"倒划左桨!"佩吉喊道,"收桨!"

伴随着橡树叶发出的一阵沙沙声,那艘划艇缓缓地从大树旁靠岸。罗杰立马跳下船,紧紧地拉住船绳,以免小船往后漂,直到提提拎起两人的背包,越过桨手,跳上岸与他会合为止。约翰把指南针递给她。苏珊给他们两个人各分了双份的巧克力。他们的背包里除了巧克力和指南针之外,什么都没有,但在探险的时候,就算背一个空包,也比不背包要强得多。睡袋他们是用不上的,所以南希让他们把睡袋和其他东西一起塞进亚马逊号里。"用船运可比用马驮要轻便得多。"

"用驴驮也一样,"苏珊说,"其实他们最好也坐亚马逊号过去。"

那一刻,提提有些担心苏珊会改变主意,不同意他们走回去。但佩吉及时喊了一嗓子,"开船啦!"于是,罗杰把船绳扔上船,然后和提提一起推了一把,小船便飞快地向亚马孙河驶去。

"出桨!"佩吉喊道,她很享受这种对船长发号施令的感觉,"倒划右桨……顺划左桨……划左桨……双桨同时划……慢点……再划左桨。可以了!"

那条载着两位船长和两位大副的独木舟向河的下游飞驰而去,很快就消失了。

罗杰一直目送着他们离开。

"如果我们再也见不到他们了……"他说。

一等水手立刻打断了他。

"得了吧!见习水手,"她说,"把包背起来。我们不能在外面瞎逛,否则对燕子号鹦鹉不公平。它还在山洞里等我们呢!"

"皮特鸭不是在陪着它吗?"见习水手说。

"不,现在不在了。皮特鸭现在和我们在一起。刚才它就在那棵大橡树下等我们。它是自己顺着荒野上的吉卜赛路标找过来的,它喜欢这么做。而且,万一我们遇到了土著人,它也能帮忙。"

"是不友好的土著人吗?"见习水手一边说,一边把那只耷拉着的空背包背在肩上。

"是野人，"一等水手说，"如果只有我们两个人，他们很可能会攻击我们当中的一个，可要是皮特鸭在，它只要瞪他们一眼，那些人就不敢轻举妄动了。"

话虽如此，但当他们悄悄地穿过树林，来到大马路的时候，他们还是趴在石墙上，竖起耳朵听，确保马路两头都没有土著人经过。

"你准备好了吗？"提提说。

"是的，准备好了，长官！"罗杰说。

"皮特鸭说现在是个好机会。我们一起跳下去，然后全速跑到马路对面。"

他们跳下墙头，朝马路对面奔去。

"找到第一个吉卜赛路标啦！这株草是我放的。对面有台阶可以让我们爬下去。快！一只脚踩上来，另一只脚别乱踢，身体往上爬。快！"

提提把罗杰托了起来。罗杰迅速地翻过墙头，很快就消失了，只有一双手还扒在布满青苔的石墙上。

"我在找那些台阶。"他小声地说，仿佛害怕被人听见似的，"找到啦！"

一眨眼的工夫，他的双手就不见了，提提听见从石墙另一边传来他跳到枯叶上的声音。她发现单凭自己的力量很难爬上墙头，如果皮特鸭是真的该有多好，那样它就能像她托起罗杰一样助她一臂之力了。当然，如果它在场，一定会这么做的。所以，她只好假装它已经爬过去了。"它一跳就跳过去了，"她心想，"这对它来说是小意思，就算它刚才没命地跑了一路也没关系。"片刻之后，提提也翻过石墙，顺着另一边的台阶跳了下去。罗杰已经开始找松果了。

"不，"提提说，"我们没在这里放松果。没必要。我们沿着石墙走，就能看见四棵冷杉，那四棵树会带我们找到第一个吉卜赛路标的。在这里不用担心会迷路，只要顺着墙根走就行了。咱们走快点吧！"

他们过马路的地方刚好对着那堵伸向荒野的旧墙，当他们跳进树林的时候，几乎伸手就能摸到它。到目前为止，一路畅通无阻。他们马不停蹄地穿过树林，贴着墙根走，时而拨开旁逸斜出的榛树枝。林子里的路很难走。当他们终于来到密林的尽头时，他们一下子变得高兴起来，因为那里的树都被砍光了，只剩下一些老树桩、毛地黄和蕨草，这样他们不仅能看清前面的路，而且顺着残破的旧墙望过去，还能看见那四棵排成直线的黑杉树挺立在陡峭的山坡上。

"我能吃点巧克力吗？"罗杰说。其实他并非真的想吃巧克力，他只是想停下休息一会儿。

"快走，"提提说，"等到了那四棵冷杉下面再吃。那是我们的第一站。过了那里，我们就要开始找吉卜赛路标了。"

他们加快脚步，继续往上爬，翻过那片高低不平的山地。那里到处都是老树桩，其间零星散布着几棵小树苗，让人一看就知道那曾经是一片森林。在那四棵有着三十年或者四十年或者半个世纪树龄的大杉树下，两位水手一边吃巧克力，一边回头眺望亚马孙河谷。

"我多想近距离看看那位姑奶奶啊！"罗杰说。

"幸好我们都没有那么做。"提提说，"你想想那些见过戈耳工[1]的人有什么下场吧。说不定我们都会变成石头，永远被困在贝克福特的院子里，脑袋上还顶着一个小鸟浴盆[2]或者日晷。"

"这种事情怎么没发生在亚马逊海盗身上呢？"罗杰说。

"说不定她们从没正眼看过她，"提提说，"而且，她差点就把她们变成石头了。你想想，她们不是被困在家里，想做的事情一件都做不了吗？还有，你记得那天我们看见她们一动不动地坐在马车上吗？那是因为姑奶奶就坐在她们对面。我想，只要姑奶奶在附近，连弗林特船长都会觉得不自在。"

"不知道他现在在哪儿呢。"

"我猜他应该在他的船屋上拉手风琴吧。今天早上是他把姑奶奶送走的。好了，见习水手。咱们继续向燕子谷前进吧！别忘了亚马逊海盗今晚也会去燕子谷露营的。走吧！现在顺着这四棵冷杉的方向去找吉卜赛路标吧！"

1．戈耳工：希腊神话中的蛇发女妖，看过她颜面的人会化为石头。
2．小鸟浴盆：供鸟戏水的水盆，通常放在庭院中。

"遵命，长官！"罗杰说完便蹦蹦跳跳地朝荒野上奔去。只见他一会儿向右跑，一会儿向左跑，如此循环，眼睛始终盯着地面，就像那些寻找气味的猎犬一样。

一等水手学螃蟹的样子横着走，走得很慢，还不时地回头看看那四棵冷杉，确保始终和它们在一条直线上。

当罗杰找到第一个松果时，他们已经穿过了一大片石楠花丛，那四棵冷杉也被远远地甩在了后头。

"太好了！"一等水手说，"我刚才还在想我们是不是走错路了。"她又回头看了一眼那几棵冷杉，然后匆匆地向前方跑去。罗杰还没看见第二个松果，提提就已经把它捡起来了。

"万岁！"罗杰欢呼道，"全世界再也没有比这更好的吉卜赛路标啦！现在我们肯定不会迷路了。"他在荒野上飞奔起来，很快就捡到了第三颗松果。

"我们要不要把它们放在这里，留着下次用呢？"他说。

"不行。最好统统扔掉。我们不能让其他人找到去燕子谷的路。"

"咱们来比一比谁扔得更远吧。"罗杰把一颗松果递给提提说，然后跑出去给自己也捡了一颗。

提提知道罗杰一定扔得比她远，但她还是把松果扔了出去。罗杰也扔了他的那颗，但和提提扔的方向不同，所以他们只能用算步子的方式来测量各自扔的距离，最后的结果是罗杰确实比提提扔得远几码。

"真是浪费时间。"提提说，"如果皮特鸭和我们一起比的话，它肯定是扔得最远的那个。"

他们继续前进，把沿途的松果一颗一颗地捡起来，但一发现下一颗，他们就把刚才捡的扔掉。

他们来到了这片辽阔的荒野顶端，那四棵冷杉早已看不见了。罗杰突然停下来，说："那些山是怎么回事？"

提提回头看了一眼。干城章嘉峰和北边的侧峰在阳光下挺立着，但南边的那些小山丘却不见了，荒野的尽头仿佛与天空连在了一起。

"现在已经没那么热了。"罗杰说。

确实如此，气温似乎骤然降低，阳光也不像之前那般刺眼了。

提提又回头看了看干城章嘉峰，一缕白云从低处的山坡上飘过，峰顶变得越来越模糊，山顶上那个石堆纪念碑已经看不见了。提提的视线掠过荒野，向燕子谷望去。毫无疑问，有什么地方不对劲了。荒野在慢慢变小，看起来不像之前那么辽阔了。放眼望去，左边的树林集体消失，右边的山丘也不见了踪影。荒野的尽头不再陡然落入山谷，而是渐渐地消失在一片轻柔的白雾之中。

"这阵雾像潮水一样向我们袭来。"提提说。

"我们就像站在海岬上，面对着从四面八方涌来的海水。"罗杰说。

迷雾像一堵高墙般从南边沿着山脊顶部席卷而至。天上似乎没风，但雾气却一直向前飘着。偶尔有几团云彩飘在雾气前面，就像海上的碎浪到来之前，那些打在沙滩上的小浪一样。

"好冷啊。"见习水手说。

"咱们快点走吧。"一等水手说。

很快，他们就被那团迷雾笼罩其中，只能看到前面几码远的地方了。

"这不是海岬，"罗杰说，"而是一片沙洲。现在海水已经把这里淹没了。"

提提抽了抽鼻子，然后咳嗽了一声。

"这是海雾，"她说，"闻了喉咙会发痒的。尽量少吸气。"

"这附近有一颗松果。"罗杰说，"我刚刚看见了。"

他往前跑了几步，消失在白雾中。

"罗杰!"

"欸!"

"你在哪儿?"

"这儿呢。"

"待着别动。你现在在哪儿?"

"我在这儿。你在哪儿?"

"你别动，我马上过去。好了，我能看见你了。没事了。"

"我找不到那颗松果了。"

"别再乱跑啦！"提提说，"我们必须跟紧对方，不然就会走散的。这场雾很快就会散掉的。"

"你的头发上全是小水珠。"

"不知道他们在湖上是不是也遇到了这种情况。"

"我来发个雾角信号吧。"罗杰说。"我开始啰。"

"没人会听见的。"

"但我想试试看。"罗杰说。荒野高处，几只浑身沾满雾气的绵羊被吓了一跳。可是，它们并不知道，那阵低沉的雾角声是从一艘大西洋航线邮轮上发出来的，它正穿过雾气缭绕的英吉利海峡，向普利茅斯进发。

"安静！"过了一会儿，提提说，"别影响我思考。"

罗杰最后在迷雾中发出了长长的"呜——"的一声，然后停了下来。

"其他人没那么快能追上我们。"他说。

"我们应该能找到下一颗松果。跟紧我，我们一起找。虽然这样看得不远，但分开找很容易迷路。"

"如果我们中有一个人迷路了，那就等于我们两个人都迷路了，"罗杰说，"因为如果迷路的人看见没迷路的人，那就说明两个人都没有迷路，反之，如果迷路的人看不见没迷路的人，那就说明两个人都迷路了。"

"天啊，快闭嘴吧，罗杰！你安静一分钟行不行？"

"遵命，长官！"罗杰说。可没过一会儿，他又开口了，"我能说话吗？"

"你想说什么？"

"这里有颗松果。"

"好的。"一等水手说，"现在你知道吉卜赛路标的作用有多大了吧。就算起了雾，我们也能找到去燕子谷的路。"

"他们在湖上怎么辨别方向呢？"

"用指南针呀。哦！指南针在我们这儿。或许南希船长也带了一个。"

提提把指南针从她的背包里拿出来，打开看了看。

"黑色的一头指着北边，"她说，"所以白色的那头指的就是南边了。往南走我们就能找到下一个吉卜赛路标。"

她把指南针托在胸前，一边低头盯着表盘，一边慢慢地向前走。

罗杰一直乖乖地待在她身边，眼睛搜索着地面，过了一会儿，他扯了扯提提的衣袖。

"我们是不是走过头了。"他说。

麻烦的是，提提和他想的一样，但事实如何他们无从得知。那个指南针似乎帮不上什么忙。这部分荒野遍地都是矮草，草地上开着一簇簇石楠花，还有许多大石头，有些是松的，有些嵌在土里，翻开后会发现底下有很多蚂蚁窝。此外，一排排深绿色的灯芯草随处可见。那种灯芯草剥开后里面是白色的，能用来编草戒指、草绳，甚至是草篮子。就算没有起雾，也没人能在这里找到路。周围的羊群向各个方向奔跑，但它们大部分都从荒野的一头绕到另一头，而不沿着坡顶直线前进。这一点叫人很费解。

"你站在这里别动，"提提说，"我去附近找吉卜赛路标。我不会离开你视线的。"

于是，她走到十几码外的地方找了一圈，但却一无所获。

"现在你站着别动，我去找找。"罗杰说，但他并不比提提幸运。

"现在我们只能继续往前走了，"提提最后说，"我们必须立刻赶回去，因为波利还在等我们。而且苏珊也说了让我们先把火生起来。"

她把指南针托在胸口，一边走，一边盯着指针看。无论她拿得多稳，指针一直来回晃个不停。而且更糟糕的是，她被一簇细长的草丛绊了一跤，脸朝下摔了个狗啃泥。但指南针没有摔在地上，因为提提宁可让自己跌倒，也没用手掌去撑地。她始终把指南针高举在空中。毕竟，它才是最重要的。不过，她自己摔得可比想象中疼得多。

"摔碎了吗？"罗杰问。

一等水手从地上爬了起来。

"没有，"她说，"我想知道怎样才能用好它。约翰没有一直盯着表盘。我观察过他是怎么做的。他先看了一眼指南针，判断哪里是北，然后往北看，找一块石头或者别的什么东西。然后他就把指南针放进口袋，一直走到石头那里。可是现在，我们的南边什么都看不见。"

"到处都是白茫茫的一片。"罗杰说。

提提又看了看指南针。

"那边是南。"她指着雾里说，"如果我们笔直往那儿走，就一定不会走错，因为那条小溪就在那个方向。等我们到了小溪边，就很容易能找到营地了。"

她最后看了一眼指南针，然后把它放进口袋，迈着坚定的步伐走进迷雾中，眼睛直视着前方，并且尽量让右脚和左脚迈出的步子一样远。

"快点，罗杰！"她说。

"遵命，长官！"罗杰说。他紧跟着提提，目光搜索着身边几码远的地方，希望能发现一颗松果，好确定他们没走错路。

他们在荒野上慢慢地往前走，穿过一片白茫茫、空荡荡的世界。有时，他们觉得好像看见了一只迷路的奶牛，可那实际上却是一块石头，而他们认为是石头的东西，实际上却是几只黑鼻羊。它们"咩咩"地叫着，慌慌张张地四处逃窜，很快就消失在白雾中。

"我们是不是迷路了？"罗杰终于开口问道。

"当然没有，"一等水手说，"咱俩又没走散。皮特鸭说，只要我们一直往前走就没问题。"

"我们一定快到了吧。"

"我想是的。我们现在随时都有可能听见鹦鹉的叫声。"

"这里的地面又湿又软，我有一只鞋子都进水了。"

"这是一小块沼泽地。我们得绕开它才行。"

之后的一段时间，他们一直在绿色的灯芯草丛里钻来钻去。这让提提有些担心，因为在去亚马孙河的路上，虽然他们也看见了很多灯芯草，但似乎没有走过这种沼泽地。不过，荒野上的确有很多小沼泽地。只要他们一直往前走，稍微往左或往右偏一点是不会有太大问题的。突然，她停下脚步，侧耳倾听。

"怎么了？"罗杰小声问道。

"你听!"

一阵叮咚的流水声从他们前方不远处飘了过来。

"是小溪!我们快到啦!"

他们向前跑去,差点掉进一条涓涓流淌的小溪中。那条小溪经过一个又一个小水潭,流向荒野脚下。

"我们往右边偏得太多啦。"提提说,"这里一定离鳟鱼湖的上游很远,否则水流不可能这么小。不过我们现在不会迷路了。"

迷雾中,有了这条小溪指路,他们愉快地向前奔去。

"等到了鳟鱼湖,我们把剩下的巧克力都吃掉吧。"罗杰说。他们走了很长一段路,虽然小溪确实变得开阔多了,但他们仍然没有看见鳟鱼湖,提提决定停下来休息一会儿。

他们卸下背包,把巧克力拿出来,然后坐在背包上休息。提提从口袋里掏出指南针,一边吃着巧克力,一边打开指南针,放在旁边的地上。

"这个指南针有点不对劲。"她突然说,"它显示的是小溪往西流。可是,这条小溪应该是向东流,经过鳟鱼湖和燕子谷,最后流进马蹄湾才对呀!"

"是不是你摔跤的时候把它摔坏啦?"

"不会的,它根本没掉在地上。也许是在干城章嘉峰的时候颠得太厉害了。我们下山确实走得很快。"

"嗯,"罗杰说,"幸好我们找到了这条小溪。"

第二十九章
伤员

"你能别这么贪吃吗？"提提终于忍不住说。

"只剩最后一点巧克力了。"罗杰说，"好了，吃完了。咱们走吧！可是雾还没散呢。"

"别担心，现在有小溪给我们指路。"提提说，"走吧！"

于是，他们背起空背包，再次出发。刚刚吃完巧克力，身边又有这么一条在水潭间穿流而过的小溪给他们指路，他们的心情顿时变得愉悦起来。

当然，提提对指南针的事情还是觉得很抱歉，如果最后即使约翰都不能把它修好，她也相信弗林特船长一定会有办法的。而且，比起和罗杰一起迷路，指南针坏了根本算不了什么。她突然明白，以前是怎样的担心才让苏珊时常变得像个土著人。现在，一想到蜡油没有对姑奶奶造成伤害，而且不管那个蜡像有没有派上用场，姑奶奶都已经走了，她觉得既欣慰又高兴。还有，燕子号也快修好了。除了这些美好的想法，提提的脑海里又冒出一个念头，要不是因为这场浓雾，她担心自己会摔倒在溪边松动的石头上，她真想昂首阔步地蹦着往前走。

"见习水手，"她说，"这个周末之前，我们就能回野猫岛啦！后面会有各种惊喜等着我们。"

"我也能单独驾驶燕子号啦！"罗杰说，"不像去年。约翰答应我，他连一根手指头都不会去碰舵杆。"

"亚马逊海盗也会来。加上我们的储物帐篷，岛上一共会有六顶帐篷。我们还可以把另外那顶旧帐篷支起来，给客人住。"

"或者当成牢房，用来关犯人。"罗杰说。

"布丽奇特会来住的。妈妈也会来。"

"为什么没有弗林特船长呢？"

"我们当然会邀请他啦，还有玛丽·斯旺森，大家都会来的。快走吧！皮特鸭刚刚提醒我，燕子号鹦鹉还在山洞里等我们呢。而且我们还要生火。快走！"

他们沿着小溪匆匆地赶路。

"现在我们应该离鳟鱼湖不远了吧？"过了一会儿，见习水手说。

"是的，"一等水手说，"到了那儿，营地就近在眼前了。"

他们继续往前走，有时走在小溪这边，有时走在另一边，但始终挨着小溪，而且彼此也跟得很紧，因为他们在雾中只能看见几码远，他们既不想让小溪消失在他们的视线里，也不想让对方从一个真真切切的水手变成一团灰影。渐渐地，小溪里的石头多了起来，水声也变得更响亮了。它不再像一条荒野里小水渠，而更像是一条真正的小溪，不过，他们只要纵身一跃就能轻松地跳到对岸。此刻，水声比之前大多了，水流也更湍急了。但他们仍然没有看见鳟鱼湖的影子。

"想必咱们往右偏得太远了。"见习水手说。

"现在应该快到了。"一等水手说。

就在这时，他们的心情一下子跌入谷底。

"快看！"领先几步的罗杰说，"对面有棵树！我去看看。"

"我没看见树呀。"提提说。

"我看见了，好大的一棵树。"罗杰说完便跳了过去。

他在对岸着陆时，发出了一声痛苦的尖叫。他的左脚没踩稳，在两块石头中间狠狠地扭了一下。他整个人向前摔了出去。当他试图爬起来的时候，他又叫了一声，旋即跌倒在地上。

"你受伤了吗？"提提立刻跳到小溪对岸问道。

"嗯。"罗杰说。

"伤得严重吗?"

"是啊,我都起不来了。但那棵树确实在那儿。你看!"

如果罗杰心里想着什么事,他一定会说出来的。刚才他在跳之前,心里一直想着那棵树。现在他坐在小溪边,仍在想着这件事情。提提抬头看了一眼。

在他们前方不远处,有一棵高大的松树耸立在白雾中,像一个灰色的鬼影。这棵树带给提提的困扰不比罗杰少。

"荒野上是没有树的呀。"她说,"只有燕子谷的另一边,斯旺森农场上面的树林里才有树。"

"嗯,可那确实是棵树。"罗杰说,"哎哟!"

"你伤到哪里了?"

"是我的左脚。我想八成是骨折了。"

"哎呀,真可怜。"

"而且我们的巧克力也吃完了。"

"这肯定不是我们的树林,因为从鳟鱼湖流进燕子谷的小溪比这个大一倍,而且它流到树林附近的时候更大,所以这不可能是我们的小溪。我们已经沿着它走了好几英里了。"

"我的脚动不了了。"罗杰说。

"哎呀,真可怜。"提提跪在他身边,又说了一遍,"我帮你把鞋脱了,忍着点疼。"

罗杰坐着不动,全身紧绷,等着一阵剧痛的来临,可他却并没有感觉到疼。没等他反应过来,提提就已经解开了他的鞋带,把一只鞋脱了下来。

"我想应该没有骨折,"她说,"你试试看能不能动吧。"

罗杰刚动了一下,就立马感受到一阵刺痛,仿佛有人用一根烧得通红的烤肉叉扎透了他的脚踝。"哎哟!"他说,"我不想再动了。"

"试试看能不能把脚放下水吧。要是大副在这儿就好了。她知道该怎么办。不管怎样,你得先坐到你的背包上去。"

罗杰慢慢地挪到石头边缘，把脚伸进溪流汇成的小水潭中。

"好冰啊！"他说，"但这种感觉好极了。"

"真希望有人能告诉我这是哪里。"提提一边说，一边脱掉罗杰的背包，放在地上，让他垫在屁股下面。她知道如果苏珊在这里，她会立马想到这一点的。

"嗯，这不是我们的错。"罗杰说，"都怪这该死的雾。嘿！你看这棵树。它在呼吸呢。"

果然，只见那棵松树低垂的枝条正在迷雾中微微地上下摇摆，但它的树干却纹丝不动。

"你听！你听！"提提说，"终于起风了。"

一阵轻柔的风声穿过树梢，从那片铺天盖地的白雾后面飘了过来。

"还有别的声音呢。"罗杰说。

提提竖起耳朵听。果然，她听见一阵"砰砰砰"的声音。那是斧头的声音。"是樵夫。"她说。

"哎哟！"罗杰尖叫了一声，"对不起。其实没那么严重。只有转得太急才会疼。雾要散了。周围还有很多树。原来这是一片森林啊。我们到底在哪儿呢？"

提提用舌头舔了舔手背，然后把手伸向空中，感受风是从哪边吹来的。

"风是从这些树的另一边吹来的。快看！雾开始散了。我说过它会散的。要是我们多等一会儿就好了。"

此时，提提和罗杰发现他们来到了荒野边缘。这是他们从未踏足过的地方，身后的荒野在渐渐消散的迷雾中绵延伸向远方，但前方的地势却陡然跌落，就连长在几码外的树林顶端都能看得一清二楚。那条指引他们来到这里的小溪也奔腾着流向树林。放眼望去，远方的田野一览无余，田野之外，树林顺着山谷的另一边攀缘而上。

"鳟鱼湖呢？"罗杰问。

"这里没有湖，"提提说，"这根本就不是我们的燕子谷。"

"但鳟鱼湖肯定就在这附近。"

"不。那些不是里约湾或者鲨鱼湾后面的山。"

随着雾气慢慢地升向高空，一些小山头最先显露出来，然后是高高的山峰，最后是天空。虽然雾气正在消散，但有一个比这里更高的地方，除了黑色的石头和石楠花之外，什么都看不见。雾气越升越高，但提提和罗杰却始终看不见那一片天空。

"那肯定是一座山，"罗杰说，"可是迪克森农场后面没有那么高的山呀！"

雾气仍在消散。终于，他们看见了被大山隔出来的两片天空，可是山顶还是看不见。两片天空慢慢上升，越靠越近，一缕缕薄雾在它们之间的山坡上飘荡。天空终于连成一片。山顶的雾气也已经散尽，两位水手异口同声地喊道："是干城章嘉峰！"

"指南针根本没坏，"提提说，"是这条小溪的方向错了。"

"害我们也跟着走错了。"罗杰说。

"我们在雾里肯定往右拐了。"她把指南针打开，放在地上说。

"那我们现在怎么回去呢？"

那一刻，提提很想直接掉头，往小溪的上游走，爬到荒野的顶端。现在雾已经散了，她或许能在上面看见他们是在哪里出的错，说不定还能重新找到松果路标，这样的话，他们回到燕子谷的时间也不至于太晚。

可转念一想，她就知道这样是行不通的。罗杰现在根本动不了，而她又背不动他。即使她能背得动，她也不确定能不能找到松果。说不定雾气会再次降临，到时候他们就更分不清东南西北了。如果苏珊在这里，她会怎么做呢？她一定不会有丝毫的犹豫。虽然提提打心眼里不想屈服，但她知道这是现在唯一的办法。那就是必须向土著人求救。可谁知道她会遇到什么样的土著人呢？

"砰——砰——砰——"她听见下面的树林里传来一阵斧头声。她下定了决心，回头看着罗杰。

"我要下去看看。"她说。

"可是我动不了呀。"

"你在这里等，我去找人帮忙。"

"我一个人在这里吗？"

"听我说，罗杰，我可以把皮特鸭借给你。我不在的时候让它陪着你。我必须去下面找那些樵夫。皮特鸭也支持我的决定。"

"你留在这里，让皮特鸭去找那些樵夫吧。"

"它可能听不懂他们说的话。就这么定了！我得走了。"

"可我不想一个人留在这里。"

"罗杰，"提提严肃地说，"你要记住，你是一名见习水手，而且再也不是船上最小的成员啦。"

"我当然不是，"罗杰说，"还有燕子号宝宝呢。"

"嗯，我就是这个意思。不能再浪费时间了。按道理我们现在应该到了燕子谷才对。天就快黑了。而且从昨天早上到现在，鹦鹉一直没出来过。"

罗杰定了定神。

"你去吧，雾也已经散了。"他说。

"那你照顾好自己。我快去快回。"

"听您的吩咐，长官！"罗杰说。

"我的背包口袋里还剩最后一块巧克力。"提提卸下背包说。

"等我饿得受不了的时候再吃。"罗杰说。

提提把背包扔在他旁边，然后径直向森林走去。

当提提的背影消失在树丛中的时候，罗杰突然觉得自己没刚才那么勇敢了。他几乎要喊出提提的名字，可最后还是忍住了。他想学几声猫头鹰叫，代表他是个天不怕地不怕的见习水手。但他转念一想，提提也许不会明白他的意思。要是害得她半路折返，走了冤枉路就不好了。算了，还是老老实实地坐着等吧。说不定这里有熊呢。那片森林看起来确实像有熊出没的地方。或者有狼。可惜的是，那些熊和狼错过了好机会。现在雾已经散了。刚才，提提和罗杰在雾中摸索前进的时候，它们原本可以潜伏在他们身边，然后趁他们不注意扑上去。"它们甚至不用叫。等我们反应过来的时候，脖子可能就已经被咬断了。"这个想法让人心里不大爽快，虽然现在雾已经散了，这种突袭是不可能发生的，但罗杰还是捡了三四块大石头放在身边，以便在需要的时候伸手就能拿到。接着，他又检查了一下那只受伤的脚。很奇怪，如果有人在旁边担心他的伤势，他的脚就疼得受不了，可现在他一个人在这里，脚反而没那么疼了。不过，他伤得还是很严重的。只要一动那只脚，他就会想到美人鱼走在刀刃上的感觉[1]。他发现，如果他真的是一条美人鱼，他能很好地适应没有脚的生活，即使在陆地上也不例外。他把自己撑了起来，随后又坐了下去。如果他想挪到很远的地方去，那需要很长的一段时间。幸好他不用这么做。他给自己搭了一个舒服的小窝，然后把两个背包铺在地上，挪动身体，坐了上去。那几块石头就在他的手边，小溪也离得很近，一伸手就能捧起水喝。他知道，这样拖着身体移动容易把马裤的裤裆磨破，但比起燕子谷的"磨裤子游戏"，这根本算不了什么，而且玛丽·斯旺森最后一次给他补裤子的时候，用了很结实的布料，她说："这下你多滑几次都不会破了。"想到这里，罗杰觉得更沮丧了。如今，他的脚出了问题，就算把那条玛丽·斯旺森补过的马裤换成皮裤，他也玩不了"磨裤子游戏"了。

他又看了看那只受伤的脚，现在已经有些发紫了。罗杰心想自己一定伤得不轻，但他很快就发现其实不是，因为只有当他摇晃那只脚的时候才会感觉到疼。这很容易分辨。他想起曾经听过的几个关于伤员因为疼痛而晕倒的故事。他不知道为什么会这样。他往后躺了下去，但他的脖子被一根石楠花枝硌得有些发痒。他必须再找一个更平坦的地方。他不停地扭来扭去，终于找到了一个舒服的姿势躺了下来。可就在他闭上眼睛，开始深呼吸的时候，一个令人意想不到的情况出现了。前一天因为要去亚马孙河，他起了个大早，而今天早上在半山腰的营地，他又早早地醒了。这两天他经历了太多太多的事情。此刻，他根本来不及细想，就迷迷糊糊地睡着了。

---

1. 出自安徒生童话《美人鱼的故事》。故事中，当小美人鱼的鱼尾变成双腿后，每走一步都像踩在尖锥或刀刃上一样。

第三十章

巫 医

　　"砰砰砰"的斧头声近在耳边。提提放慢了脚步。她从陡峭倾斜的树林里走下来的时候速度很快，只好扶着一棵又一棵树来保持平衡。随着那个声音越来越近，她的表现更像一个闯入陌生国度的探险家，而不是急着找医生的人。此刻，受伤的罗杰正躺在荒野的边缘，所以她必须抓紧时间，可即便如此，她也不想贸然去找那些土著人，必须先打探一下对方是什么样的人才行。她尽量不让脚踩在枯枝残叶上发出太大的声音。这其实并不容易，因为这里的树都很不安分，比如橡树、山毛榉、花楸，尤其是榛树，它们仿佛会自己折断枝条似的，发出噼啪的声响。在这片树林里，时常能看到一些参天大树，但大部分还是那种矮小而又茂密的小树。它们之间挨得很近，想要拨开它们从中穿过，不弄出点声音几乎是不可能的，就算是身材娇小、行动谨慎的提提也不例外。不过，她前方不远处的几棵树最近刚刚被砍掉。那里的树叶比之前稀疏了不少，她很快就能看到那个拿着斧头一直砍个不停的人是谁。突然，"砰"的一声斧头声传入提提的耳中，然后是一根柴火被劈断发出的清脆的咔嚓声。原来那个人不是在砍树，而是在劈柴。这实在太让人意外了。等等，那个声音听起来有些像烧炭人。提提蹑手蹑脚地走到空地边缘，探着头向外望去。

　　溪边有一块平地，看起来像是山坡上的地台[1]。地上摆着一圈柴火，垒了有三四英尺

---

1. 地台：大陆上自形成后未再遭受强烈褶皱的稳定地区。

高，呈圆柱形，每根柴火差不多一码长，全都指向中间。柴垛和小溪之间还放着一大堆切好的土块。提提知道它们是用来做什么的，去年她就看见烧炭人给一堆燃烧的柴垛上盖了满满的一层土，这样能避免火烧得太快。她还记得，只要有火苗蹿出来，烧炭人就会用土块封住每一个小孔，把火包裹得严严实实的。在那个没堆完的柴垛另一边，有一间烧炭人住的尖顶棚屋，是用长杆搭起来的，杆子粗的一头插在地上，细的一头在空中交错在一起。那间棚屋紧挨着树林，如果不仔细看很难发现。屋前有一个小火堆，火上用三脚架吊着一个黑色的大水壶。在空地的另一侧，树林再次急剧下落，一直伸向亚马孙河谷。提提从树林里向外眺望，刚才起雾的时候，太阳消失得无影无踪，此刻，它正低悬在干城章嘉峰的山腰上，恰好照进她的眼睛里。所以有一段时间，她只能听见烧炭人的声音，却看不见人。少顷，砍柴声停止了，一位皮肤黝黑的驼背老人从柴垛后面走了出来，把一束柴火塞进水壶下面的火堆里。

提提高兴地跑了出去。她认出那是比利父子中的一个，但她不确定那是老比利还是小比利。比利父子都是烧炭人，去年他们在湖对面的树林里烧炭的时候，曾经给燕子号水手们看过他们的蝰蛇。

"嗨！小姑娘，好久不见，"那位老人说，"我们最近刚好说起你们哩！其他人呢？"

"只有我一个人在这里，"提提说，"罗杰在树林上面的荒野上，他的脚受伤了，我得想办法带他回家。"

老人静静地看着提提。提提以为他没听明白。

"我们在雾里迷路了。"

"原来如此，"烧炭人说，"我也是这么想的。他走得太急了吧？雾太大了。在山上遇到这么大的雾，就算是大人也会迷路的。有一年秋天，我在山上捕狐狸的时候就迷路了，足足被困了三天。那差不多是五十年前的事了。罗杰是那个小男孩吧？你把他留在哪儿了？树林上面？小溪边吗？你现在带我去找他。"

说完，他走到空地边缘，把一只手放在嘴边，朝树林下面喊话。

"水已经烧上啦！"他大声喊道，声音比提提预料中要大得多，"水烧上啦！你们来个人看着火！我走动一下！"

"噢！好的！"有人从下面很远的地方回答道。提提这才听见那里的声音，有滑轮链条的哐啷声、马儿的踏步声和笨重的木头发出的嘎吱声。

"那是什么声音？"

"他们在运木头。"老人说，"要把一些大圆木运走。你们在湖的下游应该见过吧。你想去下面看看吗？"

"我得回去找罗杰。"提提说。

"看来我真的老了。"烧炭人说，"我差点把那个小家伙给忘了。咱们走吧，小姑娘，去看看能为他做点什么。"

老人和提提穿过树林，向荒野上爬去。

"嘿，"他说，"听说你们今年去了斯旺森农场那边的山上。去年你们可出名了，大家都在议论你们帮特纳先生找回被偷的东西的事。不过，听说今年你们的船出了点状况，是吗？"

"这不能怪约翰，"提提说，"谁都可能会遇到那种情况的。而且，燕子号也快修好了，它会完好如初地回到我们身边。新桅杆也做好了。等燕子号一到，我们就回野猫岛去。"

"布莱克特两姐妹的日子似乎也不太好过，"烧炭人说，"因为老特纳小姐在贝克福特。我想，你们大家见面的机会应该不多吧。"

"她已经走了。"提提说，"南希和佩吉今天晚上会来和我们一起露营。她们和约翰、苏珊驾船从湖上走了。我们原本可以在他们到营地之前先把火生好的，结果碰到了那场雾，罗杰现在又……"

"别担心，小姑娘，"那位老人说，"说不定他们在湖上也被雾困住了。"

这倒是真的，她心想。或许他们的船还没到燕子谷。她和罗杰还是有可能最先赶到的。提提看着老人，终于下定决心问他那个问题。

"希望您别介意，"她说，"您是老比利还是小比利呢？养蝰蛇的是小比利，对吧？"

老人哈哈大笑起来。

"你还记得呀！嗯，你看到的是我的蝰蛇。我是小比利。我爸爸是老比利。"

"他在哪儿呢？"提提问，"是在刚才你说的运木头的地方吗？"

"不是。"小比利说，"你不知道吧，比格兰今天有一场猎犬追踪赛，好像挺隆重的，我父亲听说老吉姆·波斯尔思韦特也会去，据说他坚信自己将会是那场比赛年纪最大的观众。可实际上，他只有八十九岁，而我的父亲去年秋天就满了九十四岁了。'我才不想被那个年轻人看扁呢。'这是我父亲的原话，所以他今天早上就去了比格兰，而且是从荒野上走着去的。晚上他会在我一个小侄子那里过夜。我那侄子还准备让他见见他的几个曾孙呢。"

小比利自己也年逾七十，他的孙子也比提提大得多。可是，他们在树林里爬坡的时候，提提喘得比他还厉害。

快到坡顶时，提提用剩下的力气学了一声猫头鹰叫，让罗杰知道她带着帮手回来了。

没人回答。

"刚才那声学得不像。"说完，她又试了一次。

这一回，从前方不远处传来了一声尖锐的小猫头鹰叫。

"嘟呜呜呜——"提提又喊了一声。罗杰躺在溪边的时候，本想体会一下疼晕过去的感觉，可没想到竟然睡着了。刚才，他猛地从睡梦中惊醒，很快就看到一等水手和烧炭老人从树林里走了出来。

"哇！"他喊道，"是比利父子！"

"只有小比利而已。"小比利笑着说。其实叫他老比利也未尝不可，只不过他的爸爸年纪更大。"嗯，小家伙，你先别动，让我来看看你的那只脚。肿得很厉害啊！骨折了吗？"

"还能动，"罗杰说，"现在虽然没有之前那么疼了，可还是很疼。"

"别担心，"烧炭人把他的脚举起来检查了一番说，"敷点药就没事了。小姑娘，帮忙抬一下他的这条腿，我来把他扶起来。慢点，往上抬。"

罗杰发现自己单脚站在了地上，提提和烧炭人在旁边扶着他。

"你可以放开他的那条腿了。"烧炭人说。

"哎哟！"罗杰叫了一声。

玛丽的樵夫先生把提提抱起来，放在木头伸出车轮外很远的一端。

"这样坐舒服吗？"他问。

"嗯，谢谢。"提提说。

"出发之后一定要抱紧木头。"

另一个樵夫把挂在马脖子上的饲料袋取了下来。

"你们把她送到斯旺森农场，"烧炭人说，"再告诉玛丽明天早上来接这个小家伙吧。"

"太感谢您了！"提提说。

"再见，比利。"两位樵夫说。

"再见，杰克。再见，鲍勃。"

"小姑娘，我们出发啰！"

提提刚反应过来杰克是在跟她讲话，车轴中间的那匹马就猛地向前一纵，两匹领头马也在前面拉，于是，那根大木头便载着提提——她高高地坐在圆木的末端，仿佛坐在一艘老式帆船的船尾甲板上一样——离开树林，来到了大马路上。

第三十一章
尖顶屋的夜晚

　　罗杰非常愿意和烧炭老人在尖顶屋里过夜。这是所有人都梦寐以求的事情，那种感觉就好比是走在一座横跨激流的独木桥上，半路遇见一只熊，然后拼命摇晃桥面，终于把熊摔进水里一样。或许很多人都曾有过这种天马行空的想象，但他们知道这是不可能发生的。罗杰从来没想过自己能留下来，即使在他满怀希望地说苏珊会答应的时候，他也料定身为指挥员的一等水手提提会坚决反对的。可是后来，当两位樵夫急着动身，小比利让他们捎上提提，穿过山谷，沿着湖边的马路把她送到斯旺森农场的时候，提提非但没有阻止，反而很高兴让罗杰待在一个安全的地方。这一切发生得太快，小比利已经去下面的马路上给他们送行了。罗杰这才发现自己又变成了孤身一人，而且进入了一场无法回头的新冒险之中。

　　他坐在火堆旁，视线掠过脚下青翠的树梢，一直望向山谷另一边高耸入云的干城章嘉峰。在那里发生了太多不可思议的事情，至少他经历的那些都很不可思议。那天早上他还在山顶呢。他试图寻找他们在半山腰露营时的那条小峡谷，可惜它已经被大山的山坡挡住了。能和苏珊、约翰和提提在那样一个地方露营，即使不住帐篷，也感觉是一件再自然不过的事情。可是现在就不同了，他今晚将在烧炭人的棚屋里过夜，与一位年纪像干城章嘉峰那么大的老人住在一起，而且毯子下面可能还放着一个雪茄盒，盒子里养了一条会嘶嘶叫的小蛇。罗杰突然觉得在这种情况下，很容易把那位烧炭老人想象成一个喜欢吃小水手的怪物。当然，小比利绝不是那种人。但罗杰知道自己会忍不住那样想。他必须打消这个念头。现在他已经没有退路了，其一，他的脚踝上用一块红手帕裹着一大包欧洲蕨；其二，他不知道该逃向何处；其三，他很清楚比利父子是全世界最友好的野人。

再者说，想太多也没什么用，为了避免他对老人产生误会，从而陷入一发不可收拾的境地，罗杰扭过头看着棚屋。这间屋子看起来像是新搭的，和他们去年从燕子号上下来，穿过树林去看烧炭人和他们养的蛇时见到的那间不同。但他也不敢肯定。虽然塞在圆木缝隙中用来挡雨的苔藓看起来还是绿油油的，但这有可能是一间旧棚屋。"不管怎么说，这是一间相当不错的尖顶屋。"罗杰自言自语地说，仿佛这是他自己的房子一样。

烧炭老人从下面的树林里回来了。

"那个小姑娘一切顺利，"他说，"你还好吗？"

"我很好，谢谢。"罗杰说。

"用蕨草来治疗扭伤是再好不过的了。"

"这座尖顶屋是新的吗？"罗杰问。

"什么是新的？"

"尖顶屋呀。也就是木头房子。不对，不是木头房子，因为这些木头都是立在地上，而不是横着叠起来的。而且，它是圆的，不是方的。我不知道你们是怎么叫这种房子的。"

"我们一向都说棚屋，"老人说，"但你的叫法也没错。这顶棚屋算是半新半旧吧。只要希尔德树林里有烧火留下的空地，我们就会来这里烧炭。它的几根木头已经在这儿有好多年了，但棚屋的寿命不长，每次烧完炭，它就会变得更破一些。我们已经隔了好几年没来了。如果没人照看，等冬天的暴风雪一来，很容易把它吹得东倒西歪的。这次我们来的时候就给它换了几根新木头，还重新给缝隙里塞了苔藓，所以很难说它是新房子还是旧房子。不过，这个烧炭的地方倒是很久以前就有了。这一点我可以很肯定地告诉你。"

在烧炭老人的观念中，住在尖顶屋里是一件再正常不过的事了，哪怕在深山老林里也没关系。对罗杰来说，夏天睡在这里似乎也挺不错的。那么何乐而不为呢？于是，罗杰卸下了心头的包袱，之后的一切也变得轻松多了。

老人捡起斧头，继续劈柴。他把柴火砍成合适的长度，堆成一堆，准备垒在那个没搭完的圆柴垛上。至于那些碎木屑，他准备晚些时候再添进火堆里。罗杰坐在地上看着他，嗅着火堆的余烬从水壶底下散发出的宜人气味。他感到一阵浓浓的困意，但除非老人先开口，否则他是不会说什么的。

烧炭老人一边砍柴，一边时不时地停下来和罗杰讲话。他谈到他的老父亲在比格兰除了猎犬追踪赛之外可能会遇到的事情，比如摔跤。罗杰问那是什么。小比利说他应该去见识一下。接着，他说起几十年前，他和罗杰差不多大的时候，第一次去看父亲和别人摔跤的情景，他说，当时的摔跤冠军可以赢得一根镶有银搭扣的腰带。然后他还讲了自己作为摔跤手上场比赛的事。谈到这些，他挺直腰杆，晃动胳膊，揉搓双手，滔滔不绝地说着罗杰听不懂的话，比如"尼尔森式摔""拦腰抱摔""有效摔击"和"锁定失效"[1]。但罗杰并没有说自己没听懂。他静静地听着，老人的话像那些伟大的诗篇一样从他的左耳进，右耳出，只在他的脑海里留下一种感觉，这个老人正在兴致勃勃地讲一些很久远的事情。

突然，老人的背又弯了下去。"那是五十年前的事啦！"他感叹道，"但我现在还能露两手给他们瞧瞧呢！"

此刻，太阳渐渐沉入干城章嘉峰的背后，老人捡起地上劈柴留下的碎木屑，扔进火里。他用手掌擦了擦斧头，又把手放在屁股上搭了一下，然后问罗杰晚餐想不想吃鸭蛋。

"我从没吃过鸭蛋。"罗杰说。

"母鸡根本下不出那么大的蛋，"老人说，"而且鸭蛋的味道比肉还香呢！我爸爸去了比格兰，所以一个给你，一个给我，这样我们晚上睡觉的时候就不会饿肚子了。"

说完，他拨了拨水壶底下的干树枝，火势便渐渐旺了起来。那壶水是提提和樵夫走了以后他从小溪里打来的。他走进棚屋，带着两枚青白色的大鸭蛋和一把大勺子出来了，

---

1. 摔跤术语。

然后，他用勺子把鸭蛋放进了水壶。罗杰记得苏珊说过，不到万不得已不要用水壶煮鸡蛋。他打算问问小比利这件事，可话到嘴边又咽了回去，因为他想到，不同的部落可能有不同的风俗习惯，而他对这个部落的了解实在不多。

随后，老人从尖顶小屋里抱出一摞毛毯，抖了抖，又把它们放了回去，出来的时候，他的手里拿着一块面包。他打开他的小折刀，切下厚厚的两片，然后猛地拍了一下膝盖，说忘记拿盐了。于是，他又钻进小屋，带着一个装满盐的旧雪茄盒出来了。紧接着，他从水壶里取出鸭蛋，往壶里倒了些茶叶，放回火堆上。这种事情苏珊从来没有做过。

"我爸爸不在，所以牛奶够我们两个人喝了。"他拿起那个绿色的瓶子说。

尽管两枚大鸭蛋还很烫手，但烧炭老人卷起一片毛地黄的叶子，托起他的那枚鸭蛋，用大勺敲了几下，开始剥壳。罗杰也照着做。剥完一半后，鸭蛋就没那么烫了，剥另一半的时候也不需要再用叶子包着了。很快，两枚滑溜弹口的淡青色鸭蛋就剥好了，看起来很像矢车菊蓝的蛋形模子。老人从鸭蛋尖上咬了一口，暗橘色的蛋黄立刻淌了出来。罗杰也同样咬了一口他的鸭蛋，旋即二人都舔了一口顺着蛋白边缘流下来的蛋黄。而后，老人咬了一大口面包，罗杰也跟着咬了一口。

"鸭蛋实在太香了。"老人一边说，一边捏了一把盐撒在蛋上。

"真好吃！"罗杰说，"而且蛋黄也很多呢。"

不久之后，烧炭老人开始收拾床铺，为今晚做准备。

"你要枕头吗？"他问罗杰，"爸爸把他的外套带走了。"

"我可以把我的衣服塞进背包里当枕头。"罗杰说。

"光着身子睡觉会着凉的。"老人说。

"我昨天晚上是穿着衣服睡的。"罗杰说。

"那你今晚最好也穿上衣服睡觉。"老人说，"我可以给你的包里装一些干蕨草，让你当枕头用。"

"好了。"几分钟后，他说。然后他扶着罗杰单脚站起来，几乎把他抱进了棚屋里。可是屋门太矮，罗杰只好自己拖着受伤的脚爬进去，不过那只脚并没有想象中那么疼。外面的天色越来越暗，即使掀开了门帘，也只有很微弱的光线能照进去，不过，幸好屋里吊着一盏老马灯。屋子里并排放着两根大圆木，隔出了三块地盘，左右两侧是睡觉的地方，中间留出一条狭窄的过道，过道上有一个用石头搭的小火堆，但里面没火。

"最近晚上太热，用不着生火。"老人说。

进门左手边的床铺是为罗杰准备的，厚厚的蕨草上铺着一条毛毯，老人把罗杰的背包放在了毯子一头。

"你躺下来吧，"老人说，"我帮你把毯子折过去盖在身上，这样你会很暖和的。"

罗杰犹豫了片刻。

"那个养了条蛏蛇的盒子还在吗？"他问。

"别担心，"老人笑了笑说，"蛏蛇在我这边，而且它不会跑出来的。"

"我能看看吗？"

"明天早上我再把它拿出来吧，"老人说，"现在天太黑了。"

罗杰枕着那个圆鼓鼓的背包，舒舒服服地躺在毯子上。老人把毯子折过来盖在他身上，然后掖在另一边的毯子下面。

"这样就舒服多了。"他说，"如果你明天早上听见我在干活，你接着睡，不用管我。晚安！"

"你不会走远吧？"罗杰问。

"不会，"老人说，"我就在门口。"

屋子里有一股刺鼻的味道，其中夹杂着蕨草、烧完的柴火和新砍的木头的气味、屋外飘进来的柴烟味，以及头顶那盏老马灯散发出的呛人气味。老人在给罗杰掖被子的时候不小心碰到了老马灯。之后很长的一段时间里，它吊在那根长长的金属丝上不停地摇来晃去的，在倾斜的墙壁上留下斑驳的光影。罗杰看着墙壁上被灯光照亮的地方，开始数那些搭棚屋的木杆，但在老马灯的上方，却始终是一片漆黑。

屋外响起一阵砍柴声，但不是用斧头，而是用小刀。浓浓的暮色中，老人吭哧吭哧地在火堆旁忙活着。是老人吗？还是别的什么东西在那儿发出的声音？罗杰用胳膊肘支起身体，竖起耳朵听。"砰——砰——嘿哟——嘿哟——"那真的是老人的声音吗？

"你在做什么呢？"罗杰终于开口问道。

咕哝声停了下来。

"你还没睡吗？"烧炭老人的声音传了过来。

"还没呢。"罗杰说。

"我在做一根拐杖，"老人说，"这样你明天早上就能四处活动了，那只受伤的脚这两天最好不要落地。好了，你赶快睡觉吧。"

"你给我做了拐杖吗？"

"嗯。"

罗杰望着头顶昏暗的灯火，在那摇晃的黑影里，他仿佛看见朗·约翰·西尔弗挂着拐杖，带着他的鹦鹉，时而在布里斯托尔的酒馆里单脚跳来跳去，时而在伊斯帕尼奥拉号的甲板上噔噔地走动，时而为他的拐杖陷进金银岛的沙滩而气愤不已。如今，提提有了鹦鹉，而他也即将拥有一根拐杖。别说崴一次脚了，就是多崴几次也值了。还要过多久他才能穿过那片湖，抵达霍利豪湾，像一位从海上返航的老水手一样迈着重重的步子爬上田野，回到农场，向妈妈、保姆和燕子号宝宝展示他的拐杖呢？提提会说皮特鸭怎么看他呢？

那天深夜，罗杰醒来时发现周围一片漆黑。老人躺在屋子另一头的蕨草垫上鼾声正浓。屋外一阵大风刮过，吹得树梢呼呼作响。挂在门上的麻布袋没有完全挡住屋门，它的一个角被风吹起来了，罗杰从两脚之间望出去，能看到一块缀满繁星的深蓝色天空。他想起了那些睡在燕子谷营地的伙伴们。他们一定不知道，那个叫朗·约翰·西尔弗的独腿海盗……他……他……想着想着，罗杰像旁边的烧炭老人一样，再次进入了梦乡。

第三十二章

湖上的雾

　　两位船长把桨划得飞快。眨眼的工夫，那条独木舟就穿过了潟湖，来到了亚马孙河的下游。他们沿途还经过了那片树林和贝克福特的院子，昨天约翰就是在那儿看见姑奶奶用拐杖指着草坪上的雏菊的。"划右桨！"佩吉大副喊道，"对！慢点！收桨！"当那条独木舟（其实是贝克福特号划艇）缓缓地驶入昏暗的船库时，南希和约翰立即把桨收进了船舱。船库里，亚马逊号已经停在了贝克福特号汽艇旁。船上似乎装着许多东西，有帐篷和帐篷杆、两捆睡袋、几根钓竿和一大堆食物。

　　"把你们的东西都放进去吧，"南希船长说，"现在谁也不能阻止我们了。如果有离港旗[1]的话，我们还能把它升起来呢。"

　　"没关系，我们马上就要升骷髅旗了，"佩吉说，"现在一切准备就绪！"

　　约翰和苏珊要放的东西少之又少。他们已经把提提和罗杰的睡袋塞进了他们的背包里，而且所有的食物都已经吃完了，所以他们要放的除了身上的背包，就只剩下牛奶罐和水壶了。幸好是这样，因为船库里那条狭窄的石头栈桥上还放着一只大篮子和一个小木桶，等着他们搬上船呢。

　　"厨娘真是太棒了！"南希一边滚着那个小木桶走向栈桥的尽头，一边兴奋地说，"昨

---

1. 离港旗：信号旗的一种，在港内出现时表示"所有人员需上船，本船即将起航"。

天我们喝光了那一大壶格罗格酒，今天早上她又给我们装满了。"南希开始把篮子里的东西递下去。"这是姜饼……这个贴着'此面朝上'的是什么？哦，是苹果馅饼。这儿还有一罐太妃糖。我听见里面嘎啦嘎啦响了。好极了！还有一块又黑又黏的蛋糕，这是她最拿手的。"

"姑奶奶说这种蛋糕吃了不消化。"佩吉说。

"哎呀，厨娘做这块蛋糕可费了不少工夫呢，"南希说，"她也在庆祝。你们真应该看看今天早上姑奶奶走的时候她是什么表情。"

当所有东西都被搬上船之后，大家发现提提和罗杰从陆地上走回去是一个非常明智的选择。船上留给船员的位置不多了，桅杆前面根本坐不下，哪怕个子再小的瞭望员也不行。

"都上船了吗？"南希终于说，"准备起航！约翰船长，请推一下栈桥。佩吉，注意观察！别让船撞到汽艇了。"

亚马逊号缓缓地驶出船库，来到亚马孙河。这时，佩吉升起船帆，把旗杆系在旗绳上，然后一下接一下地把海盗旗升上桅顶。

"没什么风嘛！"她抬头看着那面懒洋洋地耷拉在桅杆上的黑旗说。

"到了湖上风会大一些的。"南希说。亚马逊号侧着船身，顺着水流向下游漂去，几乎不用掌舵。

可即使到了湖上，风也很小，不足以让海盗旗为它的主人增光添彩。船帆根本鼓不起来，旗子也耷拉在旗杆上，不过罗杰不在，所以没人催他们用桨划船。湖上的风是从南边和西南边吹过来的，在前方群岛的背风处，水面像镜子一样，将岸边的大树和岩石倒映其中。扬着白帆的亚马逊号缓缓地驶出亚马孙河口，速度慢得让人很难看出船在动。小船不仅没有尾波，就连船头下方也没有漾起半点涟漪。

"咱们吃点太妃糖吧。"南希船长说，"佩吉，你当心那块苹果馅饼。刚才你的右胳膊差点把它压扁了。"

"谁来拿一下苹果馅饼？我来找太妃糖。"佩吉说。她转过身，把苹果馅饼拿起来递给苏珊，旋即舔了舔从馅饼碟的边缘流出来并粘在她手指上的果酱。而后，她继续在那堆背包和货物中间翻找，抽出一个以前装咖啡的大铁罐，但现在里面装的是比咖啡更好的东西。苹果馅饼被放回了原位，牢牢地卡在行李中间，而铁罐则用小折刀（也就是一年前罗杰在野猫岛上捡到的那把，但他在谈判结束后已经物归原主）上的穿索针给撬开了。罐子里面装的是太妃糖，最顶上还放着一张纸条，上面写着"爱你们的厨娘"。

"那位老厨娘人真好！"南希说，"把纸条给我。"随后，她从那张纸条上撕下很小的一片，扔出船外。纸屑开始慢悠悠地向船尾漂去。

"我们确实在动，"她说，"相信风很快就会大起来的。"

其余三人一边吃糖，一边看着那张纸屑。南希不再盯着它看了。她正在尽最大的努力借助风力让船动起来，可湖上的风实在太小了，她根本判断不出风向。不过，亚马逊号仍在湖面上缓慢地移动着，但当大家开始吃第二颗糖的时候，还能看见那张纸屑在水上漂着。

不过他们不赶时间。现在姑奶奶已经走了，南希和佩吉这才体会到燕子号水手们今年第一次从霍利豪湾扬帆起航的感受。真正的假期终于开始了。在过去的一年里，约翰和苏珊时刻盼望能和亚马逊海盗一起踏上新的冒险之旅，现在她们终于自由了。再过几天，燕子号即将回归，他们可以驾着它去北极、南极或者别的什么地方。今天，亚马逊海盗们头一次不用急着赶回家，吃那些难以下咽的食物了。每个人都惬意地在湖上漂着，等着风来。

过了很久，终于起风了，这时他们已经吃了不少的太妃糖。风轻轻地吹着，把他们带往湖的东岸。随后，他们掉转船头，让左舷迎风。当他们差不多来到湖中央时，太阳似乎不像刚才那么炎热了，佩吉甚至觉得有些发冷，约翰和苏珊探着鼻子在空气中嗅了一下，那股淡淡的味道他们好像在哪里闻过。

"我知道了，"约翰说，"像英吉利海峡的雾气。"

"没错，"苏珊说，"跟那天我们和爸爸在法尔茅斯闻到的一样。"

"当时我们在雾里找圣莫斯[1]可费劲了呢。"

---

1. 圣莫斯：位于英格兰康沃尔郡南岸的一座小镇，正对着法尔茅斯港。

“灯塔上的雾角声像奶牛一样哞哞叫。”

“这可不是英吉利海峡的雾，”南希说，“快看！雾气就在群岛上飘着呢！”

“山已经看不见了。”佩吉说。

“群岛也被挡住了。”南希说。

“还有湖岸，”约翰说，“看起来很模糊。快要消失了。又出现了。现在彻底看不见了。”

几分钟后，大雾在他们身边弥漫开来。他们连小船的全貌都看不清了。放眼望去，空气仿佛已经变成了一堆又厚又潮湿的棉絮，而湖面则变成了一个冒着蒸汽的大托盘。

“大家注意了！”南希说，“只要一看见东西就大声报告！”

“不知道那两个小家伙在陆地上是不是一切顺利呢。”苏珊说。

“我们在水上来来回回漂了很久，”佩吉说，“他们早就出发了。提提急着回去把鹦鹉带出来晒晒太阳，弥补它昨天一整天没见到阳光的遗憾。他们现在应该已经到了。”

“嗯，希望他们能想到给自己弄点吃的，而不是一直等我们，”苏珊说，“我倒是让他们先把火生起来了。”

“罗杰一定会找东西吃的，”南希说，“这你不用担心。”

他们在白雾中慢慢地漂着。南边靠近里约镇的地方，有一艘轮船正在鸣笛。但汽笛声响了几下就停了。

“想必是停船靠港了，”南希说，“像今天这么大的雾，他们是不会开船的。嘿！那是什么？”

他们听见一艘汽艇正飞快地向他们驶来。

“要是我们有雾角就好了。”

可是没等他们喊出来，那艘汽艇便穿过大雾，从他们身边呼啸而过，向湖的上游驶去，“突突突”的马达声也越飘越远。

“可真行啊！”南希气愤地说，“赶着去投胎吗？蠢货。他们从来都不考虑别人，光想着自己。”

随后，他们听见有人说话的声音。

"咱们上岸烧点水喝吧。"

"嗯，湖上雾气这么大，我们什么也做不了。"

耳边随即传来一阵嘎吱嘎吱的摇桨声。

"是渔夫，"佩吉说，"他们准备上岸去泡茶喝呢。"

"那艘汽艇经过时激起的尾波真大，我根本看不出我们的船有没有动，"南希说，"不管了，准备转舵。当心你们的脑袋。"

其他人纷纷低下头去，但帆底的横杆过了很久才打过来。事实上，当他们抬起头时，发现横杆仍在慢悠悠地转动，亚马逊号也在汽艇的尾波中上下颠簸着。南希船长失去了耐心，她一把推动舵杆，让船头转向。

"都怪现在的风太小了，"她说，"本来亚马逊号转向是很灵活的，当然，在风平浪静的时候就另当别论了。"

在船舵的帮助下，亚马逊号变成了右舷迎风。随后，或许是受到了两位船长和两位大副的意念驱使，它开始缓缓地向里约镇的岸边漂去。想必是他们的意念起了作用，因为现在大家用手背根本感受不到风，即使舔湿手背也不行。不过，小船确实在动，因为坐在船中央的佩吉从厨娘留的纸条上撕下一块碎片，扔了出去，它慢悠悠地漂向船尾，过了一会儿便来到船舵附近。

"如果现在不是风平浪静，而是狂风大作，"约翰说，"如果雾不是白色的，而是黑色的，那么这就很像我们去年的那次航行。当时，里约镇的灯都熄灭了，周围一片漆黑，我想用指南针辨别方向，可根本没用，因为指针一直晃个不停。"

"现在应该不会晃了。"佩吉说。

"哎呀！真是脑子坏掉了！"南希船长说，"有指南针干吗不用呢！我带着指南针呢！虽然比你们的差一些，但也比没有要好。喏！就在我的背包口袋里。佩吉，你把它拿出来给我。"

"我们现在是不是往回走了？"苏珊看着那张碎纸片说。此刻，它又漂了回来，现在已经漂到船头附近了。

"把稳向板抽上来！"南希船长刚接过佩吉递来的那枚袖珍指南针便说。

“抽上来了。”约翰说。

“用钉子固定住，这样它就不会滑下去了。佩吉，你来示范一下。把帆降下来吧！这样等下去也不是办法。我们划船去马蹄湾。指南针可以给我们指路。”

“我来划吧。”佩吉一边说，一边解开上帆桁，平放在船舱里。

“我们轮流划，”南希说，“要是一直没风的话，那要划很久呢。”

在这种情况下划船相当费劲。一来，下帆桁有些碍事；二来，稳向板的匣子两边塞得满满的，有睡袋、背包和亚马逊海盗的两卷长长的帐篷，还有苹果馅饼之类的小东西，所以划船的时候根本放不开手脚。不过，南希船长也说了，这没什么，反正他们也不奢望小船像汽艇一样掀起那种“滔天巨浪”。

苏珊爬向船头，坐在桅杆后面的货物上，以维持小船的平衡。佩吉竭尽全力地划桨。南希托着指南针，一边盯着指针，一边对准小船前进的方向。约翰负责掌舵，他一直盯着南希的手看。

“我们现在正朝着东南方前进。”南希说，“我们应该已经穿过大半个湖了。往这个方向走，我们会到达东岸。到时我们就知道该从哪里穿过那些群岛了。如果从里约湾的外面穿过去，那就简单了。苏珊，你要注意看路。因为我得看着指南针，约翰要看我的手势。”

“遵命！船长！”苏珊欣然回答道，仿佛她成了一名见习水手似的。

之后很长的一段时间里，佩吉划桨，南希的手时而稍稍转左，时而转右，给舵手指明航向，而苏珊则一直盯着白色的浓雾看。他们的周围只有从亚马逊号的船头下方传来的潺潺的水声、船桨溅起的轻柔的浪花声、提桨时的滴水声和桨架发出的嘎吱声。

“有树！船头左舷方向有树！”突然，苏珊和约翰异口同声地喊道。

“佩吉，你个笨蛋，别东张西望啦！”南希船长说，“等我们换个人替你划桨的时候你再看。我想我们应该已经穿过群岛了。”

几码远的地方，他们在大雾中看见一排影影绰绰的蓝灰色的树。

“我们沿着岸边再往前走一点。”南希说，“我们一定会看见一棵熟悉的大树或者船库的。”当小船慢慢向前漂的时候，她一直盯着那些模糊的树影看。

约翰把着舵杆，始终让船和岸边保持十几码的距离，这样他们就能一直看见那些树了。

"这里一定是个深水湾，"他终于开口说，"我一直在打右舵。"

南希摊开手掌，又看了一眼指南针。

"停桨！"她喊道，"我们已经快偏向北边啦！想必这是群岛中的一座小岛，我们在绕着岛上的树打转。"

两位船长有些惭愧地对视了一眼。

"得有人一直盯着指南针才行啊。"佩吉说。虽然这听起来像是在抗议，可就连南希船长也无话可说。

"现在是什么航向？"约翰船长说。

"又回到东南了。"南希船长说。

小船就像摆脱了缆绳的束缚似的，掉转方向，再次孤零零地驶入白雾之中，那些树也都看不见了。为了避免再绕着小岛打转，南希开始紧盯着指南针，约翰则看着她的手势调整舵杆，佩吉划桨，苏珊努力地想去看清白雾后面的东西。

突然，他们听见前方不远处有人在讲话。

"我的妈呀！刚才那艘汽艇开得可真快。"

"确实很快。"

"那是什么？"

他们隐约看到一座低矮的栈桥上站着几个人。

"那是什么？是什么船？"

"亚马逊号。"

"雾越来越大了。还是停船靠岸比较好。"

可是，亚马逊号已经从岸边漂了过去，那条栈桥和上面的人都消失了。

"恐怕再也找不到比这更好的停泊点了。"南希说，但她很快又重拾信心，"原来这是一块田，怪不得我们连一棵树也看不见。估计要到里约湾才能再看到树了。到时我们可以绕着岸边的码头走，哦，或者直接穿过里约湾向南走，这样更好。然后我们就到造船厂了。"

"是他们修理燕子号的地方吗?"

"是的。穿过里约湾的时候,我们要当心'母鸡石'和'小鸡石'。不过现在水位这么低,我们应该很容易能看到它们。不管怎么样,我们都走慢一点。"

"是礁石吗?"

"对。'母鸡石'就在里约湾的正中间,它的个头很大,经常有海鸥在上面戏水。'小鸡石'就是一块很小的石头。"

"看见树啦!"苏珊报告说。

"喂,佩吉!"南希说,"别划得太使劲了。苏珊,注意观察。那些石头只比水面高出一丁点儿。"她看着指南针,指向南边。

船尾的树木在视野中渐渐消失,小船再次被白茫茫的大雾笼罩,周围除了一圈绿油油、雾蒙蒙的水面,别的什么也看不见了。

"船头左舷方向有礁石!"

"嘿,大副!我们来避开它。"约翰对提桨待命的佩吉说。她继续划船,那块石头也随之向后倒退,很快就被大雾所吞噬。

"刚才那个是'母鸡石'。"南希说,"马上就到'小鸡石'了。"

但他们始终没有看见"小鸡石"。" 正前方有个轮船浮标!"瞭望员喊道。

约翰把舵杆向左打到底,小船从漂在水面上的大浮标旁边绕了过去。

"看来我们错过了'小鸡石',"南希说,"因为这个浮标标记的航道在那两块石头的南边。你们听!"

水面上传来一阵锤子的敲击声、小汽油机的突突声和机器转轴转动时发出的嘎嘎声,而且不时还会有圆锯切割木板的"嗞——嗞——"声。

"是造船厂,"约翰说,"我和弗林特船长来过这里。我们上岸去看看燕子号吧。"

"不行,"苏珊说,"还有两个人在燕子谷等我们呢。"

佩吉继续划船。

突然,一根高高的桅杆耸立在他们面前。

"是波利·安号，"南希说，"它就停在凸出来的湖岬旁边。我们应该马上就能看见了。在那儿！太好了，我们穿过去了！接下来可就轻松多了。快！佩吉，交换位置，我来划！"

现在是约翰拿着指南针，佩吉掌舵。他们绕过岬角，贴着湖岸行驶。经过霍利豪湾的时候，一开始他们什么也看不见，直到后来，达里恩峰才在迷雾的高处渐渐浮现出来。

"现在我们可以穿过这片湖了。向西南方前进！"

"南希船长，你拿指南针吧，"约翰说，"这是你的船。还是让我来划吧。"

他们又换了一次位置。当达里恩峰消失在他们身后时，那些熟悉的事物也随之不见了，他们再次驶入一片未知地带，唯一确定的就只有南希那枚指针始终指向北方的袖珍指南针了。

约翰一下接一下地划着船，动作像机器一样规律，南希盯着她的指南针，佩吉一边掌舵，一边观察南希的手势。

他们穿过大雾，向西南方前进。走了很长一段路之后，他们终于抵达对岸。接下来，他们只要沿着岸边走，就能到马蹄湾了。

约翰不慌不忙地划着船，很快，他们惊奇地发现，小船已经驶入鸬鹚岛与大陆之间那条狭窄的水道了。他们刚才一直盯着小船另一边的湖岸，所以等他们看见那座遍布石头的小岛时，他们已经来到小岛下方了。几只鸬鹚也吓了一跳。它们站在枯树上，在雾里看起来只是几团灰影。燕子号和亚马逊号的船员们以前都没有这么近地观察过它们，但佩吉说得对，它们看起来非常模糊，所以应该还在百码之外的地方。

随后，当模糊的鸟影和岛上的树影一起消失的时候，雾气腾腾的湖面上泛起了一阵涟漪。突然，那座小岛又出现在他们的视线中，还有湖岸远处的树、马蹄湾的两座石岬、湖另一边的野猫岛、低处的树林和湖下游的群山。雾开始散了，约翰暂时停下手里的桨，当风把雾吹散后，他们回头望了一眼里约外的群岛。真不敢相信，他们竟然在能见度只有两个亚马逊号的情况下，从群岛的后面一路划到了这里。

"最后一段路我们扬帆航行吧。"南希说。

"马上就要到啦，"苏珊说，"用桨划更快。"

"你的大副在想她的船员呢，"南希说，"别担心。"

约翰继续划船。他也在想提提和罗杰。两个小家伙一定在燕子谷里纳闷，想他们该怎么穿过湖上的大雾呢。几分钟后，小船驶入了马蹄湾，这场不可思议的旅程终于结束了。

当亚马逊号装的货物全部卸在沙滩上时，大家发现，即使他们有四个人，那些行李也太多了。其中有一顶大帐篷和帐篷杆，以及南希和佩吉的睡袋。比起塞进约翰和苏珊背包里的那些，她们的睡袋更大更重。此外，还有水壶和牛奶罐，和一只需要用船桨吊着走的小木桶。当然，还有一块苹果馅饼，那是厨娘的心意，虽然很美味，但拿起来很不方便。

"不行，"南希船长说，"看来我们得跑两趟了。这次能拿多少就拿多少吧。"

"我们先去喝茶，然后再下来把剩下的东西搬回去。"约翰说。

"现在喝茶的时间已经过啦，"苏珊说，"等到了燕子谷，我们还是把茶和晚餐放到一起吧。提提肯定已经把水烧好了。"

第三十三章

空营地

在很长的一段时间里，一想到提提和罗杰单独待在燕子谷，苏珊的心里总有些惴惴不安。他们一定很纳闷，亚马逊号到底出什么事儿了。提提肯定在想，它是不是在雾中被一艘轮船撞翻了。罗杰的肚子也一定早就饿得咕咕叫了。提提会做东西给他吃吗？还是说，她觉得最好等船长和大副回来呢？这谁也不知道。当南希和佩吉扛着已经卷好的帐篷和帐篷杆走出树林后，眼前出现的第一个线索让她们觉得惊恐不已。

"没有烟！"南希船长说。

"那两个小家伙没有生火。"佩吉说。

苏珊和约翰背着重重的行李，快步从树林里走了出来。果然，燕子谷里没有一丝炊烟。

"他们带了火柴吗？"约翰船长问。

"没有，"苏珊说，"但皮特鸭洞里有很多。我放东西的时候提提就在旁边，她肯定知道那些东西放在哪儿的。如果他们一直都在等我们，那他们现在肯定饿坏了。"

"对，"佩吉说，"一定饿了。就连我们吃了太妃糖也饿了。"

"他们只带了一点巧克力而已，"苏珊说，"我还以为我们都能赶回来一起喝茶呢。"

"瞭望台上有人吗？"约翰问，"我来用望远镜看一下。"

但苏珊继续往前赶路。没时间等他了。虽然南希和佩吉扛着沉甸甸的帐篷和圆鼓鼓的背包，但她们也没有停下。她们想快点到燕子谷，这样就能把东西卸下来了。

"糟糕！"约翰有些慌张地说。他"咔嗒"一声合上了望远镜，跑去追其他人。"他们既没有生火，也没有去瞭望台。"

"或许他们在忙着搭帐篷吧。"佩吉说。

"搭帐篷几分钟就搞定了，"苏珊说，"何况我们在雾中耽搁了这么久。"

"要不你们学一声猫头鹰叫试试吧？"南希船长提议道。

约翰深吸一口气，学了一声猫头鹰叫，学得像极了。"嘟呜呜呜——"的声音足以把荒野上的老鼠们吓破胆。可燕子谷里仍然没有半点回应。

他又试了一次，但这次学得不那么像。他学的时候看了一眼苏珊的脸，便立刻明白，苏珊觉得很不满意。

还是杳无回音。

"他们可能埋伏起来了。"南希说。

"在石楠花丛里找找，"佩吉说，"说不定他们马上就会跳出来突袭我们的。"

"真不该让他们单独行动。"苏珊说。

"我们准备好啦！"南希船长朝着辽阔的荒野喊道，"快点发动袭击吧！早点结束！我们想喝茶啦！"

然而，没有人从石楠花里跳出来，或是从石头后面冲出来。

"如果他们在皮特鸭洞，是听不到任何声音的。"约翰说。

"我告诉过提提，如果我们没回来就先生火。"苏珊说。

几分钟后，他们沿着瀑布爬进了燕子谷。苏珊打头阵，约翰排第二，亚马逊海盗们殿后。南希和佩吉把她们的帐篷搬上去的时候有些吃力。要不是约翰和苏珊急着赶回去看看到底发生了什么事，他们一定会停下来帮她们一把。

"他们居然没搭帐篷。"约翰说。

"他们压根就不在这儿。"苏珊说。

这时，一群松鸡从山谷里飞了出来，发出一阵惊呼，"回去吧！回去吧！"

"这里已经很久没人来过了。"南希说，她和佩吉好不容易爬上了瀑布，"否则那些松鸡早就飞走了。"

苏珊和约翰飞快地跑进燕子谷的营地。一切都和那天他们离开时一样。那簇石楠花仍然挡在皮特鸭洞的洞口。他们把它拨开后，钻进山洞，迎面传来鹦鹉怒气冲冲的尖叫声。约翰划了一根火柴，点亮岩架上的一盏烛灯。山洞里的东西完全没有被人动过。

苏珊看了约翰一眼。约翰明白，情况比她预料中的更糟糕。他拿起鹦鹉笼，走出洞外。

"他们根本就不在这儿。"他神情严肃地对刚刚把帐篷卸在火堆旁的南希和佩吉说。

"说不定他们像我们一样，在雾里耽搁了一会儿。"南希说。

"也有可能是罗杰又发现了什么新大陆。"佩吉说。

"他们肯定走丢了。"苏珊说。

"漂亮的波利，漂亮的波利。"鹦鹉说。

"我敢保证，他们一定会在我们搭好帐篷之前出现的，"南希说，"咱们先搭帐篷吧。这件事情早晚都得做。"

"我去瞭望台上看一看，"约翰说，"也许在那里能看见他们。"

"好主意！我们马上搭帐篷。苏珊大副，要不你来生火吧？"

"弄一个大烟柱出来，这样不管他们在哪里都能看得见。"约翰说完，便沿着山谷的一侧爬了上去，看看在瞭望石上会不会有什么发现。

苏珊现在觉得自己一点也不像个大副。生火的时候，她满脑子都是那种土著人的想法。以前，她生火只是为了做饭，根本不需要把柴火堆得像现在这么高。她的脑海中浮现出一幕又一幕恐怖的画面。提提和罗杰迷路了，而且不慎掉下了悬崖，或是陷进了沼泽地里。当她把四捆帐篷抱出山洞准备支起来的时候，她一句话也没说，而南希和佩吉则忙着搭她们自己的帐篷，她们在一块合适的地方打好地洞，准备插帐篷钉。除了那些可怕的画面，她还想到了妈妈、布丽奇特和保姆。此刻，她们或许正在喂燕子号宝宝吃晚餐。妈妈和保姆正沉浸在一片喜悦与祥和的气氛中，因为她们相信有苏珊的照料，提提和罗杰一定不会出事的。可事实上，苏珊在给提提和罗杰搭帐篷的时候，却不敢肯定今晚里面会不会有人住。而且雪上加霜的是，她发现南希一边高兴地吹着口哨，一边把帐篷杆穿进帐篷门两侧的帆布套里，然后支起帐篷，拉紧防风绳。

"振作点，大副，"南希突然说，"没事的。我知道那两个家伙在哪儿。他们肯定去斯旺森农场拿牛奶了，玛丽·斯旺森留他们喝茶，然后那个老爷爷开始唱歌给他们听，所以他们才走不了的。"

"准是这样没错，"佩吉说，"想必玛丽·斯旺森还请罗杰吃了很多蛋糕。"

苏珊立刻满怀希望地看着南希。的确有这种可能，也很合乎情理。想必是提提知道大家需要牛奶，而她又不希望生了火以后没人看着，所以她先去农场，然后就遇到了南希说的情况。嗯，苏珊知道要从老人那里脱身是多么困难的事。

"我怎么没想到呢？我们确实没有牛奶了。刚才我以为我们回来晚了，所以一下子慌了神。"

约翰回到燕子谷后，说荒野上没人。这回轮到苏珊来安慰他了。

"南希觉得他们去斯旺森农场了，"她说，"很有可能哦。"

"拿牛奶，"佩吉说，"顺便听老爷爷唱歌。"

"约翰船长，来帮个忙，"南希说，"待会儿我们一起下去把他们接回来。"

几分钟后，燕子谷又恢复了生机，甚至比以前更热闹了。营地上除了燕子号船员们的四顶小帐篷，还多了亚马逊海盗们的一顶大帐篷。苏珊生起了一堆熊熊篝火，然后往火上扔了许多蕨草。于是，一股巨大的深灰色烟柱打着卷儿升上了傍晚的天空。浓烟之中还吊着一个烧水壶，这样等他们回来之后，就能喝上热水了。苏珊打湿了她放在火堆旁的土块，然后把它们砌在火堆周围。

"现在应该安全了。"她说，"不过，最好留一个人在这儿等着，这样就不会错过他们了。"

可是没人愿意留下，而且，马蹄湾还有东西要搬回来。于是，苏珊从提提的笔盒里拿出一张纸条，南希用大写字母在上面写着"留在这儿等我们回来"。

"把纸条放在哪里才能确保他们一定能看见呢？"

"放在鹦鹉笼子上吧，"约翰说，"提提总喜欢跟它说'你好'，哪怕只离开十分钟也要说。"

苏珊的希望瞬间又破灭了。是啊，不到万不得已的情况下，提提是不会离开鹦鹉这

272

么久的。何况那只鹦鹉已经被关了两天，所以即便是老人唱歌也留不住她。

两位船长和两位大副沿着小溪，急匆匆地向斯旺森农场赶去。在即将进入森林的时候，约翰回头看了一眼荒野上落日的余晖，燕子谷的那道灰色烟柱仍然飘在宁静的黄昏中。

"妈妈在霍利豪农场也能看得到，"他说，"这样她就知道我们回来了。"

苏珊没有说话，她提着牛奶罐匆匆地钻进了树林。

当他们走在通往农场的小路上时，那里似乎很安静。

"老爷爷没有唱歌。"苏珊说。

"估计是停下来喘口气。"南希说。

"我想他们肯定不在这里，"苏珊说，"否则我们一定会听见罗杰的笑声。"

"如果他在吃东西就不会。"南希说。

他们还没走到农场的大门口，就看见玛丽·斯旺森提着一个桶从牛奶房走了出来。

"嗨！你们回来啦？"她说。

"他们在这里待了很久了吧？"苏珊焦急地问。

"你说谁？"

"提提和罗杰。"

"没有啊，他们不在这儿。你们不是一起出门了吗？今天下午起雾之前，我还带着一封信去上面的溪谷了，当时你们都不在，山洞也是紧掩着的。"

"什么信？"

"给你的信。"玛丽一边对苏珊说，一边放下木桶，从围裙的口袋里掏出一信封，"我知道你们一回来就会到这儿来拿牛奶的，所以我才没把信留在那里。"

信封的一个角落写着几个小字——"本地邮政"，中间的几个大字一看就是妈妈的笔迹，苏珊看了一眼上面的地址，"燕子谷营地的苏珊大副收"。她拆开信封，开始读了起来：

亲爱的大副兼厨师：

明天早上我会带布丽奇特去找你们，听听你们爬干城章嘉峰的故事。别做太多吃的，我们会自带干粮。我之所以给你们写这封信，是怕你们到时都出去探险了。我们大概在明天午前班¹八点钟的样子到（约翰知道是几点）。

　　向船长和船员们问好！

燕子号宝宝的妈妈

　　她的眼中噙满了泪水，甚至连最后一句话都看不清了。妈妈是如此相信一切都很顺利。而她，苏珊，本该照顾好大家，现在却连提提和罗杰人在哪里都不知道……她慌慌张张地把信塞给约翰。其他人都神色凝重地看着她。

　　"出什么事了？"玛丽说，"别难过。"

　　"他们走丢了。他们走丢了。"苏珊抽泣着说，"而且妈妈明天要带布丽奇特过来……她还不知道这件事。"

　　"不会的，别难过了，"玛丽说，"他们应该就在附近。"

　　"肯定是在雾里迷路了。"约翰说。

　　苏珊拿定了主意。

　　"我们必须马上告诉妈妈。我现在就去。"说完，她便沿着小路向下面的大马路奔去。

　　"苏珊说得对，"南希说，"越早让她知道越好。太阳已经下山，天很快就要黑了。必须赶快采取行动。"

　　玛丽·斯旺森同意南希的说法。她"扑通"一声把木桶丢在大门旁，然后去追苏珊。"我划船带你过去。"她喊道，"现在没风，不能用帆。我的船划起来比较快。"

　　其他人也在她们到大马路之前追了上来。

　　"不，"玛丽说，"用不着所有人都去。你们最好留几个人去营地里等。如果那两个可怜的小家伙找到路回来了，得有人给他们做点热乎的东西吃，给他们铺床睡觉才行。"

　　就在这时，他们听到薄暮中传来一阵马蹄声。

　　"隐蔽！"约翰习惯性地说，但他立刻觉得有些难为情，于是又加了一句，"为什么要

---

1. 午前班指上午 8 点到中午 12 点的班次。

274

隐蔽呢？"所有人都走到马路上，完全暴露在即将出现的土著人的视野中。虽然不知道他们是敌是友，可眼下谁又会在乎呢？

"车上装了一棵树。"佩吉说。

三匹大马从密林下方的弯道后面走了出来，它们的身后是两副巨大的红色车轮，轮子上是用链条牢牢地绑着一棵大树。暮色渐浓，他们暂时只能看见那几匹马、那根圆木和走在领头马旁边的樵夫。

玛丽·斯旺森停了下来。

"吁——奈迪，"樵夫说，"吁——立定！"三匹马便定住了步子。

"晚上好，玛丽。"

"晚上好，杰克。"

"我们把你们的一位朋友带来了。"他说。随后，大家看见提提从那根大圆木高高翘起的一头滑了下来，站在马路上的另一位樵夫立刻伸手接住了她。所有人都向她跑去。

"非常感谢！"提提说，"嗨，苏珊！罗杰的脚受伤了，不过不用担心，一切都很好。"

第三十四章

担 架 队

"他现在在哪？"

大家立刻七嘴八舌地议论起来。樵夫跟玛丽说，玛丽又跟提提说。提提努力地想把事情的经过告诉大家，但只有南希和佩吉知道她在说什么，约翰听得有些云里雾里的，苏珊就完全摸不着头脑了。"罗杰今晚会睡在尖顶屋里。哦，就是烧炭人的棚屋，一位土著人巫医给罗杰的脚敷了药，说他没有骨折。""是老比利吗？""不，"樵夫说，"是小比利。""他人在哪儿呢？"提提只知道罗杰在荒野的另一边，而她自己是一路从山谷沿着湖边过来的。樵夫告诉玛丽，比利父子在希尔德树林干活。对，没错！那就是小比利让提提告诉南希和佩吉的地方。接着，南希、佩吉和玛丽几乎同时告诉苏珊，现在去那里就太晚了。提提告诉她，罗杰现在好得不得了，然后，她又告诉约翰她误以为指南针摔坏了，结果导致他们不小心在荒野上绕了一大圈，沿着一条小溪走错路的事情，以及罗杰今晚为什么不能回来，那是因为他的脚上裹着蕨草，巫医说不要沾地。

"我们必须组一个担架队，"南希说，"明天一早我们就去把他抬回来。"

"能在妈妈来之前完成吗？"

"当然能。如果从荒野上走的话，去希尔德树林很快的。走吧，约翰，咱们去马蹄湾搬东西吧！"

"我们必须早点出发。"约翰说。

"天一亮担架队就动身！"南希说。

"只要能在妈妈来之前回来就行，"苏珊说，"如果她像我们一样，来了之后发现营地上没人就不好了。"

"不会的。快走吧。"

"嗯，今晚你们不用把这件事告诉沃克太太，"玛丽说，"既然你们现在知道罗杰在哪儿，就可以放心了。这是好事。我现在要去猪棚看看了。晚安，杰克。晚安，鲍勃。这里没什么事，你们就先走吧。"

"晚安，玛丽。"樵夫们有些腼腆地说，然后把马唤了过来。随后，马儿拉着那根载着提提从荒野那头的山谷一路来到这里的大圆木继续上路了。

"你们一定觉得他们无所事事吧，"玛丽望着他们远去的背影说，"整天东游西逛的。"当两位樵夫消失在路的尽头时，玛丽最后朝他们挥了挥手。"好了，"她说，"你们几个最好多带些牛奶回去，明天早上的牛奶我会在沃克太太来之前给你们送过去的，这样你们就不必浪费时间来农场拿了。"

苏珊和提提跟着玛丽一起返回农场。当玛丽带着她们的牛奶罐去装牛奶时，她们在果园门口等。很快，玛丽就提着满满一罐鲜牛奶出来了。约翰、南希和佩吉去了马蹄湾搬剩下的货物。等他们回到燕子谷时，苏珊已经把晚餐做好了。

一顿由几杯淡茶、热乎乎的面包和牛奶组成的晚餐很快就结束了。苏珊在想明天的事情。她想知道罗杰的脚伤得重不重，要是伤得很重，根本动不了该怎么办呢？佩吉和约翰有时会问问题，提提开始向他们描述荒野那头的小溪和树林，以及她在大雾中看见干城章嘉峰时有多么吃惊，因为她还以为那是里约镇后面的山呢。有时，南希或佩吉也会解答提提的问题，讲起湖上的大雾，还有他们是怎样借助指南针在雾中摸索着前进的。不过，这些谈话很快就结束了。这一天过得无比漫长，大家都累坏了。

甚至在听到苏珊说不用洗碗的时候，他们累得连吃惊的力气都没有了。那些杯子、勺子和其他餐具将会在小溪里泡上一整夜。

当他们爬进各自的睡袋时，眼睛都快闭上了。

"明天早上第一个起床的人记得叫醒大家。"南希打着哈欠说。可是没有人回应她，大家都睡着了。

由于之前一直被姑奶奶禁足，这是南希和佩吉假期以来第一次睡在帐篷里，而不是家里的床上。现在看来这倒不算是一件坏事。因为清晨的阳光早早地把她们唤醒了，但是对燕子号船员们却没有任何影响。要不是南希船长在冲向泳池的路上喊他们起床，恐怕他们能再睡上一天一夜。

一个小时后，担架队出发了。这次似乎就没必要把所有的东西都藏进皮特鸭洞了。因为万一妈妈在他们把受伤的罗杰带回来之前就来了，他们希望这里看起来~~个营地的样子。于是，燕子号船员们的四顶帐篷便留在了原地，鹦鹉笼子也依旧放在~~柱上。不过，南希和佩吉拆掉了她们的帐篷，因为她们要用其中两根帐篷杆来做担架~~只有她们的帐篷杆足够结实，能承受住一个人的重量。南希像编花绳一样在两根帐篷~~之间打上绳结，然后折起帐篷布，铺在上面当垫子。

"可能不是很舒服，"她说，"将就着用吧。"

没人愿意留下来照看营地，所以除了鹦鹉，大家都去了。鹦鹉显然憋了~~肚子的火，气得大喊乘法表上的内容，"两倍，两倍，二，二……"

"它在向我们诉苦呢，说它已经留守过一次了，所以这次不该轮到它。"~~是说，"波利啊，我们这次不会离开太久的。一接到罗杰就回来。而且你也不用待在皮特~~洞里呀。"

但鹦鹉根本听不进她的安慰。

当他们爬出燕子谷，沿着小溪走向鳟鱼湖时，还能听见鹦鹉撕心裂肺的~~叫声，于是提提说："我想我还是回去带上它吧。"

"好吧，"苏珊说，"但我们就不等你了。你待会儿来追我们。别忘了妈妈今天中午来，她不会迟到的，而且很有可能早到。"

提提立刻跑了回去，把鹦鹉从笼子里拿出来，然后又爬出燕子谷，沿着小溪一路狂奔，去追赶其他人。那只鹦鹉现在总算舒心了。它站在提提的手臂上，一边拍着那对绿色的小翅膀保持平衡，一边用和刚才完全不同的调子叫唤着。

"不用担心，"当她终于赶上大部队的时候，她气喘吁吁地说，"昨天晚上我们不是在波利的笼子上放了张纸条吗？上面写着'留在这儿等我们回来'。我把它放进空笼子里了，这样如果妈妈早到几分钟的话，她一定会看见的。"

"好极了！"南希说，"可要是被其他人看见了，等我们回来的时候，说不定会有一大群姑奶奶在等我们，因为她们都以为自己是受邀请的对象。"

"这我倒是没想到，"提提说，"要不我再跑一趟吧？"

南希哈哈大笑。

"世界上只有一个姑奶奶。"她说，"而且她已经走了。"

他们继续往上爬。经过鳟鱼湖的时候，提提还给佩吉指了一下她和罗杰抓到那条大鳟鱼的地方。他们从鳟鱼湖的最上方穿过荒野，一直走到一片宽阔的沼泽地前。沼泽地覆盖了一层苔藓，踩上去会有水渗出来，苔藓之上长着一簇簇茂密的灯芯草，也就是昨天提提和罗杰见到的那些。他们绕过沼泽地往北走，不一会儿就越过了荒野的顶端。他们俯视着另一侧的山谷。

"我们以前来过这里！"佩吉说，"荒野的这边我们了如指掌。就算起了雾，我们也不会迷路的。"

"才怪呢！"南希说，"起雾的时候，不管是谁，在任何地方都有可能迷路，就算是猎人也不例外。"

突然，佩吉激动地望着前方。

"我们马上就要到'高街'了，"她说，"就在那儿！"

"咱们继续前进吧！"南希说。佩吉已经沿着一条小路跑了出去。那条路在紫色的石楠花丛与草丛之间，虽然有些狭窄，但已经被人踏出深深的痕迹，看起来非常明显。佩吉一马当先，其次是抬着担架一路小跑的南希和约翰，最后是苏珊、提提和鹦鹉。那条"高街"每次只能容纳一个人或一头羊通过，所以探险队员们只好排成一列纵队前进。

"要不是因为这条'高街'，"南希说，"我们或许早就发现燕子谷了。我们以前经常到这儿来。'高街'是一条相当不错的小路，我们经常走，但从来没有越过那道分水岭[1]。"

---

1. 分水岭：划分相邻两流域或河流的山岭或高地。

"分水岭!"提提恍然大悟地说,"我怎么早没想到这一点呢?那样就不会觉得是指南针摔坏了。"

他们沿着"高街"继续往前走,虽然偶尔也会拐个弯,比如绕开一块大石头或者一小片沼泽地之类的,但大体上还是一条直路。终于,南希说:"如果要去希尔德树林的话,我们现在就要往左走了。"之后没过多久,佩吉便用手指着荒野的脚下。

"那就是你们遇到的松树,"她说,"树下有一条小溪,而且下面的树林里还有几道小瀑布,一直流向烧炭人住的旧棚屋那里。"

"如果真是那棵树的话,"提提说,"罗杰的脚就是在那儿崴的。可是那条小溪呢?"

"从这里是看不到的。"佩吉说。

"快走吧!"苏珊说。

他们离开"高街",径直朝松树走去。几分钟后,他们看见一条小溪从他们的右边向荒野低处流去。他们在松树旁与小溪会合了。

"就是这里!"提提喊道,"你们看!那是一张包巧克力的银箔纸。我去下面找巫医的时候,罗杰就是坐在那儿等我的。"

苏珊匆匆地走进树林。其他人也跟了过去。

他们听见有人在下面吹口哨,声音飘忽不定。那个人吹的是《西班牙女郎》的调子。

"罗杰!"苏珊大喊了一声。口哨声戛然而止。

"嗨!"下面的那个声音回应道。而后,当他们拨开灌木丛钻出去的时候,他们看见罗杰正挂着拐杖,单脚一蹦一蹦地穿过棚屋前的空地,另一只被红手帕裹成"大粽子"的伤脚则小心翼翼地悬在空中。

"十五个人扒着死人箱。哟呵呵,朗姆酒一瓶,大家快来尝![1]"罗杰十分陶醉地唱道,"哈喽!你们居然把波利带来了,我太高兴啦!嗨,波利,说'八个里亚尔'。波利,快说'八个里亚尔'。"

苏珊立刻向他奔去。"你没事吧?"她说,"怎么把脚弄伤啦?"

---

1. 这是一首古老的水手歌谣,出自《金银岛》。

"哟呵呵——"罗杰一边唱，一边拄着拐杖原地旋转起来。

"这么漂亮的拐杖是谁给你做的呀？"提提问。

"是小比利，"罗杰说，"他说我们可以直接叫他的名字。"

"今天的天气真好，"烧炭老人从棚屋里走出来说，"嗯，他是个好孩子。他的脚没什么大问题，只要少走些路，很快就会好的。"

"我们带了一副担架来抬他。"南希说。

"太好了，"老人说，"他的脚再休养一天就能痊愈了。你好吗？露慈小姐，还有你，佩吉小姐。好久没见到你们了。啊，那不是特纳先生的鹦鹉吗？"

"以前是。"提提说。

每次听到有人称呼"海上魔王"南希船长为露慈时，亚马逊号船员们都觉得非常震惊。不过南希今天似乎并不介意。

"你怎么样？"她问，"那条蝰蛇呢？既然来了，就让我们看看吧。"

"小蛇整晚都待在尖顶屋里，但我睡我的，根本没有任何影响。"罗杰说，"今天早上小比利把它放出来了……它一直在嘶嘶地叫。"

"我们差不多该回去了。"苏珊说。不过，罗杰的脚并无大碍，而且如果不让南希和佩吉看看棚屋里的蝰蛇，那未免太不近人情了。所以老人回到棚屋，带着一个盒子出来了。他告诫提提别让鹦鹉靠得太近，然后掀开盖子。那条小蝰蛇像一股深色液体般迅速地从盒子里淌了出来，旋即被老人用一根树枝挑在空中。小蛇一边发出嘶嘶声，一边飞快地吐着芯子，嘴唇看起来又瘦又窄。就连一直担心回去会迟到的苏珊也很高兴能再看到那条小蛇，可是，天哪！那两个亚马逊海盗早就把时间忘得一干二净了。

终于，老人把蝰蛇放回盒子里，并合上了盖子。南希转身面向罗杰。

"好了，来看看这个担架适不适合你吧。"

"我用这根拐杖就够了。"罗杰说。

"快躺到担架上去，"苏珊说，"妈妈已经在来燕子谷的路上了，我们要在她来之前把你带回去。"

担架被平放在地上，罗杰躺了上去，旁边放着他的拐杖。约翰和南希一前一后地抬着担架。老人送了他们一程，给他们指了一条走出林子的捷径。

"谢谢您昨晚照顾他。"苏珊说。

"还有，坐在大树上被马儿拉回家的感觉好极啦！"提提说。

"不用客气，后会有期！"小比利说。

"再见啦！谢谢您！"罗杰说。

"再见！"老人站在树林的边缘喊道。

"快躺下，你这个调皮鬼。"当罗杰突然想坐在担架上挥舞他的拐杖时，南希船长说。

"要是你摔下来，另一只脚也会受伤的，到时你可就什么也做不了了。"约翰说。

担架队迅速地爬上荒野，一直走到亚马逊海盗们称之为"高街"的那条小路上。他们脚步飞快地从中穿过。

"要是我再不下来走走，我的两条腿都要麻啦！"过了一会儿，罗杰说。

尽管罗杰很轻，两位担架手也还是很乐意停下来休息一下的。而且，虽然大部分时间罗杰都被当作一名伤员来对待，但有时候，他们还是允许他拄着拐杖，单着脚一蹦一跳地往前走，就像活泼型的独腿海盗朗·约翰·西尔弗一样。在整支队伍中，最喜欢那副担架的恐怕要数那只鹦鹉了。两根担架杆当它的栖木再合适不过了，所以不管罗杰有没有躺在担架上，它都准备一直站在上面。

妈妈和燕子号宝宝来到马蹄湾时，发现没人在那里接她们，她们有些失望。"可能我们来得有点早。"妈妈说，"不用了，您先回去吧，谢谢！"把她们从霍利豪湾送来的杰克逊先生划着船离开了。妈妈和燕子号宝宝看了看停在沙滩上、用缆绳系在一棵树上的亚马逊号，然后又看了看燕子号的新桅杆，觉得待会儿一定能听到那些小探险家穿过树林时的呼喊声。

有那么一瞬间，妈妈还以为自己记错了日子，他们还没从干城章嘉峰回来；可是不对呀，今天早上她见到了弗林特船长，他说特纳小姐已经走了，南希和佩吉去燕子谷露营了。噢！可能约翰的手表又出了问题。这是老毛病了。只是可惜的是，没人来帮她提这一篮子从霍利豪农场带来的好东西，她只好自己拿了。说不定在她走出树林之前就能碰到他们。何况带着布丽奇特，她也走不快。"咱们走吧，布丽奇特，"她说，"看看走多远能碰到他们。"

说完，她们就出发了。她们直接横穿马路，一点也不担心碰见土著人，因为说到底，妈妈自己就是个土著人。穿过树林之后，她们停下休息了一会儿。妈妈抬头望着燕子谷，纳闷为什么看不见炊烟。"肯定是因为搬柴火要走很远的路，所以除非要烧水，否则苏珊是不会生火的。"她们沿着小溪继续往前走。然后，布丽奇特趴在石壁上，小心翼翼地往上爬，妈妈紧跟在她身后，防止她滑下来。登上瀑布后，她们看见了四顶帐篷、空荡荡的鸟笼和石头灶，却看不见人影，也听不到人声。

"啊哈！"妈妈心想，"他们肯定躲在那个山洞里。"于是，她和布丽奇特静静地等在洞外。她们竖着食指贴在唇边，打算等第一个探险家钻出来的时候吓他一跳。可是等了很久都没人出来，妈妈终于按捺不住，走了进去，发现里面一个人也没有。不过，洞口的阴凉处摆着一罐牛奶，那是玛丽送来的。

直到她离开山洞，回到阳光下，她才注意到鹦鹉笼子里的那张纸条。她拿起来看了看。

　　留在这儿等我们回来。

"嗯，"妈妈说，"既简洁又贴心。听起来不像约翰船长的口气，倒有些像南希船长说的话。何况这不是约翰的笔迹。如果是苏珊，她一定会加个'请'字，'留在这儿等我们回来。'我们才不呢，对吧，布丽奇特？"说完，她便带着燕子号宝宝来到燕子谷上方的泳池，然后，她们爬出燕子谷，抬头望向高处的鳟鱼湖。就在那儿，她们看见远处有一支担架队正匆匆向她们赶来。

苏珊走在最前面，似乎在催促其他人。紧接着是约翰和南希，两人中间好像还抬着一个白色的长长的东西。再后面是佩吉和提提。罗杰呢？这时，妈妈看见鹦鹉站在约翰和南希抬的那个东西上面。突然，那上面好像有东西动了一下。妈妈立刻跑过去接他们。罗杰出什么事了？看来，让他们单独行动终究还是不太安全。摔了一条胳膊？还是一条腿？还是两条腿都摔了？

这时，担架队突然发出一阵欢呼声。队伍停了下来。担架上有东西在拼命地动来动去……她终于知道那是什么了……不一会儿，罗杰拄着拐杖，单腿一蹦一蹦地向她走来，嘴里大喊着"哟呵呵——"

"嗨，妈妈！抱歉我们迟到了，"苏珊说，"我们一直在往回赶。"不过，迟到似乎并不是什么大问题，妈妈现在最关心的就是罗杰的脚，当她发现事情并不像她想象的那么糟糕时，她开心地笑了起来。提提向布丽奇特跑了过去，可怜的燕子号宝宝很不喜欢突然被落在后头。罗杰开始向妈妈解释为什么他的脚会被一团蕨草裹得像他的脑袋一般大。南希一个劲儿地喊他回到担架上，她们好把他抬回营地。鹦鹉也开始抱怨起来，因为担架被扔在了地上，所以没人会去注意它。这时，苏珊开始向燕子谷跑去，准备先生火。妈妈、布丽奇特、罗杰和担架队的其他人一边说话，一边走向营地。

"我的天啊！"南希环顾四周说，"这里少了我们的帐篷根本就不像个营地。快点把帐篷搭起来吧，佩吉。现在已经不需要担架了。"

等妈妈把篮子里的东西都拿出来，苏珊的水烧开的时候，南希和佩吉也把她们的帐篷搭好了。妈妈解开烧炭老人裹在罗杰脚上的蕨草，亲自检查了一番。

"看来这些蕨草没什么坏处。"她说。

"我的脚今天差不多已经好了。"罗杰说，"我来回晃的时候，一点儿也不觉得疼。"

"嗯，"妈妈说，"如果你愿意的话，可以再把这些东西敷上去。"罗杰想再多包扎一天，所以他说好。

吃饭的时候，大家把爬干城章嘉峰的事情前前后后都聊了一遍，还聊了那场大雾、在半山腰过夜，以及罗杰是怎样用一只手扒着石头，另一只手指着野山羊的，当然还少不了尖顶屋之夜和美味的鸭蛋……等到太阳落山的时候，妈妈说："我差点忘记一件事……正好布丽奇特和佩吉去了大帐篷里，所以现在说正是时候……你们应该知道，过几天是布丽奇特的生日，所以我想看看你们的帐篷是怎么做的，然后照着样子给她做一顶小的……而且我在想，我们可以在那座岛上给她庆祝生日，就像去年那样。"

"那我们要回野猫岛吗？"苏珊说。

"燕子号呢？"约翰说。

"妈妈肯定知道燕子号的情况。"提提看着妈妈的脸说道。

"去问你们的弗林特船长吧，"妈妈笑着说，"他会来送我们回去的。说曹操曹操到！"

这时，弗林特船长走进了营地。他刚准备和妈妈握手的时候，突然把手收了回去。

"我的手上全是油。"他一边说，一边用草擦了擦，但似乎不管用，他只好向苏珊借了一块肥皂，去小溪里洗手。

"你刚才一直在弄桅杆，"约翰说，"对吗？"

"那根桅杆你做得很好。"弗林特船长说。

"燕子号什么时候能回来呀？"

弗林特船长似乎没听见他的问题。

"嘿！"他说，"见习水手怎么了？"罗杰正好单脚从皮特鸭洞里跳了出来。然后，他自然还得把事情的前因后果再讲一遍。故事才刚开头，下午茶就准备好了。妈妈从她的篮子底下拿出一块蛋糕。

他们一直在聊去干城章嘉峰的冒险，直到妈妈说："现在太晚啦！布丽奇特该回去了。"弗林特船长立刻从地上站了起来。

所有的探险家都去马蹄湾送他们，就连罗杰也去了。当他把脚放在地上时，他发现那只脚一点也不疼了。

"明天我们在贝克福特见吧。"当他们穿过马路后，妈妈说。

"那也要等燕子号回来了才行呀。"约翰说。

妈妈和弗林特船长相视一笑。

"它还没回来呀，不是吗？"提提说。

"昨晚确实没看到它。"约翰说。

很快，妈妈、弗林特船长和布丽奇特就被甩在了后头，六个小探险家一路飞奔，穿过树林，罗杰为了不掉队，差点忘记用他的拐杖了。

"桅杆不见了！"约翰喊道。不过，当他们离开树林，来到湖湾的时候，他发现了桅杆的去向。亚马逊号已经不是湖湾里唯一的船了。沙滩上，还有一条小船停在它旁边，看起来很像燕子号，但是那条船在新漆的映衬下闪闪发光，乍一看，很难相信那就是他们心爱的燕子号。新桅杆已经装在了小船上，淡金色的杆子用砂纸打磨了一遍，还涂了一层亚麻籽油，上面挂着米色的新帆绳和旗绳。那面棕色的旧船帆铺在沙滩上，撞船时损坏的地方已经修好，旁边放着两根打磨好并刷上清漆的帆桁，还有一卷扎船帆用的细绳。

四名燕子号船员惊讶得说不出话来。他们立刻朝小船奔去，轻轻地抚摸表面的新漆，发现已经干了。他们看着燕子号上之前用一块又脏又旧的防潮布打过补丁的地方，要不是早就知道，他们肯定看不出那个可怕的窟窿在哪儿。如今，它变得焕然一新，甚至比一条新船还要好，它不仅重获新生，而且还保留了过去的记忆，骨子里还是以前的燕子号。对他们来说，它是全世界最棒的船。

大家纷纷向弗林特船长表示感谢，但他却再三地说不用客气，因为比起他欠他们的，这点小事根本不算什么。然后，他把妈妈和布丽奇特扶上他的划艇，离开了岸边。

"别忘了明天的比赛，"他说，"看看哪条船的速度更快。从我的船屋出发，终点是贝克福特。明天一早我会在船屋等你们。你们准备好了就列队出发吧！"

在岸边传来的几句"晚安"中，弗林特船长的划艇渐渐驶出两座石岬。约翰已经在解绳子准备系帆了。这时，弗林特船长突然停下了手中的桨。

"对了，罗杰！"他从水面喊道，"我弄到了一桶火药！"说完，他又把桨伸进水中，划艇随即离开了马蹄湾。

"万岁！"罗杰喊道。

"他说的是什么意思啊？"苏珊问。

"他要让我亲手去点炮。"罗杰一边喊，一边在空中挥舞他的拐杖。

第三十五章
比赛

两条小船晃悠悠地在船屋尾部的水面上漂着，它们的船长和船员们都在甲板上和弗林特船长一起喝柠檬汽水。从贝克福特来的时候，弗林特船长顺道去了一趟里约，把整整一箱汽水搬上了贝克福特号汽艇。这东西在大热天喝是最好不过的了！此刻，大家的耳朵都有些听不清了，因为弗林特船长不仅在他们的船驶入船屋湾时鸣了几声炮，而且他还遵守诺言，不停地往炮膛里装火药，让罗杰亲自点炮。罗杰仍在假扮独腿海盗西尔弗，他一边倚着拐杖，一边拿着一根细长的火纸捻儿点了一次又一次炮引子。火药的气味在船屋上弥漫开来，如同去年的那场海战。

"像今天这种北风，"弗林特船长说，"笔直地吹向湖的下游，你们可以一路抢风，开往亚马孙河。到那儿比赛就结束了。她们在贝克福特做了一顿美餐等你们。"

"昨天妈妈来燕子谷的时候，我们也吃了一顿美餐。"提提说。

"今天你们又有口福啦！"弗林特船长说，"我还听说她们准备了草莓冰淇淋呢。"

"不管是谁，任何时候都吃得下草莓冰激凌，"罗杰说，"它不像别的食物，一点儿也不占肚子。"

"没错。"弗林特船长说，"关于这次比赛，顶风和顺风相结合是检验帆船优劣的不二法门。你们从这里出发，先顺流而下，绕过野猫岛，然后一路北上，前往亚马孙河。谁先经过贝克福特船库谁就获胜。"

"我们要从野猫岛的哪边绕过去呢？"南希问。

"都行。不管从哪边绕，只要绕岛一周就行。"

"那穿过里约群岛的时候该怎么走呢？"约翰问。

"随便。船长可以自行判断。待会儿我会鸣两次炮，宣布比赛开始。第一次鸣炮代表还有两分钟出发。还剩一分钟的时候，我会挥手帕。第二次鸣炮就代表比赛正式开始，胜利属于强者！在第二声炮响之前，两条船都不能越过船屋的桅杆和这个湖湾北部石岬的连线。违规抢跑的船必须返回起点，等炮声响起后再出发。懂了吗？"

两位船长点点头。

"你也开汽艇一起来吗？"罗杰问。

"这里有很多事情要做，"弗林特船长说，"明天我就要结束岸上的生活，回到船上来了。"

"明天我们也要回野猫岛。"罗杰说。

"一切都会比去年更好。"

"对了，一等水手，"弗林特船长说，"那只鹦鹉呢？"

"它在看守营地呢。昨天我们把它一起带出去了。"

"比赛的时候可不能带上它。"苏珊说。

"万一它掉出船外，我们还得捞它，那铁定会输掉比赛的。"约翰说。

"全体上船！"南希说。

"大副，召集船员！"约翰说。

两分钟后，除了罗杰，其他人都登上了自己的船。他把拐杖挂在脖子上，从船屋顺着绳梯爬进燕子号，就像一名从海轮上下来的领航员一样。

"好了！"罗杰刚一上船，弗林特船长便说，"等你们升好帆，一切都准备好的时候，我就开第一炮。"

"你觉得这帆升得怎么样？"约翰问，"帆桁的尖端要不要再高一点呢？"

"这样可以吗？"苏珊眯着眼，抬头看着那面棕帆说。在灿烂的阳光下，她暗自庆幸燕子号的船帆是棕色的，这样就不会像亚马逊号的白帆那般刺眼了。

"再高半英寸。"约翰拽着帆绳说，"先松一松滑轮，我来把帆尖拉高一点。现在可以把下帆桁降下来了。慢一点。停！这样就行了。等我们一出湖湾，风会把帆上的褶皱吹平的……"

砰！

一股灰烟从船屋的前甲板上冉冉升起。他们看见弗林特船长又往炮膛里加了火药，然后站在旁边等，眼睛盯着手里的表。

亚马逊号上的南希和佩吉也准备好了。两条小船在湖湾里来回漂荡。两位船长相互对视了一眼，他们都希望在第二声炮响的时候，自己的船能第一个穿过起跑线。

"提提，你留意手帕。"苏珊说，"罗杰，等我们绕过野猫岛之后，你再去船头放哨。现在你先待在船中央的横坐板旁边，当心你受伤的脚。"

"遵命，长官！"罗杰说。

"他挥手帕啦！"提提说。

"还剩一分钟。"约翰说，"要是我手表的秒针没掉就好了。注意听！她们的手表是好的，所以她们知道炮声会在什么时候响起。"

亚马逊号在风平浪静的水面上缓缓地向他们漂来，他们发现佩吉正低着头，一边盯着手上的什么东西，一边激动地大声读着秒，"四十……三十五……三十……二十五……"

这时，他们听到南希说："闭嘴，你这个蠢货！别数得这么大声！"然后，他们就再也听不见了。

"现在应该不到五秒了，"约翰说，"南希准备冲线了，快！"说完，他掉转船头，对准船屋与北面的岬角之间的湖湾入口。亚马逊号也开始行动了。两条船都是右舷迎风，相隔不足十码，但亚马逊号稍稍落后。

"我们已经接近起跑线了。"约翰在船屋和石岬之间来回张望，说，"我们得立刻停船，否则在炮响之前它就会越线的。"

"他准备点炮啦！"提提说。

"停不下来了！我们的速度太快，现在只能转舵了。"约翰一边说，一边迎风转舵，船帆立刻鼓了起来。

砰！

炮声响了。烟雾还没散去，亚马逊号就已经嗖地一下穿过起跑线。约翰立刻拉回舵杆，让燕子号重新迎风前进，追赶亚马逊号，但他们错过了黄金时间。当两条船驶出湖湾的时候，亚马逊号已经领先十几码了。紧接着，两位大副松开主帆绳，横杆立刻偏向左舷，两条船开始乘着风向野猫岛驶去。

"都怪我。"约翰说，"那该死的秒针！"

"没关系，"苏珊说，"比赛还长着呢。那一小段路后面可以追回来。"

"要追的可不止那一点哦，"约翰说，"你看亚马逊号！它已经把我们甩得越来越远了。她们把稳向板抽出来了。这下速度更快了。"

这一点毫无疑问。亚马逊号正在拉大它的领先优势。约翰和苏珊慢慢收紧帆绳，然后松开，试图找到最合适的航行角度。但这似乎并不管用。在相对平缓的水面乘风航行，亚马逊号显然更有优势，但要追上它也不是没有希望。

"等抢风的时候，我们就能追上了。"苏珊说。

"要是风再大点就好了，"约翰说，"燕子号喜欢风大的地方。"

"这样就差不多了。"过了一会儿，风果然变大了，从燕子号的船头下面传来哗哗的水声，提提说，"你们听！燕子号很高兴呢。"

约翰看着前方的湖面，亚马逊号留下了一道笔直的尾波，就像用尺子比着画出来的一样，然后他又回头瞥了一眼燕子号的尾波，说："南希的驾驶技术非常娴熟。"

"她们会一直领先吗？"罗杰问。

"比赛才刚刚开始呢。"苏珊大副说。

这时，亚马逊号已经接近野猫岛的北边，眼看就要从小岛的外围绕过去了。突然，南希似乎在最后一刻改变了主意。她掉转航向，让小船朝着野猫岛和迪克森农场的码头之间驶去。

燕子号的航迹也变得有些摇摆不定。

"如果她们从小岛的那边走，水面会更平静一些，"约翰对自己说，"亚马逊号最适合在静水区航行了，但小岛另一边的风更大，更适合燕子号。"

"从这边走的话，我们应该能追回一大截。"苏珊说。

在约翰确定航线后，燕子号的尾波又变成了一条直线。很快，他们就看不见亚马逊号了。小岛将两艘赛船分隔开来。

"我们一定能很快追上她们。"约翰说，"说不定我们还会比她们先到小岛的尾巴那儿呢。"

"要是从没风的那边走就太糟糕了。"提提说。

约翰和苏珊相互对视了一眼。现在已经没什么可做的了。"从这边下去，从那边上来。"虽然小船现在是乘风航行，但他们还是希望能刮几阵大风，带他们穿过狭窄的航道。

"我们明天就能回野猫岛啦！想想都觉得高兴。"当小船沿着他们熟悉的岸边全速前进时，提提说。

"幸好没人趁我们不在的时候占领这座岛。"约翰说。

"当心小岛末端的礁石群。"苏珊说。

"嗯，不能靠得太近，"约翰说，"因为岸边的树会挡风。只要一直走在有风的地方，是不会触礁的。"

当燕子号乘着翻腾的浪花驶过小岛末端的时候，亚马逊号仍然不见踪影。在小岛的南端，树荫和礁石之间藏着一个秘密港口，里面围着一块平静的水域。约翰仔细地观察了一下，港口的边缘只是微微泛着涟漪。

"好极了，"约翰说，"准备换舷！大副，准备收帆，我们要转弯了。慢点！可以了。等我们绕过去就开始抢风。好，收帆！"

"亚马逊号来啦！"罗杰尖叫道。

亚马逊号从风平浪静的内航道缓缓地向他们驶来。燕子号率先抵达小岛的末端，然后，它绕过礁石群，迎风漂向亚马逊号。

"她们还在顺流而下。我们已经迎风换舷了。按照航行规则，她们得让我们先过去。"

约翰说。

两条小船终于碰头了，亚马逊号从他们的船尾平稳地漂了过去。

"万岁！"罗杰兴奋地喊道，"我们已经追上来啦！"

南希笑了笑，说："别急着喊'万岁'，待会儿你们去了那边就知道了。"

果然，燕子号在驶向迪克森农场的码头时，速度越来越慢。水面上几乎看不到一丝涟漪。大部分的风都被岛上的树和鲨鱼湾的石岬给挡住了。船头下方也听不到任何声音。约翰回头朝船尾的方向望去，他看见亚马逊号已经绕过礁石群，开始抢风了，它的船身明显被大风吹得倾向一侧。他多么希望能借助那阵风的力量，帮助可怜的燕子号穿过这片水域啊！

"看来她们从里面走是对的，"他说，"顺水的时候没风倒没什么问题，可要是抢风的时候没风就糟糕了。现在她们已经到了开阔地带，可以在大风里走长长的'之'字形路线了，但我们这里没风，就只能走小'之'字了。这样一来，在我们走出这段水路之前，她们又会把我们追回来的差距拉大，甚至拉得更多。"

"我们能用桨划吗？"罗杰说。

"不能。"约翰说，"苏珊，别把帆绳拉得太紧。只要船能动就行了。"

"这样能多抢些风呀。"

"但它走得就不顺畅了。你们俩往前面坐一点。"

燕子号在小岛和湖东岸之间迂回地抢风前进。此刻，在湖的另一边，亚马逊号正在大风中走一条长长的"之"字形路线，向湖的西岸驶去。它在内航道落下的距离已经慢慢追回来了。

"南希领先一分，"约翰说，"不对，是两分，如果算上起跑的话。"

"我们能追上她吗？"罗杰说。

"现在还说不准，要等我们离开小岛才知道。"

"没人动我们的石头灶。"提提说，她正拿着望远镜观察小岛，"我刚好能看见。"

"别管什么石头灶啦。"约翰船长说，"准备换舷！这一段抢风路线正好能带我们驶出瞭望台。如果看见她们就大声报告，我得看着帆。"

"她们在那儿！"当右舷迎风的燕子号经过北边的岬角下方时，罗杰喊道。曾经，他带着望远镜在那座石岬上度过许多快乐的时光。

"往这边来啦！"提提说。

"她们的船是左舷迎风。"苏珊说。

"想必她们是在鸬鹚岛附近转舵的，"约翰说，"现在她们差不多能到船屋湾吧。她们又慢慢领先了。"

"真的吗？"

"是的。如果我们现在转舵，肯定到不了船屋湾，可要是我们继续往前走，等走得足够远的时候，她们恐怕早就到船屋湾了。不管怎么样，我们已经驶出那条航道了。要是风再大点就好了。"

"喂！风来了！"提提说，"快看啊！"

一阵狂风从群山中席卷而至，在湖面上掀起一道黑色的水波。

"她们会比我们先有风的。"苏珊说。

"亚马逊号可不喜欢那样，"约翰说，"一来，它没燕子号走得稳；二来，我们几个人肯定比她们重。看！亚马逊号已经感觉到风了。"

他们远远地看见湖中央那条扬着白帆的小船被狂风猛地吹向一侧。紧接着，小船驶出上风，船帆也跟着晃了晃，很快就鼓了起来。小船随即向另一侧倾斜，开始迎风航行。

"这下她们可称心如意了。"约翰说。

"我们马上也会有风的。"苏珊说，"风来啦！"

"坚持住，苏珊。不到万不得已别转舵。燕子号能撑得住。让它顺着风走。好样的！"

呼啸的狂风向他们吹来。燕子号顿时倾向一侧，开始加速，向前冲了出去，船头溅起阵阵白沫。它已经不需要转舵了，因为这阵风能带着它一直往前走。

此刻，燕子号正右舷抢风，向湖的西岸疾驰而去。亚马逊号则左舷抢风，全速驶向湖的东岸。但亚马逊号遥遥领先。如果燕子号刚才也转了舵，和亚马逊号走了同样的路线，那么等南希她们下一次转舵，驶出船屋湾的时候，燕子号最多只能到湖湾入口的岬角那里。不过，约翰对船屋湾并不感兴趣，他继续往西走，因为大风都集中在湖中央。

狂风过后，湖上只剩下一丝微风。两条小船的步调变得出奇的一致。当燕子号改变航向的时候，亚马逊号也一样，仿佛南希故意要保持它的领先优势似的。之后的一段时间里，燕子号的船员们谁也不知道他们到底有没有超过亚马逊号。终于，两条小船都来到了里约群岛附近，而且都是右舷迎风，朝着西北方向。当然，亚马逊号比燕子号离那些岛更近。

　　"她得赶快拿定主意了。"约翰说。

　　"拿定什么主意？"提提问。

　　"要不要穿过里约湾。"约翰说。

　　"她们总喜欢从那儿走。"苏珊说。

　　"我知道。"

　　他的话音未落，亚马逊号的白帆便鼓了起来，开始迎风转向。

　　"她们果然要从里约湾穿过去，"苏珊说，"我们不从那里走吗？"

　　"我们再往前走一点，"约翰说，"反正也慢不了多少。"

　　"我们刚才之所以落后，就是因为没跟她们走同一边。"

　　"没错，"约翰说，"绕过野猫岛的时候她们确实走对了，但在这里就不一定啦。她们连群岛西边的情况都没看清楚就转舵了。"

　　"那里很窄啊。"苏珊说。

　　"可是里约湾被后面的山和长岛上的树挡得严严实实的。呃，待会儿我们就知道谁快谁慢了。"

　　"她们已经过了长岛的岬角了。"罗杰说。

　　"太好了，"约翰说，"现在她们不能回头了。嘿，快看那儿！"

　　这时，从"北极"刮来一阵大风，径直穿过群岛与湖西岸之间狭窄的航道，在水面掀起阵阵浪花。亚马逊号已经驶入长岛的背风带，它正沿着平静的航道缓缓地向前漂着。

　　"这下我们可以超过她们啦。"约翰一边说，一边把着舵杆，沿着西岸狭窄的航道继续前进，"虽然只能走小'之'字，但这里的风很给力。我们一定能超过她们。"

　　"她们被岛上的树给挡住了。我看不见她们了。"罗杰说。

"没关系，"约翰说，"等我们离开群岛就知道她们在哪儿了。准备换舷！"

燕子号迎风冲了出去。片刻之后，它掉转航向，侧着船身，飞快地驶向狭窄的航道。虽然那里很窄，但走起来却很轻松。小船在湖岸与群岛之间迂回前进。它伴着大风，在湖面留下一串悦耳的水声。"南希在长岛后面肯定没有这种风。"约翰说。这句话既像是说给大家听的，又像是说给他自己听的。

他们向那一侧最北端的岛屿驶去，眼看就要穿过航道了。这时，他们看见亚马逊号的白帆从里约湾漂了出来。

"我们领先啦！我们领先啦！"罗杰喊道。

"差距不大，"约翰说，"待会儿我们就知道了。这座岛实在太讨厌了。准备换舷！"

当他们来到那座岛附近的时候，燕子号才掉转方向。现在，它和亚马逊号一样，右舷抢风驶向湖的西岸。等到了西岸，它再次掉转航向，开始左舷抢风，赶着去和它的对手会合。

"差距不大，"约翰又说，"但她们稍稍领先。"

"而且风也变小啦。"罗杰说，他的语气像和一个病重垂危的人说话一样。

两条小船越靠越近。

"我们得给她们让路。"约翰喃喃地说。

"为什么？"提提说，"为什么要我们让呢？"

"因为我们是左舷船[1]。"约翰说，"不过没关系，"他补了一句说，"这个距离她们很容易就能通过。"

"你们追上来了嘛！"当亚马逊号从燕子号船头前经过的时候，南希船长兴高采烈地喊道。两条船相隔大约二十码远。

"还不够呢！"约翰船长喊道。

他扭头看了看亚马孙河入口南边的岬角，"我们现在绝对不能走冤枉路。"

"亚马逊号换舷啦！"罗杰喊道。

---

1. 左舷船：即左舷受风的船。在帆船比赛中，当船只相遇时，需遵守"左让右"的规则，即"左舷船让右舷船"。

"如果我们现在换舷的话，她们就得让我们了，"约翰说，"因为那样的话，她们会变成左舷船，而我们是右舷船。"

他又转过头看了一眼那座岬角。

"那座岬角的尽头有一块浅滩。"他喃喃地说。

提提轻轻拍着划手坐板，仿佛在给燕子号打气。"加油！加油！"她说。

"我觉得现在差不多了，"约翰说，"准备换舷！"

"太早了，"苏珊说，"太早了。这样我们绕不过那个浅滩的。"

约翰没有说话，只是从苏珊的手里接过帆绳。

左舷迎风的亚马逊号正迎面朝他们驶来，南希时而看看燕子号，时而看看自己的船帆，时而又扭头看看那座岬角。燕子号追回了一小段路，南希在犹豫该不该从它的船头穿过。她原本或许可以这么做，但她最终还是掉转船头，和约翰一样，朝着亚马孙河的入口驶去。

两条小船终于行驶在同一条航线上，亚马逊号只领先十码远。

"加油啊！"提提说。

"别忘了那个浅滩。"苏珊提醒道。

"我知道。"约翰说，然后他在苏珊耳边悄悄地说了些什么。苏珊瞪大眼睛看着他。

"这是我们唯一的机会。"他说。

苏珊小声地对另外两名船员说："找个东西抓住。抓紧，不管接下来发生什么都待在原地不动。"

"为什么呢？"罗杰说。可是现在没时间解释了。

他们看见了湖岬后面亚马孙河北岸的芦苇丛。去年那天晚上的战斗，南希和佩吉就乘着亚马逊号躲在里面。

风渐渐消失殆尽了。

提提用两种不同的调子吹了几声口哨。

"闭嘴，"约翰说，"我们现在需要绝对的安静。"

亚马逊号就在他们前方不远处，现在已经快到岬角了。在进入河口之前，南希觉得应该再往前走一点。她也记得那里有片浅滩，而且她还想到了龙骨下方插得很深的稳向板。于是，她决定再换一次舷，往湖中央走一小段路，绕过浅滩，再驶入亚马孙河。

"她们又要换舷啦！"罗杰喊道。

只见亚马逊号贴着燕子号的船头开了出去。

"你们再往前走会搁浅的。"佩吉看到燕子号还在往前开，便大喊道。

"我看见湖底啦！"罗杰喊道。

"苏珊，就趁现在！"约翰说。

"罗杰，抓稳了！"苏珊说。

当燕子号即将穿过那片浅滩时，约翰和苏珊把全身重量都压在它的下风舷[1]，而且压得很低，乃至有几滴水珠打了进来。这样的话，船底的龙骨自然就被抬高了。风已经停了。于是，燕子号侧着船身，缓缓地漂过浅滩，进入亚马孙河。

"到深水区了。"苏珊说。不一会儿，约翰重新回到上风舷，燕子号也恢复了平衡。这时，恰好有一阵风吹来，带着燕子号向上游的贝克福特船库驶去。亚马逊号也遇到了那阵风，但最后的那次换舷使它落后了二十多码的距离。最后，燕子号以两条船身的优势率先经过船库。

"做得好！燕子号！"提提喊道，"太棒啦！太棒啦！"

"要是我们刚才搁浅的话，是不是就输了？"苏珊问。

"这很难说，"约翰说，"反正我们顺利通过了。"

"水里的米诺鱼在四处逃窜。"罗杰说。

"好样的，约翰船长！"南希船长喊道，"我还以为你判断失误，拐得太早了呢。真没想到你是故意的。真见鬼！要是我刚才在浅滩把稳向板抽出来就好了，那样说不定我们就能超过你们了。但我根本没想到这一点。刚才我们驶向河口的时候，我觉得还应该再换一次舷，所以我就再往前走了一点。也许我的船没办法像你们那样穿过去。这场比赛真是太刺激了！"

---

1. 下风舷：指在偏风中航行时，船背风的一侧。反之，船迎风的一侧被称为上风舷。

"我从野猫岛的外面下去也真够笨的，因为我们从里面的航道上来的时候，一点风都没有。"

"我还不是一样，我都没想到你们能借着风顺利地穿过狭窄的航道，而不用绕到里约湾。"

"太棒了！真是一条好船！"提提说。

"降帆！"苏珊说，"提提，准备接住帆桁！罗杰，准备收帆！不，不要站起来。"

"嘿！你们回来啦！"布莱克特太太说，"谁赢了？"

"谁赢了？"燕子号宝宝问。

"谁赢了？"沃克太太问。

她们三人到船库的时候，燕子号和亚马逊号的船员们已经把帆收起来了。

"嗨，妈妈！"

"嗨，布丽奇特。"

"孩子们，你们好！"

"你们这群捣蛋鬼。"

"谁赢了呢？"布丽奇特又问了一遍。

"你们赢了，"佩吉说，"至少是你们的燕子号赢了。"

"比赛的时候约翰用了爸爸教他的办法，侧着船身从浅滩滑过。"苏珊说。

"那一招太厉害了，"南希说，"比赛也很精彩。下次我们还要再比几次。"

"而且燕子号变得比以前更好了。"提提说。

"它看起来的确很灵巧。"布莱克特太太说。

"如果遇上大风，燕子号迎风行驶的本领确实要比亚马逊号略胜一筹。"南希说，"不过在顺风的时候，只要我们把稳向板抽出来，亚马逊号就能轻松领先了。"

"快走！准备去吃大餐喽！"布莱克特太太说，"你们现在肯定饿坏了吧？"

"是的。"南希说，"把烤牛肉端出来，再开一桶牙买加朗姆酒，庆祝一下这次伟大的航行！"

第三十六章
重返野猫岛

　　宴会渐渐接近尾声。就连罗杰都说他已经吃够了冰激凌。大家都吃得很饱，也吃得很开心。它几乎能媲美一场生日会了，给人的感觉就像学期刚结束，明天就要放假一样。如今，燕子号又回到了水面上，而且还装了新桅杆，涂了新漆，它的航行本领也丝毫不输往日。这对约翰、苏珊、提提和罗杰来说，可以算得上是件天大的喜事了。因为他们再也不是遇险的船员，可以重新扬帆起航了。燕子号宝宝布丽奇特吃着覆盆子，嘴唇被染得通红。她很高兴能和所有的船员们一起享受这顿美餐，仿佛她已经变得和罗杰一样大了，可以跟大家出海了似的。南希和佩吉也十分高兴，因为她们重获自由，又能做回心狠手辣的海盗了。在这场宴会的欢乐气氛中，燕子号船员、亚马逊海盗和妈妈们都有一种相同的感受——那种死气沉沉的日子终于过去，乌云也尽数消散，空气变得无比清新，仿佛有人突然拉开了遮光百叶窗，让久违的阳光洒进昏暗的房间。

　　不过，大家几乎没怎么谈论姑奶奶离开的事。

　　"她之前是坐哪个位置呢？"提提悄悄地问佩吉。

　　"就是罗杰现在坐的地方。"

　　提提看了一眼罗杰，但他的表现丝毫看不出他坐的是之前姑奶奶的专座。也许是因为他不知道吧。有那么一瞬间，她想让罗杰换个位置，可转念一想，她觉得最好还是不告诉他。他们之所以让罗杰坐在那里，是因为那是一把带扶手的椅子，他正好可以把他的拐杖靠在扶手上，他不愿意和那根拐杖分开。

布莱克特太太在兴高采烈地和沃克太太聊天。（"妈妈又开始说个没完没了了。"南希说。）她们聊的是以前的大人是怎么抚养孩子的，她们还说，现在的孩子要幸运多了，可以把大人当朋友看待，而不是像老鼠见了猫一样。

南希终于忍不住了。"她的弦外之音是说，"她插嘴道，"我们很幸运能自由自在地长大，不像她是被姑奶奶带大的。"

"喂！南希！"布莱克特太太说完，便哈哈大笑起来，"嗯，"她说，"现在总算可以叫你南希，而不是你的教名[1]'露慈'了。"

"如果妈妈叫我露慈的话，我就会做一些坏事来证明我是海盗南希。"

宴会结束后，大家都来到了花园里。他们很少聊起那位姑奶奶的事。不过，罗杰很喜欢布莱克特太太，他想起之前听说姑奶奶经常挑剔院子里的野草，于是他迈着笨重的步子走到布莱克特太太跟前，说："您的花园真漂亮，这些雏菊也很漂亮！花园里要是没有雏菊，那该有多单调啊！"

布莱克特太太一开始不明白他是什么意思，打量了他一会儿，然后，她突然笑了起来。

"嗯，你这样说真是太贴心了。"

不久后，苏珊听到一位妈妈说："这完全取决于孩子们的个性是怎么样的。"另一位妈妈回答道："你的孩子们肯定没问题。"

燕子号船员们的妈妈最先提出要回家。

"你们回到营地应该还有很多事情要做吧。"她说，"而且我和布丽奇特还想搭你们的船去霍利豪农场呢。"

"跟我们一起去燕子谷吧。"提提说。

"去吧，去吧！"苏珊说。

"等你们回野猫岛，我再和布莱克特太太去看你们，陪你们在岛上住一晚，看看你们在岛上是怎么生活的。"

---

1. 西方人受洗时所取的名字。

"我也要去。"燕子号宝宝说。

"当然。"

"太好了，妈妈，"南希说，"我们会保护你的，保证不让你受欺负。"

"弗林特船长也会去吗？"罗杰问。

"如果你们叫他，他应该会去的。"布莱克特太太说。

"他肯定做梦都想去吧。"南希说。

"嗯，"佩吉说，"我还以为他会来参加今天的宴会呢。"

布莱克特太太和沃克太太相互对视了一眼。

"守了这么久的规矩，他已经迫不及待要回他的船屋啦！"南希说。

布莱克特太太又看了沃克太太一眼，"你们是不是也迫不及待要回你们的小岛呢？"

"我们连一分钟都不想耽误。"南希说。

"虽然燕子谷的营地也很好，"约翰说，"但似乎还是缺了点什么。"

"它不是岛。"提提说。

"也没有港口。"罗杰说。

"不过燕子号没回来的时候倒还好。"约翰说。

"快走吧！"南希说，"我们得赶紧收拾东西，准备搬家啦！如果今晚再不开始的话，明天恐怕要花上一整天的时间。"

"快点，"佩吉说，"要是有人占领了小岛就不好了。"

"放心吧，没人占领小岛，"提提说，"我已经看过了。"

"这可说不准，"南希说，"现在岛上没有我们的人留守。去年你们来的时候不就是吗？结果我们还得和你们宣战。"

"走吧。"约翰说，"我们明天就可以回野猫岛了，到时我们再战一场。"

为了给搭船去霍利豪农场的沃克太太和燕子号宝宝腾出位置，两名燕子号船员去了亚马逊号。

"把我们的一等水手和见习水手借给你们吧。"约翰船长说。

"快上船！"南希船长说。

"遵命，船长！"罗杰和提提异口同声地说。不一会儿，他们就在稳向板匣子的两侧坐了下来。

"其实燕子号可以坐得下我们六个人。"约翰船长说。

"何必要超载呢？"南希喊道，"再说了，你和你的大副都坐过我们的船，但你们的水手还没有。"

"今天没雾。"罗杰说。

"这样很好，"南希说，"在大雾里摸索前进实在太费劲了。"

"再见！感谢您的盛情款待！"燕子号船员们喊道。

"再见啦，妈妈！"亚马逊海盗说，"欢迎你随时来野猫岛参加我们的篝火会[1]。"

"有好多好多的人肉呢。"当她们的船漂向河口时，佩吉喊道。

"我们会把那当成姑奶奶的肉。"南希说，但布莱克特太太装作没听见。

"她真的有那么坏吗？"随着燕子号越漂越远，沃克太太悄悄地问。

"我们也没有见过她，"约翰说，"但她肯定很坏。"

"也许她是无心的，"苏珊说，"但她做的那些事的确很可恶。"

"嗯，我在想，"妈妈说，"再过三十年，等我老了以后去看你们……"

"我们绝不会让你走的。"苏珊说。

"根本就不可能出现这种情况，"约翰说，"因为你根本就不会离开我们呀。我们要一直和你在一起。"

傍晚来临的时候，风渐渐变小了。比赛结束后倒是刮了一阵大风，可现在的风却只够吹开船帆，让帆底的横杆摆出舷外。后来，当他们来到亚马孙河与里约群岛的中间时，恰好有一艘轮船驶过，它的尾波颠得两条小船上下起伏，横杆也跟着左摇右晃，就像遇到了洋流一样。

---

1. 原指澳大利亚土著部族以祭祀为目的的篝火晚会。

302

燕子号上，大副带着布丽奇特一起掌舵。

驶出河口之后，亚马逊号一马当先。它乘着顺风，把燕子号越甩越远。亚马逊号现在是罗杰和提提轮流掌舵，他们想比一比谁能让小船走得更直。亚马逊号船长和大副已经和两位临时船员交换了位置。此刻，她们正舒适地躺在稳向板匣子的两侧，像休班人员那样在船舱里休息。

"到了里约湾再叫醒我们。"南希说。

"为什么？"罗杰问。

"你永远都不能问船长'为什么'。"提提说。

"好吧。我的意思是说，'遵命，船长！'对了，刚才要不是你瞎指挥，我的航行轨迹根本不会歪。"

"那就算我的吧，"提提说，"我总共歪了两次，另外一次是我自己失误了。但你歪了三次，这算一次，刚才还有两次。"

"不准在甲板上吵架！"坐在船舱底板上的南希船长训斥道，"谁再吵，就对谁施以拖刑[1]，或者把那个人吊死在帆桁上。"

"遵命，船长！"提提说。

"你为什么不说'不，船长'呢？"罗杰问，"你的本意是'不'呀。"

"你还是好好掌舵吧！"提提说，"不然又要走歪了。啊，已经歪了。这一轮你歪了两次了。还是让我来吧。"

"好，"罗杰说，"换我来指挥。"

"其实你们两个都搞错了，"佩吉大副躺在船舱里，仰面望着天空说，"船员是不能和打方向盘的舵手说话的，可你们却一直说个不停。"

"这哪有什么方向盘呀。"罗杰说。

---

1. 拖刑是海盗的一种酷刑，把人系在绳索上，从船上扔进海里，之后从船舷的另一边拉上来，如此反复。受罚的人不仅容易呛水，还会被船体上附着的一些海底生物比如藤壶等擦伤。

当两条小船经过里约湾的航道时，约翰指着一座有码头的岛给妈妈看。那是他们去年摸黑在湖上抢风行驶，并最终停船过夜的地方。

"就是那个你们差点变成傻蛋的晚上吗？"

"对。"约翰说。

随后，他们绕过游艇的停泊点，紧挨着岸边的芦苇丛，穿过里约湾。岸边，还有几个土著人把船停在那儿钓鱼。

"那就是他们修燕子号的船厂。"约翰向另一条船上的南希喊道。南希坐起身，像领航员一样，指挥亚马逊号驶出里约湾。提提在掌舵。两条小船都掉转船头，向船厂驶去。它们沿着湖岸前进，途中经过了几座木码头、船台[1]和停满待造船只的船库。

约翰探着鼻子在空气中嗅了嗅。

"没错，能闻到柏油绳的气味了。妈妈，你闻闻看。"

妈妈嗅了一下，想起许多年前，她曾在澳大利亚的海港闻过同样的气味。不论是海滨区的小商店，还是帆船上，都散发着那种气味。

有个男人正在检查一艘刚刷完漆的汽艇。看见他们经过时，那个男人朝约翰喊道："你的船还好吗？"

"他就是造船匠。"约翰说完，向他喊道，"比以前还要好。太谢谢你了！"

"你的桅杆做得很好啊！"造船匠喊道，"昨天我们给船试水的时候，我仔细看了一下。"

他们继续前进，绕过湖岬，驶入霍利豪湾。两条小船都在码头停了几分钟，让妈妈和布丽奇特上岸，回霍利豪农场过夜。随后，一等水手和见习水手也从亚马逊号上下来，回到了他们自己的船上。

"再见，妈妈！再见，沃克太太！再见，布丽奇特！"

布丽奇特一直在码头上冲他们挥手，但她站得太靠边了，险些从码头掉进水里，幸好在最后关头被妈妈及时拉住了。

---

1. 船台：用于建造船只以及供船只下水的平台。

"明天晚上别忘了来野猫岛看我们哦！"苏珊喊道。

"格鲁克，格鲁克。"[1]全世界最好的土著人说。

燕子号和亚马逊号渐渐离开码头和霍利豪湾，肩并肩从达里恩峰下方驶过。

提提抬头看着达里恩峰，想起去年的这个时候，他们每天都站在那上面眺望野猫岛，等待爸爸同意他们出海的电报。那时，他们每天都会望着湖面来往的船只，一旦有船靠近小岛，他们就会很紧张，生怕有人抢先他们一步登岛。接着，她又想起他们第一次上岛后发现的石头灶，以及亚马逊海盗的到来——她们是那个石头灶的主人。她还记得第一次与佩吉和南希会面的场景。当时，她们还是敌人呢，可现在却成了彼此最要好的伙伴。想到这里，她满心欢喜地扭过头去，看了看与燕子号并肩航行的亚马逊号。而后，他们继续前进，将达里恩峰远远地甩在船后。现在，他们已经能看见船屋湾了，她不禁又想起第一次见到那位隐居的海盗和鹦鹉的画面。

"我们把船开进去，告诉吉姆舅舅这场比赛你们赢了。"南希喊道。于是，两条小船改变航向，径直朝船屋驶去。

"他肯定不在。"过了一会儿，佩吉说，"船旗没有升起来。"

"他的划艇也不在。"南希说。

燕子号和亚马逊号离船屋越来越近，从船尾下方漂了过去。这时，南希和佩吉大喊："喂！船屋上的人！"但无人回应。

"今天早上他开的是汽艇。"约翰说。

"对哦！"南希说，"你说得没错。我忘记他回贝克福特了。一定是我们穿过里约群岛的时候和他错过了。算了，没关系，我们明天再告诉他吧。"

他们驶出船屋湾，径直朝西南方的马蹄湾驶去。

"我们不能再浪费时间了，"苏珊说，"今天大家都早点睡觉。明天把东西搬过去可能要花上一整天呢。"

---

1. 这是兰塞姆编造出的土著语，意思是"好的，没问题"。

他们来到了湖中央，已经驶过了船屋湾到鸬鹚岛之间路程的一半了。这时，瞭望员罗杰突然喊了起来："快看！有烟！野猫岛上有烟！"但由于他挂着拐杖，苏珊大副没让他坐在桅杆前面。

与此同时，亚马逊号上的佩吉也看到一缕薄薄的青烟在树林上空飘荡。要不是因为刮的是北风，那阵烟被吹向小岛的南面，他们早就能看见了。

"太迟啦！太迟啦！"提提哭喊道，"野猫岛还是被人占领了。"

"早知道我们今天就该上岛，而不是搞什么比赛。"约翰说。

"不行，"苏珊说，"我们早就答应要去贝克福特了。"

"烟不大，"约翰说，"可能是有人在岛上烧了水，然后让火闷烧留下的。土著人经常这样做。"

南希·布莱克特开始指挥。

"从现在开始，转舵的幅度别太大。"她小声地说，"别让他们觉得我们已经发现了。我们继续若无其事地往前走，尽量往小岛那边靠。所有人都把眼睛放亮一点。岛上有没有人还未可知呢。待会儿就知道了。我们不能冒险，因为他们可能有一大群人。"

"我们绝不能把小岛拱手相让。"提提说。

"不会的，"南希说，"我们先保持队形，慢慢地往那边靠，假装只是为了好玩。别让他们看出来我们已经注意到了。"

"要不我们其中一条船往鲨鱼湾的方向走，进入内航道，你觉得怎么样？那里一眼就能看见岛上的营地。"

"那他们就能看出我们是去侦察的，"南希说，"我们就暴露了。这样不行。我们还是保持队形，悄悄地往那边靠吧，假装我们不是故意改变航向的。快看！有艘轮船开过来了。等它走到我们和小岛的中间，我们就立马转舵。"

就这么决定了。那艘长长的轮船正掀着滚滚浪花，驶向湖的上游。当它从亚马逊号和燕子号的旁边经过时，两条小船完全被它挡住了，从岛上根本看不见。船员们立刻转舵，向东南方驶去。等那艘轮船离开以后，他们又像刚才那样并排行驶在湖面上。除非有人一直盯着他看，否则谁也不知道他们在轮船驶过后改变了航向。

"我们再也不能回野猫岛了吗?"罗杰问。

"是啊,如果有很多奇怪的土著人在岛上就不能。"提提说,"那里只容得下一个营地,而且他们肯定占了我们的石头灶。"

"说不定只是有人生了一堆火。"苏珊说,"如果真是这样的话,那烟也太小了吧。"

"你们看!"约翰说,"南希把稳向板放下水了。她一定想去小岛的南边。"

水面上传来一个沙哑的声音。

"这样是为了走得更稳一点,不会离你们太远。否则,如果我老是转帆,那傻子都能看出来我在等你们。"

现在,亚马逊号的稳向板已经伸进了水里。虽然现在是顺风,但它和燕子号的速度相差无几。两条船也很容易保持同样的步调前进。

"你能看见岛上有人吗?"约翰问。

"看不到。但那股烟是千真万确的。"

"注意看有没有压低的树枝。如果有人监视我们,他们肯定会碰到树叶的。还要注意观察礁石边缘的石楠花丛。"

"岛上有人!岛上有人!"提提一边把望远镜塞到苏珊的手中,一边大喊,"我们的灯塔树上挂了一盏灯。"

即使不用望远镜,大家也能看见,有一盏老马灯挂在小岛最北边那棵大松树的树梢上。岛上的人一定打算住下来,否则,谁也不愿意大费周章地爬上光滑的树干,在三十英尺高的地方搭根绳子,把一盏老马灯升上去。

"听我说,"南希船长说,"今天早上他们肯定没来,否则我们一定会有所察觉的。我们不能让他们待在这里。今晚我们就必须把他们赶走,让他们没办法睡觉,还要把他们的船凿沉,最后把他们赶到海上去。"

"那我们该怎么做呢?"约翰说。

"我觉得他们应该不是出色的探险家或海盗,否则他们一定会小心防范的。可他们并没有这么做。那盏没有点亮的老马灯就是最好的例子,为什么不等需要的时候再升上去呢?他们可真够笨的!他们似乎也不擅长扎营,否则就能把火生得更旺了。他们应该还没发现那个秘密港口。说不定他们只是一群爱吃三明治、把纸袋随手乱扔的贪吃鬼，丝毫察觉不到危险正向他们逼近。"

"要是我们有一架大炮就好了。"罗杰说。

"大炮的动静太大了，"南希说，"我们要像蛇一样悄悄爬到他们身边，在他们动嘴前将他们一举拿下。然后，我们再饶他们一命，让他们滚回自己的船上，离开这里。等他们落荒而逃以后，就不会有人来打扰我们了。"

这个主意听起来很不错，但两条船上的船员们还是有些担心。倘若这些野猫岛的合法拥有者不能制服那些敌人，那该怎么办呢？不过，现在也只能放手一搏了，船员们也都把自己的担忧埋在心里。

两条小船肩并肩，缓缓地朝湖东岸驶去。鸬鹚岛已经被甩在了后头。现在他们已经快到野猫岛的南边了，但却始终没有发现岛上有人活动的迹象。不过，他们的确看见了挂在大松树上的老马灯，还有从树林里飘出来的袅袅青烟。

"说不定他们只留下一个哨兵就出海了，打算晚上再回来。"佩吉说。

"那就能解释为什么他们要挂老马灯了。"约翰说。

"如果真是这样，那我们行动起来可就方便多了。"南希说完，突然哈哈大笑起来。其他人都奇怪地看着她，因为他们并不觉得有什么可笑的地方。南希解释道："我想起了去年的事。由于我们的疏忽大意，才会被你们的一等水手夺了船，所以这次我们一定不能犯同样的错误。"

他们经过了小岛的南端。

"约翰船长，把船头转向上风！"南希说，"我们要去港湾的入口。"

两位舵手立刻向下推舵，拉紧主帆绳。燕子号和亚马逊号再次改变航向，将船头对准港湾。

"注意看有没有人躲在石头后面。"

所有人都仔细观察起来，就连一只小鸟都逃不过他们的眼睛，但那些石头后面却没有任何动静。

"港湾里没人。"南希在看见港湾的那一刻说，"他们还没找到这儿。他们的船肯定停在了那个旧的登陆点。"

这时，她突然顶风停船[1]了。

"不能再往前走了，"她说，"否则他们在登陆点就能看到我们。我想他们现在应该还没发现我们。我们先把船开进港湾。佩吉，降帆。升起稳向板。提桨。动作轻点。轻点！……"

约翰学着南希的样子操控着燕子号。提提和苏珊已经开始收帆了。接着，约翰抬起船舵，放进船舱，然后用一支桨在船尾划，带着燕子号穿过礁石。其间，苏珊一直在观察着岸上的记号，一旦它们不在一条直线上了，她就会提醒约翰。亚马逊号几乎和燕子号同一时间并排靠岸。

"轻点！"约翰说，"别'砰'地一下撞上去了。"

"罗杰，"苏珊说，"那是条干净的手帕。别用它擦你的拐杖。"

"我没有。我是用它包住拐杖的脚，这样它碰到石头上就不会发出声音了。现在已经弄好了。"

他用那根裹着手帕的拐杖撑住地面，旋即跳下了船。他站在岸边，一只手拄着拐杖，另一只手扶着燕子号，以免它滑回水中，或者在沙滩上磨得嘎嘎响。

南希和佩吉在港湾的礁石群之间四处张望，确保没有敌人埋伏在那里，等着俘获她们的船。提提、苏珊和约翰一个接一个地跳到沙滩上与罗杰会合。然后，他们抬起燕子号的船头，小心翼翼地将它拉上岸，没有发出半点声响，仿佛岸上的不是坚硬的石头，而是柔软的棉花。

"我们去登陆点堵截他们吧。"约翰说。

"不，不行，"南希说，"我们的目的是把他们赶回船上，让他们离开这里。我们要悄悄地穿过西岸的灌木丛，往营地那边走。你有哨子吗？"

"大副有。"

"佩吉也有。如果你们听到她吹哨子，就立刻冲出来。"

---

1. 顶风停船是一种操作帆船的技术，方法是转动正在航行的船只，使船头迎风，目的是减缓帆船向前航行的速度，并使船身不会因风力或其他因素而移动，又称"顶风缓航"。

"我能闻到篝火的气味了。"提提说。

"你们听！"

四周一片寂静。

"他们可能睡着了。"

"或者在吃东西。别管那么多了，快走吧！"

燕子号和亚马逊号船员们离开港湾，溜进灌木丛中。提提去年修剪过的小路早已面目全非了。那里又长满了金银花和荆棘，看起来更像是一条原始森林中的老路。"难怪他们找不到那个港湾。"苏珊说。"幸好我们在沉船之前没有清理过这条路。"约翰说。

从前方传来"嘘！嘘！"的声音。南希转过身，在原地等他们。"帐篷！"她压着嗓子说。

其他人蹑手蹑脚地朝她走去。他们透过树木的间隙，看见灌木丛的外面有几顶灰白色的帐篷。

"他们居然在我们的营地上搭起了帐篷。"提提愤愤地说。

"没别的办法了，"南希小声地说，"我们必须把他们赶走。不然的话，这座岛就再也不属于我们了。准备好了吗？燕子号和亚马逊号万岁！两位大副，快吹哨子！冲啊！"

顿时，耳边响起了两声刺耳的口哨声，所有人都从树林里冲了出去，大叫着朝他们的旧营地奔去。只见那里搭着五顶帐篷，四顶小的搭在燕子号沉船之前船员们住的地方，还有一顶大的搭在亚马逊海盗们去年住的地方。此外，在那些帐篷旁的树林里，还有第六顶帐篷。

"他们的帐篷和我们的太像了。"罗杰一边说，一边拄着拐杖拼命地往前跑，因为他不希望自己是最慢的那一个。

南希和佩吉朝那顶大帐篷冲了过去。其他人也从火堆旁飞奔而过，横穿这片空地。

"这就是我们的帐篷呀！"苏珊说。

"漂亮的波利！"有个刺耳的声音说。

营地里没有入侵者。在那个苏珊搭的旧火灶里，火焰变得十分微弱。营地的另一边，有一个人坐在地上，背靠着大树。是弗林特船长！他刚刚睁开眼睛。燕子号鹦鹉站在他旁边的一截树根上，试图把他的烟斗咬烂。

"嗨！"弗林特船长说，"现在几点了？我刚坐在这里和老波利玩了一会儿。你们看，要把这么多的东西搬到汽艇上，害我出了一身汗，而且爬树也很费劲。嗯？你们怎么这么着急忙慌的？出什么事了？"

燕子号船员们和两个亚马逊海盗面面相觑。

"噢，没什么，"南希船长说，"我们还以为你是别的什么人呢。"

弗林特船长伸了个懒腰，然后到处摸他的烟斗。

"嘿，波利，你又开始玩你的老把戏了，是吧？我刚才一定是睡着了。"

"而且睡得很沉呢。"罗杰说。

"那么多东西都是你一个人运过来的吗？"南希问。

"玛丽·斯旺森也帮了忙，还有个年轻小伙，是她的一个朋友，今天正好休息。"

"我猜你在山洞里搬东西的时候，"提提说，"皮特鸭也帮忙了，对吗？"

"是的，"弗林特船长说，"但我好像把你们的背包放错了帐篷，或是弄错了别的什么东西。玛丽·斯旺森会再去上面检查一下，如果有什么东西落下了，她会直接带到农场去的。"

"那我们明天过去一趟吧，顺便请她来喝茶。"提提说。

"我的灯笼裤又破了一个洞。"罗杰说。

"可你为什么要帮我们做这些事呢？"南希问。

"嗯，"弗林特船长说，"一来，我可以帮你们看守小岛；二来，明天会有很多人在荒野上用气枪打松鸡，你们的妈妈们都觉得你们最好离那里远一点。"

"怪不得今天的宴席上没有你的位子。"南希说，"不过，你好像还没问谁赢得了比赛哦。告诉你吧，我们输了。"

"你们开进里约湾的时候，我看到约翰去了群岛的另一边，当时我就觉得燕子号的胜算要大些。"

"但你都不知道约翰在最后关头做出了什么举动。"

于是，他们把比赛的经过一字不落地告诉了他。随后，他们改变主意，把看见那盏老马灯和岛上的烟，从而认为小岛被敌人占领的事情也告诉了他。

"现在这座岛将永远属于我们啦！"罗杰说。

"在你们离开这儿之前确实如此，"弗林特船长说，"好了，我该走了，不然就有麻烦啦。"

"姑奶奶不是已经走了吗？"提提说。

弗林特船长哈哈大笑起来。

"那个厨娘也不好惹呀。"他说。

几分钟后，他登上汽艇，"突突突"地驶过了瞭望台。大家在他身后喊着感谢的话语，邀请他明天再来做客。

"给我留晚饭就行了！"他大喊着回应道，"明晚我住在船屋上。哦，对了，差点忘了告诉你们，迪克森太太明天早上会给你们送牛奶的。"

燕子号船员和亚马逊海盗们离开瞭望台，回到了营地。

"嗯，"南希说，"这下假期才真正开始了！"

"我们的地图上还有很多新地方要标呢。"提提说。

"呼！"苏珊把火堆里的柴火拢在一起说，"谢天谢地，我们终于回家了！"

（全书完）

燕子谷历险

产品经理｜吴高林

技术编辑｜丁占旭　　装帧设计｜悠　悠

责任印制｜刘　淼　　出 品 人｜曹　曼

图书在版编目(CIP)数据

燕子谷历险 / (英) 亚瑟·兰塞姆著 ; 朱亚光译
. -- 昆明 : 云南美术出版社, 2019.7
ISBN 978-7-5489-3779-1

Ⅰ.①燕… Ⅱ.①亚… ②朱… Ⅲ.①儿童小说 – 长
篇小说 – 英国 – 现代 Ⅳ.①I561.84

中国版本图书馆CIP数据核字(2019)第124325号

责任编辑：于重榕　　梁　媛
责任校对：温德辉　　杨　盛
产品经理：吴高林
装帧设计：悠　悠

燕子谷历险

［英］亚瑟·兰塞姆 著　朱亚光 译
出版发行：云南出版集团
　　　　　云南美术出版社（昆明市环城西路 609 号）
制版印刷：天津丰富彩艺印刷有限公司
开　　本：787mm×980mm　1/16
字　　数：320 千字
印　　张：20
版　　次：2019 年 7 月第 1 版
印　　次：2019 年 7 月第 1 次印刷
印　　数：1–6,000
书　　号：978-7-5489-3779-1
定　　价：49.00 元

如发现印装质量问题，影响阅读，请联系 021-64386496 调换